김준태 시인 **세계문학의**
거장을 **만나다**

김준태 시인
세계문학의 거장을 만나다

초판 1쇄 찍은날 I 2006년 1월 2일
초판 1쇄 펴낸날 I 2006년 1월 9일
초판 2쇄 펴낸날 I 2006년 12월 13일

지은이 김준태 I 펴낸이 김기옥

한얼미디어 대표 정명철 I 편집 최한중 · 권정희

펴낸곳 한얼미디어 · 한즈미디어(주) 광주광역시 남구 양림동 24-18
전화 062-652-0222 I 팩스 062-652-0221 I 이메일 hanerlmedia@hanmail.net
출판신고번호 제2004 1-3호 I 신고일자 2004년 6월 14일

도서주문 한즈미디어(주) 서울시 마포구 서교동 392-34 강원빌딩 5층
전화 02-707-0337 I 팩스 02-707-0198 I 이메일 info@hansmedia.com
영업팀장 박재성 I 영업 이봉주 · 하보해 · 강윤현

ISBN 89-91087-30-2 03810

김준태 시인 **세계문학의**
거장을 만나다

유럽·아시아에서 아메리카 대륙까지 인류의 정신문화를 찾아서

한얼미디어

인류의 영원한 벗,
문학과 사상의 주인공들을 찾아간다

눈이 내린다. 먼 하늘의 여행을 끝마치기라도 한 듯이 눈은 고요히 내려 쌓인다. 그동안 읽은 모든 책들의 페이지가 바람의 정령처럼 되살아나는 12월의 창가에서, 나는 아시아를 거쳐 유럽의 라인 강에서 태평양 건너 인디언의 땅—아메리카 대륙까지 이어지는 세계문학 기행의 원고를 무릎 꿇어 기도하듯이 한데 묶는다.

세월이 저 홀로 깊어지다가 너무 슬픈 나머지 금방 울음을 터뜨릴 것 같은 이 겨울, 그러나 빈 항아리에 붉은 장미꽃일랑 찾아서 꽂고 인류의 정신문화를 그득히 채워 온 작가들과 사상가들을 찾아간 긴 여정을 한 권의 책 속에 담아 넣는다.

그 멀고 먼 여행 중에서 내게 가장 감격적인 순간들은 유럽과 미국, 그리고 중국과 동남아시아 지역 시인·작가·사상가들의 고향과 작품의 무대를 찾아다닌 일이었다. 황하의 나라 거대한 중국 대륙과 북만주 벌판, 독일, 프랑스, 스위스, 미국, 멕시코, 베트남 등지를 돌아다니면서 무려 150일을 보냈는데 그 중 120여 일 정도는 오로지 시인 작가들과 사상가들의 숨결이 담긴 작품 활동 현장을 들여다보는 데 온 힘을 쏟았다. 물론 그들 작가와 철학가들이 남긴 저서나 사전 정보는 한국에서 읽고 갔으며 그들이 다닌 대학교와 살았던 집이며 숨을 거둔 곳, 그들의 영혼이 숨쉬는 묘지도 가능한 한 현지정보를 통하여 도움을 받았다.

패키지가 아닌 '나 홀로 외국여행'은 고통이 뒤따르기 마련이었다. 천안문사태 직후에 신문기자 신분으로 중국을 들어가다가 광저우 공항에서 쫓겨나 다시 상인 신분으로 홍콩에서 비자를 얻어 통과한 것은 그 한 일례이다. 파리에서 시인 엘뤼아르와 작가 발자크의 무덤을 찾기 위해 아마 세계에서 가장 넓은 페르 라셰즈 공동묘지를 캄캄한 밤이 될 때까지 헤맨 일은 평생을 두고도 잊지 못할 소중한 기억이었다.

옛 인디언의 땅 미국에 가서는 글로벌시대의 강자가 된 그들의 실체를 엿보았다. 《모히칸족의 최후》를 쓴 쿠퍼를 비롯하여 맨해튼을 노래한 휘트먼, '아메리카의 르네상스'를 가져다 준 《주홍글씨》의 저자 나다니엘 호돈과 《자연론》의 에머슨, 뉴욕 할렘가에 '검은 영혼들의 르네상스'를 건설하고자 몸부림쳤던 흑인 시인 랭스턴 휴즈, 미국식 허무주의자 《모비 딕》의 허먼 멜빌과 《노인과 바다》의 헤밍웨이, 자본주의와 경제공황에서 파생되는 부도덕의 종말을 거대한 파노라마로 부각시킨 드라이저의 《아메리카의 비극》과 존 스타인벡의 《분노의 포도》를 다시 읽기 시작한 것이다.

한국의 작가들과는 다른 시각과 각도에서 접근해 들어간 미국 작가 팀 오브라이언의 베트남전쟁소설《그들이 가지고 다닌 것들》,《카키아토를 찾아서》는 특히 내게 많은 의미를 던져주었다. 오브라이언과 나는 동갑내기로 같은 시기에 베트남전에 투입되었는데 미군인 그는 신문기자(혹은 종군기자) 신분에 소설가였고 '따이한(한국군)'에 속한 나는 갓 스무 살에 한국문단에 나오자마자 군에 입대한 시인이었다. 베트남전쟁이 막을 내리고 30년이 지나 워싱턴 전쟁기념관에서 만난 팀 오브라이언의 '아메리카'는 나에게 많은 감회를 안겨주었다. 역시 30년 후의 어느 해 그곳 베트남의 하노이 시와 호치민 시를 방문했던 일은 나로 하여금 '미국과 베트남 그리고 세계'를 다시 들여다볼 수 있는 계기가 돼주었다.

한편 내게 끝까지 다가오는 것은 문학이었다. 아무리 최첨단의 디지털 문명이 발달하여도 철학과 문학작품이 우리 인간의 정신 혹은 영혼 속에 채워 주는 그 공백을 대신 메우지는 못한다는 것이었다. 한 줌의 흙이 한 송이의 꽃을 피울 수는 있어도 초대형 TV나 반도체 문명은 한 송이 꽃은커녕 풀 한 포기도 키워 낼 수 없는 게 아니던가. 아마 그런 생각 속에서 나는 세계를 온통 방황하며 노래하고 있는 희랍신화의 전설적인 시인 오르페우스를 붙잡았는지 모른다.

여관비를 아끼기 위해 때로는 열차 안에서 밤을 지새우고 식사비를 아끼고자 햄버거 한 덩이와 캔 맥주로 끼니를 때우며 살 속까지 파고드는 고독을 스스로 삭여 낼 수밖에 없었던 나의 세계문학여행. 그러나 뒤돌아보면 모두가 다시 어루만지고 싶은 장면들이었다. 유럽 중서부에 위치한 플로베르와 모파상의 고향을 찾아가면서 앵글로색슨족과 노르망디족이 백년전쟁을 벌였던 그 시절을 떠올렸을 때도 그랬다. 잔 다르크가 '마녀사냥'을 당한 끝에 장작불에 불타죽는 모습을 환시(幻視)로 떠올렸을 때도 역사와 문학의 관계가 서로 어깨를 끼는 것을 느꼈다.

아무튼 나의 세계문학기행을 읽고 독자들이 조그마한 즐거움이라도 갖게 된다면 더할 나위 없이 기쁘겠다. 특히 앞으로 유럽과 미국, 중국과 인도차이나 반도 등을 여행하려는 독자들과 세계문학을 사랑하는 사람들에게 이 책을 바치고자 한다. 내가 생각할 때 적어도 세계를 움직이는 것은 언어(말)이며 그것을 소통시켜주는 힘과 아름다움이 바로 문학이라는 것을 독자들과 같이 생각해보고 싶은 것이다.

멕시코의 위대한 시인 옥타비오 파스가 그의 나라 아즈테카문명에서 영감을 얻어 쓴 장시 〈태양의 돌〉에서 노래한 것처럼, "나는 너다 그리고 너는 나다"라는 소통의 문화가 확대될 때 지구촌 우리들의 세계가 보다 평화스러워진다는 것을 이 책의 서문에서부터 강조하고 싶다. 인도 힌두교 문학의 핵심을 이루고 있는 범아일여(梵我一如)도 다름 아니라 나는 너이고 너는 곧 나라는 사실이다. 역시 동서양의 문학·철학·종교를 관통하는 테제는 한결같이 '나는 너' 라는 진리 속에서 풀이된다.

그동안 《세계문학의 거장을 만나다》가 책으로 나올 수 있도록 많은 애정을 보내준 한얼미디어 젊은 친구들의 노고에 심심한 사의를 표한다. 그리고 아름다운 작은 학교 '금남로 리케이온' 을 마련, 나의 글쓰기를 말없이 격려해주는 이국현 회장께 감사드린다.

2006년 1월 김준태

차 례

제1부

영혼과 고뇌의 발자취,
회색빛 유럽문학을 찾아서

무엇을 읽을 것인가. 우리가 잃어버린 영혼들을 참으로 만날 수 있을 것인가. 어떤 책과 길을 열어야 우리의 푸석거리는 마음과 삶이 촉촉하게 적셔지고 꽃피워질 수 있을까. 격변하는 세계사 속에서 도대체 제3의 길은 있는 것이고 사람들은 저마다 '마이 웨이(My Way)'를 당당하게 찾아가고 있다고 말해도 좋은 것인가.

오늘날 세계에서 유일하게 분단된 나라, 코리아의 우리는 무엇을 찾아서 읽고 어떤 전망을 가지고 미래를 펼쳐나가야 할 것인가. 가치관과 인생관, 역사관과 세계관을 일으켜 세우고 사회를 도덕적으로 다시 추스르며 통일을 앞당겨야 하는 과제들이 산적한 오늘의 시점에서 밤낮을 고뇌하는 '동방의 등불' 동북아 한반도 코리아!

바로 이곳에서 첫울음을 터뜨린 나는 광활한 중국대륙을 에돌아서 백두산을 오를 때, 그리고 북만주 벌판 항일격전지를 찾아갈 때와는 달리 서양유럽으로 가는 마음이 우울하다. 시베리아 상공 구름바다 위를 날아서 유럽의 관문이랄 수 있는 독일의 프랑크푸르트 공항에 내릴 때 북유럽 특유의 음산한 밤안개와 추위가 옷깃을 파고든다. 태어나 처음으로 전깃불을 보는 순간 온몸이 움찔했던 것처럼 프랑크푸르트 공항의 창문에서 쏟아져 나오는 불빛이 하나같이 나를 낯선 이방인으로 만든다.

프랑크푸르트라면 단테의 《신곡》, 밀턴의 《실낙원》과 더불어 세계문학의 '3대 성서'로 손꼽히는 《파우스트》의 저자 요한 볼프강 폰 괴테의 고향이 아니던가. 비행기 트랩을 내려서면서 이윽고 나는 괴테가 파우스트를 통해서 말하는 시구를 생각해낸다. 아포리즘(경구)에 가까운 그 말, "인간은 살아있는 한, 노력하는 한 끊임없이 방황하기 마련이다"를 머리 밖으로 떠올린다.

아, 방황! 나는 그 말이 집시, 에뜨랑제, 보헤미안, 나그네라는 의미와 뉘앙스도 고루 담고 있다는 사실을 깨닫는다. 동북아시아 농경민족의 후예인 내가 중부 유럽의 한복판으로 들어와서 아주 이상하게 비틀거리는 것을 스스로 감지한다. 유목민(노마드, nomad)의 대열에서 벗어난 어떤 슬픈 시인이 사방팔방이 까마득한 광야에서 후줄근하게 빗줄기를 맞는 것처럼 그렇게 어두워진다. 아니 내 자신이 시인이라는 사실에 깜짝깜짝 놀라다가 19세기의 천재, 철학자 니체를 마음속으로 불러들인다.

"나는 오로지 말을 만드는 사람: 말이 전부다! 내가 전부다!"

니체가 〈디오니소스의 찬가〉에서 노래한 시구를 나 또한 입술에 올리는 것을 잊지 않는다. '말이 전부다!' 언어가 전부다? 사실 나는 세계를 움직이는 것이 '언어'라는 점을 알아차리고 스스로 놀라버린다. 아니 그게 '당연한 진리'가 아니겠느냐고 스스로에게도 묻는 것이다.

"태초에 말씀이 있었다."

기독교의 바이블도 그렇게 시작하고 있다. 세계 최초의 문자인 수

메르족의 진흙 점토판에 갈대 이파리를 붙여서 새겼다는 주문(呪文), 인도의 베다(경전), 이슬람의 코란, 석가모니의 불경, 공자의 논어, 인디언 추장의 기도문들은 정작 모두 '언어'로 되어 있지 않는가. 언어가 처음에는 인간의 언어였는지 신의 언어였는지 모르지만 말이다. 이윽고 나는 내 자신이 언어를 가지고 시를 쓰고 노래한다는 것을 새삼스럽게 깨달으면서 베를린행 비행기 트랩을 밟는다. 세계 최대의 항공기 '루프트한자' 보잉기의 트랩을 오른다. 프랑크푸르트 공항에서 통독 수도 베를린 공항까지는 2시간. 먼저 두 눈에 들어오는 것은 독일인 승객 거의 모두가 한결같이 책을 읽고 있는 모습이다.

라인 강의 지류인 마인 강을 품에 안은 프랑크푸르트. 역시 이 도시를 찾은 방문객들은 듣던 소문대로 '책의 도시'라는 인상을 받는다. 물론 일상적인 일로 찾는 방문객들이야 더 많겠지만 우선 첫인상이 그렇다는 것이다. 해마다 10월이 돌아오면 이 도시는 '프랑크푸르트도서전(Frankfurt Book Fair)'을 개최하는데 역시 이 행사는 세계에서 가장 오래된, 세계 최대 규모를 자랑하는 국제도서전이다.

이 도서전은 15세기 초 구텐베르크가 금속활자를 발명한 이후 '부흐메세(Buchmesse: 책시장)'라는 이름으로 인쇄업자와 작가들이 모이면서부터 시작됐다고 한다. 전 세계 도서저작권의 30%가 사고 팔리는 세계 최대의 저작권 거래전문도서전이기도 하는데 우리 한국은 1961년부터 참가했다.

나는 비행기 안에서 독일을 대표하는 신문 《프랑크푸르트 알게마이네 짜이퉁》을 펼친다. 멀리 두고온 나의 조국 코리아를 연거푸 떠올리면서 내가 '언어'를 가지고 이 세상을 살아간다는 일에 스스로 감동한다. 그러면서 20세기 영국을 대표하는 시인 W. H. 오든의 시

를 내 마음속으로 깊숙이 불러들인다. 시 제목이 〈어느 날 저녁 무렵〉
이던가. 나는 오든의 시 구절에다가 내 마음의 배꼽을 가져다댄다.

내 그대를 사랑하리라 사랑하리라 / 강물이 껑충껑충
산을 뛰어 넘고 / 물고기가 길거리에서 노래할 때까지.

  승객들 대부분이 독일인인 베를린행 비행기 속에서 잠시 두 눈을
감아본다. 그러자 환청(幻聽)과 환시(幻視)가 내 온몸을 감싸버린다.
명멸하는 불빛 속에서 말발굽을 울리며 달려가는 중세 기사들. 거대
한 체구를 자랑하며 잉글랜드 섬나라로 노를 저어 내려오는 북구의
바이킹족들과 오늘날의 프랑스 서쪽 지역으로 발을 내딛는 노르망디
족들. 집시의 음악을 들으며 방황에 방황을 계속하면서 오스트리아
에 뿌리를 내리는 보헤미안족들. 신의 이름으로 1천만여 명의 목숨
을 바쳤던 17세기 초의 '30년 전쟁'과 십자군전쟁은 그야말로 전 유
럽을 쑥밭으로 만들어버렸지 않았던가.
  그렇지. 희랍신화와 바이블을 양대 축으로 삼고 '문화와 문명의
바벨탑'을 쌓아올렸던 서양의 여러 나라들. 날카로운 포크와 스푼을
사용하여 육고기를 즐겨 먹으면서 《걸리버 여행기》 안에 출몰하는
거인족의 후예들. 중세의 암흑기를 뚫고 나와 문학적으로는 고전주
의-낭만주의-리얼리즘-자연주의-표현주의-초현실주의-모더니즘을
구가했던 저 변혁과 혁명의 대륙인 '유목민의 나라' 속으로 파고 들
어간다.
  식민지쟁탈전으로 각축을 벌였던 영국, 프랑스, 스페인, 포르투
갈, 네덜란드, 독일…. 수천만 명의 생목숨을 바치며 제1차, 제2차

세계대전을 주도했던 나라들. 바이블과 총, 원자폭탄을 맨 먼저 만들어 낸 백인종의 나라들.

소비에트 현실 사회주의와 동구 공산권의 붕괴, 그리고 '통일독일'의 신화와 유럽의 통합을 주도했던 저 게르만인들. 마침내 나는 도이칠란트의 심장부인 베를린에 도착, 작가들과 철학가들을 만나보기 전에 우선 통일된 도이칠란트 곳곳을 들여다보기로 마음먹는다. 물론 일부이겠으나 작가 권터 그라스가 자신의 소설에서 말하고 있듯이 독일인의 마음속에는 아직도 '폭력의 씨앗'이 들어있는지 궁금하다.

40일로 예정된 독일·프랑스·스위스 등지의 여행 중 아무래도 내가 가장 관심을 두고 있는 것은 '통독의 어제와 오늘 그리고 내일'이다. 이제는 통일에 대한 흥분이 거의 가라앉은 듯한 독일이 그동안 엄청나게 쌓여있었던 각종 문제들, 이를테면 정치통일과 경제통일, 사회통일과 문화통일을 어떻게 풀어가고 있는가를 보고 싶다.

여장을 푼 다음날, 나는 서베를린 지역의 '주우 역—옛 중앙역'에서 동베를린 지역으로 달린다. 'S반'이라고 불리는 전철 속에서 나는 내가 광주를 떠나올 때 울먹이며 생각했던 독일의 시인 고트프리드 벤을 곧 만나기라도 한 것처럼 가슴 설렌다.

의사이기도 하였던 현대 독일 시인. 현실과 미래는 그렇다 치더라도 한때는 지난 역사까지를 송두리째 부정하고자 했던 고트프리드 벤. 제1, 2차 세계대전으로 아버지와 어머니, 누이와 남동생들까지 모조리 폭격으로 잃었던 벤이, 어찌하여 한반도에 사는 나에게까지도 위안과 미래에 대한 전망을 안겨주는지를 반추해보는 것이다.

결국 내가 찾아낸 책 이름은 《고트프리드 벤 연구》였다. 독문학자

영혼과 고뇌의 발자취, 회색빛 유럽문학을 찾아서

이며 문학평론가인 김주연 교수가 서울대 박사학위 논문으로 발표한 것을 재정리하여 펴낸 책이다. 이 책에 실린 시 가운데서 나는 영혼의 승리 혹은 언젠가는 다가올 역사와 '하늘 뜻의 승리'를 예견하고 싶었다. 예견이라? 나는 이 책에 담긴 고트프리드 벤의 '시정신'을 통해 인간의 어떤 영혼의 목소리랄까 역사에 대한 예언의 나팔소리 같은 것을 들을 수가 있었다.

아, 감동을 주는 책이란 이러한 것이로구나. 나쁜 책들은 사람들을 병들게 하는 마약과 같은 것이라는데 좋은 내용을 담은 책은 한 인간은 물론 다수의 사람들을 어둠 속으로부터 건져 올려주는, 불쑥 내밀어주는 떨리는 두 손 같은 것이로구나.

바로 나는 벤의 시편 속에서 지난 죽음의 역사도 새로운 생명으로 태어나는 것을 가까스로 느낄 수 있었다. "사라진 모든 것들은 끝끝내는 다시 돌아온다"라고 노래하는 시인 벤의 절규, 〈아스터꽃〉 같은 시에 나타난 그의 문학정신은 놀라운 것이었다. 현실에 대한 부정을 통해서 희망의 새로운 패러다임, 즉 미래전망에 진입한 그가 나는 눈물겹도록 그리워질 수밖에 없었다.

세계문학의 거장을 만나다

수술대 위에 / 올려진
죽은 처녀의 / 벌거숭이 시체
나는 벌거숭이 / 그 처녀의 자궁 속에
빨간 꽃 한 송이를 심어주었다.

죽은 시체 속으로, 그것도 히틀러의 비밀경찰에 이끌려 죽어갔음 직한 그녀의 자궁 속에 이슬 묻은 아스터꽃 한 송이를 밀어 넣는 닥터 벤. 그렇다. 문학이란, 시란, 그렇듯 처절하게 쓰러져간 생명과 삶 속에다 희망을 불어넣는 창작행위 바로 그것이 아닌가. 광주항쟁 당시 나는, 철학자 니체가 "신은 죽었다(Gott ist tot)"라고 외쳤던, 미국의 신학자 라인홀드 니이버가 사회윤리와 정치 윤리를 강조한 끝에 역설적으로 "신은 없다(There is no God)"고 말했던 것을 떠올리기도 했지만 외과의사 벤의 시구에서 희망을 느낀 것이다. 모든 예술행위가 그렇듯이 진정한 문학은 허깨비가 아니라 그 무엇인가를 되살려내는 존재라고 생각한 것이다.

프랑스 문화상이 되어 맨 처음 사업으로 저 백년전쟁의 여신 잔 다르크를 기념하여 '잔 다르크 성당'을 세웠던 작가 앙드레 말로. 그 말로가 제2차 세계대전 당시 사르트르, 엘뤼아르, 앙드레 브르통과 더불어 반나치 운동을 벌일 때 썼던 소설 《희망》은 역시 그런 의미에서 우리를 위안시키고 있는 것이 아닐까. 나는 괴테, 쉴러, 칸트, 헤겔, 마르크스, 피히테, 브레히트, 코르네이유, 발자크, 플로베르, 모파상, 바이런, 워즈워드, 셰익스피어, 찰스 디킨스, 귄터 그라스 등의 별 같은 시인 작가들의 작품과 사상의 고향을 찾아가는 길목에서 두 눈을 두리번거리며 서성거린다.

동베를린 지역의 중심부, 칼 마르크스 광장에 가서도 서 본다. 러시아의 현실 사회주의가 무너지고 동시에 세계 최대의 레닌 동상이 무너진 바로 그 자리에서 나는 여행의 첫발을 내딛는다. 서독 출신의 세계적인 작가 귄터 그라스의 장편소설 《양철북》 현장과 역시 동독 출신으로 동구공산권에서는 최대의 베스트셀러 작가로 손꼽혔던 아오초 칸트의 소설 《아우라》 현장도 독자들과 더불어 찾아가기 위해서.

물론 작가들과의 대화, 대표작에 얽힌 에피소드와 간략한 줄거리

영웅과 고뇌의 발자취 회색빛 유럽문학을 찾아서

를 출발로 서양 여러 나라의 영혼들과 고뇌를 들여다볼 각오다. 문학을 포함한 여타의 모든 예술장르는 생명을 죽이는 '총알'이 아니라 결국은 우리 인간의 '숨통'을 열어주는 그것이기 때문에 신이 들린 듯 유럽 천지를 달려간다. 고대희랍의 고독한 시인 오르페우스처럼 그렇게 노래도 하면서 늦은 밤, 북부독일 함부르크에서 프랑스 파리 동부역까지 밤새도록 달리는 '21세기 야간열차'를 기꺼이 잡아타는 것이다.

괴테 《젊은 베르테르의 슬픔》

정열 넘치던 강의실에 숨어있는 비련의 그림자

그리움을 아는 자만이 내가 괴로워하는 것을 알리라.

농민의 아들로 프랑스 황제가 된 나폴레옹의 군대가 전 유럽을 휩쓸 때다. 러시아 대륙을 향해 모스크바로 진격하던 나폴레옹 군대가 독일 곳곳을 함락시키며 중부유럽을 통과할 때 한 무리의 나폴레옹 부하들이 괴테의 침실을 급습한다. 그리고 그들은 깊은 잠 속에서 혼비백산 깨어난 괴테를 위협하며 그의 침대를 푹푹 쑤신다.

여차하면 괴테의 온몸이 그들 나폴레옹 군대의 총칼에 난자질 당할 판이다. 그러나 나폴레옹 군대는 순간 그가 당시 유럽의 거의 모든 나라 독자들을 사로잡고 있는 시인 '요한 볼프강 폰 괴테'라는 사실을 알게 되고, 그리하여 괴테는 죽음의 위기를 벗어난다.

독일의 독자들뿐만 아니라 프랑스의 독자들의 마음까지 사로잡은 괴테. 그는 어떤 책으로 이른바 유럽의 베스트셀러 작가가 되었을까? 나폴레옹이 이집트 원정 때도 군복 주머니에 넣고 다녔다는, 그리고 일곱 번이나 되풀이해서 읽었다는 그것은 바로 《젊은 베르테르의 슬픔》이란 책이다.

고등학교 시절에 이 책을 읽고 많은 감동을 받은 나는, 유럽 여행 중에 《젊은 베르테르의 슬픔》이 씌어진 창작 현장을 빠뜨릴 수가 없다는 생각을 한다. 흔히 '시성(詩聖)'이라고도 불리는 괴테. 그가 타는 정열과 창작의 불꽃 심지를 돋우기 시작한, 그러니까 그의 20대 초반기의 문학혼과 그림자가 지금까지도 일렁거리는 북프랑스의 대표적인 도시 슈트라스부르크를 찾았다.

일찍이, 아니 중세 초부터 2차대전까지 수백 년 동안 독일과 피투성이 접전을 벌여온 알자스 로렌 지방의 중심도시 슈트라스부르크. 한때는 독일 영토에 속해 있기도 했던 그 피투성이 역사의 현장인 이 도시를 찾았을 때, 그때서야 나는 이 도시가 16세기 종교개혁의 주창자이며 기독교 신교운동의 선두 주자인 캘빈의 행동 거점지라는 사실을 알게 된다. 뿐이랴, 이 도시는 인류사에 기라성 같은 인물들을 배출한 곳이기도 하다. 가령 서양 인쇄문명의 창시자요, 근대 인쇄기를 창안한 구텐베르크의 활동 무대가 바로 이 도시이고 아프리카 흑인들을 위해 현지에서 인술을 펼친 슈바이처 박사의 모교도 바로 슈트라스부르크 대학이다. 신부와 수도사, 그리고 귀족들만이 향유할 수 있었던 라틴어 성경을 각각 자기 나라 언어로 번역하여 읽을 수 있게 만든 저 '바이블'과 신교도운동에 엄청난 파급현상을 가져온 구텐베르크의 고향 슈트라스부르크. 별칭으로 '작은 프랑스'라고도 불리는 이 도시에서, 나는 겹겹이 층층으로 쌓여서 빛을 뿜어내는 문명과 문화의 꿈틀거리는 생명력을 보게 된다.

괴테의 집필실. 지금도 그가 앉아있는 듯하다.

먼저 괴테의 창작열과 그 작가정신이 오늘도 스며 있음직한 슈트라스부르크 대학으로 발길을 옮긴다. 인구 30만의 도시이지만 자동차의 환경공해를 사전에 예방하자는 뜻에서 오래 전에 철거한 전철을 다시 도로 위에 올려놓는 공사가 한창이다.

이미 세계적인 대학으로 각광을 받는 슈트라스부르크 대학 본부 건물 앞에 섰다. 대학 본관 왼쪽 켠 작은 숲 속에, 아니 그런데 괴테와 쉴러의 동상이 세워져 있지 않은가. 프랑스인들이 그토록, 물론 오늘날까지 가슴 밑바닥에 어쩌면 증오의 화신으로 심어 두고 있을지도 모르는 도이칠란트. 바로 이 나라 출신의 시인이요, 작가인 괴테와 쉴러의 동상을 나란히 세워 두고 있음을 볼 때 동양의 시인인 나는 깜짝 놀라고 만다.

"야, 프랑스놈들, 보통놈들이 아니구나. 배짱도 크고, 정말 문화를 아는 놈들이구나."

그런 생각을 하면서 나는 이 대학의 본부 건물 위를 쳐다본다. 유럽 특유의 음산한 12월의 날씨 속에서, 그 어둡고 무거운 빗방울 속에서, 그러나 투명하게 달려오는 거대한 청동 글귀를 읽을 수 있었다. 대학 본부 건물 중앙 대리석에 새겨진 청동 글귀는 아무런 수식어도 없이 그냥 '문학과 조국(Litteris et Patriae)'이다. 문학은 조국을 위해 무엇을 할 수 있는가, 또한 조국은 인류의 정신유산인 문학을 위해 무엇을 해줄 수 있는가….

그런 생각을 하면서, 프랑스놈들의 배짱을 쬐끔(?)은 부러워하면서 나는 시인 괴테가 강의를 받았던 강의실 이곳저곳을 들여다본다. 아, 그렇구나. 나는 괴테가 질풍노도 시대(독일 문학사에서 규정지어진 하나의 문예사조로 자연을 중시여기며 사회적·예술적 전통에 대한 반항을 토대로 하여 모든 문학의 형식과 법칙을 벗어나려는 문학 운동. 프랑스의 계몽주의 선구자인 루소와 볼테르의 영향을 받음)를 병처럼 앓았을 것만 같은 이 대학 강의실을 몇 번이고 들여다보는 것을 잊지 않는다.

'자연'에 대한 끝없는 사랑과 인간에 대한 숨 막힐 듯한 열정으로 온통 자신의 몸을 송두리째 바칠 듯이 덤벼들었던 청춘 시절의 괴테. 그의 나이 25세 때 불과 4주일 만에 불붙은 듯이 써 내려간 끝에 《젊은 베르테르의 슬픔》이란 이 불덩이 같은 사랑의 이야기를 남긴다. 나는 내 자신의 심장까지도 울렁울렁거림을 느끼면서 괴테가 남긴 세계 최대의 이 러브스토리를 다시 가슴으로 느껴본다.

친구에게 자기의 심정을 고백하는 편지 형식으로 씌어진 소설. '서간문 소설'이라고 말할 수 있는 이 소설은 전편이 흡사 음악의 악보로 엮어진 듯이 거의 완벽한 리듬을 타고 있다. 모든 시와 소설과 희곡에서 그러하듯이, 괴테는 시든 산문이든 혹은 편지글 속에서도 거의 천재적인 음악성을 살려 넣으면서 게르만민족의 전통적인 민요 가락(Ballade: 담시譚詩)을 중시한다.

불 같은 사랑의 소설 《젊은 베르테르의 슬픔》. 괴테 자신의 체험을 그대로 담은 이 소설의 주인공은 베르테르와 그의 연인 롯테다. 복잡한 인간사회에 염증을 느낀 베르테르는 평화로운 시골의 자연 속에서 문득 만난 다정하고 순결한 처녀와의 사랑에 그만 머리끝도 남김 없이 흠뻑 빠져 버린다. 그러나, 어쩌면 좋담? 그녀는 이미 알베르트라는 약혼자가 있었고 마침내 자신이 만들어 낸 사랑의 마술에 넋까지 빼앗긴다. 결국 베르테르는 이루어질 수 없는 사랑을 고민하다가 권총 자살로 인생을 마감한다. 동서고금을 막론하고 사람이라면 누구나 한번쯤은 겪어 왔던, 또 앓을 수밖에 없는 저 사랑에의 열병!

그리고 그 사랑의 열병을 규제하는 인간사회의 법규와 제약! 그러나 그 사랑의 열병은 인간만이 가지고 있는 영혼과 정신을 통해서 비로소 구제될 수 있다는 것이 괴테가 남긴 《젊은 베르테르의 슬픔》이란 소설의 테마가 아닐까.

나는 나폴레옹이 전쟁 중에도 휴대품처럼 지니고 다녔다는 이 책을 다시 읽는다. 그리고 이런 결론을 내린다. "사랑은 마약과도 같은 것이지만 사랑만이 한 개인은 물론 한 사회 그리고 이윽고는 인류를 구원할 수 있는 길을 열어준다"라고. 동시에 나는 괴테가 노래한 〈미뇽〉이란 시를 입술에 올려 촉촉하게 적신다.

그리움을 아는 자만이 / 내가 괴로워하는 것을 알리라.
모든 기쁨으로부터 홀로 떨어져서 / 저 멀리 푸른 하늘을 바라보느니.
아! 나를 사랑하며 이해하려는 자 / 참으로 머나먼 곳에 있어라.

'미뇽'은 우리말로 '연인' 또는 '사랑'을 뜻하는 말이다. 괴테의 대표작 중의 하나라고도 평가를 받고 있는 〈미뇽〉은 시의 가장 큰 특징인 '음악성'의 위대함을 그대로 보여주면서 그의 천재성을 여지없이 과시하는 서정시다. 물이 흐르는 듯한, 그러면서도 자기 민족의 음악적 정서를 고결하게 승화시켜 담아내고 있는 이 작품은 역시 세계문학사에 모범을 보이는 시다. 위대한 시인일수록 자기 민족 고유의 음악성을 자신이 노래하는 시의 행간에 마치 비단결처럼 깔아 놓고자 하는데 괴테가 바로 그런 시인이다. 이것이 그가 평생을 간직한 민요정신이다.

괴테의 시 〈미뇽〉은 누가 무어라 토를 붙이든 최고의 연애시다. 인

프랑크푸르트 암 마인에 위치한 괴테하우스.

생의 절절한 의미까지 내포하고 있는 사랑의 시다. "그리움을 아는 자만이 / 내가 괴로워하는 것을 알리라" 하는 시구는 18세기 서양 낭만주의의 상징적 어휘인 '그리움' 을 찬란하게 꽃 피워낸 한 증거이다. 여기에 운을 빌려서 19세기의 칼 마르크스는 런던에서 이렇게 노래한다. "눈물이 묻어 있는 빵을 먹어보지 않는 자는 인생을 참으로 알 수 없으리라!"

어머니, 저를 혼자만 / 어두운 나라에 내버려두지 마세요.
우선 무릎을 꿇고 앉사오니 / 당신의 손에 입술을 대게 하여 주십시오.
(……)
영원히 여성적인 것이 / 우리를 저 높은 곳으로 이끌어 올린다.

-《파우스트》 결미에서

진시황제 이래로 사실상 중국을 가장 넓게 통일시킨 마오쩌둥은 "지구의 절반은 여자다" 라고 말하면서 "중국이 통일할 수 있었던 것은 여자들 때문이었다" 라고 그의 자서전에서 회고했다. 그런데 생각해보라. 시인 괴테만큼이나 실제로 '여성' 을 줄기차게 그리고 자신이 숨을 거둔 그 날까지 정열적으로 찬미한 사람이 과연 얼마나 있을까.

괴테는 평생을 거쳐서 실로 수많은 여성들과 교우를 가졌는데 필생의 역작《파우스트》역시 그 여성들로 인해 풍부한 영감을 얻은 것이다. 단테의《신곡》과 밀턴의《실낙원》과 함께 세계 3대 '문학의 성서' 로 일컬어지는《파우스트》의 마지막에서 "영원히 여성적인 것만이 우리 인간들을 저 높은 정신의 세계로 이끌어 올린다" 고 노래한

세계문학의 거장을 만나다

그것을 보라. 괴테는 여성적인 것이야말로 우리들이 사는 땅 위에 진정한 평화와 생명의 영원함, 전인적 철학을 가져다줄 수 있다고 미완성 희곡작품 불멸의 《파우스트》를 통해 예언하고 있는 것이다.

거친, 온통 욕망의 그릇으로 넘치는 남자들의 육체 혹은 그들의 전쟁과 역사를 여성, 여성적인 것들로 하여 '구원'을 받고자 한 것이 괴테의 인생관이고 세계관이며 그리고 꿈이다. 그런데 그 꿈이 《젊은 베르테르의 슬픔》에서부터 시작된다는 사실을 기억하지 않으면 안 될 것 같다. 이루지 못할 사랑을 앓으며 방황하다가 자살한 베르테르는 괴테가 "오오, 신이여! 제게 빛을 좀 더…!"라고 말하면서 숨을 거두기 직전까지 썼던 《파우스트》의 주인공 '파우스트 박사'와 결국 같은 주인공이 아닌가.

괴테가 어느 작품에서나 내세우고 있듯이 이 지상에서의 모든 여성은 인간의 고향이요, 우리가 숨을 거둘 때에 숙명적 혹은 운명적으로 만나서 손을 길게 내밀 수밖에 없는 여신(女神)이다. 혹자는 그래서 독일 인구 1800만 중 무려 1천만 명의 목숨을 빼앗아간 '30년 전쟁'(1618~1648)을 치유한 것은 괴테의 《파우스트》였노라고 말하고 있는 것이리라. 독일철학과 독일인문주의가 위기에 놓일 때마다 그의 나라 사람들이 다시 그를 찾는 것은 바로 그것 때문인지도 모른다.

하 푸른 엘베 강에는 아직도 사랑의 노래가 흐른다
이네 《노래의 시집》

_ 노래의 날개를 타고 사랑이여, 내 그대와 함께 가려네

베를린에서 함부르크 시까지는 고속 기차로 네 시간. 차창 밖을 내다보니 가도가도 드넓은 초원의 들판, 까마귀 떼들이 겨울 밀밭 고랑 사이로 무수히 날아다닌다. 아니, 웬 까마귀 떼들인가?! 한국에서는 근대화 개발 시기인 1970년대 이후론 거의 구경조차 할 수 없는 까마귀 떼들이 들판 가득히 날면서 나의 시야를 꽉 채운다.

최초의 상징주의 시로 알려진, 프랑스의 보들레르에게 분명히 영향을 끼쳤을 것으로 평가되는 미국 시인 에드거 앨런 포의 〈까마귀〉가 내게로 날아오는 듯한 착각을 느낀다. "창 밖에 검은 날개를 접고 누가 앉아 있는가"로 시작되는 포의 시 구절이 내게 달려든다. 동시에 현대 한국시에서 가장 이채롭게 청교도주의적인 시풍을 보이고 있는 김현승의 〈겨울 까마귀〉도 내게 날아든다. "영혼의 새… 저무는

하늘이라도 하늘이라도 / 멀뚱거리다가 / 벽에 부딪쳐 / 아, 네 영혼의 흙벽이라도 덥북 물고 있는 소리로, / 까아욱 / 깍-" 거리면서 내게 날아든다.

새들이 사라져 가는 지구촌…. 차라리 까마귀 떼라도 자주 보인다면 얼마나 좋으랴만, 갈수록 팽창해가는 산업사회의 각종 오염 때문에 한국에서는 이제 흉조라는 그 까마귀마저도 좀처럼 보기 힘들어졌는지라 왠지 서글퍼진다. 실로 오랜만에 까마귀 떼들을 접하면서 독일 제2의 도시 함부르크로 달리는 나는 아득히 전개되는 북부 유럽의 대평원 속으로 나그네의 고독을 던진다. 그리하여 사랑과 저항의 시인으로 알려진 하인리히 하이네(1797~1856)를 찾아간다.

노래의 날개를 타고 / 사랑이여, 내 그대와 함께 가려네
갠지스 강의 들판 저편 거기에 / 나 가장 아름다운 곳을 알고 있으니.

고요히 흐르는 달빛 아래 / 붉은 꽃은 정원 가득 피어나고
연꽃들은 그곳에서 / 사랑스러운 자매를 기다린다네.

멘델스존(1809~1847)이 작곡한 〈노래의 날개를 타고〉라는 시를 비롯하여 전 세계적으로 널리 알려진 〈로렐라이〉(프리드리히 질혀 작곡, 1789~1860)를 입술에 올려본다. 독일 후기 낭만주의자인 하이네의 서정시를 읊조리다가 유럽의 나그네가 된 내 자신도 어느새 그 어떤 꿈과 그리움, 그리고 유토피아를 눈가에 앉힌다.

알 수 없는 일이네 / 어찌하여 옛날의 전설 같은

함부르크 항에 정박된 리크메어 호의 모습. 선박 박물관으로 이용되고 있다.

동화가 한 편이 / 잊혀지지 않고 / 나를 슬프게 하는지.

바람은 차고 날은 저무는데 / 라인 강은 고요히 흐르고
산봉우리 위에는 / 저녁 햇살이 빛나고 있네.

강 건너 언덕 위에는 놀랍게도 / 선녀처럼 아름다운 아가씨가 앉아
금빛 장신구를 번쩍거리며 / 황금의 머리칼을 빗어 내리네.

너무도 시가 아름다워 슈만과 멘델스존 그리고 브람스에 의해 골고루 작곡되어 전 세계적으로 노래 불려지는 하인리히 하이네의 주옥 같은 시편들…. 특히 그의 초기 시편들은 독일 후기 낭만주의 문학의 정수를 대표한다. 사랑과 열정, 자연에 대한 끝없는 순결성은 하이네 시의 밑바탕을 이루는 생명력으로 작용한다.

뒤셀도르프 시에서 태어난 하이네는 어려서 아버지를 잃는다. 그리하여 그는 어머니와 함께 일찍이 함부르크로 옮겨 가 그곳에서 이미 백만장자가 된 숙부의 은덕을 입는다. 유럽은 그 당시 나폴레옹전쟁이 끝난 시기라 사뭇 어수선한 분위기였으나 하이네는 어머니의 사랑 속에서 아름다운 감수성을 몸으로 익혀 나간다.

함부르크 시는 엘베 강(도나우 강, 라인 강과 더불어 유럽 최대의 강)이 북해로 흘러 들어가는 곳에 위치하고 있어 13세기 초부터 유럽 굴지의 항구로 유명하다. 말하자면 함부르크는 일찍부터 상업도시와 항구도시로 이름을 떨치고 있었는데 오늘날도 유럽에서 1, 2위를 다투는 거대한 컨테이너항을 보유하고 있다.

엘베 강의 하구에서 내륙으로 80킬로미터 들어와서야 자리 잡은

함부르크. 내륙 항구임이 분명한 이 도시의 부둣가를 거닐며 갑자기 나는 외로움을 느낀다. 왜 그럴까. 바다를 보면, 기나 긴 강물을 보면, 아 그리고 항구의 거리에 서면 왠지 '떠나감의 유혹'에 사로잡히는 것이 우리 사람들의 한결같은 심사인지 모르겠다.

나는 무작정 초고속 관광선에 오른다. 알토나 역에서 함께 내린 독일 현지 교민의 안내로 엘베 강의 하구 쪽으로 내려가며 함부르크 항의 이곳저곳을 둘러본다. 싱가포르, 중국, 요르단, 아프리카, 미국, 영국, 프랑스, 코리아에서 달려온 배들이 즐비하게 닻을 내리며 엄청난 물량의 화물들을 선적하거나 하역작업을 벌이고 있다. 여기에서 나는 한국 선박들을 볼 수 있어 말할 수 없이 반가워 한다.

"2050년 북극해의 얼음이 녹으면 함부르크도 물에 잠긴다고 합니다."

현지 교민은 한 마디 던지는 것을 잊지 않는다. 정말 함부르크 시가 물에 잠길까. 나는 도무지 믿을 수 없다고 머리를 흔들면서 젊은 무정부주의자들이 자유(?)를 만끽하며 산다는 속칭 '아나키스트 거리'를 걷는다. 독일 경찰도 어찌할 수 없다는, 재판에 회부시켜 봐야 소용이 없다는 아나키스트들의 주거지는 온갖 낙서들로 뒤덮여 있다. 재미있게도 무정부주의자들은 강도·살인은 물론 잡다한 범죄는 짓지 않고 그냥 '파괴되어 가는 문명의 한 흔적'처럼 살고 있다는 것이다. 문명의 흔적이라! 그렇다면 아나키스트들의 생각으로는 오늘날 전 세계가 자랑하는 최첨단문명도 언젠가는 또 다른 노아의 홍수 속에 잠겨버린다는 말인가.

함부르크 시에는 '섹스 박물관'이라고 이름이 붙여진 상파울로 거리가 있다. 나도 한 번 구경을 삼아 그곳 시간으로 밤 열두 시를 넘어

거닐어본다. 인형보다 더 어여쁜 항구의 여인들이 부드러운 미소를 던진다. 그러나 그녀들은 우리 한국의 '몸 파는 여인들'처럼 호객행위를 하지 않는다. 그저 자연스럽게 자신들의 몸매를 드러내 보이고 있을 뿐이다. 각종 성기구를 진열해 놓은 상파울로 거리를 거닐며 그러나 내가 부를 수 있는 노래는 독일노래가 아니라 〈목포는 항구다〉라는 노래 정도였을까. 어느 나라나 그렇듯이 밤 항구는 화려하지만 또 그만큼 쓸쓸하다.

다음 날도 나는 선박역사 박물관, 독일이 자랑하는 유럽 최고의 시사주간지로 정평이 나 있는 슈피겔(Der Spiegel) 신문사, 쿤스트할레 미술관을 두루 살피며 돌아다닌다. 아마도 세계 최대를 자랑할지도 모르는 쾰브란트브뤼케 고가도로를 달려 엘베 강 밑으로 뚫린 해저터널을 지나간다. 하지만 어디에도 하이네의 숨결은 들리지 않는다. 다만 그의 시집을 찍어내는 유럽 최대의 출판사들이 오늘도 자신들의 인쇄술을 자랑하고 있을 뿐이다.

뒤셀도르프 가톨릭 신학교, 본 대학, 괴팅겐 대학, 베를린 대학을 두루 거친 청년 하이네. 독일파의 기수로서 당시 독일의 현실에 맹렬하게 공격을 퍼부은 하인리히 하이네. 아직도 한국에서는 연애시인으로만 알려진 하이네는 그러나 당대의 현실과 맞닥뜨려 싸우기 위해 이웃 프랑스로 영원한 망명길에 오른다.

유럽 천지를 이웃집처럼 드나들며, 방황하며, 그러면서 《알게마이네 짜이퉁》지의 파리 특파원을 지내며 자신의 말처럼 "18세기의 스러져가는 달빛과 19세기의 아침 햇빛 사이에서 어제와 내일의 아들"로 살지 않았는가. 마침내는 조국 독일에 돌아가지 못하고 파리의 몽마르트 묘지에 묻힌 독일 후기 낭만주의의 선구자 하이네. 19세기

하이네의 서정시 〈로렐라이〉로 유
명한 로렐라이 언덕에 세워진 기
념건물. 끊임없이 음악이 흘러나
온다.

리얼리즘 시의 선구적 발자취를 보여 준 그를 생각하면서 나는 《노
래 시집》《로만체로》《독일 겨울의 동화》《아타트롤》《하르츠 여행》
등의 책들의 페이지를 부지런히 넘긴다.

파리 시절 하이네와 함께 불꽃 같은 열정으로 현실과 문학을 논하
던 칼 마르크스, 발자크, 위고, 뮈세, 뒤마, 생트뵈브, 조르쥬 상드….
아, 그들은 모두 어디로 갔을까.

나는 하이네가 그의 어머니와 함께 청소년 시절을 보낸 함부르크
의 밤거리를 거닐며 그가 바로 이곳에서 썼던 시구를 되새긴다.

"이제 한 조각 사랑마저 없다면, 어디에 발붙일 곳이 있으랴."

권 광기와 폭력의 뿌리에 울리는 경종
터 그라스 《양철북》

_ 나는 성장하는 일을 그만 두겠다. 나는 난쟁이로 살아가겠다.
그리고 북을, 양철북을 두드리며 '액! 액!' 소리치며 살아가겠다.
내가 믿을 수 있는 것은 나의 할머니의 네 겹 통치마뿐이다.

제2차 세계대전 이후 독일은 물론 전 세계 독자들에게 커다란 파문을 일으킨 귄터 그라스의 대작 소설 《양철북》. 1959년도에 발표된 이 소설은 독일 안에서도 300만 권의 기록적인 발행부수를 기록한 베스트셀러이다. 나중엔 영화로까지 만들어져 한국 영화팬들에게도 상당한 충격을 가져다준 이 소설은 단연 독일 '전후문학'을 대표한다. 어느 나라 작품들을 보더라도 전후문학은 '후일담문학'의 형식을 취하는 것이 특색인데 귄터 그라스의 이 작품은 전쟁의 실재현장에서 이야기가 진행된다.

이 소설 외에도 귄터 그라스는 독일사회에 센세이션을 불러일으킨 작품을 연달아 내놓고 있다. 《개 같은 시절》《국부마취》《달팽이 일기》 등의 장편이 그것들인데 특히 '달팽이'를 소재로 한 작품은 우리의 주목을 끈다. "사회적 진보는 천천히 기어가는 달팽이의 속도와 같은 것인데 그것은 결국 인내와 끈기로 달성될 수 있다"는 것이 바로 이 소설의 주제라고 보여진다.

사르트르 사후 독일뿐만이 아니라 '유럽의 지성'을 대표한다는 귄터 그라스. 그는 제1, 2차 세계대전 이후에 형성된 독일문학의 역사를 규정짓는 지성과 정치 간의 긴장관계를 놓치지 않고 자신의 작품 속에 밀도있게 녹여낸 작가이다. 그는 사회적으로나 국가적으로 이슈가 있을 때마다 창작실 밖으로까지 뛰쳐나와 TV나 여타의 공개토론에 적극 나선다. 정치와 권력, 전범국가 독일과 폭력적인 것들과의 관계 혹은 그 뿌리를 놓치지 않고 흔들어댄다. 그는 유명 베스트셀러 작가로서만이 아니라 작가적 양심을 줄기차게 좇아가는 행동 작가이다.

그래, 오늘 나는 독일에서 제일 먼저 만나고 싶은 작가가 《양철북》의 귄터 그라스인지라 베를린으로 향한다. 게르만민족의 피만이 순결하다는 인종주의를 앞세우며 파시즘(전체주의)과 쇼비니즘(국수주의)의 깃발 아래 전쟁을 일으킨 아돌프 히틀러를 판타지 기법으로 리얼하게 희화시킨 소설 《양철북》.

전후 때때로 네오나치즘(신히틀러주의)이 전염병처럼 돌고 있다는 독일현장에서 나는 귄터 그라스를 만나려고 한다. 독일통일 이후, 그 몸서리치는 나치즘이 왜 다시 고개를 들고 있는가를 알고 싶어서이다. 그러나 만나지 못한다. 그는 내가 독일여행을 하는 동안 미국 쪽으로 날아가 몇 군데 강연을 하고 있는 중이라 한다. 앞서 밝힌 대로 그는 자신의 문학작품뿐만이 아니라 수많은 강연을 통해 우리 모두가 잘라버려야 할 '폭력의 뿌리'가 어디에나 있다는 것을 말하고 싶기 때문이리라.

한때는 독일 집권당이었던 사민당(SPD)의 당수 빌리 브란트와 정치활동을 함께 펼친 귄터 그라스의 소설 속 잔해들을 나는 곳곳에서 확인한다. 지금은 전쟁박물관과 기념관으로 평화를 위한 교육장으로 변신한 작센 하우센 나치수용소, 뮌헨 근교의 나치수용소, 함부르크 근교의 나치수용소에서 전쟁이 토해낸 죽음과 상처의 흔적들을 두 눈으로 들여다본다.

베를린 근교의 작센 하우센 나치수용소만 하더라도 얼마든지 학살의 마귀들인, 피에 굶주렸던 전쟁의 악령 - 나치의 잔혹함을 생생할 정도로 느끼는 것이다.

여길 찾은 사람들이여, 잊지 말자 그리고 기억하자.
세계의 모든 나라의 사람들에게 경고하나니 다시는
이런 잔혹한 범행을 저질러서는 아니 되기 때문에!

나치가 만든 처형장 작센 하우센만 하더라도 전쟁 당시의 모습을 뚜렷하게 상기할 수 있도록 잘 보존해두고 있다. 생사람을 잡아다가 잔인한 실험을 밤낮으로 전개한 생체실험실, 날카로운 실험도구, 가스처형장, 집단총살 현장, 심지어는 수감자들이 사용했던 변기통과 침대, 쭈그러진 양은식기, 옷가지 등 셀 수 없이 많은 유품들을 전시하고 있다.

더욱 인상적인 것은 생체실험을 주도했던 나치 군대의 군의관 두 개골과 사진을 나란히 비치해두고 있다는 점이다. 그리고 그 옆에는 이렇게, "바로 이 자(해골의 주인공)가 여기 생체실험실에서 누구누구

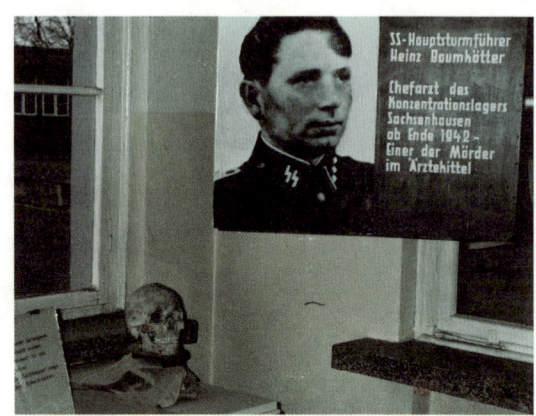

나치수용소 작센 하우센의 생체실험실 책임 군의관이었던 하인츠 바움괴터의 얼굴 사진과 그의 것인 두개골.

를 몇 명을 죽였다"라고까지 기록해두어 방문객들의 발길을 오래 붙잡아 놓는다.

하지만 오늘날도 나치의 싹들은 살아남아 독일과 유럽지역을 여행하는 나를 긴장시킨다. 내가 방문했던 바로 이틀 전만 하더라도 지금은 '평화박물관'으로 문을 연 작센 하우센 나치수용소 옥사를 '네오 나치들'이 불을 지르고 도망갔다는 것이다. 그래서 수용소 한쪽은 시커먼 잿더미 상태다.

머리를 깎고(스킨 헤드), 나치의 상징인 깃발을 휘날리며… 고르바초프의 소비에트연방 해체 이후이지만 그랬다. 제2차대전 결과 베를린에 주둔한 소련군들이 암암리에 팔아먹어버린 수류탄과 총기를 들고 '나치 재건'을 부르짖는 철없는 20대의 '네오 나치'의 젊은이가 그들이다. 이들 네오 나치들은 오늘날도 살아남은 히틀러 통치 당시의 '늙은 나치들'의 조종을 받고 있다는 말도 들린다.

"독일인의 피에 외국인의 피가 섞여서는 안 된다. 독일인의 일자리를 외국인들이 빼앗고 있다. 더욱 계속 나아가자! 나치 재건을 위

세계문학의 거장을 만나다

해!"라는 구호를 서슴지 않고 있다. 그들 네오 나치들은 어쩌면 내밀하게 통일독일 이후의 대표적인 당이라고 할 수 있는 기민당(CDU), 자민당(FDP), 녹색당(die Grüne), 사민당(SPD), FDS(독일 공산당 전신) 등의 정신적 지원도 받고 있다는 설이 있다. 독일 안에는 실제로, 정확하게 말하면 독일의 최대 도시 중의 하나인 뮌헨 시 같은 곳에서는 아돌프 히틀러의 나치즘(Nazism)을 추종하는 정당까지 엄연하게 문을 열어놓고 있다는 게 사실이라지 않는가.

1992년 11월 하순께도 네오 나치들이 북부 독일 뷜른 시에서 터키의 한 아낙네와 그녀의 두 아이를 화염병을 던져 불태워 죽인 사건이 발생한다. 독일의 대표적인 사사주간지 《슈피겔(Der Spiegel)》(1992년 12월 7일자)에 따르면 이와 같은 살상행위가 독일 안에서는 종종 일어나고 있다는 것이다. 그 중 우리를 슬프게 하는 것은 베를린 대학에 유학중인 한국인 여대생이 공원에서 살해된 적도 있었는데 그 때문에 일부 교민들과 학생들은 긴장하고 있는 얼굴들이다.

그러나 세계 어느 나라를 가도 진정한 작가라면 휴머니스트이며 평화주의자라는 사실을 잊어서는 안 될 것 같다. 내가 독일에서 만나고자 한 귄터 그라스도 그렇다. 그는 자신의 소설 《양철북》을 통해서 전범자 히틀러를, 혹은 우리들 저마다의 내부에 갖가지 모습으로 숨어 있을지도 모르는 잔인함과 폭력적인 그것을 소설의 온갖 기법을 동원해 꼬집는다. 우화적이고, 환상적인 기법을 동원한 냉소주의로 전범자들의 폭력적 유산을 질타하고 있다. 자세하게 들여다보면 이 작품은 악동소설의 형태를 취하면서 리얼리즘, 쉬르리얼리즘, 심리주의, 그로테스크, 신비주의, 시니시즘, 판타지, 난센스, 지독한 패러독스의 미학형식을 모두 빌려다가 쓰여진 소설이다.

소설의 무대는 제2차 세계대전의 도화선이 된 독일·폴란드 국경 도시로 전쟁 후에 다시 폴란드령(그단스크)이 된 단치히(Danzig)란 중소도시. 주인공은 영원히 성장하기를 거부하는 오스카 마쩨라뜨. 세 살 되던 생일날 손에 북을 쥔 채 지하실로 떨어져 머리를 부딪쳐 성장이 정지돼버린다. 아니 '성장을 포기'하고자 하는 마음에서 자신을 스스로 지하실에 떨어뜨린다. 아마 이것은 히틀러의 광적인 전쟁을 비웃어주기 위해 작가가 의도적으로 꾸며낸 '우연한 사고'임에 틀림이 없다.

소설의 구성과 기법은 다양하다. 상상을 초월할 정도로 주인공 오스카와 그의 가족들이 당했거나 저지르는 사건들은 그야말로 그로테스크하다. 말 그대로 처음부터 끝까지 독자들을 기괴하고 끔찍스러운, 갖가지 엽기적이고 황당무계한 이야기 속으로 끌어들인다. 난해함의 극치를 보여주는 기상천외의 사건 속으로 독자들을 끌고 다닌다. 아인슈타인과 더불어 20세기가 낳은 위대한 천재 중의 한 사람인 정신분석학자 지그문트 프로이트가 말한 잠재의식(ego) 혹은 무의식의 세계 속에다 독자들을 가두어놓기도 한다. 마치 독자들을 정글 속 거미줄로 둘둘 말아 올리려는 듯.

이런 형식의 기법은 독자들을 끊임없이 긴장시켜 결국은 그들이 올바른 판단과 정서적 감동을 받을 수 있도록 하기 위한 모종의 소설적 장치수단이다. 화자인 오스카의 말을 통해서 전개되는 이 소설은 그래서 당연히 악몽과 상처의 기억을 동반하는 모놀로그의 형식을 취하기도 한다. 마치 그림형제의 동화에서처럼 전통적으로 독일 작가들이 즐겨 사용하는 성장소설과 신비주의 문학형식을 도입하고 있다.

베를린 브란덴부르크 문 옆, 통일 전 서베를린 쪽 장벽을 넘어가다 총살당한 동베를린 사람들의 묘지.

소설의 곳곳은 인체해부를 방불케 하는 자연주의와 표현주의의 기법이 도사리고 있다. 이와 함께 전쟁의 참혹한 현실을 이겨내지 못하고 죽어가는 오스카 가족들의 슬픔과 분노를 상상을 초월하는 소설 주인공들의 비극적 행동을 통해 드러내 보인다. 그러면서 작가는 수술용 메스를 가하듯이 리얼리즘과 쉬르리얼리즘 기법을 소설형식 속으로 이끌어들여 독자들을 계획적으로 경악시킨다.

나아가《양철북》은 히틀러의 나치즘을 보다 근접거리에서 깊숙이 꼬집기 위해 난센스와 패러독스를 동원하고 있는 풍자소설이다. 주인공 오스카의 이야기를 뒷받침해주기 위해 성장소설의 형식을 취하면서도 톨스토이의《전쟁과 평화》류와는 다른 심리주의소설로의 전쟁소설, 차고 예리한 시니시즘(냉소주의)을 날카롭게 도입한다.

동시에 전쟁으로 죽어가는 사람들을 보다 적극적인 휴머니즘 기법으로 승화시켜주고 있다는 점에서 《양철북》은 리얼리즘 소설이며 반전소설이다. 폭력과 공포, 끊임없이 갈등을 불러일으키는 죽임과 죽음, 예측할 수 없는 삶의 가느다란 숨결 사이에서 흘러나오는 하염없는 눈물의 반짝임이 그것들이다.

그리하여 《양철북》은 궁극적으로는 문명비판소설로서 전쟁광 등 미치광이들에 의해 저질러지는 인류사적인 비극의 심층부를 다양한 스펙트럼을 통해 아주 세밀하게 조명한다. 하지만 우리는 이 소설을 단순히 흥밋거리로만 읽어서는 아니 될 것 같다. 전통적으로 '교양소설'이 가져야 하는 그런 도덕적 덕목을 놓치지 않고 있음은 물론 뒤에 살아남은 우리들 모두에게 그 무엇을 말해주고 있기 때문이다.

전후 독일 최대의 걸작으로 꼽히는 이 소설은 히틀러의 전쟁 직후뿐만이 아니라 21세기 오늘도 세계 각처의 모든 독자들을 감동시키고 있다는 점에서 그 생명력이 내일 또한 유효하리라. 베를린 장벽이 무너지고 마침내 동서가 통일된 독일 한복판에서 귄터 그라스는 그의 또 다른 장편 《두꺼비의 울음소리》를 통해 다음처럼 경고한다. 이 목소리는 독일은 물론 전 세계 사람들에게 던지는 경종에 다름 아니다. 옷깃을 가다듬게 하는 선언으로 오래도록 되새겨들어야 할 경구이다.

"통일된 우리들 스스로가 두려워해야 할 이유가 도처에 존재하고 있다. 그 중에 하나가 바로 폭력의 뿌리다."

니
초인의 혼을 찾아서

체《차라투스트라는 이렇게 말했다》

_ 이제 신은 죽었다.
그리하여 신에 대한 모독도 죽은 것이다.

북프랑스의 중심도시인 슈트라스부르크 역을 떠나 스위스 바젤 시로 달리는 열차에 몸을 싣는다. 일찍이 한국의 지성계와 수많은 독자들을 사로잡았던 프리드리히 니체(1844~1900)를 찾아가 그의 영향권이 어느 정도인가를 알기 위해서다.

왜 통독 이후 유난히 카프카와 니체의 책들이 다시 베스트셀러에 오르는 걸까. 한편으론 끔찍한 생각이 들기까지 하면서 니체가 스물한 살 때 벌써 정교수로 초빙된 바 있는 스위스 바젤 대학을 찾아간다. 오후 4시 반이면 이미 어둠이 깔려드는 중부 유럽, 바젤 역에 내린 나는 시내 전차를 이용, 라인 강을 건너 바젤 대학으로 향한다. 알프스 계곡 물이 내려와 채웠을 것 같은 도시 한복판의 호수가 아름답다.

니체가 한때 강의를 했던 스위스 바젤 대학.

　니체의 미친 듯한 광기와 놀라운 천재성 그리고 지칠 줄 모르는 집필력이 내뿜어져 나왔던 스위스의 바젤 시와 쥬네브 시. 나는 니체의 출세작 《비극의 탄생》이 씌어진 바젤 대학을 찾아가면서 그러나 역시 그의 대표작인 《차라투스트라는 이렇게 말했다》가 씌어진 쥬네브를 상기했다. 철학자라기보다는 거의 광적인 시인이며 문학예술가라고 말할 수 있을 것 같은 19세기의 천재 니체를 머릿속으로 그려본다.

　먼저 그의 천재성을 유감없이 발휘한 미학이론서 《비극의 탄생》을 얘기해보면 이렇다. 니체는 문학·미술·음악 등 모든 예술의 그릇과 내용물은 '아폴론형'과 '디오니소스형'으로 나뉘어진다고 말한다. 아니 그 두 세계가 하나의 작품 속에서 서로 충돌하거나 공존한다고 믿으며 차이가 있다면 창작자의 성향과 철학에 따라 다르게 나타난다고 지적한다.

　디오니소스는 고대 희랍신화에 나오는 올림푸스 열두 신 중 하나로 태양의 신으로 알려진 아폴론과는 대조적이다. 디오니소스는 로마신화에서는 박카스라고 불리고 있는데 '어머니가 둘인 자' 라는 뜻을 가지고 있으며 '술의 신' 이라고 이름이 붙어있다. 제우스가 사랑한 디오니소스의 어머니 세멜레는 질투의 화신 헤라의 꾀임에 빠져 번개로 변한 제우스한테 불에 타 죽는다. 그러나 태내의 디오니소스는 살아나 아버지인 제우스의 넓적다리 속에서 산달이 찰 때까지 자라다 태어난다.

이렇게 태어난 디오니소스는 요정 님프의 손에서 길러진 후 지중해 각지를 떠돌아다니는데 그렇게 된 것은 제우스의 아내 헤라가 그에게 광기를 불어넣기 때문이다. 바로 이와 같은 신화를 바탕으로 《비극의 탄생》을 저술한 니체는 모든 예술을 분석함에 있어서 아폴론형과 디오니소스형을 제시하는데 다음이 그 주요 대목이다.

예술은 아폴론적인 것과 디오니소스적인 것의 이중성으로 말미암아 발전하고 있다. 만일 우리들이 이것을 논리적으로 이해하는 데 그치지 않고 직관으로 확인할 수 있다면 미학을 위해서 얻는 바 지대하리라 생각한다. (……) 그들 두 예술의 신인 아폴론과 디오니소스를 실마리로 해서 우리가 알 수 있는 것은 그리스 세계에는 그 기원과 목표에 따라서 조형예술가의 예술(아폴론적 예술)과 음악이라는 비조형적 예술(디오니소스적 예술) 사이에 하나의 커다란 대립이 있다는 사실이다.

시 · 소설 · 철학 에세이 등 생전에 수많은 글들을 흡사 번갯불처럼 써 내려간 프리드리히 니체. 《비극의 탄생》이란 철학서가 그의 나

초인의 홀을 찾아서

이 스물여덟 살 때 겨우 4일 만에 완결을 보았다면 운문소설 《차라투스트라는 이렇게 말했다》는 서른아홉 살 때 씌어진 작품이다. 놀라운 사실은 이 방대한 철학소설 《차라투스트라는 이렇게 말했다》를, 아니 글쎄, 단 10일 만에 써 갈겼다니 누구나 입을 크게 벌리지 않을 수 없는 일이다.

젊은 날의 니체가 '가극의 왕'이란 칭호를 받은 바그너와 그렇게도 열렬하게 대화를 나눈 바젤 시의 라인 강변, 바로 이곳에 위치한 바젤 대학 앞에서 나는 스승과 제자가 나란히 서 있는, 꽤 높이 자리잡고 있는 대리석 동상을 발견한다.

바젤 대학 주변은 벌써 어두워지고 이름 모를 새들이 무수히 날고 있다. 나는 니체가 그토록 동경하고 찾으려 했던, 만들려고 했던, 그리고 자신을 내세워 '바로 이것이다'라고 추겨 세웠던 '차라투스트라(초인)'를 어쩌면 정말로 만나고 싶었는지 모른다. 차라투스트라는 19세기 니체의 '세기말적 사상'을 해석하고 규정짓는, 나아가 당시의 유럽정신사를 엿볼 수 있는 결정적인 상징체이기 때문이다.

우리의 시인이요, 독립운동가였던 이육사의 '초인(超人)'과는 너무도 다른 것이 니체의 초인이다. 일본제국주의 식민지 시절 경상북도 안동 출신으로 독립운동을 전개한 끝에 중국 수도 베이징 감옥에서 옥사한 이육사. 그의 시 〈광야〉에서 인구에 회자 된 초인은 누구이며 혹은 무엇인가. 〈광야〉에서 육사는 '초인'을 우리 민족을 구원할 '조국해방의 화신'으로 노래했는데 반해 니체에게 있어서 초인은 전혀 다른 뜻으로 풀이된다.

19세기 중엽 비스마르크 철혈재상과 빌헬름 1세에 의해 통일되었던 독일 제2제국 체제 속에서의 프리드리히 니체. 그때 그가 신들린

듯 단숨에 써 갈겨 내린 《차라투스트라는 이렇게 말했다》는 66세를 살다 간 니체의 분신이나 다름없는 책이다. 차라투스트라 (Zarathustra)는 원래 페르시아의 종교인 배화교에서 비롯됐으며 우리말로는 '초인'이라는 뜻으로 니체가 그의 철학소설에서 설정한 하나의 가상 인물이다. 니체가 추구한 절대적인 힘 혹은 절대권력을 가진 이 가상의 인물은 10년 동안이나 고독 속에서 생활함으로써 성숙한 사람이 된 후에 세상에 나오려고 한다. 30세의 주인공 차라투스트라가 이 책에서 영탄조로 말하는 대목을 보면 흥미롭다.

들으라, 나는 그대들에게 차라투스트라, 이름하여 '초인'을 가르치노라. 초인은 대지의 뜻이다. 그대들의 의지로 하여금 초인은 대지의 뜻이라고 말하도록 하라. 나의 형제들이여! 그대들에게 간절히 바라노니, 대지에 충실하라. 그리고 그대들에게 내세의 희망에 대하여 지껄이는 자의 말을 믿지 말라. 의식적이든 무의식적이든 그들은 독을 끼얹은 자들이다. 그들은 삶을 멸시하는 자들이고 죽어가는 자이며, 또한 스스로 독을 물려받은 자들이다. 우리의 현세인 대지는 이런 자들에게 권태를 느끼고 있다. 그들은 저승길로 가는 것이 마땅하다. 이제 '신은 죽었다.' 그리하여 신에 대한 모독도 죽은 것이다.

은자(隱者)들의 세상인 산 속을 나와 끊임없이 방랑하며 보다 이상적인 세계와 사상을 설파하는 초인 차라투스트라. 아, 그러나 우리 독자들이 이 위험한(?) 사상가이며 문학예술가인 프리드리히 니체를 그대로 받아들인다면 어떻게 될까. 바젤 대학에서 천재성을 발휘한 니체가 한때는 그의 고전문헌학 강좌 시간에 수상 신청을 할 대학생

바젤 대학 앞에 세워진 〈스승과 제자의 상〉. 이 모습은 학문의 전통을 보여준다.

이 단 한 사람도 없었다는 사실이 불현듯 머리에 떠오른다.

　니체가 그토록 흠모했던 바그너와 결별하고, 아니 바그너의 위대한 작곡 〈니벨룽겐의 반지〉나 〈트리스탄과 이졸데〉까지도 결별하고 이윽고는 '모든 여성적인 것들' 마저 거부했다는 사실을 의심해야 하지 않을까. 일찍이 철학자 파이힝거는 '니체철학'에 나타나는 특징을 일곱 가지로 보았다. 예컨대 반도덕적·반민주주의적·반사회주의적·반여성적·반주지주의적·염세주의적·반기독교주의적인 것들이 그것이다.

니체가 목사 출신의 아들로 태어났으면서도 나중에 바그너를 그토록 멀리하고 경멸한 것은 다름 아니라 바그너가 기독교인이기 때문이다. 결국 그래서 니체의 반기독교주의는 유태인을 증오하는 계기가 된 것이 아닌가. 염세주의자이며 무신론적 실존주의자인 쇼펜하우어처럼 여성을 증오하며 멀리했던 니체. 오직 '권력에의 의지'에 입각하여 초인을 찾으려 했던 니체의 사상은 종국엔 게르만민족 우월성을 강조하는 히틀러의 '인종주의'에 일정부문 공헌했다는 비난을 면치 못하게 한다.

시저나 나폴레옹을 마치 초인에 비유한 저 무신론적 실존주의 철학자인 프리드리히 니체! 통일독일 이후 급부상한 네오 나치들이 외국인 추방운동을 벌이면서 히틀러를 기억케 하려는 바람을 불러일으킨 것을 볼 때 나 역시 가슴이 섬뜩해진다.

게르만민족 혈통 속에서만 오로지 초인(절대자 · 국가도덕주의자 · 초월적 권력의 상징)을 꿈꾼 니체가 한편으로는 두려운 철학자로 다가서기도 하는 것이다. 우리 독자들은 이제 그의 철학소설 《차라투스트라는 이렇게 말했다》를 읽을 때 바로 그 점을 주의해야 할 것 같다. 내가 스위스의 바젤 대학을 둘러보면서 혹은 유럽 특유의 겨울밤을 탈출하고 싶었던 것도 아마 '니체로부터의 탈출'이었는지도 모른다.

프리드리히 니체. 그는 '현실'이 아니라 디오니소스적인 몽상가이며 실제 정신착란병으로 일생을 마감한 사람이다. 나는 스위스 바젤 대학을 빠져나와 프랑스 파리로 달리는 열차 속에서 문득 영국의 철학자 버트란트 러셀 경의 말을 떠올린다.

"니체는 초인만을 찾기 위해 급급했지, 다수의 사람들이 그 초인에 의해 희생되는 것을 미처 깨닫지는 못했다."

브레히트 희곡 《사천의 선인》

부조리와 악습을 고발하는 사회풍자극

_ 물론 나는 알고 있다. 오직 운이 좋은 덕택에
나는 그 많은 친구들보다 오래 살아남았다.

시인이며 희곡작가, 무대 연출가이며 소설가요, 절세의 문예비평
가인 베르톨트 브레히트(1898~1956)를 찾아가는 길에 비가 내린다.
음산한 그리고 천둥번개가 끊임없이 내리쳤던 전쟁과 분단시대 속의
시인(독일에서는 시인·소설가·희곡 작가를 통틀어 '시인'이라 통칭한
다) 브레히트의 나라는 그렇게 나를 맞이한다.

2차 대전 후, 아마도 전 세계 문학인들에게 가장 많은 영향을 끼치
고 있는 작가 중의 한 사람인 브레히트를 찾아가며 나는 그의 장막
희곡 《사천(四川)의 선인(善人)》과 시집 《살아남은 자의 슬픔》, 그리
고 여타의 저술들을 동시에 떠올린다.

옛 동베를린 지역에 속한 분단의 상징인 브란덴부르크 문을 통과
하여 브레히트가 만년을 보내다, 숨을 거둔 그의 집필실을 찾아간다.

통일 이후 더욱 교통량이 폭주하는 동베를린—분단시대가 필연적으로 남겨놓을 수밖에 없는 갈등과 혼란의 유산들도 도처에 꿈틀거리고 있음이 보인다. 베를린 차우스세가 126번지, 도로테 교회 공동묘지 입구의 바로 오른켠에 브레히트의 집이 잘 보존되어 있다.

그의 집은 오늘날 '브레히트 연구소'로 쓰이고 있는 4층 백색 건물이며 토요일 오후와 일요일을 빼고는 거의 매일 방문객들이 찾는다. 물론 브레히트는 도로테 교회 공동묘지에 말없이 한 줌의 흙으로 누워 잠들고 있다.

오후 늦은 시간, 어둠이 성큼성큼 내리기 시작했지만 나는 2층 그의 집필실로 올라간다. 개방 시간을 엄격히 지키는 유럽문화를 모르는 바는 아니지만 마치 침입자처럼 마감시간을 무시하고 약간 고전적 분위기를 자아내는 문을 살며시 연다.

"동북아시아의 한 나라인 코리아에서 왔습니다. 시를 쓰는 사람입니다."

신분을 밝히자 연구소에서 근무하는 오십대의 여성이 갑자기 친절해진다. 그녀는 이 연구소가 사실은 '브레히트 기념관'이나 다름없다고 말하면서 얼굴이 밝아진다. 독일 사람들은 그들의 발음만큼이나 무뚝뚝하다는데 그렇지 않고 정겨운 목소리다.

"아, 그렇군요. 남한에서 오셨군요. 참으로 반갑습니다. 아마 당신은 독일통일 이후에 한국에서 오신 사람들 중에서는 맨 처음이 될 것 같습니다."

일찍이 자신의 나라도 분단의 비극과 고통을 무수히 느꼈다는 듯 동병상련의 뜻을 내비쳐 보인다. 과부가 과부의 속을 아는 것처럼 비슷한 아픔을 경험한 사람들은 그렇게 빨리 친해지는 것 같다. 그녀는

부조리와 악습을 고발하는 사회풍자극

한때 동서독 분단의 상징이었던 브란덴부르크 문. 이 길은 '로마로 통하는 길'이라고 프리드리히 대제가 이름지었다.

세계문학의 거장을 만나다

방문객들을 위한 가이드용 책자는 물론 문고판으로 만들어진 브레히트 시집과 이론서를 몇 권 더 선물로 준다. 내 경우에는 언제 어디에서나 그렇듯이 책이야말로 최고의 선물이라는 생각을 한다.

시인, 희곡작가, 연출가, 사상가, 열정적인 저술가였던 브레히트가 아내 헬레네 바이겔과 함께 만년을 살았던 집은 2층 전체다. 우리나라 식으로 말하면 빌라형 주택이라고 할까. 오늘날 이 건물은 그를 기리는 기념관과 그의 문학세계를 연구하는 사람들이 모이는 연구소로 사용되고 있다고 오섭대 여성은 말한다.

브레히트 연구소에는 한 개의 집필실, 한 개의 서재, 하나의 침실이 있는데 침대는 싱글이라 인상적이다. 집필실엔 그가 사용했던 책들과 의자와 고전풍의 전등이 주인이 없는데도 말끔하게 보존돼 있어 더욱 그러한 느낌을 준다. 특히 전등들이 그가 살아있을 때처럼 밝게 켜져 있어 이미 저 세상 사람이 됐음에도 그를 떠올리는 데는 어렵지 않다. 구석구석 가지런히 놓인 작가의 모든 사물들이 감회롭다.

깊은 시간 속에 담겨 있는 둥그런 영혼처럼 브레히트는 그렇게 살아있는 모습으로 동방의 한 가난한 시인인 나를 맞이하는 것 같다. 서재를 들여다봤을 때 아, 그러나 나는 그가 동양적 정취를 무척이나 그리워한 사람이라는 것을 군데군데서 발견한다. 수많은 시집과 소설집, 갖가지 이론서들과 함께 빼곡하게 들어찬 책장 속에는 흥미롭게도 중국의 무협지들이 그득히 쌓여서 두 눈에 들어온다.

독일시인 브레히트가 중국의 무협지들을 그렇게 좋아했다니? 뿐이라면 또 모르겠는데 집필실과 두 개의 서재 그리고 침실에는 중국 당송시대의 동양화 액자가 걸려 있어서 나를 묘하게 감동시킨다. 벽에 걸린 공자와 소동파의 초상화는 물론이며 동양미술과 미학을 대변하는 수묵화가 그의 집에 걸려있어 더더욱 이채롭다.

그가 사용하던 각종 유물들, 가령 모자와 지팡이, 필기도구 등을 보고 있을 때 브레히트 집을 관리하는 예의 오십대 여인이 천천히 내 궁금증을 풀어준다.

"브레히트는 생전에 늘 창 밖을 내다보면서 자기는 저기 도로테 교회 공동묘지에 묻힌 철학자 헤겔 옆에 묻히고 싶다고 했어요. 그게 유언이었어요."

그녀의 말을 좇아 브레히트 침실에서 내려다본 도로테 공동묘지에는 헤겔과 그의 아내, 베를린 대학 총장시절 〈독일 국민에게 고한다〉라는 연설로 유명한 피히테와 그의 부인, 소설가 하인리히 만, 그리고 이제는 고인이 된 브레히트와 세계적인 연극배우였던 아내 헬

브레히트의 서재. 서재에는 중국의 무협지가 가득 꽂혀 있고
공자와 소동파의 초상화가 걸려있어 무척이나 이채롭다.

레네 바이겔(1900~1971, 베를린극장 총감독 역임)이 거의 같은 자리에 나란히 누워 있지 않은가.

어둠 속에서 꿈꾸듯이 그러나 살아서 몸부림치듯이 서 있는 헤겔, 피히테, 브레히트의 묘비들…. 나는 그들의 삶과 철학, 죽음이 서로 가깝게 이웃하며 멀고 먼 세계로 열려있음을 새삼스럽게 느낀다. 아무래도 나는 먼저 브레히트의 천여 편의 시 중에서 〈살아남은 자의 슬픔〉을 상기한다. 지난 50년 동안 때로는 내가 그렇게 괴로워하며 떠올릴 수밖에 없었던 죽음과 죽임, 그리고 다시 살아남은 자들의 울부짖음 속에서 숨죽여, 부끄럽게 읊조렸던 시 구절을 마치 호명하듯이 입술에 올려본다.

물론 나는 알고 있다. 오직 운이 좋은 덕택에
나는 그 많은 친구들보다 오래 살아남았다.
그러나 지난 밤 꿈속에서 이 죽은 친구들이
나에 대하여 이야기하는 소리가 들려왔다.
"강한 자는 살아남는다."
그러자 나는 내 자신이 한없이 미워졌다.

히틀러의 뮌헨폭동 때부터 체포 대상자의 명단에 오르기 시작한 유태인 출신 브레히트. 1933년 '제국의회(Reichstag) 방화사건'이 발생한 직후 게슈타포(비밀경찰)의 체포령을 피해 시베리아, 미국, 취리히, 파리, 동부 베를린으로 이어진 그의 탈출과 잠행은 현대 독일 지식인들의 명암을 대표적으로 보여준다.

그런 체험들을 통과한 그는 자기 시대에서는 '서정시'가 없다고 말한다. 자신의 시대를 포함하여 현대사회 속에서는 진정한 서정시가 태어날 수 없다고 슬퍼한다. 그래서 다음과 같이 〈서정시를 쓰기 어려운 시대〉라는 시를 세상에 내놓았는지 모른다.

> 그러나 나는 안다. 행복한 자만이 사랑 받고 있음을.
> 그의 목소리는 듣기도 좋고, 그의 얼굴은 아름답다.
> 마당 안 부러진 나무는 괴로운 땅 위에 모습을 내고,
> 행인들은 그것을 병신 같다고 욕설을 퍼 부어댄다—
> 아주 당연하다는 듯이. 해협의 보트와 강 하구의 한가로운
> 돛단배들을 나는 보지 않는다. 무엇보다도 찢어진 그물에 걸린
> 물고기만을 나는 들여다본다. 불임기의 시골부인들이 허리 구부린
> 그 모습만을 어째서 나는 노래하는 걸까? 처녀들의 젖가슴은
> 옛날처럼 따뜻하다만. 나의 시에 운을 맞춘다면 그것은 내게
> 거의 오만처럼 다가온다. 꽃피는 능금나무에 대한 열정과
> 엉터리 화가의 말솜씨의 경악스런 행동은 나의 가슴속에서
> 싸우고 있다. 그러나 엉터리 화가의 세계만이
> 나를 책상으로 달려가 시를 쓰게 한다.

이 시를 보면 브레히트는 "행복한 사람들 혹은 목소리와 얼굴이 아름다운 사람들"보다는 "마당 안 부러진 나무"의 "괴로운 땅 위에 모습"을 드러낸 사람들을 더 사랑한다. 세상 사람들(행인들)은 "그것을 병신 같다고 욕설을 퍼부어"대겠지만 그는 이어서 "해협의 보트와 강 하구의 한가로운 돛단배들을 보지 않"고 "무엇보다도 찢어진 그물에 걸린 물고기만을 들여다" 본 다음에 "불임기의 시골부인들이

허리 구부린 그 모습"을 시로 옮긴다. 부러진 나무, 찢어진 그물에 걸린 물고기, 불임기의 시골부인들…. 이런 모습들은 모두 히틀러의 전쟁에서 상처받은 사람들임에 다름 아니다.

"옛날처럼 따뜻한 처녀들의 젖가슴"도 그를 유혹하지 않은 것은 아니지만 그러나 브레히트는 그런 곳에 눈을 돌리지 않는다. 왜? 아마도 그것은 "꽃피는 능금나무에 대한 열정(시인에겐 '꽃피는 능금나무'가 삶의 참된 열매를 상징하는 것 같다)"과 그리고 무엇보다도 "엉터리 화가의 경악스런 말솜씨"를 극복하기 위함일 것이다. 히틀러를 '엉터리 화가(페인트칠쟁이)'로 표현한 것은 냉소적 표현이다.

당시 제국의회 건물에 아돌프 히틀러가 방화를 기도한 것은 나치당(卍黨)을 건설하기 위한 마타도어작전에서 비롯된다. 이 건물은 통독 이후 새롭게 단장, 독일국회의사당이 되어 외국인 관광객들의 발길이 끊이지 않는다. 의사당 건너편 앞에는 그 유명한 '브란덴부르크문'이 솟아있는데 '악성(樂聖) 베토벤'이 최고의 음악가로 추겨 올린 바흐의 〈브란덴부르크 협주곡〉이 들려올 것 같은 느낌을 준다.

천여 편의 시편들과 희곡 《억척어멈과 그 자식들》《갈릴레이의 생애》《서푼짜리 오페라》《사천의 선인》 등은 모두 브레히트의 대표작이며 또 무대에 올려져서도 성공한 작품들이다. 1차 세계대전을 전후로 하는 전 인류사적 고뇌를 담고 있어 지금도 독일뿐만이 아니라 여타의 많은 나라에서 끊이지 않고 무대에 올려진다.

《사천의 선인》은 주인공인 술집창녀가 세 명의 하늘나라 신들을 잠재워주는 얘기로 시작, 세상의 온갖 부조리와 악습을 고발하는 것으로 끝나는 날카로운 사회풍자극(비유극)의 형태를 유지한다.

굴절된 '사회현실'을 반영하는 그의 풍자극은 결국 웃음이 아니

브레히트의 묘지. 동베를린
에 있다.

세계문학의 거장을 만나다

라 눈물을 자아내는 그런 작품세계로 거듭난다고 볼 수 있다.

　그러나 브레히트를 오늘날 세계적인 시인·희곡작가·연출가·문예이론가로 격상시킨 것은 그의 '서사극 이론' 이다. 아리스토텔레스와 셰익스피어 그리고 프랑스가 낳은 위대한 극작가 몰리에르의 '전통연극론' 을 혁신적으로 뒤집어놓은 사람은 다름 아닌 베르톨트 브레히트이다. 그는 '연극' 이라는 예술장르에 관객을 함부로 무시해서는 안 된다는 '소외효과' 를 과감하게 끌어들인다. 그러니까 '잘난 배우들(?)' 이라고 해서 세상의 저 많은 사람들(관객)을 '왕따' 시켜서는 안 된다는 것이다.

　예컨대 브레히트 작품 속의 인물과 무대는 일정하게 고정되어 있지 않고 심지어는 관객과 관객이 앉아있는 객석은 물론 극장 밖의 세상과 사람들이 모두 연극의 주인공이요, 무대로 떠오른다. 관객을 배우와 무대로부터 소외시키지 않고 오히려 무대로 끌어들여 같이 일하고, 같이 울고 웃고, 같이 노래하게 만들자는 것이다.

인물과 무대가 모조리 중국인들로 나오는《사천의 선인》에서도 브레히트는 그의 소외효과를 최대로 살려 관객과 배우 모두가 함께 노여워하게 만들고 노래하게 만든다. 그것은 그의 모든 연극이 '카타르시스' 차원을 넘어 교훈극에 이어지고 있음을 뜻한다. 고대희랍의 아리스토텔레스가 지적한 것처럼 극장 안에서만 생리작용처럼 소화해버리는 연극형식을 배제하려고 예의 교훈극을 확대재생산시킨 것이다. 나아가 '현실'을 그대로 묘사한다기보다는 '현실의 밑창'까지 해부하려 한다는 것인데 그 점에서 브레히트는 리얼리즘 작가이면서 동시에 에밀 졸라가 논리화 작품화시킨 자연주의적 경향을 두루 간직한 작가인 셈이다. 더 자세히 말한다면 때로는 연극의 무대를 옮기거나 뜯어고치듯이 현실의 변혁을 꿈꾸었다고 말할 수 있겠다.

"모든 것은 변화한다. 마지막 숨을 거두며 당신은 새롭게 시작할 수 있다. 그러나 이미 일어난 일은 어쩔 수 없다. 당신이 포도주 속에 부은 물을 당신은 다시 퍼낼 수 없다. 모든 것은 변화한다. 마지막 숨을 거두면서도 당신은 새로이 시작할 수 있다."고 노래하다가 지금은 도로테 교회 공동묘지에 묻혀있는 베르톨트 브레히트. 나는 이름과 출생과 사망 연대만 새겨진 그의 돌비석을 어루만지면서 생전에 남긴 아름다운 시 〈연기〉를 '살아남은 자의 슬픔'인 것처럼 소리 내어 읊어본다.

호숫가 나무들 사이에 조그마한 집 한 채.

부조리와 악을 고발하는 사회풍자극

그 지붕에서 연기가 피어오른다.
이 연기가 없었다면
집과 나무들과 호수가
얼마나 적막할 것인가.

　호숫가 외딴 집의 저녁연기. 만약 그것이 피어오르지 않는다면 그 곳을 지나는 사람들은 "저 집엔 아무도 살지 않는다"라고 말할 수 있다는 것이다. 브레히트는 바로 그런 점을 생각한 나머지 만약 저녁연기가 굴뚝에서 피어오르지 않는다면 "집과 나무들과 호수가 얼마나 적막할 것인가"라고 노래한 것이다. 시인의 감정이 개입된 '적막'이란 어휘가 의미망(意味網)을 좁히는 중심언어로 들어와있는 이 시에서 '집과 나무들과 호수'는 당연히 우리 사람들의 또 다른 이름과 모습으로 등장한다.

　그런 점에서 시 〈연기〉는 시인·극작가·연출가·사상가인 브레히트가 결국은 위대한 '휴머니즘'의 작가이었다는 사실을 대변해준다. 외딴 집에서 밥짓는 저녁연기는 '사람'의 모습이 그대로 담긴 평화스러운 세상의 상징물에 다름 아니다.

　아, 정말 브레히트 말대로 저녁연기라도 피어오르지 않는다면 우리가 사는 이 세상은 얼마나 적막하고, 삭막하고, 거칠고 무서울 것인가! 아마 외딴집에 저녁연기가 피어오르지 않는다면 호숫가(세상)는 여우와 승냥이, 이리떼만 득실거릴 것 같다는 생각이 든다. 다시 한번 브레히트와 헤겔, 피히테의 돌비석들(묘비)을 어루만지다가 도로테 공동묘지를 벗어난 나는 베를린 중앙역으로 달려가는 전차에 몸을 싣는다.

그림 형제 《가정동화집》

동화 박물관에 가득한 형제의 숨결

_ 거인은 "너 실수했다면 이 칼로 목이 달아났을텐데 면도까지 잘 해치웠구나. 어찌하여 그렇게 겁도 없다는 말이냐!"라고 꽥 소리를 내질렀습니다. 그러자 소년은 한 손으로는 흐르는 콧물을 훔치고 다른 한 손으로는 돈을 받아들더니 "무슨 말씀을 그렇게 하십니까? 거인 아저씨! 만약 실수를 했다면 그 순간 내가 먼저 이 면도칼로 아저씨의 목을 댕강 베어버렸겠지요!"라는 말로 씽긋 웃으며 아주 가벼운 목소리로 대답을 했습니다.

동화의 나라, 동화의 고향으로 가자. 전 세계 어린이들이 가장 많이 즐겨 읽는 고대 그리스 이솝우화, 프랑스의 파브르의 《곤충기》, 캐나다 출신으로 미국인이 된 시튼의 《동물기》, 덴마크가 자랑하는 안데르센 동화집, 러시아의 위대한 소설가 투르게네프 산문시, 톨스토이 동화집, 프랑스 사람 라 퐁텐의 우화시, 그리고 독일의 그림 형제가 필생의 작업으로 펴낸 《어린이와 가정동화집》의 고향으로 훨훨 날아가 보자.

아무래도 독일 땅을 먼저 밟은 나는 그림 형제가 평생을 두고 매달린 신나는 동화의 현장으로 달린다. 어린이는 물론 어른들도 자주 접하고 싶은 저 아름답고 으스스하고 통쾌한 얘깃거리가 무궁무진한 동화의 나라. 그럼 그렇지. 그림 형제를 얘기하기 전에 우선 그들이 써낸 신나는 동화 중에서 한 편을 요약해 소개하면 어떨까. 동화 제목은 〈알프스 소년과 악독한 거인〉인데 줄거리를 요약하면 이렇다.

옛날 알프스 산골짜기에는 놀라운 일이 자주 벌어졌습니다. 아니 글쎄, 수염이 여섯 자(182센티미터)에다 키가 아홉 척(280센티미터)이나 되는, 얼굴이 말도 못하게 험상궂게 생긴 거인이 나타나 이 마을 저 마을 사람을 놀려주고 다니는 것이었습니다.

놀려주기만 하면 또 그만인데 거인은 여섯 자나 되는 긴 칼을 번쩍번쩍 내보이면서 마을사람들을 괴롭히는 행동을 되풀이했습니다. 얕잡아보고 겁주고 놀려대면서 정말 그 재미로 사는 모양이었습니다. 사실이지 거인은 알프스 산골짜기 마을에 사는 사람들이라면 당최 어느 누구라도 사람 취급을 하지 않는 것이었습니다.

그는 심심할 정도가 되면 어느 마을에나 나타나서 이렇게 말했습니다.

"누가 내 수염을 잘 잘라 줄 수 있겠느냐? 곱게 잘라 주면 여기 내가 가지고 있는 250마르크를 주겠노라. 자, 이래도 내게 이발을 해줄 자가 없다는 말인가?"

당시로서는 상상할 수도 없는 엄청난 돈 250마르크를 흡사 수수께끼처럼 내보이면서 자기의 여섯 자 수염을 잘 깎아줄 수 있는 자 없느냐고 큰소리를 쳤습니다. 산골마을에서는 그래서 처음에는 너도나도 할 수 있다고 몰려들었습니다.

그러나 그때마다 이 거인은 "잠깐!" 하고 단서를 붙였습니다. "만약 수염을 깎다가 내 얼굴에 조그마한 상처라도 낸다면 보다시피 이 칼로 녀석의 모가지를 댕강 잘라 버리겠다"고 하면서 무슨 심보에선

그림 형제의 동화 속에 나올 법한 독일의 고풍스런 성. 그림 형제는 독일 전역을 돌며 전설과 민담과 민요를 수집하여 동화 속에 녹여 넣었다.

지 미리 겁을 잔뜩 주었습니다.

알프스 산골짜기 가난한 사람들은 그 돈에 굴뚝같은 욕심이 일었지만 혹시 실수하면 끝장이다라는 두려움 때문에 용기를 낼 수 없었습니다. 250마르크 중 단 1마르크만이라도 이발료로 받으면 좋겠다고 침을 꿀꺽거려보았지만 누구 하나 선뜻 나서질 못했습니다.

심지어 알프스 산골짜기에서 가장 면도질을 잘한다는 이발사마저도 "아유, 내가 만약 일을 하다가 실수를 하게 되면 이놈의 모가지는 싹둑 날아가버릴 것이니 아예 포기해버리겠어"라며 결국은 뒷걸음질을 쳐버렸습니다.

그럴수록 이 거인은 의기양양해서 알프스 산골짜기의 사람들을 비웃었습니다. 그는 자기 앞에서 쩔쩔매는 사람들을 볼 때마다 대단한 쾌감을 느끼는 모양이었습니다. 그런데 날짜가 얼마 지나서였습니다. 이 무지막지하게 생긴 거인이 알프스 계곡에서 가장 끄트머리인 마을에 도착했을 때 겨우 열 살을 넘겼을까 말까 한 소년이 불쑥 나타났습니다. "나의 아버지는 이발사랍니다. 덕분에 나는 어깨 너머로 배운 솜씨가 있어 아주 보기 좋게 면도를 해드릴 수 있습니다." 라고 하는 게 아니겠어요.

거인은 한편으로는 가소롭기도 하고 이거 영 싱거운 일도 본다면서 고개를 끄덕였습니다. 아니 글쎄, 세상에 별 녀석을 다 보겠네 하는 듯한 눈치를 보이면서 결국 소년에게 이발을 허락했습니다. "어디 그럼 해 볼 테면 해 보라." 거인은 팔짱을 끼고 앉은 채 이발기구와 면도를 들고 다가서는 소년을 한참이나 노려보았습니다. 구경하는 마을사람들은 숨을 죽이고 제발 무사하게 이발이 끝나기를 빌었습니다.

서당개 3년이면 글도 읽는다고 했던가. 마치 그 말을 확인해주기라도 하는 양 일찍이 아버지 곁에서 이발을 익힌 소년은 거인의 긴 수염을 아무런 이상이 없이 잘라주었습니다. 뿐만 아니라 면도도 시원하게 끝낸 뒤 손을 내밀었습니다.

"거인 아저씨, 수염 자르는 일을 잘 마쳤으니 이제는 약속대로 250 마르크를 주셔야 합니다."

"……?"

한동안 어안이 벙벙해진 거인은 "너 실수했다면 이 칼로 목이 달아났을텐데 면도까지 잘 해치웠구나. 어찌하여 그렇게 겁도 없다는 말이냐!"라고 꽥 소리를 내질렀습니다. 그러자 소년은 한 손으로는

세계문학의 거장을 만나다

흐르는 콧물을 훔치고 다른 한 손으로는 돈을 받아들더니 "무슨 말씀을 그렇게 하십니까? 거인 아저씨! 만약 실수를 했다면 그 순간 내가 먼저 이 면도칼로 아저씨의 목을 댕강 베어버렸겠지요!"라는 말로 씽긋 웃으며 아주 가벼운 목소리로 대답을 했습니다.

아까부터 이 장면을 보고 있던 마을사람들도 소년의 용감한 행동에 놀라 혀를 길게 내돌릴 수밖에 없었습니다. 수염을 밀어낸 거인의 얼굴은 어느새 새파랗게 질린 모습이었습니다. 껄껄껄! 아하, 재미있다. 이런 일이 일어난 후로 알프스 산골짜기에는 수염이 여섯 자나 되는 그런 거인이 다시는 나타나지 않게 되었습니다.

악독한 거인 앞에서 한없이 쩔쩔매는 마을사람들, 그것과는 대조적으로 지혜와 용기를 함께 발휘한 소년의 이야기 속에서 그림 형제가 안겨 주는 동화의 참맛과 교훈은 무궁무진하다. 남녀노소 누가 읽더라도 흥미를 아니 가질 수 없다는 생각이다. 우선 흥미뿐만이 아니라 무엇인가가 쫀득쫀득 씹히는 그런 맛이 있다는 것이다.

어린이들은 물론 어른들까지 통틀어 전 세계 독자들을 오래도록 감동시켜온 동화작가 그림 형제(형은 야곱 그림: 1785~1863, 동생은 빌헬름 그림: 1786~1859). 동화를 쓰기 위해 일생 동안 독일 전역을 돌면서 전설·민담·민요를 수집하고 구술 채록한 것을 노트에 담아 올렸던, 그리고 너무나도 의좋게 살다간 그림 형제.

모든 사람들이 공감하고 있듯이 세계동화의 대명사격인 〈백설공주와 일곱 난쟁이〉를 비롯하여 〈브레멘의 음악대〉 〈백조의 왕자〉 〈헨젤과 그레텔〉 그리고 앞서 얘기한 〈알프스 소년과 악독한 거인〉 등은 그림 형제가 필생의 작업 끝에 완성한 방대한 분량의 동화집 속에 담

형 야곱 그림과 누이들의 초상,
그림형제동화박물관 소장.

긴 이야기의 일부분일 뿐이다. 그러니까 이들 형제의 동화집에서 어
느 것을 읽어도 흥미가 무궁무진하다는 것이다.

　이윽고 나는 라인 강을 타고 올라가 탄광도시인 보쿰 시와 서양
중세의 대표적인 종교전쟁 하나로 '30년 전쟁'의 현장인 뮌스터 시
를 돌아나간다. 독일이 벤츠자동차 다음으로 자랑하는 아우디자동차
에 몸을 실어 아우토반(고속도로)을 다섯 시간 달린 끝에 중부유럽
북쪽에 위치한 카셀 시에 들어선다.

　카셀 시라? 카셀은 이미 세계적인 미술축제인 '카셀비엔날레'로
유명한 도시가 아닌가. 카셀 시내로 향하는 인터체인지를 돌아가니
서쪽 하늘은 붉게붉게 소멸해가는 저녁노을 끝 무렵이다. 정말 일모
도원(日暮道遠: 사육신의 한 사람인 성삼문이 처형장으로 끌려가면서 한
탄한 시에 나오는 말로, 갈 길은 멀고먼데 서산에 해는 뉘엿뉘엿 넘어가는

구나)이란 옛말이 실감난다. 일정이 잡힌 외국 여행을 할 경우 날짜가 번개같이 도망가고 목적지마다 도착하면 늦은 오후거나 어두컴컴한 저녁이다.

그러나 나는 여행에 있어서만은 욕심쟁이다. 한 곳이라도 더 보고 가야겠다는 것이 그런 마음이겠다. 그림 형제가 누비고 다녔다는 카셀 시의 고성과 박물관, 시청과 공원 등을 골고루 돌아다닌다. 공원엔 울창한 숲들이 흡사 전설 속의 원시림처럼 펼쳐져 있다. 옛 성터 밑을 지날 때에는 백설공주와 일곱 난쟁이가 종종걸음으로 달려 나와 나를 반겨줄 것만 같다는 엉뚱한 생각도 하면서 껄껄 웃어본다.

확실히 독일은 숲의 나라요, 삼림의 나라다. 산림청 직원이 국가의 어느 고위직 공무원보다도 높은 지위에서 호봉 대우를 받는다는 도이칠란트. 이 나라에서는 자기 집 안에 자라는 나무까지도 '함부로 벨 수 없다'는 엄격한 법률이 존재한다. 아니 수도 베를린 같은 경우는 자기 집 나무라 해도 앞마당에서 뒷마당으로 옮기고자 할 때엔 도시 산림과의 허락을 받아야 한다.

공원의 숲길을 내려와 카셀 시 중심에 자리잡은 '그림형제광장'에 도착, 도시 한복판에 세워진 4층 규모의 '그림형제동화박물관' 안으로 들어선다. 2차 세계대전 때 카셀 또한 전 도시가 폭격으로 내려앉았는데 그림 형제의 집도 예외가 아니었다. 그래서 지금 내가 찾은 동화박물관은 전후 원형복구 차원에서 지어진 것이다.

문 앞에 서비스로 놓인 안내 책자들이 영어·불어·독일어 판으로 여행자들을 기다린다. 그림 형제가 남긴 《어린이와 가정동화》도 역시 독·불·영어판으로 판매되고 있으며 그들이 남긴 유품들과 액자들이 말끔하게 비치되어 있다. 벽에 걸린 사진액자 속에서는 그림 형제와 그들 어머니가 코리아 나그네를 물끄러미 바라본다.

아우인 빌헬름 그림이 먼저 죽었는데 생전에 그들 형제의 우정은 인구에 회자되는 대목들이 가히 전설적으로 많다. 오늘날까지도 엄청난 분량의 《동화집》과 《독일전설》 《독일문법》 《독일어사》 《독일어사전》이 전하는데 그것은 다 그들 형제의 우정의 결과로 볼 수 있다. 이외에도 문헌학, 민속학, 신화학과 관련한 불후의 명작들을 써냈는데 그래서 오늘날도 독일은 그림 형제를 자랑스럽게 여긴다.

태어나서 줄곧 같은 집에서 살고, 같은 학교에서 공부하고, 같은 도서관에서 근무하고, 괴팅겐 대학에서는 같은 신분을 가진 교수로 봉직했던 그림 형제. 그러나 그렇게 바지런한 그림 형제도 하노바 왕의 위헌행위를 규탄했다는 것이 죄목이 되어 똑같이 해직이 된다.

하지만 그림 형제는 독일왕 빌헬름 4세 치하에선 베를린 학술원에도 같이 초빙되는 영광을 누린다. 잠시도 쉬지 않고 언제나 나란히, 함께 독일 전 지역을 돌며 동화 소재를 수집하고 채록하고 그리하여 아름다운 독일말로 갈고 다듬은 그림 형제! 이들 형제의 동화는 어떤 성인문학(시·소설·희곡) 못지않게, 오늘과 내일도 여전히 어린이들의 가슴을 보다 깊고 넓은 감동으로 채워줄 것이다. 신명나고, 재미있고, 통쾌하고, 가슴이 후련한 교훈들을 풍부히 담은 그림 형제의 동화집은 그런 의미에서 '세계 어린이들의 교과서'로 영원히 두 손 위에 펼쳐져 있을 것이다.

세계에서 단 하나밖에 없다는 '동화박물관'을 가지고 있는 도시 카셀. 안녕! 잘 있어 다오. 그림 형제의 고향으로 영원히 빛날지어니, 아름다운 카셀이여!

쉴러 희곡 《발렌슈타인 삼부작》

독일 고전주의 문학의 최고봉

피콜로미니는 발렌슈타인 장군의 심복이면서도 역시 그를 모반하여 죽이려 드는데, 아 그럼 어찌해야 좋단 말인가! 피콜로미니 장군이 사랑하는 여인이 그 무슨 운명처럼 발렌슈타인 장군의 친딸이 아닌가….

이상과 현실은 별개의 것일까. 아니면 우리가 누리는 시간 속에서 혹은 공간 속에서 하나의 생명현상을 발휘하고 있는 것일까. 하나의 몸, 하나의 숨결, 하나의 꿈속에서 관류(灌流)하고 있다면, 그럼 도대체, 왜, 이상과 현실은 해와 달처럼 밤과 낮을 달리하는 것일까. 인류의 역사가 변증법(정반합 즉 이분법을 즐겨 적용하는 서양사상에서 비롯된 것인데 동양사상은 모든 것을 '하나'의 개념에서 출발시킨다. 불교의 화엄과 공자의 도가 그렇다)적으로 굴러왔듯이 현실과 이상은 항상 갈등의 모체다.

18세기 프랑스혁명 직후, 바이마르 지역 예나 대학에서 독일문학의 거대한 두 봉우리 괴테와 쉴러는 당시의 시대상황과 문학적 고민을 놓고 대화를 나눈다. 나폴레옹이 전 유럽을 휩쓸고 있을 때 아직

바이마르 시에 세워진, 이상주의자인 쉴러와 현실주의자인 괴테가 서로 손잡으며 서 있다.

도 절대봉건국가가 유지되고 있던 독일 한복판에서 현실주의자 괴테와 이상주의자 쉴러가 서로 얼굴을 마주 비춰본 것이다. 우리나라 성리학으로 말하면 이(理)와 기(氣)의 세계가 대화의 쟁점으로 부상한 것이다.

먼저 쉴러는 '이상'이란 것이 우리의 삶이 하늘로 뻗어나가는 나무줄기라고 비유한다. 좀더 진보적인 세계를 추구하는 쉴러의 물음에 선배시인 괴테는 하나의 행성 위에서 그들이 만났다는 듯이 "나무는 하늘로 뻗는 줄기와 잎새만으로 존재하지 않는다. 나무는 지상의 뿌리를 통해 존재해서만 존재가 가능하다. 따라서 이상과 현실의 관계는 별개가 아닌 하나의 '몸'으로 가지와 뿌리를 갖는다."고 대답한다.

쉴러와 괴테의 이 유명한 대화는 독일 고전주의 문학을 특징짓는다. 노익장 괴테로 하여금 《파우스트》에 매달리게 하고 젊은 혈기로 가득 찬 쉴러로 하여금 《발렌슈타인 삼부작》을 쓰게 만든다. 결국 이 두 작가의 만남은 독일 고전주의가 꽃을 피우는 이론적 배경과 작가적 세계관을 구축해준 셈이다.

베를린에서 프랑크푸르트까지 여섯 시간 동안 고속열차를 이용한 나는 다시 라인 강변을 타고 달리는 '인터시티(IC) 고속열차'를 이용해 독일 북부 공업지대를 통과한다. 쾰른과 뒤셀도르프를 지나 보쿰 시에 도착한 나는 그곳에서 이틀을 머문다. 사실 정확한 이야기인지는 몰라도 이 도시에 소재한 보쿰 대학 건축양식과 캠퍼스 건설 양식은 서울 관악산 밑에 위치한 서울대 캠퍼스의 모델이 되었다는 말이 있다.

1960~1970년대 이른바 한국의 '파독(派獨)광부들'이 가장 많이 배치되어 일했다는 보쿰은 세계적으로 유명한 탄광 박물관이 있는 도시다. 오늘도 수많은 관광객이 찾아들기도 하는 이 도시의 보쿰 대학에 한국 유학생이 160여 명 정도 공부하고 있는 것을 알았다. 파독되어 오랫동안 갱에서 생활한 광부들은 지금 이곳 탄광의 거의 모든 곳이 폐광 상태라서 서로들 다른 직종으로 살고 있는 모습이다.

보쿰 시에서 하룻밤을 보낸 다음 날 나는 여독을 풀기 위해 사우나를 찾았는데 남녀가 같이 사용하는 목욕탕이라서 처음에는 무척 놀란다. 동양식으로 말하면 '점잖은 체면'에 생전 처음으로 얼굴을 맞댄 그들과 실오라기 하나 걸치지 않고 함께 목욕을 한다는 것이 여간 힘들고 오금이 이만저만 조이는 일이 아니다.

남녀구분이 없는 사우나에 들어가 오랜 시간 발가벗은 채로 같이 앉아있다는 것은 고역이다. 그러나 시간이 지나자 '이건 별 이상한 일도 아니' 라는 생각도 들어 내 몸뚱이 한쪽을 꼬집어본다. 내가 지금 제정신으로 이곳 사우나에 들어왔나 하는 생각에 시달리지만 말이다. 현지교민들은 일상화됐는지 아무렇지 않는 것 같다.

하지만 독일을 처음으로 여행하는 내 경우, 보쿰 시의 사우나에 들어간 사람들 모두가 에덴동산의 사과나무 아래 벌거벗고 걸터앉은 아담과 이브처럼 보인다. 사우나목욕을 끝낸 후 옷을 다시 걸쳐 입고 나니 꼭 그렇지만은 않다는 생각을 한다.

이들 독일인과 재독 한국교민들이 주기적으로 이용하는 사우나 목욕탕은 이성(異性)의 경계랄까 국경이 있어 보이지 않기 때문이다. 남자와 여자, 백인종과 황인종과 흑인종, 나라와 나라 사이를 가로막는 서로 다른 문화랄까 경계가, 그러나 나를 매우 낯선 이방인으로 만들어버린다. 허허, 나도 이미 까뮈가 말한 '이방인' 일까.

다음날 나는 보쿰 대학에 다니는 한국인 유학생 S형의 도움으로 뮌스터 시를 향해 두 시간 이상을 달린다. 자동차는 독일산 아우디다. 정치외교학을 공부하기 위해 독일에 유학을 온 그가 아무리 나 같은 못난 시인을 좋아한다 해도 정말 고맙다.

8년 동안이나 뮌스터 대학에서 공부해오고 있는 그는 뮌스터 시의 이곳저곳을 안내해준다. 8년이라? 말이 8년이지 외국에서 젊은 날을 오로지 학위만을 위해서 고군분투하는 젊은이들을 볼 때 무척 쓸쓸해 보이지만 한편으로는 존경스럽다. 어쨌든 독일에서 박사학위를 취득한다는 것은 하늘의 별 따기와 같은 모양이다.

유학생 S형은 쉴러의 《발렌슈타인 삼부작》 무대를 두루 둘러볼 기회를 헌신적으로 제공해주는데 기쁜 표정이다. 저 '30년 전쟁'의 현장이기도 한 뮌스터 시. 아 정말 그랬을까?! 그 끔찍한 종교전쟁이 계속되는 동안 독일도 1천만 명이 목숨을 잃었다지 않는가. 오늘날은 가장 전원적이고 깨끗한 고전적 도시로 유명한 뮌스터 시에는 뮌스턴 대학이 있는데 신학부가 그 중 널리 알려진 대학이다.

뮌스터 대학은 김수환 추기경이 한때(1964년) 신학사회학을 연구한 대학이다. 김 추기경은 이 대학에 소속한 성 바울 성당(1265년에 완성)에서 보좌신부를 하면서 신학공부를 한다. 그래서 내게는 유럽의 어느 대학보다도 뮌스터 대학이 더욱 정겹게 느껴진다. 김 추기경은 1969년 교황 바오로 6세에 의해 '한국 최초의 추기경'이 됐는데 이 일은 한국교회사에서 영광스러운 역사의 한 페이지를 장식한다.

김수환 추기경이 한동안 머물렀다는 뮌스터의 성 바울 성당은 유럽교회사에서 빠뜨릴 수 없다. 이 성당은 시내 중심부에 위치하고 있는데 이곳에서 2백 미터쯤 거리에 그 유명한 '성 람베르티 교회'가 자리잡고 있다. '30년 전쟁' 때 신교도와 구교도가 서로 살육전을 벌인 곳이 바로 저 람베르티 교회라 하지 않는가.

바로크시대 후기 고딕양식을 그대로 보여주는 람베르티 교회 종탑 속에는 '30년 전쟁' 당시 신교도 목사들을 굶기고 말려서 죽인 '철망감옥'이 오늘까지도 디룽디룽 매달려 있다. 도시의 모든 사람들이 보도록 하기 위해 붙들려온 목사들의 살과 뼈가 무너져 내릴 때까지 종탑 꼭대기에 철망감옥을 매달아 전시했다는 람베르티 교회의 종탑. 오늘날도 옛 모습 그대로 솟아서 지나가는 방문객들을 내려다보고 있다.

람베르티 교회와 가까운 곳에는 역시 '30년 전쟁'을 마무리한 '베스트팔렌 조약' 현장이 잘 보존돼 눈길을 끈다. 1648년 조약을 맺은 장소로 유명한 뮌스터 시청 홀이 오늘날은 역사적 관광명소로 멀리서 찾아온 여행자의 발길을 오래도록 붙잡는다.

유럽 전체를, 특히 독일 전역을 쑥밭으로 만들어버린 '30년 전쟁'은 드디어 뮌스터 시청 안에 자리한 '평화의 홀'에서 끝을 맺는다. 오스트리아, 덴마크, 스웨덴, 프랑스, 스페인, 네덜란드, 독일이 종교적인 문제와 정치적인 문제로 엄청난 희생을 치른 '30년 전쟁'. 루터의 종교개혁 이후 30년 동안 내내 피의 보복전을 벌인 이 전쟁을 소재로 프리드리히 쉴러(1759~1805)는 《발렌슈타인 삼부작》을 완성시킨다.

세계적인 문예비평가들이 한결같이 입을 모은 것처럼 괴테의 《파우스트》와 함께 쉴러의 《발렌슈타인 삼부작》은 독일 고전주의비극의 정점을 이룬 희곡작품이다. 형식적인 면에서는 고대 희랍의 소포클레스적 비극과 셰익스피어의 비극을 깊숙이 끌어다 녹인 불멸의 대작이다. 여기에다 이 작품은 게르만민족의 성격극의 형식에다 새로운 세계로 나아가고자 하는 이상주의, 칸트의 자연관과 철학성까지를 접목시킨 듯이 하나의 거대한 심포니를 이루고 있는 작품으로 평가된다.

정적들에 휘말려 죽을 고비를 넘기면서도 장편서사시 《신곡》을 남긴 이탈리아의 단테, 청교도혁명을 일으킨 크롬웰의 시체가 다시 파헤쳐져 부관참시(剖棺斬屍)를 당할 때 체포령이 내려져 은둔생활을 하는 상황 속에서도 영혼을 다 바치듯이 써 내려간 대서사시 《실낙원》의 저자 밀턴. 이들 두 시인과 함께 세계문학의 최정상에 우뚝 서서 '시성(詩聖)'이라고 불려지고 있는 독일의 시인 괴테. 그가 "《발렌슈타인 삼부작》에 비길 만한 작품은 아마 먼 장래에도 나타나기 어려울 것이다"라고 극찬했을 정도로 프리드리히 쉴러의 이 작품은 단연 독일 고전주의를 대표한다. 줄거리는 이렇다.

신교도와 구교도의 싸움이 격렬하게 벌어지자 독일의 발렌슈타인 장군은 야망에 불탄다. 상대국 스웨덴 왕과 결탁하여 자기 나라 황제를 배반, 죽이려는 음모를 꾸민다. 그러나 운명의 여신은 '피콜로미니'라는 장군을 등장시킨다.

피콜로미니는 발렌슈타인 장군의 심복이면서도 역시 그를 모반하여 죽이려 드는데, 아 그럼 어찌해야 좋단 말인가! 피콜로미니 장군이 사랑하는 여인이 그 무슨 운명처럼 발렌슈타인 장군의 친딸이 아닌가….

현실과 이상의 불협화음이 무대를 꽉 채우면서 '30년 종교전쟁'도 막을 내리게 되는 무렵 마침내 그렇게 믿었던 심복부하 피콜로미니 장군은 발렌슈타인 장군의 부장들을 모조리 자기편으로 끌어들인다. 그리하여 치밀한 음모, 배신, 모리배들의 협잡과 계략 속에서 발렌슈타인 장군은 비참하게 암살되고 마는 것이다.

자아, 그렇다면 오늘날 우리가 쉴러의 대작《발렌슈타인 삼부작》에서 새롭게 느낄 수 있는 것이 있다면 무엇일까. 아무래도 이 작품은 역사를 한쪽으로만 보지 않고 다각적인 관점으로 압축해서 들여다보고 있다는 데 그 탁월성을 인정받는다. 시인으로서의 천재성과 예언성에 의존하기보다는 쉴러 그 자신이 이미 역사학자로서〈30년 전쟁사〉란 대논문을 저술한 다음에 이 작품을 썼기 때문에 가능한 일이다.

독일 고전주의 문학의 최고봉

너무나 많은 사람들이 '종교의 이름'으로, '정치적인 이해'로 쓰러져간 '30년 전쟁'의 격전지 뮌스터 시를 떠나면서, 나는 쉴러의 '이상'과 괴테의 '현실'이 함께 만나 한 그루의 늘푸른 거목을 일으켜 세우는 것을 새삼 확인한다. 괴테《파우스트》와 쉴러《발렌슈타인 삼부작》은 '30년 전쟁'으로 처절하게 쓰러져 뒤죽박죽이 돼버린 독일과 유럽의 그 상처뿐인 정신사를 다시 일으켜 세우고자 한 엄숙한 작업의 결과이다.

나는 문학의 위대함을 믿는다. 전제봉건사회를 '근대'로 앞당긴 혁명적 계몽주의자 볼테르와 루소의 영향권에서 계몽주의 시대 → 질풍노도의 시대(Strum und Drang) → 낭만주의 시대 → 고전주의 시대를 이끌어간 시인 괴테와 쉴러의 우정의 결실을 독일 현지 뮌스터란 도시에서 절절하게 느끼고 감지한다.

그리고 괴테의 유언으로 뮌스터 시의 방문을 끝낸다. 미완성 희곡으로 알려진《파우스트》를 끝내지 못했다는 생각에서 자신의 죽음 직전에 두 손을 내밀어 부르짖는 18세기 저 위대한 정신의 우주(宇宙)—괴테의 그림자를 가까스로 느낀다. 그의 긴 그림자는 시대를 넘어 '괴테정신(Goethegeist)'으로 내 가슴에 달라붙어 펄럭인다. 물론 괴테의 다음과 같은 유언을 전해주며 내게 가까이 다가오는 시인은 쉴러다. 나이를 초월하여 괴테와 쉴러의 우정은 얼마나 각별한 것인가.

"오, 내게 빛을! 오오, 마지막으로 내게 빛을 더 내려다오."

헤겔 강의록 《역사철학》

대리석 묘비 위엔 '미네르바의 올빼미' 날고

_철학은 역사를 하나의 재료로써 다루며 역사를 있는 그대로 내버려두지 않고 그 사상에 적합시켜 선험적으로 역사를 구성한다.

《법철학》 머리말에서 어쩌면 자신을 두고 '미네르바의 올빼미' 라 말했는지도 모르는 프리드리히 헤겔(1770~1831). 미네르바는 로마 신화에 나오는 지혜와 용기, 학문을 주도하는 여신인데 피히테 이후 '독일관념론' 을 큰 테두리 안에서 집대성한 헤겔은 어두운 시대가 닥칠 때마다 철학은 곧 지혜와 용기를 제공한다는 것을 예언한다.

동양의 나그네가 도달했을 때 그가 잠든 동베를린 지역 도로테 교회 공동묘지는 어둠이 부슬부슬 내린다. 살아생전 늘 곁에 눕고 싶다던 헤겔. 피히테가 그의 부인과 누워있는 바로 옆자리에는 소원대로 헤겔이 부인 마리네 헤겔과 나란히 천상의 평화를 누리고 있다. 건너편에는 20세기의 위대한 시인이자 연출가, 그리고 희곡작가로 활동한 시인 브레히트가 역시 부인 헬레네 바이겔과 나란히 잠들어 있다.

칸트의《실천이성 비판》에서 자극을 받은 초월적 관념론자 피히테는 헤겔보다 앞서 살다간 철학자이다. 그는 베를린 대학 교수 시절에 이 대학 학사원에서 매주 한 차례씩 '독일국민에게 고함'이란 강연을 한다. 프랑스 나폴레옹 군대가 베를린을 침략, 모스크바에서 물러날 때까지 국가의 치욕적인 상황이 전개된 무렵이다.

철학은 항상 어떤 거대한 사건이 일어난 뒤에 형성되어 날개를 편다. 때문에 미네르바의 올빼미는 황혼과 더불어 날아오른다고 선언한 19세기 대철학자 프리드리히 헤겔. 그러나 그의 무덤은 위대한 철학자의 무덤이라기보다는 실로 평범하고 자그마하고 소슬하다. 하기야 독일의 모든 지도자들의 무덤은 이를 데 없이 소박하다.

죽음 이후엔 인간은 누구나 평등하다는 그들의 내세관이랄까 정신세계가 묘비에 이름·출생·사망연대만 기록케 한 것 같다. 1992년에 숨을 거두어 베를린 체릴도르프 공동묘지에 안장된 빌리 브란트 전 서독 수상의 묘지를 찾았을 때도 일반 시민의 묘지와 평수가 똑같음을 보았던 바다. 브란트보다 먼저 죽은 제1대 베를린 시장 에른스트 로이터의 무덤도 한 가난한 필부의 묘비명인 양 표기되었을 뿐이다.

참으로 적막하다. 어떤 새들은 마치 이 고요한 적막에 들키지 않으려는 듯 가만가만 나뭇가지에 앉곤 한다. 동서독이 통일되기 이전에는 감히 찾아올 수 없었던 도로테 교회 공동묘지. 헤겔과 피히테가 나란히 묻힌 무덤 앞에 서 있으려니 환청일까, 어디서 불현듯 미네르바의 올빼미들이 날아오는 소리가 들린다.

이제 겨우 오후 네 시 반인데 독일의 초 겨울밤은 그렇게 빨리 달려들어 나그네의 온몸을 을씨년스럽게 휘감아버린다. 한국에서 멀리 이곳 묘지를 방문한 나는 훗날을 기약할 수 없다는 심정으로 철학의 거성 헤겔 묘비를 한참동안 어루만진다.

하지만 당장은 감각이 전해져오지 않는다. 죽은 헤겔과 살아 있는 오늘의 나 사이에 그 어떤 '모순'과 '대립'된 세계가 끼여든 것일까. 다만 차가운 대리석의 감촉과 묘비에 빗물이 휘감겨 내리는 그 느낌만이 손끝에 전해져올 뿐이다.

나는 '브레히트 연구소' 바로 뒤켠에 붙은 도로테 교회 공동묘지를 한참 서성인다. 대학시절 늙은 철학교수가 몇 개의 분필을 분질러가면서까지 우리를 이해시키려 했던 헤겔의 관념적인 철학세계, 이를테면 《법철학》《정신현상학》《역사철학》등을 관류하는 유명한 변증법의 세계를 다시 기웃거린다. 영국 철학자 버트란드 러셀마저 "너무 난해하다, 너무 어렵다"고 혹평을 가한 헤겔 저서들을 머릿속으로 떠올린다.

내가 알기로 적어도 헤겔에 있어서는 "역사는 발전한다"는 것이고 따라서 "국가와 국가, 세계와 세계, 인류의 역사는 발전한다"는 것이다. 뿐만 아니라 "인간관계의 사랑도 끊임없이 대립과 모순을 되풀이한 끝에 결합에 도달한다"는 것으로 풀이된다. 이것이 바로 이른바 헤겔이 필생을 두고 연구했던 변증법적 역사와 철학이 아닌가.

헤겔에 따르면 변증법의 뿌리는 추상적 사유 가운데 있는 게 아니라 오히려 구체적인 현상 속에서 비롯된다는 얘기다. 물론 그의 철학이 독일 형이상학 철학의 상층부를 이루고 있음에도 '현실을 지양'시키려 한 변증법은 보다 구체적인 모습을 나타낼 때가 많다. 따라서 이때 현실을 새로운 단계로 '이끌어 올린다'는 뜻에서 '지양(Aufheben)'이란 말은 헤겔 철학 즉 '변증법의 중심고리'로 작용

밤이면 미네르바의 올빼미가 날아오를지도 모르는 동베를린 도로테 공동묘지 안의 헤겔의 묘지.

한다.

　그럼 그의 변증법을 다음과 같이 사랑의 이야기로 말할 수도 있겠다. 나는 너를 사랑한다. 그러나 나는 너로 하여 그 어떤 모순에 부딪친다. 너 역시 나로 하여 그 어떤 모순 상태에 놓이고 그런 끝에 너와 나의 사랑에는 모순과 대립이 팽창한다.

　예컨대 사람의 '사유'에 있어서 누구나 그렇듯이 내가 '정(正)'이라면 너는 '반(反)'이라는 개념으로 작용한다. 그런 의미에서 헤겔 철학을 변증법과 이성주의로 압축할 수 있겠다. '이성(理性)'이야말로 '자유'라는 것과 함께 기왕에 역사에 의해 벌어지는 변증법적 세계를 견인하고 추동해나가는 진정한 힘이요, 가치이기 때문이다.

　하지만 헤겔에 의하면 실망할 필요가 없다. 사랑하는 자가 타인을 사랑하면서 자신을 잊는다는 것인데 그것은 에고(ego)로 가득 찬 본래적인 자신을 되찾을 수 없는 상태에서만 가능하다. 사랑하는 자와 사랑받는 자가 '모순과 대립을 지양'하여 마침내는 '합(合)'을 완성한다는 것이 헤겔의 '정반합(正反合)'의 원리요, 이론이다.

그러나 사랑하는 사람끼리의 '합'의 상태는 흔들릴 수밖에 없어 모순과 대립에 직면한다. 또 다시 '정'과 '반'이 갈라서기 때문이다. 그러나 또 실망할 필요는 없다. 모순과 대립을 지양시키는 어떤 결합의 힘이 다시 불붙어 분열에서 통일로 나아가는 생명력을 획득, '합'이라는 마지막 단계의 사랑을 통해 자리 매김을 받기 때문이다.

이러한 사랑에의 확신이 헤겔 철학의 등뼈를 이루고 나아가 그것이 추구하는 절대적 세계정신으로 창출 혹은 도출된다. 한마디로 헤겔의 변증법이 말하는 정반합 원리는 나의 존재와 너의 존재가 모순·대립을 무수히 되풀이한 끝에 보다 이상적인 세계적 존재로 나아가다가 다시 '정반합'의 3단계를 되풀이한다는 것이다.

이와 같은 변증법의 논리학에 기초하여 씌어진 것이 《역사철학》이다. 역사적 과정과 그에 따른 역사적 인식을 중요하게 다루는 '역사철학'이란 용어를 맨 처음 사용한 사람은 프랑스혁명에 불을 당겨 부르주아 지식인 계급에 절대적 영향을 미친 계몽주의자 볼테르다. 그의 계몽주의는 역시 '이성'을 중요시 여긴다.

헤겔의 《역사철학》은 헤겔 자신이 저술한 것이 아니다. 이것은 그가 죽은 뒤에 제자들이 받아서 정리한 강의록을 가지고 만든 책이다. 사건과 이야기 위주로 쓰여진 역사책만을 보다가 동양과 서양사를 사상적으로 짚어가는 헤겔의 이 책을 들여다보면 어느새 대해(大海)에 푹 담기는 듯한 감동에 젖는다. 고대 중국과 인도, 페르시아, 그리스, 로마, 중세, 프랑스혁명 등 순서를 매겨 써 내려간 《역사철학》은 그래서 헤겔 사상의 파노라마를 연상시켜 주기도 한다.

아, 잠시 동안이나마 죽은 철학자들과 많은 대화를 나누었구나. 나는 도로테 교회 공동묘지를 벗어나 동베를린 지역에 위치한, 거대한 TV탑이 위용을 자랑하는 알렉산더 광장에 선다. 헤겔이 때마침 말 타고 달려오는 나폴레옹을 보고 '세계정신(die Weltgeist)'을 느꼈을지 모르는 베를린 한복판에서 나는 그가 철학과 교수로 강의하다가 총장으로 봉직한 베를린 대학을 찾아가기로 결심한다.

물론 그의 모교인 튀빙겐 대학과 그가 교장을 지낸 뉘른베르크 김나지움(인문계 고등학교), 일시 강사생활을 했던 예나 대학에서 정식 교수직을 얻어 강의한 하이델베르크 대학을 방문할 계획도 잡는다.

가는 길목에 그 유명한 훔볼트 대학에 들러 칼 마르크스의 저서들이 매우 저렴한 가격에 팔리는 것을 목격한다. 싸구려도 보통 싸구려가 아니다. 오늘 이곳에서 《자본론》의 저자 마르크스가 다시 살아나서 스승 헤겔을 만난다면 그들은 먼저 무슨 말을 나누고, 자신의 사상을 앞으로 어떻게 개진시켜 나갈까. 헤겔의 변증법적 사랑론을 끝으로 그의 묘지 방문을 끝낸다.

"사랑받는 사람은 우리와 대립해 있는 것이 아니다. 그는 우리의 본질과 하나다. 우리는 단지 사랑받는 자 안에서 우리를 본다. 그러나 사랑받는 자는 다른 한편으로는 우리가 아니다. 이것은 우리가 이해할 수 없는 하나의 기적에서 출발한다."

릴 시와 돌의 불꽃 만남
케의 조각미술 거장 이야기 《로댕론》

_ 내 영혼이 당신 영혼에 닿지 않고서 어찌 내 영혼을
간직하오리까? 오, 어둠 속에서 잃어버린 사물 가까이,
당신의 깊은 마음이 흔들려도 흔들리지 않는 고요하고
낯선 곳으로 내 영혼을 가만가만 가져가고 싶습니다.

시인 라이너 마리아 릴케(1875~1926)와 조각가 오귀스트 로댕
(1840~1917)의 만남은 20세기 문학사·미술사에 하나의 커다란 기
적이다. 새로운 천년—밀레니엄을 맞이하면서 《런던타임스》가 내놓
은 유럽 각 나라 보통시민들을 대상으로 조사한 앙케이트에 따르면
"20세기에서 딱 한 사람의 시인을 고른다면 독일의 라이너 마리아
릴케"라고 했다. 그리고 미술은 단연 스페인 출신의 피카소였는데
지금 내가 얘기하려는 오귀스트 로댕도 만만치 않은 점수로 순위에
오른다.

그렇게 세계의 모든 나라 사람들이 사랑하고 있는 릴케와 로댕.
그들의 우정과 창작에 대한 열정에서 싹튼 예술적 실루엣 속을 들여
다보면 무척 흥미롭고 시사하는 바가 많다. 중국의 공자님 말씀처럼

프랑스 건축 예술의 정수를 대표하는 파리 문화의 전당 오페라하우스.

시(詩)·서(書)·화(畵)·음(音)이 예로부터 서로 숙명·운명처럼 인연을 이루어 왔듯이 릴케와 로댕의 문학과 미술의 만남은 여러모로 경이롭다.

한국 교민들이 3만 명이나 살고 있는 파리를 찾는다. 유럽에서도 한국 유학생들과 예술인들이 가장 많이 살면서 학문과 창작에 몰두하고 있다는 세계 최고의 예술작품들이 곳곳에 소장, 전시되고 있는 세느 강변의 파리. 아마 모르긴 몰라도 파리만큼 미술품을 많이 소장한 나라는 어디에도 없다는 생각을 한다. 세계문화유산의 최고 작품들을 엄청나게 소장하고 있는 뉴욕 맨해튼도 파리가 소장한 작품량이나 값어치에 비하면 조족지혈이다. 참 재미있게도(?) 맨해튼의 메트로폴리탄 박물관의 경우는 비록 현지 것보다는 작지만 이집트에서 원형 그대로인 스핑크스를 옮겨와 전시하고 있으니 입이 떡 벌어지

샤갈이 그린 오페라하우스의 원색 천장 그림.

지 않을 수 없다. 그야말로 어안이 벙벙할 지경이다.

　중국 기술자가 설계했다는 에펠탑을 배경으로 릴케와 로댕이 함께 거닐었을 세느 강과 루브르 박물관. 나는 인류의 미술문화유산을 죄다 끌어다 부어놓은 듯한 루브르 박물관을 들어서기 전에 프랑스가 자랑하는 또 하나의 건축예술작품 '오페라하우스'로 간다. 오페라하우스의 건물 천장 그림은 모두 유태인 출신 화가 샤갈이 그린 것인데 역시 신비롭고 환상적이다. 물론 이 건물의 외벽들은 온통 조각작품이다.

　오페라하우스 바로 지척에서 30년 이상 '김치식당'을 경영한다는 60대 중반을 넘어선 이희세 선생을 만난다. 가는 세월처럼 어느새 그의 머리도 하얗게 날린다.

　"반갑습니다. 요즘 저는 돌아가신 이응로 화백의 기념미술관을 파리 근교에다 설립 중입니다. 한옥 모양으로 지은 미술관에 당신 작품을 모아 진열하고 싶습니다. 파리 공동묘지에 묻힌 당신을 조국에 모시고 가서 편히 잠들게 해드리고 싶은데….”

서울 홍익대를 나와 한동안 배화여고에서 미술교사를 했다는 이응로 화백의 조카 이희세 선생은 손수 김치식당을 운영한다. 이 식당은 수백 호를 넘어서는 이응로 화백의 그 유명한 대나무 그림이 걸려 있다. 수묵화이지만 푸르청청하다. 한국 선비문화가 탄생시킨 전통적인 ‘지조(志操)의 미학’을 힘있는 필치로 그려낸 작품이다. 그림이 걸린 장소가 프랑스 파리의 한복판이라지만 한국산 대나무 바람소리가 어디에서 쏴아쏴아 불어올 것만 같은 그런 느낌을 깊은 먹빛으로 품위를 더해 보여준다.

김치식당을 나와 지하철을 이용 루브르 박물관으로 향한다. ‘현대 조각의 아버지’라고 불리는 로댕이 예술적 영감을 많이 받았다는 루브르 박물관 이곳저곳을 관람한다. 달리기 선수처럼 거의 뛰어다니는 듯한 발걸음으로 수많은 미술작품들을 감상한다. 시인 릴케처럼 거대한 감동 속으로 나 또한 휘말려 들어가 본다. 릴케와 로댕을 떠올리면서 미술과 문학은 한 통속, 혈통이 같다는 생각을 한다.

한국 독자들한테도 널리 알려진 시인 릴케는 옛 ‘보헤미아 땅’ 체코슬로바키아의 수도 프라하 태생이다. 독일로 옮겨간 릴케는 어릴 적부터 어머니의 종교적 신앙심에 깊은 영향을 받았는데 섬세한 시적 감성과 상상력이 그것이겠다. 성장을 거듭한 그는 뮌헨 대학에서 학업에 열중하다가 베를린으로 옮겨가 산다. 제1차 세계대전 후에는 스위스의 ‘뮈조트 성’에 들어가 시작에 몰두한다. 그의 후원자이기도 한 귀족부인의 배려로 이 성에 살면서 〈두이노의 비가〉 같은 시를 남긴다.

내가 울부짖은들 천사의 대열에서 누가 들어주랴.
설사 한 천사가 있어 갑자기 나를 가슴에 껴안는다 해도
그 힘세고 벅찬 존재 때문에 나는 사라지고 말리라.
왜냐하면 아름다움이란 우리가 가까스로 견딜 수 있는
무서움의 시작(始作)에 불과하므로.

러시아를 두 차례나 여행한 이후에 릴케는 대자연이 그에게 안겨
준 경건주의에 사로잡히기도 한다. 이어 스웨덴, 덴마크, 이탈리아,
그리스, 스페인, 프랑스 등 전 유럽을 돌아다니면서 각 나라의 문학
적 전통과 정신문화사를 보고 시적 영양분을 섭취한다. 당시 전 유럽
을 휩쓴 세기말적 고뇌와 우울증에 방황을 거듭하다가 생존연대는
다르지만 《악의 꽃》으로 유명한 19세기 시인 보들레르의 우울증상과
맞먹는 '존재의 고독'에 흠뻑 젖기도 한다.

나는 무엇이며 또한 누구인가, 하는 존재론적 고독에 침전한다.
그리하여 그의 시는 신을 향한 고독이라기보다는 '너무나, 너무나도
인간적인 고독'의 그것에서 잉태된 시를 열정적으로 써 나간다. 프
랑스 상징주의의 선구자인 보들레르는 러시아 대문호 톨스토이가 극
찬했던 것처럼 "오, 그대는 전율(戰慄)을 만들어낸 시인"이다.

그렇다면 파리는 화려함 그 뒷면에 어둡고 우울한 도시일까. 보들
레르의 표현대로 '악의 꽃'이 쉬지 않고 피어나고 있을 도시 파리.
예술적 유산만이 아닌 범죄와 매춘, 폭력과 죽음, 가난과 고통이 공
존하는 이곳을 감수성이 예민한 릴케는 어떻게 바라보았을까. 파리

생활 체험 결과 쓰여진《말테의 수기》에서 그는 토로하고 있다.

"아아, 달리는 지하철이 내 몸 위를 누르고 달린다. 이것은 과연 꿈인가 현실인가."

독일 출판사의 부탁으로 파리에서 저술한 릴케의《로댕론》은 20세기 불후의 미술평론으로 손꼽힌다. 물론 미술 분야 평론으로는 영국의 시인이며 예술평론가인 허버트 리드(1893~1968)의《예술이란 무엇인가》가 인류미술사를 종합적으로 이해하는 데 압권이란 말이 있다. 그러나 한 조각가를 인물평전 형식에 곁들여 그것도 시인의 눈으로 그의 예술세계를 다룬 책으로는《로댕론》이 가장 빛나는 저술이 아닐까.

영혼의 드높은 음향을 전하고 언어의 형식미는 물론 음악성을 최고의 수준으로까지 이끌어올린 라이너 마리아 릴케. 1950년대부터 김현승, 김춘수, 김수영 등 한국의 수많은 시인들한테도 절대적 영향력을 끼친 그는 '깊은 내면'을 간직한, 어쩌면 세계 현대시의 막다른 골목까지 헤집고 들어간 운명적 시인임엔 분명하다.《형상시집》《기도시집》《두이노의 비가》《오르페우스를 위한 소네트》는 가을날 물속처럼 서늘하고 투명하고 아름답다. 나는 주옥같은 시편들을 떠올리다가《로댕론》에서 생각을 잠시 멈추고 지금까지 먹먹했던 가슴을 편다. 다음은 그 한 대목이다.

로댕이 그의 작품을 만들어내는 동안 소재는 점점 더 구체적인 것, 이름 없는 것으로 변화한다. 즉 로댕의 작품은 '손의 언어'에 다름 아니다. 로댕은 여자의 얼굴은 무엇보다도 아름다운 육체의 일부라고 느낀 듯하다. 또 눈은 육체의 눈이고, 입은 육체의 입이기를 바랐던

파리를 찾는 문인, 화가들
이라면 꼭 들르게 되는 몽
마르트 언덕.

것 같다. 남자상(像)의 경우는 달라진다. 로댕에게 있어선 남자의 본
질이 여자보다도 더욱더 얼굴에 확실히 나타나는 것이 그것이다. 생
명이란 생명이 모두 남자의 얼굴 속으로 들어가버린 순간을 기다리다
가 드디어 로댕은 '남자상'을 만들고자 할 때 곧바로 그 '순간'을 포
착, 작업에 몰입하고 있는 것이다.

- 《로댕론》 중에서

독일과 프랑스라는 국경을 넘어, 시인과 조각가로 만난 릴케와 로
댕에게 경의를 표한다. 서로 다른 예술장르임에도 불구하고 릴케가

로댕의 비서로 일한 것이 실로 경탄스럽다. 나아가 그가 써낸 《로댕론》이야말로 로댕의 조각세계를 이해하는 최상의 지름길이라는 것을 알아차린다. 뿐만 아니라 릴케의 시 세계를 이해하는 데도 더할 나위 없이 중요한 또 하나의 지름길이 된다는 사실을 깨닫는다.

"젊은이, 열심히 일하게. 자네 마음껏 살펴보게. 파리 시내의 아름다운 작품들을. 또한 하느님을 사랑해보게. 그러면 자네는 위대한 사물의 은총을 얻게 될 것이네."

어깨를 툭툭 두드려 주는 로댕의 말을 들으며 릴케는 번쩍번쩍 눈이 뜨인다. 그리스·로마시대, 그리고 미켈란젤로의 르네상스 이후 어쩌면 처음으로 여성의 육체와 남성의 육체를 독창적으로 발현해낸 로댕의 조각예술에 릴케의 시 또한 눈을 뜬다. 돌이 조각가 손을 통하여 생명을 얻듯이 자연의 모든 현상은 시인의 언어를 통해 되살아나고 꽃을 피운다는 것을 비로소 깨닫는다. 그건 환희가 아니고 무엇이랴.

돌에서 뿜어져 나오는 그 어떤 힘으로 로댕이 '손의 언어'라는 조각들을 창조했다고 말하는 라이너 마리아 릴케. 그는 로댕의 〈청동시대〉〈생각하는 사람〉〈칼레의 시민〉〈입맞춤〉〈빅토르 위고의 흉상〉〈영원한 우상〉〈발자크 상〉〈지옥의 문〉이 분출시키는 예술적 역동성을 발견한 나머지 얼마나 기뻐했을 것인가. 물론 로댕이 추구한 '내면적인 아름다움의 세계'는 릴케의 수많은 시편들 속에 들어와 깊이를 더해주었으리라.

인간은 누구인가? 인간의 존재는 무엇인가? 인간은 '신(神)'의 존재를 통해서 규정되어질 수 있는 존재인가? 그렇지 않다면, 인간은 그 무엇을 통해서 자신의 존재에 의미를 부여받고 있는가? 20세기

로댕의 〈지옥의 문〉. 로댕은 단테의 《신곡》을 즐겨 읽었는데, 그 중 〈지옥편〉을 조각의
주제로 삼았다.

최고의 서정시인 릴케는 그 물음에 대하여 자신의 '영혼'을 내걸고 도박을 한다. 장미가시에 찔려죽은 것이 그 결과가 아닐까.

세느 강을 따라가면 로댕 미술관이 있으리라. 그곳을 관람하기 위해 파리의 지하철-메트로에 몸을 실은 나는 환시(幻視)로 릴케와 로댕, 그리고 '시와 돌의 만남'을 본다. 인류의 영원한 수공업자일지도 모르는 시인과 조각가, 그들 '예술가로서의 우정'을 가까스로 감지한 나머지 나 또한 가슴 뭉클해진다. 어쩌면 나 자신도 세상 저 밖의 누군가가 만들어낸 우정의 산물이 아닐까 하는 착각을 털어 버리지 못한다.

하 언어는 존재의 집이다
이데거 《존재와 시간》

_ 현대는 고향상실의 시대다. 또한 존재 망각의 시대, 존재 부재의 시대다. 따라서 존재의 밖에 물러서 있는 허무주의 시대다. 그러나 우리 인간은 존재의 부름에 귀를 기울여, 존재가 건네 오는 말을 놓치지 않아야 한다. 그래야 신이 멀리 떠나버린 밤의 어둠을 극복할 수 있다.

20세기 무신론적 실존주의 철학의 기수 마르틴 하이데거(1889~1975)를 찾아가는 길은 멀다. "생각함의 안에서 존재는 언어가 된다. 언어는 곧 존재의 집이다."라고 규정지은 하이데거. 남부 독일 바덴 지역에서 태어나 프라이부르크 대학에서 현상학의 창시자인 에드먼드 후셀 교수로부터 대단한 영향을 받은 하이데거. 바로 그가 1923년부터 5년 동안 철학 강의를 계속 한 중부 독일 마르부르크 대학은 아주 멀다.

1527년에 세워진 이 대학은 모스크바 대학과 자매결연을 맺고 있는데 《닥터 지바고》의 저자 파스테르나크가 공부한 곳으로도 유명하다. 내가 멀리서 찾아온 사람인지 아니면 하이데거가 먼 사람이 되었는지 '시간과 존재' 안에서 여행하는 나는 그를 찾아가는 길이 아득하다는 생각을 한다. 타임머신을 타고 가서 그의 옷자락을 붙잡으려 한다.

참으로 멀다. '30년 전쟁'의 현장인 뮌스터 시에서 마르부르크 시 까지는 시속 160킬로미터로 달리는 독일제 아우디자동차로도 여섯 시간 이상 걸린다. 다섯 시간을 그들이 자랑하는 아우토반(고속도로)에 뿌리고 독일에서는 보기 힘든 2차선으로 한 시간을 더 달리기로 한다. 숲들이 원시림처럼 펼쳐진 독일의 중부지역. 잠시 나는 상상의 날개를 편다. '속도의 신(神)'인 양 앞다투어 달리는 자동차들 속에 서 말발굽을 울리며 산을 넘는 중세기사의 가슴팍에 꼭 안긴 아리따 운 여인을 떠올린다.

아, 백설공주 같은 처녀들과 사랑을 속삭이던 그 당당한 기사들은 모두 어디로 갔을까. 천사의 손가락인 양 하염없이 달빛이 쏟아지는 숲 속 호숫가에서 뜨거운 열정을 나누는 사랑이야기가 문득문득 내 몸 속으로 파고든다. 중세 특유의 멜로드라마적인 소설 로망(roman) ─봉건영주나 혹은 그들 부하인 기사들의 모험담·무용담 속에 펼 쳐지는 아름다운 사랑이 울창한 숲 곳곳에서 흘러나와 나를 휘감는 다. '로망'은 괴이하고 환상적인 색채를 띤 전기적(傳奇的)·공상적 통속소설이다.

중부 독일의 어둠 속에서 드디어 마르부르크 시가 전설처럼 다가 온다. 인구가 8만을 겨우 넘어선다는 마르부르크 시는 학생 인구가 5 만을 차지할 정도로 교육도시다. 우선 마르부르크 대학만 해도 학생 수가 3만 명에 육박한 모양이다. 속세와는 거리를 두고 있다는 듯 오 직 공부하는 수도승들만이 살고 있는 것처럼 보이는 산 속에 자리잡 은 마르부르크 시. 이곳에서 공부하는 한국인 대학생도 130여 명이

마르부르크 대학 전경. 하이데거는 이곳에서 《존재와 시간》을 집필했다.

란다.

반갑다. 오랜 여행으로 온몸이 피곤함에 휩싸였지만 이날 밤, 나는 한국 유학생들이 초청한 '한국문학 강연회'에 흔쾌히 나선다. 마르부르크 대학 학생회 세미나룸에서 행한 강연 제목은 '한국문학과 고향의 의미'로 유학생들은 너나없이 흐뭇해한다. 비록 저마다의 전공과는 다르지만 낯선 외국생활을 하다가 오랜만에 한국문학에 대한 이야기를 들어서인지 즐거워한다. 얼굴빛이 모두들 반짝반짝 빛난다.

물론 나는 세 시간 이상이나 계속되는 꽤 열정적인 강연과 토론 속에서 마르틴 하이데거를 얘기하는 것을 잊지 않는다. 내 자신도 대학시절 영향을 많이 받았을지도 모르는 실존주의 철학자 하이데거의 삶과 저서들을 들추어내며 얘기를 풀어나간다. 《존재와 시간》《칸트의 형이상학 문제》《형이상학이란 무엇인가》《휴머니즘론》《언어에의 길》《횔덜린 시의 해설》 등 그의 대표적인 저서들 속에서 《존재와 시간》이 20세기 철학사 혹은 정신사에서 커다란 기여를 했음을 상기시킨다. 특히 《존재와 시간》이란 철학서를 강연의 주요 이야기로 끌어들인다.

《존재와 시간》에서 하이데거는 우선 '존재의 의미란 무엇인가'라는 질문을 던진다. 우리가 존재(있다=Sein)를 말할 때 거기에 어떠한 개념이 성립되어 끼어드는가를 묻는 것이다. '존재'라는 명사보다는 '존재한다'라는 동사에 더 비중을 둔 하이데거는 고대 중국의 노자처럼 '무(無: Nichts)'를 그의 철학적 담론의 대상으로 삼는다.

도가(道家) 창시자인 노자는 이렇게 말한다. "있음과 없음은 서로로 말미암아 있고 없으며 어려움과 쉬움은 서로로 인해 어렵고 쉬우며 깊과 짧음은 서로 겨루기 때문에 길고 짧으며 높고 낮음은 서로가 있어 높고 낮으며 소리와 노래는 서로 어울리며 앞과 뒤는 서로 따른다(故有無相生 難易相成 長短相較 高下相傾 音聲相和 前後相隨)." 결국 노자는 상대적인 개념 속에서 '있고 없음'의 존재를 파악한다.

하이데거의 경우도 존재의 의미는 서로의 있고 없음에서 비롯된다고 규정한다. '무'의 실체도 그래서 '고향상실'이란 말로 대치해서 풀이한다. 그에게 있어서 고향은 유(有)의 실체로서의 개념이다. 고향상실이란 것도 현존하는 것들에 대한 현존하지 않는 것들의 개념이다. 따라서 그는 '고향정신'으로 현대인들의 길을 찾으려 나선다.

20세기 영국을 대표하는 철학자 버틀란트 러셀 경도 "하이데거가 인류 철학사에서 고집스럽게 찾아낸 것은 바로 '무가 실제로 있다'는 논리 그것"이라고 역설할 정도로 하이데거의 무의 개념과 고향상실의 개념은 서로 비슷한 의미를 갖는다. 다시 말해 '무'는 없는 것, 비어있는 것, 잃어버린 것, 사라진 것 따위를 뜻한다.

아주 몽롱한, 난해한 하이데거의 '존재와 시간'은 독자적이고 도피적인 말이 아니다. 그가 주장한 존재는 '다른 사람들과의 공존'을 토대로 하여 정의되어지는 그런 존재로 모습을 드러내고자 한다. 플라톤과 아리스토텔레스 이후 그가 철학적으로 들추어낸 존재와 시간은 '탈존(脫存: Ek-sistenz)'이 아닌 '실존(實存: Existenz)'을 위해 끊임없이 사고하고 참여하는 '현존재(現存在: Da-sein)'로서 거듭난다. 현재·과거·미래라는 시간의 지평선에 놓인 현존재는 '삶의 과정'을 통하여 존재의 의미를 부여받는다는 게 하이데거 철학의 중심고리이며 '인간'이란 말에 다름 아니다.

키에르케고르, 니체, 딜타이, 후셀 등으로부터 영향을 받은 하이

언어는 존재의 집이다

Freiburg i. Br., den 8. November 1933   Nummer 1

Deutsche Studenten

Prof. Dr. Martin Heidegger, Rektor

나치 당적을 가졌던 하이데거를 증거하는 1933년 11월 3일자 독일 신문. 하이데거는 한때 히틀러의 나치정권 협력자로 지목을 받아 모교 프라이부르크 대학 총장직에서 쫓겨나기도 했다.

세계문학의 거장을 만나다

데거는 1, 2차 세계대전을 거치면서 자신의 철학세계를 아슬아슬하게 전개한다. 자, 그럼 오늘은 어디로 가볼까. 나는 그가 5년간을 강의하며 거대한 철학서 《존재와 시간》(1927년 초판 발행)을 집필하기 시작한 마르부르크 대학 캠퍼스의 이곳저곳을 거닌다. 이와 함께 그가 '시간'을 뛰어 넘어와 나의 두 어깨를 누르는 것을 느낀다. 그가 살았던 시대만큼 힘든 오늘의 세계사적 고뇌가 나에게 속도도 늦추지 않고 짓눌러오는 것을.

한때 히틀러의 나치정권 협력자로 지목을 받아 모교 프라이부르크 대학 총장직을 쫓겨난 그는 대학에 복귀한다. 그러나 그는 결국 고향 메스키르크로 돌아가 가을날 나뭇잎처럼 조용히 마지막 잎새를 떨군다. 아직도 자신의 명예에 치명타를 입히고 있는 '나치주의에 대한 입장'을 시원스럽게 밝혀주지 않은 채 잠들어버린 것이다.

사실 하이데거는 오랫동안 나치당적을 가진 것으로 알려져 있다.

히틀러의 제3제국 치하에서 '국민철학자'로 대우를 받는 것을 뿌리치고 프라이부르크 대학 교수로서 만족한 그였지만 2차 세계대전이 발발하면서는 나치선전에 앞장 선 것이다.

연합군의 승리로 전쟁이 막을 내리자 프랑스 군정 당국은 하이데거에게 점령지구 내에서 강의하는 것을 금지한다. 1950년부터야 서독연방 바덴뷔르템베르크 주 정부는 강의금지령을 해제해준다. 그 결과 그는 학부시절에 신학과 중세기독교신학을 공부한 모교 프라이부르크 대학 정교수로 복권되어 은퇴할 때까지 분필을 쥔다.

시인 횔덜린과 헤르만 헤세를 배출한 남부 독일 바덴 지역 메스키르크라는 조그마한 읍내 마을에서 태어난 무신론적 실존주의자 하이데거. 그는 앞서 얘기한대로 존재에의 의미를 고향정신의 회복에서 찾으려 했으나 더 이상 그의 철학을 미래로, 미래로 밀어 올리지 못하고 만다. 그것은 그의 한계만이 아니라 그가 살았던 시대와 그가 비껴 설 수 없었던 유럽역사와 유럽철학사의 한계가 아니었을까.

나 또한 그리하여 코리아의 저 남쪽에 자리잡고 있는 땅끝마을 고향 해남반도를 떠올린다. 마구간에 매달린 어미 소가 여물을 되새김질을 하듯이 하이데거만이 아니라 나 또한 고향(나=현존재=인간)을 잃고 방황하는 나그네란 사실에 스스로 깜짝깜짝 놀란다. '존재와 시간의 자리'에 더 이상 머물지 못한 그를 떠올린다. 1, 2차 세계대전의 대포소리도 소리 없이 내려앉은 저 어두컴컴한 죽음의 세계로 떠난 그가 마르부르크 대학의 강의실 흑판을 탕탕 두드리듯이 내 마음을 치는 소리를 환청으로 듣는다.

"고향상실의 시대, 우리는 과연 누구이며 무엇인가. 그 대답은 오직 말없는 고향의 자연 속에서만 발견되어지리라. 그것도 '존재의 집인 언어'를 통해서 말이다."

하이데거가 말하는 '존재의 집'은 결국은 '시(詩)'를 가리킨다. 적어도 그에게 있어서 시는 철학 이상이었는데 그것은 인간의 인식능력을 최고로 압축한 것이 시적 언어이기 때문이리라. 철학 역시 '언어'라는 암호와 상징을 통하여 의미를 개진한다. 스승 훗셀이 말한 것처럼 철학의 또 다른 이름인 현상학을 파헤치는데 시적 표현만큼 구체적인 것이 없다고 생각한 사람은 마르틴 하이데거이다.

막스 베버 《프로테스탄티즘의 윤리와 자본주의 정신》

사상의 편린 배인 대학촌

_ 자본주의적 생활 방식은 금욕적 프로테스탄티즘 윤리에서 비로소 그 철저한 윤리적 토대를 발견했다. 즉, 현세적인 프로테스탄트의 금욕은 전력을 다해 재산 낭비적 향락에 반대해왔고 소비, 특히 사치품의 소비를 봉쇄해버렸다. 반면에 이 금욕은 재화 획득을 전통적인 윤리적 장애로부터 해방시키는 심리적 결과를 낳았다.

러시아와 동구 공산권이 무너진 오늘날, 전 세계가 서로 앞다투며 자국의 이익을 위해 자본주의의 바퀴를 맹렬하게 굴린다. 그리하여 민족자본주의, 사회자본주의, 블록자본주의 등의 숨가쁜 핸들을 돌린다. 또 그리하여 물론 대부분의 나라들이 유사한 공통점을 갖고 있지만 어떤 나라의 경우엔 개인은 개인대로 사회는 사회대로 자본에 너무 눈이 멀어 부패·비리·타락의 극치를 보여준다.

《자본론》의 칼 마르크스, 《진화론》의 다윈, 《꿈의 해석》《정신분석학》의 프로이트와 함께 아마도 20세기 정치·경제·사회의 사상사에서 가장 많은 영향을 끼쳤다고 말하여지는 막스 베버(1864~1920). 독일 전역을 돌고 있는 나는 특히 그의 사상뿐만이 아니라 그 사상이 뿌린 결과에 더 흥미를 갖는다. 그리고 그의 학문적 궤적을 더듬어가면서 회심의 역작 《프로테스탄티즘의 윤리와 자본주의 정신》을 읽는다.

막스 베버는 세계의 모든 학자들이 인정하고 있듯이 20세기 사회과학의 거두다. 그는 개혁과 복음주의적 신앙이 짙게 감도는 가정에서 태어나 어린 시절을 주로 베를린 근교 샬로텐부르크에서 보낸다. 그의 집에는 당대의 석학들인 딜타이나 몸젠 같은 대학자들이 출입한다. 베버는 하이델베르크 대학에서 법률학을 전공하고 철학·역사·경제·문학 등의 책들도 섭렵한다. 마침내 베를린 대학으로 옮겨와 〈중세 상사회사(商事會社)의 역사〉라는 논문으로 박사학위를 취득한다. 이후 그는 하이델베르크 대학과 프라이부르크 대학에서 각각 경제학을 강의한다. 얼마 동안은 오스트리아 빈 대학의 초청을 받아 강의를 하지만 지병인 신경질환이 깊어져 대학교수직을 영원히 떠난다.

그러나 요양생활을 하면서 《프로테스탄티즘의 윤리와 자본주의 정신》이란 불후의 사회과학 명작을 남긴다. 나는 현대사회학의 초석을 다진 막스 베버의 학문적 결과물을 들춰보면서 그의 정신세계와 학문세계의 배경을 이룬 유럽의 기독교 문명을 예의주시한다. 18세기 산업혁명 이후 서서히 혹은 급속히 성장한 유럽 자본주의와 기독교 사회의 내면을 들여다본다. 그러면서 그가 겪어 나간 유사 이래 최대의 전쟁인 제1차 세계대전과 제2차 세계대전을 떠올린다.

자본주의 전쟁, 자본주의 국가들의 세력 팽창에서 기인된 1, 2차 세계대전을 통해, 그렇다면 베버의 학문은 어느 방향으로 길을 열어가기 시작했을까. 막스 베버는 독일 중부 튀링겐 주에 위치한 유서 깊은 도시 에르푸르트에서 태어난다.

이곳은 게라 강이 흐르며 중세시대에는 광활한 여러 지역을 관장한 것으로 전해진다. 1392년에 설립한 대학교로도 유명한 이 도시는 '30년 전쟁' 때는 스웨덴 군대가 점령한 뼈아픈 역사를 간직하고 있다. 도시의 돔베르크 언덕에는 12세기 건축물인 대성당이 세워져 있으며 특기할 만한 얘기로는 훗날 '종교개혁'을 주도한 마르틴 루터가 한동안 수도사로 있었다는 것이다.

수도사가 하는 일은 날마다 '기도'하는 것이 제일 크다. 하느님의 말씀에 순명(順命)하고 물질적 가난과 마음의 가난을 중시하는 '청빈'과 육체적 정신적 정결함을 위하여 반복적으로 기도하는 것이 그들의 일이다. 아마 이 청빈주의가 이곳에서 어린 시절을 보낸 막스 베버에게 프로테스탄티즘의 윤리를 심어주었는지 모른다.

다시 나는 발걸음을 빨리 옮긴다. 베를린 대학과 훔볼트 대학 그리고 우리에게도 잊을 수 없는 저 역사의 현장 포츠담 시를 여행하기로 일정을 잡는다. 독일 내 거의 모든 대학들이 그렇듯이 대학 주변에는 '술집'들이 눈에 띄지 않는다. 그럼 한국의 대학들은 어떠한가. 이른바 대학촌이라 불리는 캠퍼스 주변은 흡사 유흥가를 방불케 한다. 밤마다 각양각색 네온사인으로 뒤덮인 술집들은 물론이고 일본식 노래방 가라오케가 쾅쾅거리지 않는가.

독일, 스위스, 프랑스의 대학촌은 우선 울창한 숲들과 각종 책들이 그득히 쌓여 있는 서점들이 대학가를 장식한다. 학생들로 하여금 사색과 명상을 자연스럽게 흘러나오게 하는 숲길과 은빛 페달을 밟는 자전거들이 대학촌의 전형적인 모습이다.

대도시 베를린에 자리잡은 베를린 대학과 훔볼트 대학만 하더라도 주변에는 술집이라고는 보이지 않는다. 동부 베를린 지역에 자리잡은 훔볼트 대학의 경우도 술집이란 아예 없다. 학생들이 술을 마시

베를린 체릴도르프 공동 묘지에 안장된, 베를린 시장과 서독 총리를 지낸 빌리 브란트의 묘지. 막스 베버의 정신만큼 검소하다.

려면 알렉산더 광장 근처까지 걸어 나가야 한다.

자아, 그럼 가자. 나는 2차 대전의 역사와 막스 베버의 사상의 편린들이 깔린 포츠담으로 향한다. 어쩌면 우리 한국인들에게 통한의 현장이기도 한 포츠담 시의 체칠린호프 성. 미국의 트루먼 대통령, 소련의 스탈린 수상, 영국의 애틀리 수상(처칠 수상 후임)이 2차 대전의 종지부를 찍기 위하여 마련한 회담장소 안으로 들어간다.

포츠담회담(1945. 7. 17~8. 2)은 전후 강대국들의 세계 재편성의 의도가 노골적으로 드러난 회담이다. 모로코 카사블랑카회담(미·영), 이집트 카이로회담(미·영·중), 소련의 얄타회담(미·영·소)에

이어 이루어진 포츠담회담은 전범국가 독일을 징벌하기 위한 회담이었지만 사실은 한반도에 분단의 그림자를 씌워준 회담이다.

아, 포츠담 시의 체칠린호프 궁전(빌헬름 2세가 건축)! 끝끝내 저 비극의 38선을 그어버린 얄타회담과 모스크바 삼상회의 중간에 놓인 포츠담회담! 나는 포츠담 시를 빠져나오면서 막스 베버가 밝혀낸 서양 열강들의 자본주의를 몇 번이고 되씹어본다. 양차 세계대전이 바로 '자본주의 전쟁'이었다는 사실을 확인한다.

베버의 《프로테스탄티즘의 윤리와 자본주의 정신》은 켈빈의 신교주의에 토대를 둔다. 사도 바울의 "일하지 않는 사람은 먹지도 말라"는 말에 기초한 켈빈의 프로테스탄티즘은 후대에 소위 켈빈니즘, 경건주의, 감리교, 침례교에 '삶과 종교'의 뿌리를 제공한다. 그리하여 베버의 사상적 스승이라고 말할 수 있는 캘빈의 프로테스탄티즘은 음으로 양으로 서양 자본주의의 기저를 이루며 발전한다.

그러니까 캘빈의 사상과 막스 베버의 저서 속에서 우리가 주목할 점은 바로 '자본+윤리'라는 사실이다. 서양의 자본주의는 모럴(moral), 즉 직업윤리와 사회도덕에 준거하여 오늘날 '자본주의의 꽃'을 피운 것임에 다름 아니다. 바로 그 때문에 오늘날 유럽 기독교 국가에서는 공직자의 부정·부패를 엄하게 다스린다.

우리 식으로 웬만한 부조리쯤이야 '적당하게 봐준다'는 인식은 통하지 않는다. 비약해서 말하면 오늘날의 서양 자본주의가 무너지지 않는 것은 '자본'이란 나무 밑에 '윤리·도덕'이란 토양과 뿌리가 팽팽하게 놓여 있기 때문이라는 교훈이다.

알고 보면 프랑스 귀족사회에서 전통적으로 내려온다는 지도층의 도덕적 의무 즉 '노블리스 오블리제(Noblesse Oblige)'라는 것도 베

2차대전의 종지부를 찍은 포츠담회담. 포츠담회담은 전범국가 독일을 징벌하기 위한 회담이었지만 한반도에 분단의 그림자를 씌워준 회담이기도 하다.

버 사상의 청교도적인 프로테스탄티즘과 일정 부문 맥을 같이하고 있다. 예컨대 지도층 혹은 부유층이 누리는 명예(노블리스)만큼 사회적 의무(오블리제)도 다해야 한다는 것이 그 일례다.

"그러면 그렇구나. 윤리도덕이야말로 시대를 초월, 동서고금의 진리임에 틀림없구나. 옛 소련과 동구공산권이 무너진 것도 사실은 공산당정권의 윤리·도덕의 붕괴를 의미하는 것이구나." 나는 막스 베버의 저서 속에서 특히 빛을 발하는 《프로테스탄티즘의 윤리와 자본주의 정신》을 앞에 놓고 일찍이 우리의 선현들이 입이 닳도록 설파해온 "사람은 곧 도와 덕을 좇아야 한다"라는 교훈도 같은 의미로 받아들인다.

휠덜린 《히페리온》
30년을 실어증 환자로 살다간 시인

_ 가장 성스러운 폭풍우 속에
　내 옥사(獄舍)의 벽은 무너져버려라
　이제 내 영혼은 지금보다 더 아름답고
　자유스럽게 미지의 나라를 향해 방황하며 가거라
　〈운명〉, 휠덜린 묘비명

　말의 죽음, 언어의 죽음. 사랑, 평화, 정의, 아름다움이란 어휘들의 죽음. 그리하여 말과 언어가 상처를 받아 끝내는 제 본래의 의미와 향기를 잃어버린 시대. 나는 거기에 슬퍼하지 않고 독일의 낭만주의 시인 프리드리히 휠덜린(1770~1843)을 만나려 한다. 그를 만나 손을 잡아보면 나의 가슴에도 깊은 울림이 올 것 같아서이다. 아니 내 시의 패러다임을 구축하는데도 도움을 받을 수 있을까 싶어서이다.

　어쩌면 자신이 부딪힌 모든 말과 언어마다 열정과 영혼의 에테르(우주를 꽉 채우고 있다는 '기氣'에 해당)를 부어넣다가 마침내는 너무도 고독하여 실어증 환자가 돼버린 시인 휠덜린. 그러나 나는 그의 숭고함의 아름다움이 소멸하지 않고 내 앞가슴 속으로 파고드는 때가 한두 번이 아니었음을 솔직히 고백해버리고 싶어진다.

내게 더 매혹적인 일은 고향으로 돌아가는 것,
눈에도 선하게 꽃으로 덮인 길이 나를 인도하는
그 길 따라 가노라면, 네카 강의 아름다운 골짜기
내 고향에 닿으리라. 떡갈나무 자작나무 밤나무가
무리를 지어 한 덩어리의 거룩한 푸른 숲을 이룬 산,
그 속에 나 다정한 다정한 숨결로 안기리라.

살아생전, 그러니까 말을 잃기 전에 "시인의 사명은 귀향이다" "자연만이 시인을 탄생시키고 시인을 기른다"라고 쉬지 않고 노래한 횔덜린. 그는 보헤미안 집시처럼 방랑을 거듭한 시인이다. 하지만 잠시라도 잊지 않고 고향 네카 강과 하이델베르크 시를 너무도 순결한 목소리로 사랑하고 노래한 사람이 바로 그가 아닌가.

1960년대 나의 문학청년 시절을 소슬하게 흔들어 깨운 그를 찾아가며 사뭇 흥분을 감추지 못한다. 아마도 1960, 1970년대 파독 광부들과 간호원들이 가장 많이 살았을지도 모르는 에센 지방의 보쿰 시를 떠나 뒤셀도르프, 쾰른, 본, 프랑크푸르트 만하임을 거쳐 대학도시로 유명한 하이델베르크에 도착하니 늦은 밤 열 시 무렵이다.

때마침 역 정거장에서 우연히 만난 독일 남녀 대학생이 가장 싸구려 호텔을 원하는 생면부지의 낯선 나를 안내해준다. 그들은 하이델베르크 옛 시가지에 자리잡고 있는 '알트 하이델베르크 호텔' 앞까지 스스럼없이 길을 안내해준다. 이 호텔은 하루 저녁을 묵는데 60마르크 받는, 값이 저렴한 호텔이다. 그러나 샤워시설도 우리나라와 비교하면 장급 수준이고 침대도 깨끗하게 놓여있다.

두 대학생은 데이트 중인 모양인데 무려 40여 분 동안을 함께 걸어와 싸구려 호텔을 잡아준 것이다. 알고 보니 알트 하이델베르크 호텔은 〈알트 하이델베르크〉(황태자의 첫사랑)란 영화로도 널리 알려진 관광명소란다. 이 영화라면 일찍이 내가 한국에서 즐겁게 본 작품이다. 내용은 하이델베르크 대학에 다니는 황태자와 학생주점에서 맥주잔을 서빙하는 한 어여쁜 처녀가 벌이는 아주 밝고 건강한 러브스토리의 뮤지컬 영화이다.

하이델베르크 시에서는 웬만한 거리라면 걷는 게 좋다. 온 시가지가 우선 정돈이 잘 돼 있고 차분한 모습이다. 어디를 가나 자전거길이 마련되어 있고 곳곳의 산책로가 네카 강변을 향해 열려 있다. 전차와 버스 등 대중교통 수단은 거의 완벽하다. 길이 낯선 외국 여행자라 할지라도 굳이 돈 들여서 택시를 탈 필요가 없다. 그래서 그런지 영업용 택시들이 가뭄에 콩 나듯이 천천히 달리고 있을 뿐이다.

'알테 브뤼케'라는 네카 강에서 가장 오래 된 옛 다리를 지나가 '철학의 거리'로 명명된 길을 걷는다. 괴테, 쉴러, 셸링, 하이데거, 그리고 수많은 시인들과 철학의 거인들이 찾아와 즐겨 거닐었던 철학의 거리. 이날따라 가랑비가 내리고 있었지만 나는 우산을 접은 채로 쉬지 않고 뛰어다니며 하이델베르크 도처를 음미한다.

유럽 최대의 관광 명소 중의 하나인 '하이델베르크 고성'을 오르자 웬 50대 독일 남자가 네카 강을 내려다보며 엄청난 성량으로 노래를 부른다. 나는 그 노래 속에서 다시 고향 하이델베르크를 찾아온 시인 횔덜린을 만나는 느낌을 받는다. 휘몰아치는 열정과 영감으로 썼을지 모르는 횔덜린의 《히페리온》을 펼친다.

교양소설이라기보다는 차라리 성경의 '에레미아 전서'에 도전하는 듯한 경구가 이 서간체 소설의 처음부터 끝까지를 채운다. 어느

너무도 고독하여 실어증 환자가
돼버린 시인 휠덜린.

세계문학의 거장을 만나다

페이지를 펼쳐 봐도 시의 가락과 향기가 뿜어져 나온다. 휠덜린이 마흔다섯 살 때 썼다는 《히페리온》. 철학소설이라고도 말해지는 이 장편의 줄거리는 마치 내 영혼을 쥐어짜듯이 달라붙는다.

소설 전반부는 주인공으로 나선 그리스의 신 '히페리온'이 조국 그리스를 떠나 독일에 망명했을 때 친구 벨라르민에게 보내는 편지 형식으로 시작된다. 터키와의 전쟁에서 폐허가 되어버린 저 아득한 신화의 나라 고대 그리스. 그러나 제우스를 비롯한 신들의 숨결이 고스란히 담겨 있을지도 모르는 옛 그리스의 정신을 꿈꾸며 풀어헤쳐 나가는 황홀한 문체는 실로 숨가쁘게 진행된다.

그렇다면 휠덜린의 분신이라고 말해도 좋을 히페리온이 꿈꾸는 그리스는 어떤 나라일까. 영국의 셰익스피어는 물론 독일의 괴테를 비롯하여 18세기 유럽의 시인들과 지성이 너나없이 유토피아로 바라본 고대 그리스. 이곳은 자연과 신, 인간과 신들이 서로 '인간의 이름으로' 보다 이상적인 모습을 가지고 살다간 나라를 의미한다.

14세기 르네상스 예술가들이 그리스 고전을 모든 학문과 예술의 교과서로 받아들인 것처럼 횔덜린은 고대 희랍을 세계문명의 전형으로 여긴다. 주인공 히페리온도 그래서 디오티마(플라톤의 《향연》에 나오는 미모의 여인)를 선택, 사랑을 쏟는다.

히페리온은 디오티마를 통해서 고대 그리스문명과 신들의 부활을 꾀하는 것이다. 오, 그러나 그의 이상세계를 달구어준 디오티마가 종국엔 죽음의 강을 건너가고 홀로 남는다. 그렇지만 그는 다시 아직도 생명감에 넘치는 '자연의 품'으로 돌아간다.

히페리온이 자연으로 돌아가는 모습은 시인 횔덜린의 운명과 닮은꼴이다. 횔덜린의 대부분 시편들 속에 흐르는 자연에의 회귀 혹은 고향에 돌아감이 그것을 예증한다. 바로 이러한 작품들로부터 영향을 받아서 훗날의 철학자 하이데거는 '고향정신(Heimatgeist)'의 재현이라고 밝히며 이것을 그의 철학의 기조로 삼는다.

실어증 환자가 된 횔덜린은 네카 강변 저 멀리에 솟은 산봉우리를 바라보거나 호숫가의 백조를 바라보는 일로 운명의 나날을 보낸다. 다음은 그가 병에 걸리기 전에 노래한 그의 대표시 중의 하나이다. 시 〈생의 절정에〉는 고요하면서도 뜨거운 몸부림이 담겨있는데 그러나 다시 사랑스러운 백조(꿈)를 만나 깃발처럼 나부낀다.

노오란 배(梨)가 매달리고
야생의 장미가 충만하게 피어
지상의 호수에 비춰 있나니

네카 강변의 풍경. 실어증 환자가 된 휠덜린은 네카 강변 저 멀리에 솟은 산봉우리를 바라보거나 호숫가의 백조를 바라보는 일로 운명의 나날을 보낸다.

네카 강이 흐르는 하이델베르크의 다리. 철학과 낭만과 사색이 감도는 이 다리를 건너면 '철학의 거리'가 나온다.

그대 사랑스러운 백조여.

신성스러이 맑은 물 속에

그대 머리를 적시고

입맞춤에 취하는구나.

아 슬프다. 겨울인데 나는

어디에서 꽃을 가질 것인가

어디에서 대지의 그림자를 보게 될 건가.

벽은 말없이 서 있고

바람 속에 깃발은 펄럭인다.

- 〈생의 절정에〉 중에서

횔덜린의 아버지는 승원(僧院)의 교사였으나 그가 두 살 때 세상을 떠난다. 어머니는 재혼을 하나 의붓아버지 역시 그가 아홉 살 때 작고한다. 튀빙겐 대학 신학과를 졸업한 그였지만 직업으로 목사가 되는 것은 신에 대한 모독이라고 여기고 그 길을 택하지 않는다. 이곳저곳을 떠돌아다니면서 가정교사 따위로 연명을 한다.

하지만 희랍어와 희랍문학에 경도된 나머지 그리스신화에 심취한다. 그 결과 주옥 같은 시편을 남기고 거의 시에 가까운 철학소설 《히페리온》을 쓰게 된 것이다. 한때 괴테와 쉴러, 피히테와도 사귀었으나 모진 가난과 정신적 질병으로 평생을 암흑처럼 살아간다. 고향 네카 강변에서 36년 동안을 식물인간, 산송장이 된 채로 알프스 연봉만을 바라다보다가 숨을 거둔 것이다. 《파우스트》를 생산한 괴테는 횔덜린을 별로 좋아하지 않고 멀리하려 했다는 이야기가 전해온다.

73년의 짧지도 않은 긴 생애 중 고독과 방랑과 정신병을 앓으며 실어증과 반맹인으로 살아야 했던 횔덜린. 나그네처럼 방랑으로 일관한 그는 대표작 《히페리온》을 비롯하여 《엠페도클레스의 죽음》 《빵과 포도주》《귀향》《게르마니아》《운명의 노래》 등을 남긴다. 훗날 그의 고향사람으로 태어난 실존주의 철학자 하이데거가 밝혔듯이 '언어만을 존재의 집'으로 여기고 살다간 시인이 그다.

이제 누가 참으로 있어 오늘의 말과 언어 속에 저 영원한 고전적 신화의 숨결을 불어넣어줄까. 중세의 정령들이 뛰쳐나올 것만 같은 하이델베르크의 밤을 벗어난 나는 말과 언어, 그리고 고향정신의 참뜻을 그에게 되묻는다.

세계문학의 거장을 만나다

고 트프리트 벤

사라진 모든 것들은 다시 돌아온다

《시체공시장(屍體公示場)·기타》

_ 익사한 배달꾼이
수술대 위에 받쳐져 있네.
누군가 그의 이빨 사이에
한 송이 붉은 아스터꽃 끼워 넣었네.

〈작은 아스터꽃〉 중에서

베를린 하면 볼거리가 많다. 특히 통일된 이후로는 서베를린 지역
은 물론이고 동베를린 지역으로 들어가면 과거에는 볼 수 없었던 갖
가지 미술관과 박물관들을 관람할 수 있다. 뿐이랴. 그곳 동부 베를
린 중심부엔 철학자 헤겔과 피히테, 시인이며 극작가인 브레히트가
잠든 도로테 교회 공동묘지도 좋은 여행코스의 하나이다.

지금은 무너지고 없어진 베를린장벽 자리도 가볼 만한 곳이다. 제
2차 세계대전의 패전국으로 동서독이 갈라져 '육지 속의 섬'이나 다
를 바 없던 베를린. 분단된 1948년부터 통일된 1990년 그 날까지 동
서베를린 사이에는 43km나 되는 거대한 장벽, '베를린장벽'이 버티
고 서 있었다. 그러나 이젠 통일독일을 이루어 어딘가에서 흘러나오
는 바흐의 〈브란덴부르크 협주곡〉도 활기차고 산뜻하며 경쾌하게 들

고트프리트 벤. 그는 "붓끝이 세상을 변화시킬 수 있을까"라고 묻는다.

린다.

아무튼 오늘의 베를린은 빠른 속도로 제 모습을 찾아가고 있는 움직임을 보인다. 정치·경제·사회적인 분야만이 아니라 문화적인 면에서 더욱 당당하게 역동성을 드러낸다. 국제적으로는 발언권도 상당히 높아져 세계정치무대에서 독일의 위상을 높이고 있는 것임은 사실이다. 물론 유럽공동체(EC) 안에서는 말할 필요도 없다.

단, 문제가 있다면 40년 동안 방기한 '동서독 간의 격차를 얼마나 줄일 것이냐'이다. 그래서 독일 국민들은 그 원인을 "흡수통일"의 한계라고 생각한 나머지 지금은 천천히, 게으르지 않는 속도로 하나하나 문제를 풀어가고 있다.

그럼 베를린에 온 이상, 오늘은 쇼핑거리로 유명한 '쿠어퓌르스텐담 거리'로 나서 볼까. 나는 서베를린의 중심인 이 거리를 가벼운 발걸음으로 걷는다. '빌헬름황제 기념교회'라고 이름이 붙여진 건물을 바라보며 걷다가 이상한 점을 발견한다. 로마네스크 양식을 보여주는 이 교회가 '파괴된 몰골' 그대로 두 눈에 들어왔기 때문이다.

황제 빌헬름 1세를 기념하기 위해 1891부터 1895년 사이에 세웠다는 이 교회는 2차 세계대전의 참상을 교훈적으로 알리기 위해 파괴된 채로 세워져 있어 인상적이다. 평화교육적 차원에서 부서진 채 솟아있게 한 이 교회건물 옆에는 새 교회당 건물이 들어서서 대조를 보인다. 새 교회당에서는 매주 토요일마다 파이프오르간 연주회가

세계문학의 거장을 만나다

열린다.

쿠어퓌르스텐담에서 베를린 시민의 쇼핑문화를 대충 둘러본 뒤 도시중앙으로 흐르는 슈프레 강을 건너려고 전차를 탄다. 세계 어느 나라 대도시에서도 그러하겠지만 전철을 이용하면 참 편리하다. 베를린의 경우 대중교통 수단으로 U-Bahn(지하로 달리는 전철)과 S-Bahn(거리 위로 달리는 전차)이 있어서 좋다. S-Bahn은 유레일 패스를 사용할 수 있으므로 그냥 타기만 하면 된다.

열심히 베를린 관광지도를 펼쳐보다가 베를린에서 가장 아름답다는 샤를로텐부르크 궁전으로 갈까, 이집트 박물관으로 갈까, 그리스·로마 고대박물관으로 갈까, 화가 램브란트 콜렉션으로 유명한 회화갤러리로 갈까, 국립미술관 아니면 페가몬 박물관으로 갈까 하다가, 마침내는 '베를린전쟁기념박물관'으로 향한다.

2차 세계대전의 참상을 국민교육적 차원에서 보여주고 있다는 박물관은 전쟁사진, 기록물들로 유명하다. 나는 여기에서 한때 내게 가장 큰 충격을 준 독일 시인 고트프리트 벤(1886~1956)의 연대기를 떠올린다. 그의 생애와 시적 세계를 자세히 살펴보기 전에 먼저 그가 가진 인터뷰 내용을 들여다본다. 2차 세계대전이 발발하기 9년 전, 그러니까 전 세계가 경제대공황에 빠져 들어간 1930년 어느 날 베를린 방송국에서 가진 라디오 인터뷰다. 방송 제목은 "붓끝이 세상을 변화시킬 수 있을까", 혹은 "시인이 세계를 변화시킬 수 있을까"이다. 물론 여기에서 말하는 '시인'이란 말은 모든 문학가들을 지칭하는데 그때도 벤은 그에 대한 확실한 결론을 내리지 못한다. 아니 그때 이 질문을 받았다면 어느 누구라도 답을 말할 수는 없을 것이다.

이 인터뷰는 벤이 혼자서 하는 인터뷰이다. 스스로 묻고 스스로 대담한 형식으로 진행된 인터뷰이다. 여기에서 A는 눈에 보이는 벤 자신이고 B는 눈에 안 보이는 벤의 내면이라고 생각하면 되리라. 이 방송 내용은 1차 세계대전을 처참하게 치른 벤으로서는 사뭇 자조적인 목소리인지라 누구에게나 슬프게 들릴 것 같다.

A : 벤 선생님은 많은 수필이나 평론 같은 데서 '시인의 상(像)'에 대해 언급하신 적이 있습니다. 그것은 시인이 현시대에 어떠한 영향력도 갖고 있지 않다는 것이고 역사의 흐름에 관여하지 않을 뿐 아니라 또한 자신의 본성 때문에 상관하지도 않으며 역사의 밖에서 존재한다는 것이었습니다. 이것이 정말 벤 선생님의 절대적인 주장입니까? 선생님은 말하자면 기술자나 호전자(好戰者)들만이 세계를 변모시킬 수 있다고만 생각하고 있는 것은 아닙니까?

B : 그럼 A 당신께서는 시인도 세계를 변화시켜야 한다는 생각이십니까?! 하지만 시인인 그가 어떻게 세계를 변화시키고 어떤 방식으로 아름답게 한다는 말입니까? 또한 어떤 취향(趣向)에 따라? 좀더 나은 세계를, 그러니까 어떤 모럴을 기준으로 하여? 좀 더 깊이 있는, 하지만 어떠한 인식의 척도로 말입니까?

고트프리트 벤의 일생은 파란만장하다. 그는 브레히트가 노래했듯이 '서정시를 쓰기 어려운 시대'만을 살다가 간 사람이다. 그의 인생을 들여다보면 저절로 이해가 된다. 벤의 세 명의 동생은 전쟁터에서 쓰러져 죽고, 하나 남은 네 번째 동생은 두 번이나 중상을 입고, 나머지 식구들은 폭격을 당해 실종이 돼버린다. 첫째 부인 에디타는 느닷없이 병사하고, 뒤이어 사귄 애인은 자살하여 죽고, 둘째 부인

베를린 중심부 쿠담 거리에 남아 있는 카이저 빌헬름 교회. 2차 세계대전의 참상을 교훈적으로 알리기 위해 파괴된 채로 세워져 있다.

헤르타는 2차 세계대전 중 피난길에 폭탄 맞아 죽고, 마지막으로 벤의 나이 60살이 되던 해 서른 살 아래인 치과의사 카울이 셋째 부인으로 들어와서 벤의 여생 10년간을 채워준다.

그럼 벤 자신은 어떤가. 행군과 전쟁 외에는 다른 아무것도 못한 시대 속에서 겨우 목숨을 건진 사람이다. 한 번도 아니고 수십 번을 죽음과 죽임의 순간들을 뚫고 나온 고트프리트 벤. 프로테스탄트 목사인 게르만계통 아버지와 아홉 명의 형제를 낳아준 노르망계통 어머니 사이에서 태어나 몹시 곤궁하게 어린 시절을 보낸다.

고통은 끝없이 찾아온다. 독일인의 피와 프랑스인의 피가 함께 흐르는 이중성의 피를 가진 그에게 엄청난 폭발음으로 다가선 것이 있었으니 그것은 전쟁광 히틀러의 제3제국이다.

벤은 처음엔 독일 중북부 마르부르크 대학에 들어가 신학과 언어학을 공부했으나 2년 후 베를린 대학 의학부로 옮긴다. 이 대학 의학과에서 수석 졸업한 그는 군의관으로 입대하나 건강 때문에 제대한다. 다시 이 대학에서 박사학위를 받고 병리학과 비뇨피부과의로 개업하지만 1차 세계대전이 터져 군의관으로 전선에 나선다.

제대한 후 당시는 물론 오늘날에도 비판을 받고 있는 히틀러의 '국가사회주의'에 오염된다. 그런 가운데 다시 하노버에 있는 군보충병원으로 들어가 간부의사로 일하다가 두 번째 제대 후 베를린으로 돌아간다. 그러나 제2차 세계대전이 터져 군의관으로 다시 끌려가 1943년부터 1945년 사이 전선에 머문다. 종전과 함께 베를린에 돌아와 두 번째 개업을 하지만 둘째 부인이 전쟁 막판에 폭격으로 죽는다.

그래서 그랬을까. 벤은 니체의 사상경향을 그 기저에서부터 충실히 동조한다. 그것은 그가 일단 허무주의를 받아들이고 있다는 사실의 입증이다. 어린 시절과 중학교 시절, 마르부르크 대학에서 신학·언어학을 공부한 2년, 군의관 생활을 빼고는 인생의 거의 대부분을 베를린에서 의사로 보내다가 죽은 고트프리트 벤.

파란만장한 70년의 인생을 살다간 벤의 시는 3단계를 거친다(숙명여대 김주연 교수의 서울대 박사학위논문 〈고트프리트 벤 연구〉 참조. 문학과지성사).

1단계(20, 30대). 초기시는 벤이 '현실부정'으로 나올 때 쓴 것들이 많다. 이 무렵의 시를 니체 식으로 말하면 디오니소스적인 발상에서 쓰여진 게 대부분이다. 기법은 오스트리아 잘츠부르크 출신인 게오르그 트라클(1887~1914)의 표현주의에 많이 의존하고 있다. 열정과 광기, 절망과 안개 자욱함, 마치 시퍼런 칼날로 '어둠의 살'을 파고드는 듯한 냉혹한 묘사만이 살아서 뛰는 시가 표현주의의 특징이다. 시집 《시체공시장, 기타》에 실린 초기시 〈작은 아스터꽃〉과 〈아름다운 청춘〉이 바로 그런 느낌으로 깊숙이 와 닿는다. 이 시들은 전쟁에 대한 증오와 관능, 죽음의 묘사가 개입돼 시의 안과 밖에 모종의 내용을 던져준다.

> 갈대밭에 길게 누워 있는 처녀의 입이
> 무엇엔가 갉아 먹힌 듯했다.
> 가슴을 풀어헤치자 식도에 구멍이 숭숭 뚫렸다.
> 급기야 횡경막(橫隔膜) 아래 으슥한 곳에서
> 새끼쥐들의 둥지가 발견되었다.
> 거기 한 작은 누이(암컷)가 죽어 누워 있다.
> 다른 쥐들은 간(肝)과 콩팥을 먹고 살며
> 찬 피를 빨아마시고
> 여기서 한 아름다운 청춘이 살았지.
> 그들의 죽음도 시원스레, 그리고 빨리 왔다.
> 그들 모두가 물 속에 던져졌다.
> 아, 저 작은 주둥이들의 찍찍거리는 소리라니!
>
> – 〈아름다운 청춘〉 중에서

벤의 시 2단계(40, 50대)는 '역사부정'으로 압축된다. 현실개념이 재구성되는 시기이다. 이 무렵 시는 모놀로그와 몽타주 기법이 가세한다. 독백형식을 띠는 모놀로그는 냉소주의를 동반한다. 몽타주 기법은 그 말 자체가 그러하듯이 시간의 순서에 따라 장면과 장면을 결합하거나, 아니면 사고의 연계를 보여주기 위해 이미지를 나란히 연결시켜나가는 기법으로 영화에서 자주 사용한다.

이제 허무주의가 '관계'를 중시여기는 구조주의와 함께 벤의 시 중심부로 들어와 맴돈다. 상징주의 시운동을 창시·주도한 말라르메의 '순수시'에 비견되는 '절대시(絶對詩)'가 벤의 시로 특징지어지는 시점이다. 이 시기는 모종의 새로운 현실을 만나기 위한 모색단계이다. 〈두 개의 꿈〉이라는 시 속에 등장하는 제3자, 조개의 꿈, 물살, 바다는 모두 그의 시 3기로 연결되는 '희망'의 또 다른 이름표이다.

제3자가 아직 올 것인지?
그는 슬픔에 겨워 침통하리;
조개의 꿈이 가늘게 타다 남아,
조개는 물살을 떠나
다른 바다로 가버렸지.

벤의 시 3단계(40, 50대)는 현실재창조로 열린다. '정시(靜詩)'가 그것이다. 시인은 이제 보다 구체적인 현실(시)을 재구축하려는 움직임으로 거듭난다. "예술은 정적(靜的)이다"라는 자신의 선언에 준하는 시를 쓰는 시기이다. 그러나 슬프게도 그의 시는 미래를 여는 일이라기보다는 과거에 죽은 것들, 예컨대 전쟁 중에 죽어간 그 모든 것들을 되살려내고 싶어 하는 열망에서 그의 독특한 정시(靜詩, Statische Gedichte)가 나온 것이다. 그가 노래한 "사라진 모든 것들은 언제나 다시 돌아온다"가 바로 그 뜻을 함축한다. 이 무렵의 시 〈꿈

이여, 꿈이여〉를 읽고 나면 벤의 아픔과 슬픔, 그리고 사랑이 나의
가슴에도 닿아서 젖어내린다.

꿈이여, 꿈이여 — 깜박거리는 것과 타오르는 것,
만들어지는 것, 영원히 무상함에 가깝고,
공간이여, 공간이여 — 찾는 것과 버림받는 것
그림자들, 배교자(背敎者)의 외침.

시간이여, 시간이여 — 형상(形象)들을 없애는 것,
근원적 본체(本體)의 마지막 해체,
이행로(移行路)들, 회귀선들, 등고선(等高線)들,
지옥의 강이 술렁이는 소리, 재가 된 불빛.

현실부정(히틀러 시대) → 역사부정(현실 재인식) → 현실창조로 이
어지는 고트프리트 벤의 파란만장한 인생(시)은 그렇게 끝난다. 그
리하여 현실에 대한 슬픈 긍정 — 새로운 꿈으로 되살아나 새처럼 저
먼 하늘로 날아간다. 따라서 그의 시는 저 높은 곳을 향해 더욱 '형
이상학적 세계(눈에 안보이지만 그것 역시 존재의 아름다운 실체)'로 이
어진다.

로자 룩셈부르크 《옥중편지》

베를린 운하에 던져진 인간해방의 꿈

_ 나비야, 저것 봐! 저 숲 속의 작은 새들이 노래를 하고 있잖니? 이제 너도
생명을 되찾아야 해. 정말이야, 정말!

로자 룩셈부르크는 누구인가. 여자의 몸으로 왜 그녀는 히틀러의
나치체제를 향하여 치열한 노동운동을 전개했을까. 언론인이며 국제
노동운동의 실천적 이론가로 암울한 시대를 붉은 장미꽃처럼 타오르
다 사그라진 로자 룩셈부르크(1871~1919).

베를린 티르가르텐 지역을 깊숙이 흐르는 란트베르 운하를 끼고 달
리는 좁은 도로를 지나 그녀(그의 동지들은 애칭으로 '로자'라 부름)가
죽임을 당한 현장으로 향한다. 세월은 란트베르 운하처럼 무수히 흐
르고 흘렀지만 지금도 이곳은 그녀를 추모하는 낙서들이 담벼락마다
스프레이로 휘갈겨져 있는 모습이다. 안내하는 현지 교민에게 물어보
니 이 낙서들은 최근에 쓰여진 것이라고 말한다. 지금도 독일 노동자
들한테는 그녀가 살아있는 정신의 하나인 것 같다고 귀띔해준다.

란트베르 운하를 끼고 달리는 길을 20여 분쯤 걸어가자 '리히텐슈타인브뤼케'라는 다리가 나타난다. 때는 1919년 1월 15일 밤. 겨울비가 음산하게 내리던 혹한의 그 날 밤. 몇 명의 게슈타포(비밀경찰)가 총구를 번쩍이더니 그들이 타고 온 스리쿼터에서 그녀를 끌어내리자마자 마치 공포영화의 한 장면처럼 무참하게 짓밟는다.

"Z, Z, Z, Z, Z…!"

그들 게슈타포는 알아들을 수 없는 욕설을 퍼부은 다음 준비한 대로 로자의 머리를 향해 총 개머리판을 날려 후려친다. 주변에서 보는 사람이 아무도 없었음은 물론이다. 보았다면 티르가르텐 나뭇가지에 앉아있는 이름 모를 새들과 언제나 무심히 서 있는 나무들일 것이다. 자 이제! 그들은 서로 약속했다는 듯 아직 심장이 뛰고 있을지도 모르는 로자의 몸을 란트베르 운하 속으로 휙 던져버린다.

"Z, Z, Z, Z, Z…!"

이것이 여성혁명가 로자의 마지막 순간이다. 그러나 학살된 로자의 시체는 4개월 동안이나 운하의 깊숙한 진흙바닥에 박혀 떠오르지 않는다. 살아생전 늘 바라다보았을 하늘을 히틀러의 나치가 판을 치는 베를린에서는 더 이상 보고 싶지 않아서 그랬을까. 아니면 그녀에게 가해진 조직적 학살의 흔적이 너무 잔인해서 그랬을까.

"누가 로자를 학살했는가?"

"로자를 어디에 버렸는가?"

생전에 로자와 투쟁을 함께 한 동지들이 그녀의 처참한 시신을 발견한 것은 5월 31일. 일찍이 괴테가 가장 아름답게 노래한 5월 마지막 날이었을 것이다. 티르가르텐 동물원의 새들도 어느 계절보다도 아름답게 지저귀는 때다.

베를린 운하에 던져진 인간해방의 꿈

베를린의 프리드리히 슈펠데 공동묘지. 오늘도 이 묘지에는 그녀를 기리는 독일 노동자들의 참배의 발길이 이어진다.

꽃들이 사방팔방으로 짙은 향기를 내뿜기 시작한 그 날. 결국 로자의 시신은 운하 위로 떠올라 32명의 동지들이 누워있는 베를린의 프리드리히 슈펠데 공동묘지에 묻힌다. 오늘도 이 묘지에는 그녀를 기리는 독일 노동자들의 참배의 발길이 이어진다.

로자는 폴란드 상인 가정의 다섯 자녀 중 막내로 태어난다. 바르샤바에서 어린 시절을 보낸 그녀는 폴란드 문학과 세계문학에 정열적으로 달라붙는다. 스위스의 취리히로 이주한 그녀는 국가학과 국민경제학을 공부한다. 그런 다음 다시 조국 폴란드로 돌아가 최초의 사회민주주의 잡지인 《노동자문제》를 창간한다.

1898년 독일 국적을 얻은 로자는 베를린으로 가서 독일사회민주주의를 위해 적극적인 활동을 펼친다. 물론 그녀는 제국의회(Reichstag) 의원을 뽑는 선거운동에도 열성적으로 참가한다. 슐레지언 지방의 노동자들을 일깨우기 위한 발언과 기사를 쉬지 않고 써내면서 독일 노동자계급 사이에서 중심적인 정치지도자로 부상한다.

슐레지언은 19세기 중반부터 면방직 수공업으로 성장하지만 장시간 노동과 열악한 작업환경, 형편없는 대우에 시달리는 종속적 임금노동자들이 줄기차게 사회적 문제를 제기한 곳으로 유명하다. 시인 하이네는 자신의 시에서 "슐레지언 노동자는 그들을 억압하는 자들의 수의를 짠다"라고 풍자한 바 있다.

다시 로자한테로 돌아와 이야기하자. 칼 리프크네히트와 함께 독일공산당의 전신인 스파르타쿠스단을 조직하고 쿠데타를 통해 사회주의 혁명을 이루려 하다가 살해된 여성운동가 로자 룩셈부르크. 1986년 독일 영화계는 로자의 일대기를 담은 전기영화를 만든다.

촬영현장에서 메가폰을 쥔 사람은 여성감독 마가레테 폰 트로타이며 각본과 연출을 겸한다. 영화는 로자가 1차 세계대전 당시 감옥 안에서 저술에 열중하는 장면으로 시작하여 바르샤바에서 혁명가로 활동하는 모습들을 회상하는 식으로 전개된다.

러브스토리 형식을 취한 이 영화는 로자의 혁명적 모습 뒤에 감춰진 인간적인 면에 애정을 두어 초점을 맞춘다. 그녀가 세상에 남긴 주요 저서로는 《자본축적론》(1913) 《사회민주주의의 위기》(1916) 《러시아 혁명》(1922) 등이 있으며 그녀의 인간적인 고뇌가 담긴 《옥중편지》가 전 세계적으로 가장 많이 읽힌다.

로자의 '페미니즘'은 유명하다. 한국에서는 1960년대이리라. 당시 많은 남성들을 매료시킨 전혜린이란 여성이 있었는데 자신의 책에서 로자를 등장시킨다. 그녀는 하인리히 뵐과 똑같은 《그리고 아무 말도 하지 않았다》라는 책제목으로 서울 장안의 지가를 올린, 당시로서는 매우 어려운 독일유학까지 다녀온 인텔리여성이다. 그런 그녀가 '로자'를 자신의 글 속에 끌고 들어와 추억하는 장면은 지금도 기억되는 대목이다.

페미니즘은 여성에 대한 억압의 실체를 규명하고 여성해방을 목표로 한다. 19세기 중반에 시작된 이 운동은 자유주의에 근원을 둔다. 그때부터 페미니스트들은 여성의 사회진출을 가로막는 관습적, 법적 제한이야말로 남성에 대한 종속이라고 지적한다.

그러나 마르크스주의자들은 자유주의적 페미니즘과 달리 '사적 소유'가 존재하는 한 참된 기회균등은 이루어질 수 없다고 주장한다. 한 발짝 더 나아가서 로자의 사회주의적 페미니즘은 여성에 대한 억압은 노동자에 대한 억압과 다를 바 없으며 자본주의와 가부장제를 똑 같은 하나로 봐야 한다고 역설한다.

마지막으로 로자의 '민족론과 프롤레타리아 국제주의'의 관계를 들여다본다. 1870년 그 해, 로자는 흥미롭게도 러시아 볼셰비키혁명의 핵심인물로 소련 최초 국가원수가 된 레닌과 같은 해에 태어난다. 하지만 그녀는 이 거대담론에 대해서는 마르크스 · 엥겔스와 뜻을 같이 하지 않는다.

두 사람의 공산주의자는 프롤레타리아 국제주의자로 민족자결권에 회의를 품고 로자가 태어난 '폴란드 독립'에 대해선 예외임을 천명한다. 반면에 로자는 시각을 달리한다. 폴란드의 민족해방보다는 '계급해방'을 우선에 놓는다. 어떤 한 나라의 독립문제에 초점을 맞추다 보면 그들이 꿈꾸는 프롤레타리아 혁명이 실패로 끝난다는 것이 당시 로자의 생각이었기 때문이다.

1차 세계대전을 전후로 하여 노동자들의 환경은 더욱 열악해진다.

로자와 리프크네히트 기념우표. 로
자는 리프크네히트와 함께 독일공
산당의 전신인 스파르타쿠스단을
조직하였다.

그러자 그녀는 경직된 사회, 인간의 존엄성이 배제된 노동현장에서
노동자들이 부딪칠 수밖에 없는 변증법적 대응방식을 찾는다. 이에
독일 나치는 그녀를 향해 비수를 내밀게 된다.

1933년 '제국의회 방화사건'이 일어난 때이다. 베를린 한복판에
위치한 제국의회 건물에 불이 붙는다. 알리바이를 마련한 히틀러가
"사회주의 놈들이 불을 질렀다!"고 유언비어를 퍼뜨리며 이들 방화
범들을 처단해야 한다고 선동한다. 이 사건을 계기로 히틀러는 '나
치당'을 성공리에 출발시키고 로자와 생각을 같이한 사람들은 감옥
에 갇힌다. 이 때 붙잡혀 들어간 그녀가 밖으로 내보낸 글이 《옥중편
지》다.

그녀의 편지는 수십 편의 '슬픈 서정시'를 모아놓은 것 같다. 가령
감옥 창 밖을 날으는 나비가 어느 날 갑자기 죽어 가는 모습도 그렇
다. 궁극적으로 그녀가 세상의 모든 생명을 얼마나 소중히 여기며 살
아왔는가를 보여주는 대목이다.

무려 10년 가까운 옥살이로 죽을 고비를 넘긴 시인 김지하는 언젠

가 로자를 말하는 자리에서 '요가(yoga)'를 얘기한 적이 있다. 인도의 산스크리트어인 '유즈(yuj: 결합한다)'에서 비롯된 어휘인 요가는 마음을 긴장시켜 어떤 것에 상응 혹은 합일한다는 뜻이다. 그의 다음 이야기는 '인간 로자'를 이해하는 데 조금은 도움이 될 것 같다.

"요가(yoga)에서 '싸르'라는 말이 있지요. 러시아의 직업혁명가에서 나온 어휘로 내면은 물처럼 편하고 외면은 직업혁명가처럼 능란한 사람을 가리킵니다. 명상과 변혁을 함께 할 수 있는 사람, 즉 내적인 영성과 외면적 생명원리를 존중하는 '신인간'이 그에게 해당되겠죠. 나는 그런 사람을 로자 룩셈부르크한테서 발견했습니다."

로자의 《옥중편지》에는 이런 이야기가 나온다. 무심코 날아다니는 나비 한 마리가 감옥의 창살에 부딪혀 죽는다. 그것도 하필이면 여죄수 로자가 갇힌 감옥의 창살로 날아왔다가 안타깝게 죽은 것이다. 이때 그 장면을 본 로자는 속삭이듯 말한다.

"나비야, 저것 봐! 저 숲 속의 작은 새들이 노래를 하고 있잖니? 이제 너도 생명을 되찾아야 해. 정말이야, 정말!"

로자가 학살당한 현장을 찾아온 나도 그래서 가만가만 말해본다. 그녀의 몸뚱이가 총 개머리판에 찍혀 던져진 베를린 란트베르 운하를 향하여 그녀처럼 속삭여본다. 운하 위에 걸쳐진 리히텐슈타인브뤼케 다리. 그곳에 고정시켜 놓은 대문자 청동글씨 'ROSA LUXEMBURG'를 가만히 쓰다듬는다. 그리고 길게 숨을 들이마신다.

그녀 역시 '인간'의 이름으로 살다 죽었기 때문이다. 바람과 하늘과 별들과 그리고 무엇보다도 노동자들을 사랑하다 이 세상에서 사라진 로자 룩셈부르크. 나는 그녀의 《옥중편지》가 들려주는 마지막 말을 귓속에 슬픈 마음으로 담아 넣는다. 나 자신도 모르게 베를린

저 먼 하늘을 바라본다. 오, 그곳에 둥둥 떠가는 구름 한 점. 아마 로 자는 쇼팽의 심장이 묻힌 그녀의 조국 폴란드 바르샤바에 가고 있는 지 모른다. 아아, 슬프다! 홀로코스트(Holocaust: 유태인대량학살)로 악명 높은 나치집단수용소 아우스비츠(Auschwitz: 폴란드 남부에 위치한 비엘스코 주 도시명, 이곳에서 400만 명의 유대인이 학살되었는데 빌리 브란트 서독 수상은 재임시 무릎 꿇고 독일 국민을 대표하여 사죄하고 눈물을 흘렸다)를 찾아가 백조처럼 퍼덕이며 울먹일 것 같다. 다음은 살아 생전 그녀 내면에 반짝이던 영혼의 아름다움을 엿볼 수 있는 《옥중편지》의 한 대목이다.

오오, 친구여! 괴테의 시를 편지에 적어서 내가 갇힌 감옥 안으로 넣어 주세요. 사람은 누구나 다른 사람의 것에서 아름다움을 배우게 됩니다. 그 누구도 무너뜨릴 수 없는 생명의 향기와 아름다움을!

빅토르 위고 《노트르담 성당의 꼽추》

개선문처럼 열린 낭만주의 문학의 수령

_ 그리고 너희 영혼들이여, 들으라! 너희만이 숨결과 불꽃으로 남아있게 되고 차례차례 죽었다가 태어나는 순수한 영(靈)들이니!

"모든 것 속에 모든 것이 존재한다."

당대의 현실과 사상, 사물을 어느 한쪽으로만 들여다보지 않고 '전체'로 받아들인 프랑스 낭만주의의 수령 빅토르 위고(1802~1885)는 전인적(全人的) 인간형에 속하는 인물이다. 괴테가 보다 드넓은 '세계정신'에 도전하여 《파우스트》를 완성시켰듯이 위고는 프랑스혁명의 3대 슬로건이요, 인류의 보편적인 진리인 자유 · 평등 · 박애의 사상으로 《레미제라블》과 《노트르담 성당의 꼽추》를 써서 세계문학의 금자탑을 이룬다.

위고는 파리의 거리나 세느 강가를 걷는 시민들 하나하나의 얼굴에서 프랑스의 전체를 본 시인이다. 아니 그가 살았던 시대의 전체를 바라본 사람이다. 나아가 루이 16세와 그의 부인 마리 앙투아네트

왕비가 단두대의 이슬로 사라진 콩코드 광장에 모인 사람들 전체 속에서 훗날, '인간의 모습 하나하나'를 들여다본 사람이다.

동시에 위대한 작가들 속에서 발견되는 어떤 사물과 사건을 대할 때도 가까이 다가가서 보는 현미경과 멀리 놓고 보는 망원경을 함께 가진 작가이다. 그래서 오늘날도 평자들은 그를 현실의 시인이며 동시에 초현실의 시인이라고 말하면서 그의 작품에 담긴 가치관 · 인생관 · 세계관 · 종교관을 일부가 아니라 전체로 파악한다.

독일 국경을 쏜살같이 넘어 파리 동부역에 내린 나는 지하철을 이용, 상제리가로 향한다. 어쩌면 도시의 전체가 문화재 그 자체로 살아 숨쉬는 프랑스의 수도 파리. 1789년에 봉기한 프랑스대혁명의 정신으로 유럽은 물론 세계역사를 줄기차게 이끌어올린 파리의 한복판 개선문 광장에 서서 잠시 명상에 잠긴다.

"파리를 폭격해라. 그리고 쑥밭으로 만들어 버려라. 파리가 존재하는 한, 우리의 독일은 이 전쟁에서 이길 수 없다."

제2차 세계대전 때다. 독일이 전세에 불리해지자 히틀러는 그의 수석사령관에게 파리폭격을 명령한다. 그러나 수석부하는 그 자리에서 "예!"라고 대답했을 뿐 당시 독일 총통인 히틀러의 명령을 어긴다. 오늘날도 프랑스 국민들에게 전설처럼 얘기되는 나치군대의 수석사령관은 그때 스스로 묻고 대답한다.

"안 돼, 파리를 폭격해버리면 인류문화는 다시 복원할 수 없어. 파리는 프랑스만의 보고가 아니라 인류 전체 문화유산의 보고다."하는 판단을 한 나머지 히틀러의 파리폭격 명령을 어긴다.

아, 그래서 오늘날 베르사유 궁전과 루브르 박물관이 살아있구나. 특히 루브르에는 세계 최초의 금속활자 인쇄본으로 기록된 한국의

노트르담 성당. 《노트르담 성당의 꼽추》 작품의 무대이다.

'직지심체요절' 원본이 있지 않는가. 과거 프랑스 식민지였거나 프랑스와의 싸움과 전쟁에서 패배한 아시아·아프리카 여러 나라들의 문화재가 셀 수가 없을 정도로 소장·진열돼 있는 게 아닌가.

동양의 나그네인 나는 개선문 안으로 들어간다. 대문호 위고가 83세로 눈을 감은 날을 상상한다. 당시 프랑스 정부는 그의 죽음을 국장으로 치른다. 이때 거리로 쏟아져 나온 시민들이 100만 명이었다고 하는데 한결같이 위고를 그냥 보낼 수 없다고 소리친다. 정말 지금까지 볼 수 없었던 거대한 애도의 행렬이 이어진 것이다.

"프랑스 낭만주의 수령, 그대는 죽지 않았다."

나는 수많은 사람들이 여기 개선문 밑에 위고의 유해를 안치해 놓고 밤새도록 횃불을 밝힌 그 날 밤을 생각한다. 파리의 심장 상제리가에 구름처럼 모여들어 위고의 83년 생애와 문학을 끝없이 불 밝히는 파리 시민들의 위고에 대한 사랑을 느낀다.

봄 여름 가을 겨울, 단 하루도 빠뜨리지 않고 꽃다발이 놓이는 개선문으로 들어가 프랑스대혁명 지도자들은 물론 오늘날 프랑스 국가가 된 〈라 마르세이유〉를 부르며 깃발을 휘날리는 파리 시민들을 떠올린다. "아 자유여, 너는 피를 먹고 자라는 나무구나!" 시민혁명 때 한 시인이 수많은 사람들의 죽음을 보고 흘린 탄식이다.

밤새도록 개선문 밑에 안치된 위고는 '팡테옹(모든 신들이 묻힌 곳, 만신전萬神殿)'으로 옮겨져 안장된다. 이 묘지는 원래 수도원 성당으로 사용되었으며 프랑스혁명 때부터 거장들의 무덤이 들어선다. 정치인보다는 주로 문인들이 묻히고 있는데 계몽주의 선봉인 루소와 볼테르, 자연주의 문학운동의 창시자인 에밀 졸라, 그리고 빅토르 위고가 잠든 곳이다. 행동주의 작가 앙드레 말로도 이곳으로 옮겨와 잠들어 있다. 또 팡테옹 묘지는 '백년전쟁'으로 유명한 잔 다르크가 기다리는 곳이다.

잔 다르크는 영국과 프랑스가 격돌한 중세 최대의 종교전쟁인 '백년전쟁'을 승리로 이끈 신화적 존재인데 '마녀사냥'으로 화형을 당해 죽는다. 그녀를 불에 태워 죽인 파리의 서쪽 후앙 시에는 그녀를 기리는 '잔 다르크 성당'이 세워져있다. 이 성당을 세운 사람은 드골 대통령 때 문화상을 지낸 작가로 위에서 말한 앙드레 말로이다.

파리의 유명 묘지는 거의가 시내 중심부에 위치한다. '페르 라셰즈 묘지'가 우선 그러한데 한 시대를 풍미한 몰리에르 · 오스카 와일드 · 발자크 · 쇼팽 · 모딜리아니 · 이사도라 덩컨 · 짐 모리슨 · 엘뤼아르 등의 문학예술가들의 영혼이 시대를 뛰어넘어 여길 찾는 방문객들을 기다린다.

앵발리드 기념관은 프랑스 제1제정 황제인 나폴레옹 보나파르트 (1769~1821)가 잠든 묘지다. 나폴레옹 보나파르트 1세의 묘비에는 아무런 표시도 없이 "여기에 눕다(Ci-Git)"라는 말만 새겨져 있어 문득문득 지난 역사의 회오리를 돌이켜보게 한다.

나그네는 이제, 빅토르 위고의 걸작 중 하나인 역사소설 《노트르담 성당의 꼽추》의 무대인 성당으로 향한다. 세느 강 시태 섬에 자리 잡은 노트르담 성당. 이 화려하고 어마어마한 예술작품은 원래 교회와 종교행사에 이용하기 위해서 지은 건물이다. 12세기에 건립된 프랑스 제1의 고딕사원으로 7세기를 통해 보수와 개축을 거듭한다.

노트르담 성당은 서양 중세 건축미술의 전형을 이룬다. 387계단을 이용, 성당 꼭대기에 오르면 파리의 정경과 세느 강이 내려다보이고 16톤을 넘어서는 장중한 종들이 매달려있다. 소설 속에서 꼽추 과지

모도가 날마다 잡아당긴 종 줄도 그대로이다.

쿠데타로 정권을 잡은 나폴레옹 3세 치하(제2제정시대)의 어느 날, 위고는 노트르담 성당을 통해 불화살처럼 날아오는 영감을 얻어 작품으로 옮긴다. 그것이 저 불후의 명작《노트르담 성당의 꼽추》이다. 대중적으로도 가장 많이 읽혀지고 있는 이 소설은 프랑스 낭만주의의 역사소설을 대표한다. 프랑스대혁명과 근대 자유민주주의의 시민정신이 속도감 있게 녹아든 이 작품은 독자들을 숨막히게 붙잡아버린다.

이야기는 주로 노트르담 성당에서 일어난 사건을 배경으로 전개된다. 집시 출신인 열여섯 살의 예쁜 아가씨 에스메랄다를 둘러싸고 온갖 육욕의 쟁탈전이 벌어진다. 그것도 눈에 보이지 않게끔 갖가지 사건들이 일어난다. 파리의 한복판 밑바닥을 관통하며 흐르는 지하수처럼 사건은 가장 어둡고 더러운 터널 속에서 뒤얽힌다.

성직자임에도 하느님의 말씀보다는 육체의 욕망에 두 눈이 어두워져버린 노트르담 성당의 부주교 클로드의 이중성. 그리고 성당의 종치기인 꼽추 콰지모도와 젊은 군인으로 에스메랄다의 애인인 페뷔스가 종횡 무진하게 펼치는 이 무시무시한 러브 스토리는 비극으로 끝난다.

육욕전쟁을 방불케 하는 독일의 전설적인 대서사시《니벨룽겐 사람들의 죽음》을 연상시키기도 하는 이 소설의 소재와 주제는 문명비판적 장시《황무지》로 노벨문학상을 받은 20세기의 대표적 시인 T. S. 엘리어트의 《성당의 살인》을 떠올리게 한다. 하느님 말씀을 좇아 기도에 최선을 다해야 하는 성당 안에서 육욕 — 질투 — 살인의 이미지와 영상들이 무수히 겹쳐진다는 의미에서 더욱 그런 느낌을 불

개선문처럼 열린 낭만주의 문학의 수령

러일으킨다.

위고가 창조한 꼽추 과지모도는 역시 모든 인간들한테서 발견되는 정신적 불구를 상징한다. 왼쪽 눈 위에 물사마귀가 하나 있는 애꾸에다 머리는 어깨 속으로 들어가 있고 등뼈는 활처럼 휘어져 있으며 가슴뼈는 툭 불거져 나온 데다가 두 다리가 뒤틀려 있음은 물론 벙어리처럼 말을 더듬는 과지모도. 그의 모습은 어쩌면 그의 아버지나 다름없는 부주교 클로드의 내면을 스펙트럼처럼 전후좌우로 비춰주는 거울이다. '과지모도'는 '부활절 후의 첫째 일요일'을 가리키는 말인데 꼽추인 그에게 이런 이름을 붙여준 사람은 그를 데려다가 종지기를 시킨 클로드 부주교이다.

아, 예쁜 아가씨 메스메랄다를 탐하다 못해 그녀의 애인 페뷔스를 단도로 찔러버리는 부주교 클로드! 그리고 이 장면을 숨어서 지켜본 꼽추 과지모도까지 그녀를 탐하려 하면서 욕망의 갈등에 휩싸이고 마침내는 인간죄악의 절정을 이룬다. 불쌍한 에스메랄다가 단도로 페뷔스 중위를 살해 기도한 범인으로 오판되어 '마녀재판' 끝에 처형되고 사건의 진실을 혼자만이 알고 있는 종치기 과지모도가 부주교 클로드를 성당의 종탑에서 떨어뜨려 죽이면서 《노트르담 성당의 꼽추》는 끝을 맺는다.

결국 이 작품은 상위계층 클로드와 페뷔스라는 인물을 통해 하위계층 과지모도와 에스메랄다의 삶에 파탄을 가져온 위고 시대의 사회를 고발한 작품이다. 이 작품은 위고가 '사형제도의 폐지'를 이슈화시키면서 인도주의를 부르짖던 무렵에 발표된다.

세느 강 시태 섬에 세워진 노트르담 성당의 안과 밖을 둘러보면서 다시 위고의 83년의 생애를 반추해본다. 그는 프랑스대혁명 직후 공

계몽주의 선구자 루소와 볼테르, 잔 다르크, 에밀 졸라와 빅토르 위고가 묻힌 팡테온 묘지 전경.

화파이며 직업이 군인으로 가톨릭교 신자인 아버지와 혁명적 계몽주의자 볼테르의 사상에 영향을 받은 어머니 사이에 태어난다. 그는 생쉴피스 성당에서 어릴적 친구인 아델 푸쉐와 혼인성사를 받는다.

그러나 위고는 자신의 임종 순간에 가톨릭교회의 병자성사를 거절하고 교회의 모든 미사와 장례예식마저 거절한다. 오직 가난한 사람들이 그의 죽음을 기도해주고 장례를 치러주기를 유언으로 청한다. '하느님보다는 인간'을 더 믿었던 시인이기 때문일까.

그의 문학과 철학과 정치사상은 프랑스대혁명 → 파리코뮌 → 나폴레옹 보나파르트(위고는 나폴레옹 1세의 정치에 반대 입장을 가졌다) → 왕정복고 → 제3공화국으로 이어지는 파란만장한 시대를 거치면서 형성된 것이다.

아카데미 회원으로서 상원의원인 위고는 루이 나폴레옹에 대한 쿠데타를 계획하다 실패, 대서양의 유배지에서 오랫동안 망명생활을 하는 등의 정치적 이력을 가진 사람이다. 하지만 하루아침에 200장의 원고지를 단숨에 써 내려간 무진장한 정력과 영혼을 가진 사람이다. 그것도 정치보다는 언제나 '인간의 편'에 서 있기를 갈망하면서 말이다.

다시 문학으로 돌아와 말하면 그는 운문희곡《크롬웰》이후《레미제라블》(가련한 사람들)과 같은 불후의 명작을 다수 쏟아낸 초인간적인 에너지를 발휘한다. 그러나 극작가, 소설가로 불려지기보다는 그 자신이 살아생전 말했고 또 후대의 평자들도 입을 모으고 있듯이 그는 '시인'으로 불려지기를 더 좋아했다고 한다. 대표시집으로는 《명상시집》,《동방시집》,《황혼의 노래》를 비롯하여 18년간의 망명세월 결과로 나온 문제시집《징벌시집》과《하느님》이 그치지 않고 읽힌다.

아무것도 죽지 않는다. 아무것도 거짓이 아니다.
아무것도 검지 않다. 아무것도 걱정스럽지 않다.
아무도 벌받지 않는다. 아무도 추방되지 않는다.
무한의 원(圓) 안에 있는 모든 원들은 그들의
원주(圓柱) 안에서 이상만을 지니고 있을 뿐이다.

- 장편서사시 〈하느님Dieu〉 중에서

위고는 정녕 르네상스 이후 프랑스가 탄생시킨 최초의 '근대적 작가'이다. 인간을 어떤 도그마(틀) 속에 집어넣고 사상과 주제의 적의성 혹은 적합성을 강조하는 고전주의 문학의 형식과 내용을 깨뜨린 시인이다. 자유주의와 인간의 진실을 위해 깃발을 든 — 그의 삶과 다양하고 엄청난 문학작품들이 말해주듯이 낭만주의의 신화적 존재로 거듭난다.

조화와 균형만을 내세우며 삼일치법칙(시간 · 장소 · 행동의 통일)과 단정한 문체만을 중시여기는 보수적인 고전주의에 혐오를 갖는다. 세 차례의 혁명을 치른 그에게 고전주의는 태양왕 루이 14세로 상징되는 절대군주국가의 산물이라는 것이다.

따라서 위고는 경멸한다. "천한 것들을 주제로 삼지 말고, 시인의 용어는 평범해서는 안 되고, 어릿광대 같은 인물묘사는 피하고, 저속한 것들은 등장시키지 말라"는 — "모든 문학의 원리는 이성(理性)이며 화려하고, 고귀하고, 섬세하고, 장식을 중시하라"는 데카르트적인 합리적 고전주의에 반기를 들어 쐐기를 박는다.

17세기 철학자 데카르트가 "나는 생각한다(Gogito) 고로 존재한다"고 말한 속뜻은 "나는 '이성적으로' 생각한다 고로 존재한다"에 다름 아니라는 것이다. 위고는 데카르트적인 권위주의의 가면을 벗겨버린다. 이성보다는 인간과 자유스러운 감정을 존중한다. 역동적으로 꿈꾸면서, 그리워하면서, 훗날 독일의 경험주의 철학자 이마누엘 칸트처럼 이성보다는 그가 보고, 느끼고, 살아온 '경험'에 더 밀착하여 그의 문학사상적 세계와 자아를 추구한다.

　　"낭만주의는 병폐이고 고전주의는 건강"이라고 판단한 독일 고전문학의 최고봉 괴테와는 달리 혁명시대 프랑스의 작가 위고는 "낭만주의는 인간의 두 어깨에 '날개'를 달아준다"고 주장하면서 또 그것을 작품에 투사시켜 나간 것이다.

세계문학의 거장을 만나다

폴 엘뤼아르 《시와 진실》

파리의 골목골목에 뿌려진 자유와 평화의 시집

_ 인간이여, 너는 누구인가?
너는 나 자신이다.

베트남의 우기처럼 음산한 날씨가 계속되는 12월의 프랑스 파리. 나는 폴 엘뤼아르(1895~1952)가 묻혀 있는 페르 라셰즈 묘지로 향하면서 "너는 나다 그리고 나는 너다"란 시구를 입 속으로 되풀이한다. 그리고 그의 시집 《시와 진실》을 펼친다.

너와 나, 나와 너를 떼어놓고 생각하지 않고 하나의 '동일체'로 이끌어 올리며 노래한 프랑스의 초현실주의 시인이며 저항시인이었던 폴 엘뤼아르. 제2차 세계대전이 한창 불을 뿜던 1942년 파리의 한복판에서 지하시집인 《시와 진실》을 펴내고 전쟁이 끝날 때까지 항독운동단체에 들어가 온몸으로 활동을 전개한 시인이 엘뤼아르다.

나는 〈자유〉라는 시가 마치 불온 삐라처럼 파리의 골목골목에 떨어졌던 사실을 기억한다. 이 시는 《시와 진실》 첫 페이지에 실린 것인데 영국의 항공편대는 이 시집 수천 권을 독일군 점령지에서 싸우는 프랑스의 항독 전사들 위에 뿌린다. 시가 무기로 등장한 것이다. 이때는 엘뤼아르가 작가국민위원회의 북부책임자가 되어 또 다른 작업으로 지하출판물 《심야총서》를 비밀리에 찍어내던 무렵이다.

파리를 점령한 독일군과 게슈타포(비밀경찰)에 맞서 실존주의 철학자 사르트르, 초현실주의 시인 앙드레 브르통·아라공 등과 함께 몸을 던져 레지스탕스 지하투쟁을 벌인 엘뤼아르의 문학정신은 거기에서 더 빛을 발한다. 자신의 조국이 독일군 탱크와 대포에 밀려 풍전등화로 놓여 있을 때 시인 엘뤼아르는 결연히 일어선 것이다. 그래서 파리를 찾은 내게는 지금도 들린다. 이웃들이 침략자의 군화에 짓이겨질 때 시를 무기화시킨 1930~1940년대 프랑스 최대의 저항시인인 폴 엘뤼아르의 피맺힌 목소리를 듣는다. 그의 시 〈자유〉에서 몇 개의 구절을 낭송해본다.

세계문학의 거장을 만나다

나의 학습 노트 위에 / 나의 책상과 나무 위에 / 모래 위에 / 눈 위에
나는 너의 이름을 쓴다 / 내가 읽은 모든 책장 위에 / 모든 백지 위에
돌과 피와 종이와 재 위에 / 나는 너의 이름을 쓴다
(……)
그 한 마디 말의 힘으로 / 나는 내 일생을 다시 시작한다
나는 태어났다 너를 알기 위해서 / 너의 이름을 부르기 위해서
자유여.

역시 엘뤼아르의 시는 쉽다. 쉽지만 깊고 가슴을 친다. 마치 지평선처럼. 그와 함께 문학과 투쟁의 길을 걸었던 일부 초현실주의 시인

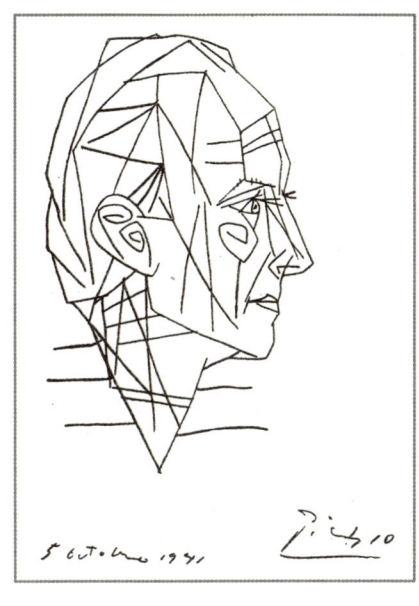

피카소가 그린 엘뤼아르. 피카소와 엘뤼
아르는 서로 절친했다.

들이 '난해함의 늪 속'에 빠져들거나 세기말의 병적 증후현상을 보
여줄 때, 그러나 엘뤼아르의 문학적 선언은 당당하다. 가령 "시인들
의 개인적 고독은 사라졌다. 시인은 모든 사람들을 위한 시를 써야
한다. 시인은 영감을 소유하는 사람이 아니라 영감을 주는 사람이
다."라는 말이 그렇다. 연금술사들처럼 언어를 깎고 다듬는 데만 더
욱 몰입했던 그의 가까운 선배 시인 말라르메나 발레리와는 달리 언
어 유희적인 태도를 경멸한다.

　　지하철을 이용해 도달한 페르 라셰즈 공동묘지는 무척이나 넓다.
묘지 입구에서 나눠주는 '묘지지도'를 사용하지 않으면 자기가 찾아
가고자 하는 사람의 무덤을 만나지 못한다. 이곳을 찾는 모든 사람들
이 인정하고 있듯이 이 묘지는 규모로 보나 예술적으로 보나 유럽에
서는 단연 으뜸이다.

세월을 말해주는 울창한 숲, 조각공원처럼 각종 예술 조각품들이 수천 개가 꽉 들어차있다. 하루종일 돌아다녀도 아니 한 달 내내 돌아도 다 구경할 수 없을 만큼 이 공동묘지는 수십 개의 장례용 교회와 정교한 비문, 석상들이 늘어서서 수세기를 살다 간 파리쟝들(파리 시민)의 영혼을 지킨다.

묘지 관리인이 건네주는 영어·불어·독어로 된 안내 책자를 들고 아무리 빨리 뛰어다녀도 내가 찾는 엘뤼아르의 무덤은 쉽게 찾아지지 않는다. 그만큼 넓다. 극작가 몰리에르, 소설가 오스카 와일드, 19세기 리얼리즘의 아버지인 발자크, 피아니스트 쇼팽, 《잃어버린 시간을 찾아서》로 유명한 소설가 프루스트, 화가 모딜리아니…. 셀 수 없이 많은 위대한 영혼들은 비록 무덤 속에서나마 이 가난한 코리아의 시인을 위로해준다.

드디어 엘뤼아르의 무덤 앞에 다다르자 어둠이 내리기 시작한다. 동서남북에 열려 있는 출입문이 닫히는가 싶었을 때 나는 루이 아라공의 외침을 듣는다. 아라공은 엘뤼아르와 더불어 초현실주의 문학 운동을 펼친 것으로 널리 알려진 시인이다.

1952년 11월 18일. 한국전쟁이 동족상잔으로 불붙던 바로 그때다. 살아생전 그의 친구들과 시민들이 몰려들어 엘뤼아르의 장례식이 거행되던 그 날, 루이 아라공이 묘지 입구에서 행한 추모연설은 너무 유명하여 지금도 현실적으로 들린다.

엘뤼아르의 시신을 운구해온 시인 브르통의 얼굴이 숙여진 채로 있고 엘뤼아르의 절실한 친구인 스페인 출신의 피카소도 와 있다. 1차 대전 직후 미술운동의 하나인 다다이즘을 주도한 스위스 태생의 트리스탄 짜라(Tzara)도 보인다.

'다다' 란 어휘는 '아무 뜻이 없다' 란 말로 병적인 세기말 증후현
상을 나타낸다. 아라공은 독일군으로부터 파리탈환을 꾀하다가 죽지
않고 살아남은 — 엘뤼아르의 장례식에 참석한 그의 많은 동지들에
게도 외치듯이 추모사를 읽는다.

"평화라는 단어가 살아있는 한 엘뤼아르는 죽지 않는다."

이때 프랑코 독재 치하의 스페인에서 파리로 탈출해 온 피카소는
엘뤼아르가 노래한 〈게르니카의 승리〉를 떠올렸을 것임은 당연하다.
피카소와 너무도 깊은 우의를 교환했던 폴 엘뤼아르. 저 1937년 스
페인 군부내란 때 시인들은 자국민을 대량 학살한 파시스트 프랑코
장군에 맞서 얼마나 노여워하고 얼마나 울부짖었던가. 프랑코는 독
일의 히틀러, 이탈리아의 무솔리니, 일본의 히로히또와 함께 파시스
트의 대명사가 아닌가.

미국의 어네스트 헤밍웨이의 경우는 온몸으로 날아가 전선에 투
신한다. 시인 엘뤼아르는 무참하게 쓰러져간 게르니카 사람들을 위
하여 〈게르니카의 승리〉를 토해내고 피카소는 그의 조국 스페인과
게르니카 사람들에게 〈게르니카의 학살〉이란 그림을 바친다. 1937년
4월 26일. 독일군 비행기는 스페인의 소도시 게르니카에 폭격을 자
행, 무려 1654명의 사람들이 집단 학살되고 수많은 사람들이 부상자
로 남는다.

> 오막살이와 탄광과 들판의 아름다운 세계
> 그 선한 얼굴들은 불길에, 거대한 어둠에
> 모욕에 폭격에, 아 모두에게 선한 얼굴들
> 그대들을 고정시킨 허무가 여기 있고 그러나

그대들의 죽음은 견본으로 쓰여질 것이다

(······)

게르니카의 마을 사람들이여

그러나 함께, 다가오는 미래와 함께

마지막 꽃봉우리를 피워야 하리라

히틀러가 파리에 구축한 독일앞잡이 비쉬정권에 대항하기 위하여 엘뤼아르는 그의 투쟁을 멈추지 않는다. 비쉬정권이라? 1940년 5월 10일 제2차 세계대전이 발발한 이래 6주 만에 프랑스 파리는 독일군에 의해 여지없이 무너지고 만다. 개선문으로 통하는 파리의 중심 상 제리가에 독일군이 입성하고 곧 괴뢰정권인 '페탕정부'가 들어선다. 한국의 경우를 빌어서 말하면 일제강점기의 '조선총독부'와 같다.

나치독일과 휴전협정을 목표로 삼아 수립된 극우 파시스트 정권은 전쟁이 끝나자마자 재판에 회부된다. 드골 대통령은 전후처리와 역사 청산 차원에서 히틀러의 나치즘에 협력한 부역자를 심판대 위에 올린다. 부역한 정치가·군인·시민들을 처단함은 물론 나치군대에 몸을 팔아 생계를 유지한 창녀들의 경우라 해도 머리를 빡빡 깎아서 파리 시내를 돌게 만든다. 프랑스대혁명의 유산을 물려받은 나라답다.

나는 페르 라셰즈 묘지에서도 빛을 더 발하고 있는 그의 묘지에 그가 생전에 너무도 좋아한 붉은 장미꽃을 바친다. 그가 죽기 전에 남긴 시집 《모든 장미의 노래》를 떠올린다. 그가 젊은 시절에 추종했던 쉬르리얼리즘(초현실주의) 내지는 다다이즘과 결별하고 죽는 날까지 '자유와 평화' 그리고 너와 내가 아닌 '우리 모두'를 시로 추켜올린 것을 상기한다.

세계에서 가장 넓은 무덤 중의 하나인 페르 라셰즈에는 엘뤼아르를 비롯, 오스카 와일드, 발자크,
쇼팽 등과 파리 코뮌 전사들의 유해가 묻혀 있다.

"인생을 바꿔야 한다"고 노래한 상징주의 시인 랭보, "세상을 바꿔야 한다"고 주장한 공산주의 이론가 칼 마르크스의 논리 사이에서 '인류의 평화'를 줄기차게 시로 옮긴 엘뤼아르. 1차 세계대전이 발발한 1914년 그 해에도 병약한 몸을 이끌고 요양원을 나오자마자 간호병으로 전선으로 달려가서 '평화'를 위하여 투신한 그가 아닌가.

"시인은 자기의 사상을 추구하는 것이지만 그 사상은 진보를 향한 인간의 궤적 속에서 함께 이루어지는 것이다"라는 신념으로 살다간 엘뤼아르. 그가 남긴 마지막 시집으로는 1951년에 펴낸 《모든 것을 말하라》와 《불사조》가 있다. 그의 노래 중에서 유명한 또 하나의 시 〈우리는〉을 암송하며 페르 라셰즈 묘지를 떠난다.

세계문학의 거장들을 만나다

우리 둘이는 서로 손을 맞잡고
어디서나 마음속 깊이 서로를 믿는다
아늑한 나무 아래 어두운 하늘 아래
모든 지붕 난로 가에서
태양이 내려 쬐는 빈 거리에서
민중의 망막한 눈동자 속에서
현명한 사람이나 어리석은 사람 곁에서라도
어린 아이들이나 어른들 틈에서라도
사랑은 아무 것도 감추지 않고
우리들은 그것의 확실한 증거이다
사랑하는 사람들은 마음속 깊이 서로를 믿는다.

모 파상 《여자의 일생》

루앙 시를 감도는 잔느의 숙명 혹은 운명

_ 신이 자연을 창조했다면 인간은 역사를 창조한다.
이것이 바로 오늘과 내일에 있어 인간의 위대함이다.

19세기 후반, 서양문학사는 낭만주의가 물러가고 자연주의가 자리잡는다. 사회의 동향은 자연적인 것에 의존하지 않고 '과학'으로 옮겨지면서 작가들은 더 이상 열정과 감성에 의존하지 않게 되고 서정시보다는 소설문학이 대중 독자들을 잡아끈다.

자연주의 비평을 대표하는 테느(1828~1893)가 '종족 환경 시대'적 측면에서 소설 비평을 시도하고 시인들의 경우도 시를 몰개성적이고 지적인 혹은 과학적인 것을 추구한다. 따라서 작가들은 당연히 과학적 인식에서 비롯된 실증적 자료와 상상력에만 의존하는 경향을 띤다. 자아에 함몰되지 않는 몰개성, 면밀한 관찰과 고증, 찬란하면서도 간결한 형식이 자연주의 소설의 양식으로 거듭난다.

자아! 그럼 자연주의의 대표적인 작가인 플로베르(1821~1880)와

루앙시청. 이 시청은 수도원 건물이었는데 《여자의 일생》 주인공 잔느도 이와 같은 수도원에서 5년 동안 일했다.

모파상(1850~1893)을 만나러 가자. 그들이 살았던 루앙 시로 달려가자. 마음속으로 경적을 울린 나는 파리 오페라하우스 앞에서 지하철을 이용, 노르망디 지방의 중심도시인 루앙 시로 향한다. 파리에서 열차로 1시간 거리에 있는 루앙 시. 난생 처음으로 타보는 중북부 유럽의 열차 속에서 나는 흑인과 알제리인들, 터키인들이 자리에 많이 앉아 있음을 발견한다.

아마 이들은 옛날 식민지쟁탈전 시대, 아프리카나 알제리 현지에서 끌려온 사람들의 후예들일 것 같다는 생각을 해본다. 독일과는 달리 외국인 추방운동을 벌이는 단체가 없는 나라가 프랑스이다. 프랑스는 헌법으로 예의 '인종주의'를 막고 있다.

사실 오늘날의 프랑스가 인정하고 있듯이 타인종 외국인을 "이제,

누가 뭐라고 해도 쫓아내버릴 수 없는" 역사를 가지고 있기 때문이다. 한국에서도 3D라고 잘 알려진 "어렵고 힘들고 위험한 일"을 도맡아서 하는 노동자는 프랑스의 경우도 과거 그들이 식민지로 삼았던 나라에서 온 사람들이 대부분이다.

노동력을 충당하기 위해 붙잡아 온 노예의 후손이 태반이라는 것이 그 말이다. 하지만 프랑스정부는 오늘날까지도 이들 알제리 사람들한테는 '프랑스 국적'을 부여해주지 않는다. 우리 식으로 말하면 불법체류 외국인노동자 신세로 살아간다 할까.

그들 식민지 노예들의 후예를 바라보는 동안 열차는 벌써 루앙 시에 도착한다. 프랑스의 곡창지대인 노르망디 지방의 한복판 세느 강이 에돌아 흘러나가는 시가지 중심에 내려 먼저 '잔 다르크 거리'를 걷는다. 현재 인구가 20만여 명으로 추산되는 루앙 시. 한때(1789년 프랑스대혁명 전)는 260개의 성당들이 들어서 있었다는 이 도시는 그러나 지금도 어디를 가나 어마어마한 규모의 성당들과 수도원이 하늘을 높이 찌른다.

하지만 이곳 역시 골칫거리가 생긴 모양이다. 성당은 많아도 신자 수가 너무 적어서 매주 윤번제로 이번 주는 이 성당, 다음 주는 저 성당에 모여 미사를 올린다고 한다. 그중 '노트르담 드 루앙 성당'은 멀리서 온 방문객들을 오랫동안 붙잡아 놓는다.

화가 모네의 그림으로도 유명한 이 성당이 오늘의 모습으로 서있게 된 데에는 무려 200년의 세월이 걸렸다 한다. 그래서 이 건물 하나에서도 중세 로코코 건축양식과 바로크 건축양식이 서로 사이좋게 공존하고 있는 것이다.

'노트르담 드 루앙 성당' 안에서 나는 아주 흥미를 끄는 조각품 하

백년전쟁의 영웅 잔 다르크가 마녀사냥의 표적이 돼 화형을 당한 노르망디 지역의 루앙 시 한복판, 그녀를 기리기 위한 성당이 세워져 있다.

나를 발견한다. 그것도 성당 안 제단 앞일 것이다. 어마어마한 대리석 아래에 아니 글쎄, 조각품으로 만든 개 한 마리가 멍멍 짖기라도 하려는 듯 방문객을 노려보고 있지 않는가.

　세상에 누가, 성당 안에 개의 이런 모습을?! 이곳을 안내해주는 신부님한테 물어보니 대답 내용이 참 재미있다. 그리고 사뭇 의미 있게 들린다. "그러니까 중세 때였겠지요. 성당을 올리는 사이 한 석공노동자(요즘말로 예술가)가 일부러 재미 삼아 만들어 놓았다 하는데 그 뒤 수백 년 동안 이렇게 있는 거죠."

　태어나서 죽을 때까지 성당건축 일만을 해온 석공노동자의 고달픔이 배인, 또 그것을 장난(?)으로 여기지 않은 프랑스 문화재 당국이 내게는 오히려 흥밋거리로 다가온다. 장난으로 생각해버렸다면 오늘날 개는 성당 안에 이렇게 남아있지 않았을 것이다. 그 개 곁을 지나가는 방문객마다 신기한 듯 녀석을 쓰다듬는다.

　루앙 성당을 오른쪽으로 끼고 돌아가니 '백년전쟁' 의 전설적 존재인 잔 다르크를 가둔 감옥 벽이 그대로 남아 있다. 역시 프랑스 문화재다. 거기서 30분쯤 걸어 나가니 영국군의 고자질과 중세의 이해할

루앙 시 한복판에 세워진 세계 1,
2차 대전 중에 죽어간 젊은이들
을 추모하는 기념탑.

수 없는 '마녀사냥' 끝에 그녀를 불태워 죽인 구시장통 넓은 광장이
나온다. 바로 이 자리에 유명한 잔 다르크 성당이 솟아있다.

이 성당은 현대 건축미술의 정점을 이룬다는 평가를 받고 있는데
내부와 외부 모양은 9~11세기적 북쪽 노르망디족들이 남쪽으로 내
려올 때 사용한 범선의 형태로 지었다 한다. 이 건축을 범국가적으로
기획한 사람은 소설 《인간의 조건》, 《정복자》, 《희망》의 저자로 유명
한 행동주의 작가 앙드레 말로이다. 말로가 2차 세계대전의 영웅(장
군S)으로 추앙을 받은 드골 대통령 밑에서 문화상을 지낼 때다.

루앙 시에서 다음으로 나는 프랑스 고전주의 희곡의 창시자이며
완성자로 알려진 코르네이유(1606~1684) 집을 방문한다. 이 집은
그의 생가이기도 하는데 400년이 넘은 오늘날도 어느 한군데 허물
어지지 않고 그대로이다. 그만큼 보존이 잘된 프랑스의 대표적 문화
재이다.

코르네이유는 몰리에르(1622~1673), 라신(1639~1699)과 함께 프
랑스 3대 고전작가로 불리는 희곡작가이다. 그의 작품으로 가장 유명
한 희곡은 《르시드》인데 한국에서는 《엘시드》란 제목의 영화로 공전

의 히트를 친 바 있다.《르시드》는 프랑스 고전비극의 탄생을 알린 작품인데 코르네이유가 발표할 당시에 센세이션을 일으킨 걸작이다.

실존주의 작가 사르트르의 대표소설《구토》의 무대가 되기도 하는 루앙 시는 역시 '프랑스문학의 고향'이기도 하다.《르시드》가 쓰여진 코르네이유의 집필실을 들여다본 후《좁은문》《전원교향곡》으로 유명한 앙드레 지드의 처갓집 마을을 돌아본다.《보봐리 부인》《살랑보》《성 앙트와느의 유혹》으로 자연주의 문학의 초석을 다진 플로베르의 생가를 지나 드디어 모파상 공원에 도달한다. 스승인 플로베르의 생가와 아주 가까운 장소에 역시 그의 제자인 '기 드 모파상' 상체가 공원 숲 속 대리석 조형물 위에서 나를 기다린다.

소설을 쓰는 사람이라면 한번은 꼭 거쳐야 하는 세계단편소설의 왕자인 안톤 체호프와 모파상. 나는 그중 모파상 고향에 와서 그의 수많은 보석 같은 단편들을 감회를 더하여 떠올린다. 구성과 갈등묘사가 탁월한 중편《비계덩어리》와 장편《여자의 일생》의 무대가 된 루앙 시 곳곳을 돌아다녀 본다.

특히《여자의 일생》은 19세기 말엽, 자연주의 문학의 최고봉을 차지한다. 이 소설은 부제로 '작은 진실' 혹은 '어떤 인생'으로 명기돼 있는데 잔느라는 한 여자를 통해 모든 인간들의 일생을 보여주는 작품이다. 당시의 사회적 풍속도를 그려주기도 하는 이 소설은 '인생이란 무엇인가'에 대한 보편적 질문까지도 던져 준다. 줄거리는 이렇다.

5년 동안의 수도원 생활을 끝마치고 사회에 환속한 잔느가 젊고 매혹적인 귀족 줄리앙과 결혼한다. 17세의 어린 나이로 결혼한 예쁘고 청순한 몸매와 마음씨를 가진 잔느는 그러나 그녀의 남편 줄리앙

세계문학의 거장을 만나다

이 신혼여행에서 돌아오자마자 어처구니없는 사건에 직면한다. 남편 줄리앙이 그녀와 함께 자란 몸종 로잘리를 겁탈하는 상상할 수 없는 장면을 목격해버린다.

아, 부도덕한 남편에 대한 혐오감을 어찌 할까. 그렇지만 여자로 태어난 것을 감수하는 잔느는 아들 폴에 대한 애정을 쏟는 일로 자신에게 밀어닥친 슬픔을 보상받으려 한다. 그러나 그녀에게 인생이란 또 무엇인가.

바람을 피우던 남편이 질투의 화신으로 등장한 이웃집 사내의 손에 죽어 넘어지더니 학교를 보내서 결혼시킨 아들 폴마저 아내를 잃고 홀아비가 돼버린다. 결국 늙은 그녀의 손에 떨어진 것은 폴의 딸인 손녀 하나뿐, 언젠가는 또 떠나버릴 손녀딸임을 알지만 잔느에게는 이미 황혼과 어둠이 창가에 머물기 시작한다.

다분히 모파상의 자전적인 세계까지를 보여주는 이 소설은 이름하여 내면문학 혹은 여성적 소설의 전형이랄까, 나약한 감상주의를 보여준다. 내면적 여성적 소설들이 빠지기 쉬운 염세주의적 세계관까지를 드러낸다.

《여자의 일생》은 작중 인물들의 갈등과 심리를 치밀하게 그려내는 '일물일어설(一物一語說: 바닷가 모래알 하나하나가 서로 다르듯이 소설 속 인물들의 말·행동·옷이 전부 다르다. 예컨대 작가는 모래알 하나하나를 핀셋으로 집어 올리듯 묘사에 치밀성과 세밀성을 다해야한다는 것인데, 이 가르침은 스승 플로베르가 제자인 모파상에게 가르친 소설작법의 기본 원칙이다)'의 기법을 깊숙이 수용한 장점을 가지고 있으되 그러나 역시 19세기 유럽 문예사조의 한계를 벗어나지 못한다.

에밀 졸라(1840~1902)의 《목로주점》, 보들레르(1821~1867)의 시집《악의 꽃》, 랭보(1854~1891)의 시집《지옥의 계절》이 그렇듯이 19세기 프랑스문학은 병적인 경향이 짙다. 다시 말하면 전 시대 낭만주의문학이 보여준 '희망의 현실화'가 19세기에 들어와서는 우울증이 가득 찬 개개인들의 내면세계 속으로 빠져버린 것이다.

세계문학의 별 같은 시인·소설가들을 무수히 배출한 노르망디 지방의 루앙 시. 엄청난 높이로 치솟아있는 옛 수도원과 성당 건물 속에서, 그러나 나는 볼테르의 말을 새롭게 되새기면서 용기를 발견한다. 인간에 대한 신뢰감 속에서의 새로운 용기를.

"신이 자연을 창조했다면 인간은 역사를 창조한다. 이것이 바로 오늘과 내일에 있어 인간의 위대함이다."

발 파리 뒷골목에 피어난 부성애
자크 《고리오 영감》

> _ 이 강력하고 절대로 지치지 않는 노동자, 이 철학자, 이 사상가, 이 시인,
> 이 천재는 우리들 사이에서 위대한 사람에게 주어진 운명대로 태풍과 투
> 쟁으로 가득 찬 삶을 살았습니다.
>
> 빅토르 위고, '발자크를 위한 조사' 중에서

"발자크 당신은 이 손으로 그렇듯 많은 작품을 써놓고 가는가. 이
손으로!"

프랑스 낭만주의 수령 빅토르 위고(1802~1885)는 임종을 앞둔 오
노네 드 발자크(1799~1850)의 두 손을 잡고 조용히 눈물을 흘린다.
그리고 몇 번 더 그 손을 쓰다듬는다. 아니 차라리 이 세상에서 가장
뜨거운 '마지막 우정'으로 어루만진다. "모든 것은 가버린다. 굳건한
예술만이 오직 영원성을 갖는다." 위고는 그의 시대를 함께 살고 있
는 시인 테오필 고티에(1811~1872)의 시구가 불현듯이 떠올랐는지
모른다.

발자크가 숨쉬는 기미를 보이지 않자 위고는 자리를 뜬다. 영원히
잊지 않으려는 듯 그의 얼굴을 몇 차례 바라보다가 이젠 자신의 두

손을 꼭 모아 쥐고 무언가를 확인하듯 중얼거린다. 그럼! 발자크야 말로 '소설의 황제'가 아니고 누구이겠는가. 불꽃 같은 투지와 정열, 괭이로 바위산을 무너뜨리듯이 밤새도록 영혼의 절벽을 깎아내리는 초인적 노동으로 저 방대한 90편의 《인간희극 La Comedie humaine》을 창조한 리얼리즘 소설의 선봉장인 발자크! 길지도 않는 인생에 엄청난 양의 작품을 생산한 그를 놓고 사람들은 지금도 그의 정력과 그칠 줄 모른 창작열에 감탄한다.

오노네 드 발자크는 위고가 말한 대로 소설의 황제란 별칭에 손색이 없는 인물이다. 조각가 로댕도 그와 같은 생각으로 발자크의 두상을 '황제처럼' 우람하게 만든 것이 아닐까. 근대조각에 새로운 이정표를 세운 거장답게 소설 황제의 생전의 모습을 그 역시 바위산을 찍어서 만들어내듯이 형상화한 조각 〈발자크상(像)〉!

발자크추모위원회가 제작 의뢰해서 만들어진 〈발자크상〉은 한마디로 거인이다. 유령 같은 의상에다 앞으로 불쑥 튀어나오는 듯한, 용광로처럼 열정이 활활 타오른 두툼한 가슴팍은 여길 찾는 관람객을 압도한다.

황소처럼 추호도 뒤로 물러섬이 없는 무시무시한 뚝심, 그 무엇과도 비교할 수 없는 창작에로의 무지막지한 광기, 폭포처럼 쏟아져 내리는 그의 투지를 강조하기 위해 로댕은 발자크의 두상(頭像)을 그렇게 만들어낸 것이다.

여기에다 마치 눈보라가 휘몰아치듯이 펜대를 잡아 흔드는 한밤중 고독한 발자크의 두 눈동자를 되살린 로댕의 이 작품은 외면보다는 내면을 더 짙은 빛깔로 끄집어내어 역동성을 부여한다.

아마 나도 그래서 한때 발자크의 작가적 매력에 끌린 적이 있으리

라. 그럼 그렇지, 프랑스 파리 한복판에서 그 누구보다도 초능력인간 발자크를 보고 싶다는 생각을 한다. 두툼한 가슴팍에 식을 줄 모르는 정력적 작업으로 끊임없이 대작을 써 내려간 그의 영혼을 만나고 싶어서이다.

이윽고 나는 메트로를 이용하여 파리 중심부에서 그리 멀지 않는 곳에 위치한 페르 라셰즈 공동묘지로 달려간다. 바로 이곳에 발자크가 동북아시아 저 먼 나

발자크를 숭배했던 조각가 로댕에 의해 형상화된 〈발자크상〉.

라 한국에서 자기를 찾아온 나를 기다리고 있을 것 같아서이다.

11월의 파리는 밤이 빨리 오는지라 서두른다. 시인 폴 엘뤼아르, 폴란드 태생 피아니스트 쇼팽도 누워있는 페르 라셰즈 공동묘지. 영국의 웨스트민스터 사원 못지않게 위대한 예술가들이 많이 잠이 들어있는 이 묘지에서 가까스로 나는 발자크의 유택을 찾아낸다.

셀 수 없이 많은 조각상들, 크고 작은 대리석 무덤들 사이에서 발자크는 그러나 오늘은 쉬고 있어 마음이 놓인다. 만약 살아있다면 그는 '무덤 문'을 닫아놓고 누가 오는 줄도 모르는 채 오로지 '소설 쓰기'에만 전심전력, 몰두하고 있었을지 모른다.

발자크 무덤 앞에 당도한 나는 빅토르 위고의 영혼도 종종 찾아온

파리 뒷골목에 피어난 부성애

다는 생각을 한다. 그가 묻히던 날,《춘희》《몬테크리스트 백작》《삼총사》의 저자인 알렉상드르 뒤마와 프랑스 근대비평의 아버지라고 평가를 받은 생트 뵈브 등이 조문행렬 사이에 서 있는 것을 본다. 이때 나는 바로 이 자리, 페르 라셰즈 공동묘지에 발자크를 묻으며 행한 위고의 조사 한 대목을 아련하게 그러나 뚜렷이 기억하면서 듣는다.

"이 강력하고 절대로 지치지 않는 노동자, 이 철학자, 이 사상가, 이 시인, 이 천재는 우리들 사이에서 위대한 사람에게 주어진 운명대로 태풍과 투쟁으로 가득 찬 삶을 살았습니다. 이제 그는 싸움과 증오를 넘어섰습니다. 무덤으로 들어가는 날로 그는 명예 속으로 들어간 것입니다. 그는 앞으로는 우리 머리 위를 지나가는 저 구름 위, 저 조국의 별들 사이에서 그치지 않고 계속하여 빛날 것입니다."

나는 그의 무덤 앞에 장미꽃을 놓는다. 고대 그리스 최고의 서정시인 사포가 '꽃의 여왕'이라고 부른 장미꽃을 놓으며 무덤가 나무들 사이에서 날으는 새들의 지저귐에 귀기울인다. 이때 나는 "인간은 단지 날지 않는 새일 뿐"이라는 생각을 해본다.

살아생전 지칠 줄 모르고 일한 그의 소설작업에 나 또한 경하해마지않는 뜻으로 머리를 숙인다. 그리고 낭만주의에서 바통을 받아 리얼리즘을 개화시킨 한 위대한 작가의 정신과 철학에 여러 차례 머리를 숙이는 것으로 묘지에서의 인사를 마친다.

발자크의 대표작들은 거의 모두《인간희극》속에 담겨있다. 그 중에서《고리오 영감》(1834년)과《으제니 그랑데》(1833년)는 단연 으뜸이다. 후자가 '여성성'을 보여주고 있다면 전자는 '부성애(父性愛)'를 보여주는 작품으로 유명하다. 내가 남자라서인지 후자보다는《고리오 영감》이 더 잘 읽힌다. 줄거리는 이렇다.

소설의 시간적 무대는 1819년 — 왕정복고 시대의 한가운데이며 무대는 파리의 뒷골목 아무 곳이라고 해도 좋다. 이 골목 안을 한참 들어가노라면 하숙집들이 모여있는데 그중 '보케르 부인'이 경영하는 하숙집으로 소설의 주인공인 '고리오 영감'이 살고 있다. 이 영감은 두 딸이 파리의 어딘가에 있긴 있는 모양이다.

그러나 이 두 딸 녀석들은 아직 한 번도 그의 친정아버지 고리오 영감을 찾아오지 않는다. 예컨대 코빼기 한 번 내보이지 않고 파리의 사교계를 자기 집 안방 드나들 듯이 드나들면서 세월을 탕진하는 이른바 '잘도 놀아나는' 귀족부인이다.

두 딸은 사교계에서 젊은 청년이나 잘 생긴 귀족을 만나면 그네들과 사귀는 것으로 돈과 시간을 탕진한다. 한말로 부도덕한 사회의 표본이다. 굳이 이 딸들의 이름을 나열하면 큰딸은 백작부인 아나스따지이고 작은딸은 남작부인 델피느이다.

물론 고리오 영감은 왕년에는 잘 나간 사람이었다. 돈도 많이 벌어 재산도 꽤 많이 모은 사람이다. 그러나 시집간 딸들이 하루 걸러 이틀 식으로 '곶감 빼먹듯이' 아버지의 돈을 다 빼 먹어버린다. 심지어는 몰래 감춰둔 비자금마저 어떻게 알고 빈 털털이로 만들어버린다.

영감 주위에는 종종 그를 놀려대는 여러 명의 하숙생들이 등장한다. 모두가 소설 속 주인공이거나 엑스트라이다. 먼저 입신출세를 위하여 나름대로 기회를 노리는 야심에 가득 찬 법과대학생 라스티냑을 비롯하여, 감옥을 탈출하여 '불사신'이란 별명을 가지고 있는 징역수 두목 뷔트랭, 노처녀 미쏘뇨, 괴상한 늙은이 쁘와레, 예쁘게 생긴 고아소녀 뷕토리느 등이 바로 보케르 집 하숙생들이다.

결국 노인이 죽게 된 날. 그러나 두 딸은 나타나지 않는다. 하숙생으로 같이 묵고 있는 법과대학생 라스티냑과 그의 친구인 의과대학생 뷔앙숑이 힘을 모아 장례를 치러준다. 그런데 이 소설에서 최고의 감동 장면은 고리오 영감이 숨이 넘어가기 직전에 그래도 자신의 딸들을 못 잊어서 "아! 내 천사들아!"라고 부르짖는 부분이다. 소설에서 보여주는 클라이맥스는 그렇게 부성애로 막을 내리고 고리오 영감은 쓸쓸하게 페르 라셰즈 공동묘지로 실려간다. 공교롭게도, 마치 훗날 이 소설의 작가인 발자크가 묻히게 되는 그 묘지로 실려서 가는 것이 아닌가. 사고무친으로.

소설 《고리오 영감》은 그렇게 하여 대단원의 막을 내리는데 이 작품은 그야말로 인간사회에 대한 신랄한 비판의식을 불어넣고 있다. 감옥에서 탈옥한 뷔트랭이 대학생 라스티냑을 유혹하면서 "정직이란 평범한 수단을 가지고는 출세할 수 없다"고 자꾸 꼬드기는 무서운 계략과 출세주의, 고리오 영감의 두 딸들이 보여주듯이 '배은망덕'이 횡행하는 사회가 당시 발자크가 들여다본 파리였을 것으로 추측된다.

그러나 작가가 '현실과 사실'만을 보여주고 소설을 끝낸 것은 아니라는 데 주목을 해야 한다. 고리오 영감이 숨이 끊어지기 직전에 터뜨린 "아! 내 천사들아!"하고 딸들을 향해 부르짖은 것은 바로 그 말이 가진 '진실'이 여기 세상을 살아가는 모든 인간들의 가슴 밑바닥에 아직도 남아있을 거라는 생각으로 머리를 숙여야 할 것 같다.

발자크가 생각한 리얼리즘 문학은 '현실묘사+진실천착'이라는 공식을 따른다. 그러니까 당대의 현실을 있는 그대로 보이는 그대로 그리되, 그러나 거기에서 놓칠 수 없는 인간만이 가질 수 있는 어떤

'진실'까지를 들추어내는 것이 리얼리즘문학이라는 사실을 발자크는 자신의 작품으로 직접 보여준 것이다.

발자크가 그린《인간희극》은 그 자신이 모든 소설을 한군데로 묶어서 붙인 '총서'이다. 이 총서에 실린 소설작품은 모두 90여 편이고 등장인물만 해도 2,000명을 넘어선다. 각 소설을 둘러싸고 있는 작품의 무대는 프랑스 전국에 걸쳐지는데 오늘날 발자크 소설을 가리켜 '풍속소설'이라고 붙인 것이 바로 그런 연유에서이다.

그의 소설은 단편적이 아니라 당시 사회현상을 모아서 담아 보여준다. 실로 초능력자만이 그릴 수 있는 대하소설 혹은 대하연쇄소설이다. 단테의《신곡》에서 힌트를 얻어 쓰기 시작했다는 이 거대한 이야기보따리《인간희극》은 '하나의 완전한 원형세계'를 향하여 돌진하는 작가의 숨결이 거침없이 스며들어가 출렁인다.

당시 프랑스 사회의 풍속 연구, 철학적 연구, 분석적 연구 세 부문으로 된 이 소설 묶음은 풍속 연구에서 다시 사생활·지방생활·파리생활·정치생활·군대생활·전원생활 등 각 장면이 6개 분야로 나뉜다. 따라서《인간희극》은 프랑스대혁명(1789~1799) → 제1공화정(1792~1804) → 나폴레옹제정(1804~1814) → 왕정복고(1814~1830) → 7월왕정(1830~1848)으로 이어지는 당시 프랑스의 전역사이며 당연히 19세기 전반, 부르주아지의 발흥기인 프랑스 사회상을 총체적으로 보여주는 소설총서이다.

《인간희극》의 이렇듯 엄청난, 방대한 작업을 놓고 G.랑송은《프랑스문학사》에서 말한다. "파리의 우아한 사교계, 부유한 부르주아지와 계급, 소상인, 서민, 농민, 관리, 사무원, 저널리스트 등 가지가지의 사회적 집단을 아주 잘 식별할 줄 아는 눈을 가진 작가는 발자크이다. 그의 영역에 있어선 아무도 그와 어깨를 겨눌 사람이 없다. 영역이란 부르주아 및 서민계급(낮은 시민계급)에 있어서의 일반적인 성격의 묘사이다."라고 격찬을 아끼지 않는다.

세계문학의 거장을 만나다

알 죽음의 도시 오랑 시에 스며든 '인간의 불빛'
베르 카뮈 《페스트》

> 쥐들은 떼를 지어서 거리에 나와 죽었다. 집구석으로부터, 지하실로부터, 지하창고로부터, 수채 구멍으로부터, 쥐들은 휘청거리면서 줄을 짓고 올라와, 빛을 보자마자 비틀거리더니 제자리에서 맴돌다가 죽어버리는 것이었다.

물론 위에 묘사된 상황에 앞서, 도시의 수많은 시민들은 송곳니를 으드득 갈아대는 쥐 떼들이 흘려대는 페스트균에 전염돼 도처에서 셀 수 없이 죽어 넘어진다. 폐쇄된, 외부로부터 완전히 고립된, 버려진, '한계상황과 부조리'가 절벽처럼 내려앉은 죽음의 도시 오랑 시. 바이블 창세기에서 악마에 대한 형벌을 상징하는 '소돔과 고모라'를 연상케 하는 도시가 어쩌면 알베르 카뮈(1913~1960)가 작품으로 내세운 오랑 시와 비슷한 상황이다.

무신론적 실존주의 작가 카뮈의 대표적 장편소설로 1957년 노벨문학상을 받은 《페스트》의 배경이 된 오랑 시 현장은 한말로 단말마가 들끓는 도시다. 성서에서 '둘러싸인 곳' '물이 깊은 곳'의 뜻을 가진 소돔과 고모라가 '하늘에서 내리는 유황불비'로 멸망했다는 이

알베르 카뮈가 뛰어다니며 '발굴'을 썼던 파리의 중심가.

세계문학의 거장을 만나다

야기가 바로 백척간두에 선 사람들의 극한상황을 나타낸다.

　이 도시는 악령들이 날뛰는 아수라장이다. 도시의 사방팔방이 마치 폭풍우의 바다에 둘러싸인 섬처럼 봉쇄되고 내버려진다. 그러나 타 지역에선 정작 누구 하나 달려와 손 벗고 도와줄 수도 없는, 감히 엄두를 내기조차 힘든 절해고도가 바로 오랑 시가 아닌가.

　흡사 이 도시는 스페인내란(1937년) 당시 게르니카 시의 학살을 연상시키고, 베를린 봉쇄(1948~1949: 소련이 서유럽 강대국들에게 제2차 세계대전 이후 장악한 서부 베를린 관할권을 포기하도록 강요하며 일으킨 사건)와 원폭이 투하된 일본의 히로시마와 나가사키를 상기시킨다.

　작가 알베르 카뮈를 찾아가면서 나는 '콩코르드 광장'에 선다. 콩코르드 광장이라고 불리기보다는 오히려 '혁명의 광장'으로 더 유명한 대광장을 걸어간다. 파리에서 가장 큰 이 광장은 동서 길이 360m, 남북 길이 210m의 직사각형의 넓이다. 이 광장은 프랑스혁명이 계속되던 1793년 1월 21일, 루이 16세가 바로 여기에서 처형되고 자코뱅당의 최고지도자 로베스피에르가 손수 고안해낸 기요틴(단두대)에 의해 3년 사이 1,343명의 사람들의 목이 잘려져 나간 곳이다.

프랑스 부르봉 왕조의 상징인 루이 16세 왕비인 마리 앙투아네트(오스트리아 합스부르크 왕가 마리아 테레지아 여왕의 딸), 한때는 서로 동지였던 자코뱅당의 온건파인 당통과 강건파인 로베스피에르, 공포정치의 대표적 인물 중의 하나인 마라(19세기 고전주의 회화의 창시자인 다비드 그림에 〈마라의 죽음〉이 있다)를 단도로 암살한 25살의 시골처녀 샤를로트 코르데이, 마담 롤랑트…. 이들이 숨진 자리에서 사방을 휘둘러보니 파리 중심부는 역시 동서남북을 향하여 방사선처럼 뚫려있다. 동쪽은 튈리 공원에서 루브르 궁전으로, 서쪽은 개선문이 서 있는 샹젤리제 거리로, 북쪽은 마들레느 사원으로 이어진다.

이 광장의 한복판에는 '오벨리스크'라는 고대 이집트 시대의 상형문자 탑이 세워져 있다. 정교한 솜씨로 새겨진 이 상형문자 탑은 콩코르드 광장의 명물로 1833년 이집트의 부총독인 무하마드 알리가 기증한 것이란다. 기원전 13세기적의 작품으로 알려진 이집트 상형문자 탑은 마치 문명의 시원(始原)처럼 빛을 뿜어 올린다.

파리는 카뮈가 발로 뛰어다니며 신문기자 생활을 보낸 도시다. 알제리 태생으로 27세 때 파리로 진출한 그는 이 도시에서 기사를 쓰고, 소설을 쓰고, 그리고 사랑과 투쟁의 대상들을 만난다. 아프리카 북부에 자리잡은 고국 알제리의 몽드비 — 지중해의 푸른 바다와 태양의 열정을 끌어와 그는 파리의 곳곳에 부어넣기도 한다. 두 차례의

죽음의 도시 오랑 시에 스며든 인간의 불빛

세계대진을 거치면시 인간실존에 대한 의미와 행동을 찾으려고 발버둥친다. 그런 가운데 카뮈의 '실존주의 문학' 이 세계문학의 지평선 위에 광채를 뿌리게 된 것이다.

길지도 않은 47년간의 생애를 교통사고로 마감하지만 그 짧은 생애를 꽉 차게 살았던 카뮈의 문학적 업적은 가히 전 세계적이다. 꼭 스웨덴 한림원으로부터 노벨 문학상을 수상해서가 아니라 그가 남긴 작품들, 예컨대《이방인》《페스트》《독일인 친구에의 편지》《시지프스의 신화》《반항인》《전락》등의 소설과 희곡《칼리굴라》《정의의 사람들》은 저 파란만장했던 20세기의 세계문학을 대표하는 걸작들이다.

먼저 초기의 작품《이방인》을 들여다보자. 어머니의 나라 알제리에서 신문기자 생활을 통해 체득한 카뮈의 현실적 고뇌가 엿보인 이 작품은 그의 출세작이거니와 '부조리(不條理) 철학' 을 이해하는 데 지름길 혹은 바로미터가 된다.

인간이라면 어느 누구나 처하게 되는 죽음과 한계상황, 절망적 상태를 카뮈는 부조리라고 해석한다. 초기 소설《이방인》의 경우에서 그러나 카뮈는 부조리 상황과 싸우지 않는다. 주인공 뫼르소는 어머니가 죽었다는 전보를 받고도 그저 감정이 거세된 사람으로 행동할 뿐이다. 아니 그의 어머니를 땅에 묻고 돌아오자마자 애인과 육욕을 나누며 놀아나 버린다. 해변에서 순간적으로 알제리인을 권총으로 쏘아 죽이고 결국에 한다는 말이 "햇빛이 너무 강렬했기 때문에 죽였다"고 변명한다.

정상적인 사람들 생각으로 그 말은 정신병자가 던지는 헛소리일 뿐이다. 그래서 후대 평자들도 이 소설이 많은 독자층을 형성했음에

세계문학의 거장을 만나다

인간실존에 대한 의미와 행동을 찾으려 했던 알베르 카뮈.

도 불구하고 "어리둥절한 소설이다. 도대체 카뮈는 《이방인》에서 무엇을 주장하고 있다는 말인가!" 하고 꼬집는다. 카뮈의 '부조리의 미학과 사상'은 여기에서 멈추지 않는다. 이 소설의 결말에서 '무의미의 화신'이나 다름없는 뫼르소를 교수대의 이슬로 사라지게 하고 그 사형집행이 뫼르소로 하여금 "인생의 진정한 삶이 무엇인가"를 눈뜨게 만든다. 그 결과 살인자 뫼르소는 《이방인》 이후 《시지프스의 신화》에 나오는 시지프스처럼 저 영원한 '부조리의 영웅'으로 거듭나 의지의 바위덩어리를 끊임없이 산꼭대기로 굴려 올린다.

그리하여 카뮈의 사상과 세계관은 전진한다. 그는 독일군이 파리를 침략할 때 《투쟁(Combat)》이라는 지하신문의 주필을 맡으면서 격렬한 레지스탕스(저항) 운동에 뛰어든다. 《이방인》의 뫼르소에서는 볼 수 없는 보다 적극적인 행동으로 부조리한 절망의 벽을 무수히 두

들겨 팬다. 여기에서 그 유명한 '시지프스의 신화'란 담론이 출현한다. 정리하면 《이방인》의 뫼르소가 운명적 인간이라면 시지프스는 그 운명을 부수어 깨뜨리거나 혹은 보다 높은 차원에서 그것을 구원하는 인간으로 부활한다.

실존주의 문학이론에서 '약방의 감초'가 돼버린 시지프스의 신화. 고대 희랍신화에서 차용해 온 시지프스의 삶과 의지는 실로 눈부시다 못해 눈물겹다. 아버지 제우스신의 가혹한 형벌을 받지만 이제 새로운 존재(신)로 거듭난 시지프스는 무의미의 화신에서 '의지의 화신'으로 태어나는 것이다. 산꼭대기에 올린 바위덩어리(부조리)가 산 밑으로 계속 굴러 떨어져도 그것에 굴하지 않고 계속적으로 '반항의 미학, 반항의 세계관'을 내세워 맞대결을 한다. 시지프스는 그래서 '부조리의 영웅'이다.

《이방인》에서 《시지프스의 신화》로 몇 단계 변증법적인 전진을 감행한 카뮈는 이제 《페스트》란 장편으로 그의 사상과 소설미학을 만개시킨다. 보다 적극적으로 '실존'과 맞서면서 인간과 인간의 의지를 만나려는 가운데 그 모든 '실존의 아름다움'을 가로막는 부조리(벽)를 해소하기 위해서 이른바 '행동하는 인간들'을 창조한다.

"재난 속에 빠져 있으면, 인간들 속에는 경멸할 것보다도 오히려 찬탄할 것이 더 많이 있다는 것을 알게 된다"고 말한 카뮈는 《페스트》 주인공 가운데 한 사람인 랑베르의 입을 통해 "내가 관심을 갖고 있는 것은 사람이 산다는 것, 그리고 자기가 사랑하는 것을 위해서 죽는다는 것"이라고 결연한 자세로 말하게끔 만든다.

누구도 발 벗고 뛰어들지 않으려는 페스트에 전염된 도시 오랑 시, 폐쇄된, 고립된 오랑 시를 그러나 《페스트》의 주인공들은 이 엄청난 질병과 싸우기 위해 분연히 일어선다. 그리고 달려간다. 인류의 저 '영원한 실존'을 위하여 어쩌면 지금 이 시각에도 비밀리에, 끊임없이 만들어 뿌려지는 '페스트균'과 싸우기 위해 온몸을 던진다.

"환자에게는 휴가가 없다! 마찬가지로 의사도 그렇다!"라고 외치며 모든 관념적인 이상을 초월하여 인간들의 고통과 함께하려는 의사 리외. 그와 더불어 보건치료 선봉대에 나서는 신문기자 랑베르(스페인내란 때 자유의 투사로 나선 이력을 갖고 있다), 도중에 페스트에 감염되어 쓰러지는 파늘루 신부와 무신론자인 작가 타루, 말단공무원 그랑 등이 '죽음의 도시 오랑 시'에 뛰어들어가 펼치는 《페스트》는 우의적(寓意的) 기법에서 쓰여진 소설로 대단원의 오케스트라이다.

결국 악마들의 병균·전염병인 '페스트'는 이들 행동적 인간들에 의해서 물러난다. 인간의 승리로 끝난 것이다. 그러나 《이방인》의 뫼르소 → 20세기의 인간으로 재탄생한 시지프스 → 랑베르·리외·타루·파늘루·그랑을 창조한 《페스트》의 작가 알베르 카뮈는 소설 끝머리에서 이렇게 말하는 것을 잊지 않는다. 그것도 준엄하게!

페스트가 또다시 저 쥐 떼들을 깨워 가지고, 어떤 행복한 도시로 쳐들어갈지도 모른다.

알 베르 마티에 《프랑스 혁명사》

콩코르드 광장에서 출발한 세계 민주주의

세계문학의 거장을 만나다

프랑스혁명 당시 단두대의 이슬로 사라져가면서 롤랑 부인이 남
긴 말은 오늘날까지 사람들 입에 오르내린다. "오, 자유여, 너의 이
름으로 얼마나 많은 죄를 저질렀는가"란 말이 그것이다. 그녀는 루
이 16세의 처형에 이견을 가진 지롱드당의 중심인물이다. 한편 영국
의 역사가인 토머스 칼라일(1795~1881)의 경우는 그와 비슷한 말을
하면서도 자신의 야심찬 저술《프랑스혁명》(1837)을 통해 이 혁명이
야말로 지배계급의 악정과 폭정에 대한 천벌이었다고 지적한다.

아, 그럼 나는 어디를 가서 혁명의 그 날들을 들여다볼까. 유목민
처럼 거리거리를 헤쳐가면서 지난날 읽은, 배운, 그리고 실제로 체험
한 "역사란 무엇인가"에 대하여 질문을 던져 묻는다. 지금은 아무도
대답해주지 않고, 세계 각 나라에서 날아온 관광객들만이 북적북적

'인종시장'을 이루는 수도 파리의 한복판에서.

"자유는 피를 먹고 자라는 나무다!"라는 말도 불현듯이 떠오르는 파리 콩코르드 광장에 서 있으려니 12월 중부 유럽 특유의 바람이 끈적끈적 달라붙는다. 콩코르드 대광장은 루이 16세를 비롯하여 수많은 사람들이 역사의 수레바퀴에 깔려 숨을 거둔 곳. 그래서 더욱 만감이 교차되는가. 1792년 루제 드릴이 작사 작곡하고 마르세유 의용군이 파리로 입성할 때 불러 오늘날의 프랑스 국가가 된 '라 마르세예즈.' 프랑스혁명 기간 중에 프랑스 국가로 결정되어 그들 시민혁명군들이 가장 많이 소리 높여 부른 이 노래를 가까이서 듣는다. 나부끼는, 펄럭이는 삼색기(三色旗) — 프랑스 깃발을 바라보면서 새로운 관점으로 《프랑스 혁명사》를 쓴 알베르 마티에(1874~1932)의 역사기술(記述)에 대한 당대적 형식을 들여다본다. 그리고 당대적 기술형식 속에서 과거의 역사가 어떻게 재조명되는가를 감지해본다.

그대들 일어나라 우리 조국의 아들딸들아
오 반역자에 맞설 영광의 그 날이 왔나니!
우리 동지들을 헤집고 미쳐 날뛰는 적들에게
피묻은 깃발을 펼쳐라!
(……)
조국이여 이제 우리 모두를 위해
치욕스런 속박의 사슬을 끊을 무기를 준비했느냐
우리는 침착하게 속박의 너울을 벗고 권리를 되찾자!

— 프랑스 국가 〈라 마르세예즈〉 중에서

프랑스혁명의 현장인, 루이 16세가 처형된 파리의 한복판 콩코르드 광장.

학자들이 정리한 대로 1871년 파리코뮌까지 82년 동안 계속된 프 랑스혁명은 시대를 달리하면서 그리고 담론과 관점을 달리하면서 조 금씩, 아니 어떤 대목에서는 상당부분 견해가 다를 수 있다는 것을 보여준다. 적어도 오늘 내가 돌이켜보고 있는 알베르 마티에의 《프 랑스 혁명사》가 그렇다. 아마도 가장 최근에 쓰여진 프랑스 혁명사 중의 하나임에 분명할 이 역사저술은 마티에의 당대적 삶과 역사관, 그리고 세계관에 입각하여 재분석·재조명되었을 것이라고 진단을 내릴 수 있겠다.

1789년 미라보와 라파예트가 기초하여 국민의회 명으로 발표한 전문 17조의 저 빛나는 인권선언문! 인류가 누려야 할 자유에 대한 보편적 진리를 담고 있는 인권선언문의 주요 내용은 이렇다. 이것은 세계 어느 나라 법에서도 적용되어야 하는, 또 적용될 수밖에 없는 신성불가침의 가르침이요, 마그나카르타(대헌장) 그 자체다.

> 인간은 날 때부터 자유 평등의 권리를 가지고 있다.
> 모든 정치활동의 목적은 인간의 천부의 불가침의 제 권리를 유지하 는 데 있다. 그 제 권리란 자유, 재산 안전 및 압제에 대한 반항권이다.
> 주권은 국민에게 있다.
> 법률은 일반 의사의 표시다. 모든 국민은 자신이 또는 대표자를 통 하여 그 제정에 참여할 권리가 있으며 법률상 평등하다.

2백 년을 넘어 오늘에 와서 생각해볼 때도 당시 프랑스 국민의회 가 발표한 인권선언은 앞서 전개된 영국의 시민혁명(1642~1688)과 미국혁명(1775~1781)의 한계를 훨씬 뛰어넘는다. 그럼 그 한계는 무엇인가. 영국혁명이 국왕세력에 항거하는 귀족들의 불만에서 비롯됐음이 우선 그러하고 또 미국의 혁명 역시 영국의 중상주의 압박에 반기를 들어 국가와 국가 간의 독립전쟁의 성격이 짙다는 사실이 그러하다.

프랑스혁명은 그와는 대조적으로 가장 '근대적인' 시민혁명이며 세계 모든 나라에 크게 영향을 미친다. 당시 유럽 전체가 전제봉건 체제 밑에서 신음할 때, 이를테면 "짐은 국가다"라고 말한 루이 14세와 같은 압제자들에 의해서 시달리고 있을 때, 프랑스 민중들이 보여준 자유와 평등과 박애의 정신은 곧 유럽 천지를 뒤흔드는 '새로운 빛의 섬광'이었음을 지금도 세계의 모든 나라 사람들이 공감하는 터이다.

세계문화의 거장을 만나다

그러나 파리를 찾아온 나는 소르본느 대학 교수이며 역사학자인 알베르 마티에가 자주 드나든 파리의 프랑스국립도서관을 들여다본다. 이곳에서 직접 확인한 바로는 중국의 둔황에서 훔쳐온 둔황 관련 고대 귀중 서적만도 3천여 권을 넘어선다. 루이 11세가 1480년에 설립한 이 도서관은 서적 800만 권, 지도 80만 매, 정기간행물 50만 종, 판화 600만 점, 메달과 동전 45만 개, 악보 94만 점, 사본 15만 5천 점을 소장하는 등 양에 있어서나 질에 있어서 실로 엄청난 분량의 장서이다.

더욱 이 도서관은 프랑스혁명 관련 서적만 해도 우리나라 웬만한 대학도서관을 하나 가득 채울 만큼 다양하다. 노르망족의 후예인 프랑스인들이 오늘날까지도 꾸준히 펴내는 각양각색의 담론이 담긴 '프랑스혁명사'는 경탄을 자아낸다.

19세기 실증주의 역사가요, 사상가인 테느(1828~1893)가 그의 저

나폴레옹이 세인트헬레나에 유배되었다가 옮겨와 묻힌 앵발리드 묘지.

서 《현대 프랑스의 기원》에서 다루기 시작하면서 본격적 역사서술 대상으로 접근된 1789년의 프랑스혁명은 그러나 관련 서적마다 많은 시각차를 보인다. 가령 테느는 테느대로, 《프랑스사》를 쓴 앙드레 모로아는 모로아대로, 20세기의 역사가인 마티에는 마티에대로 혁명의 주체세력인 자코뱅당의 당통과 로베스피에르를 놓고 각자 서로 다른 의견으로 평가를 내린다.

테느의 경우는 당통과 로베스피에르를 한결같이 잔인하고 음탕한 고릴라로 치부하는가 하면 앙드레 모로아는 당통을 추켜세우면서 로베스피에르를 무법자와 같은 테러리스트로 격하시킨다. 그러나 마티에는 '역사발전론'의 입장에서 《프랑스 혁명사》를 전개한다. 당통을 나약하고 우유부단한 귀족주의자로 몰아붙이는 반면에 로베스피에르를 강인하고 호소력 있는 혁명적 영웅으로 일으켜 세운다.

오늘날 프랑스의 정통사학자 마티에는 당통을 '관용파와 협잡꾼들'의 무리 속에 넣고 역사기술을 개진한다. 우유부단한 행동으로 일관한 당통이 결국은 혁명정신을 역행하여 "완전한 무관심 속에 형장으로 끌려갔다"고 처연하게 보여주면서 그 모습이야말로 필연이 아니었느냐는 듯 서술한다. 로베스피에르가 당통을 처단한 것에 대해 당시 주견이 있는 프랑스인이라면 누가 흥미조차 가질 수 있었겠는가라는 생각으로 '당통재판'을 재현해 보인다.

한때는 절실한 동지로 손을 잡고 활동한 당통과 로베스피에르. 당시 이웃나라 독일에서 활동한 극작가 뷔히너(1813~1837)는 《당통의 죽음》이란 유명한 희곡작품을 남긴다. 뷔히너는 그의 작품에서 '살과 피를 가진 인간'의 모습으로 그들 두 사람을 바라보는 형식을 취한다. 당통은 '무행위의 인간'이고 로베스피에르는 '혁명의 마지막 지도자'로 묘사한다. 이것은 로베스피에르의 손을 들어주는 것을 의미하는데 20세기의 역사가 알베르 마티에와 같은 관점이 그게 아닐까.

결론적으로 마티에는 당통이 권력지향적이고 부패한 왕당파의 화신이라고 폭로하면서 "민중을 역사의 주체"로 본 점에서 로베스피에르가 더 민중 쪽에 가까운 지도자라고 자신의 저서에서 말하고 있다. 당통이 견제한 공포정치가 공화파 로베스피에르에게는 불가피하게 작용할 수밖에 없었을 것이라고 평가를 내린다.

"혁명의 이름으로 혁명을 파괴하고 있다"고 로베스피에르를 공격하는 당통과 "아직도 구체제 — 앙상레짐의 허수아비 노릇을 하고 있다"고 당통을 공박한 로베스피에르. 순서만 달랐지 4개월 차이로 단두대의 이슬로 사라진 이들 두 지도자는 오늘날 파리의 콩코르드 광장을 찾은 한국의 나그네인 내게도 서로 다른 모습으로 다가온다.

흐르는 세느 강을 따라가면서 나는 또 스스로에게 묻는다. 바스티

세계문학의 거장을 만나다

유 감옥을 무너뜨리면서 출발한 프랑스대혁명으로 '프랑스 제1공화국'이 탄생한 것에 대해 새삼 경의를 표한다. 이들 혁명의 역사가 세계 모든 나라의 민주주의 발전에 '빛과 소금'으로 작용한다는 사실을 아무도 부인할 수 없기 때문이다. 자유와 평등과 박애의 정신이야말로 인류가 추구하는 최고의 진리-진선미를 의미하고 있음으로.

레

원시부족 안에서 '관계'를 발견하고
현대사회 속에서 '소통'을 갈망한다

비스트로스 《슬픈 열대》

_ 그들 원주민 부부는 나날의 고달픔과 때때로 남비콰라인들의 영혼을 뒤덮어오는 서글픔으로부터 구원해주고, 위로해주고 지주대가 될 유일한 사람은 '서로'라고 믿는다.

세계문학의 거장을 만나다

에펠탑에 오른 나는 커피숍에 들어가 잠시 의자에 앉는다. 온통 불바다처럼 출렁이는 파리 시내를 내려다본다. 아, 하고 숨을 몰아쉰다. 밤이 깊어갈수록 만조(滿潮)의 바다처럼 넘실거리는 불의 바다 파리. 나는 드디어 본다. 프랑스대혁명 전야 바스티유 감옥처럼 내려앉은 검은 시간의 경계를 무너뜨리고, 사방팔방 종횡무진으로 넘나드는 프랑스의 오랜 역사와 문화와 그리고 뚜벅뚜벅 걸어오는 인간의 미래를!

저 불빛들 속에는 볼테르 · 루소 · 빅토르 위고 · 에밀 졸라 · 잔 다르크가 잠든 팡테옹 묘지, 루이 16세가 자신의 부인 마리 앙투와네트와 함께 처형당한 콩코르드 광장, 나폴레옹 보나파르트 1세가 누워있는 앵발리드 기념관, "쓰고, 사랑하고, 살았다"고 새겨진 《적과

구조주의와 포스트모더니즘을 이론적으로 확대재생산한 레비스트로스.

흑》의 스탕달 묘비, 샤갈의 그림이 천장을 뚫고 하늘을 날으는 것 같
은 오페라하우스, 낭만주의의 수령 위고의 소설 배경이 된 노트르담
성당, 발자크·엘뤼아르와 쇼팽이 묻힌 페르 라셰즈 공동묘지를 향
하여 멀리 마음의 눈을 준다. 2차 세계대전 당시 독일군이 점령한
개선문, 루브르 박물관, 사르트르·모파상·보들레르가 잠들어있
는 몽파르나스 묘지가 밤의 불빛 속에서 명멸하는 파리의 밤 풍경
을 눈으로 어루만지며 아득히 바라다본다. 그리하여 나는 19세기
상징주의 시인 보들레르가 노래한 《악의 꽃》을 천천히, 아주 천천
히 읽는다.

이제 바야흐로 매혹의 황혼, 죄인의 빗.

공범자처럼, 발소리를 죽여가며 다가온다.

하늘은 커다란 도장방모양 가만가만 닫히고,

성급한 사람들은 성난 야수들로 바뀐다.

- 보들레르, 〈황혼〉 중에서

러시아 대문호 톨스토이(1828~1910)가 "오, 그대는 전율을 만들었구나!"라고 극찬한 보들레르(1821~1867)의 시집 《악의 꽃》에서 〈황혼〉이란 시를 떠올리다가 마침내 보고야 만다. 프랑스의 구조주의 철학자요, 사회인류학자이며 시인인 클로드 레비스트로스를 발견한다. 그가 순간적으로 발가벗고 '브라질 원주민마을' 울창한 숲 속으로 달려가는 것을 목격한다. 그의 모습은 아무래도 '스트립 쇼'가 아닌 것 같다.

벨기에 브뤼셀에서 출생하여 부모 따라 프랑스 파리 베르사이유 근교로 국적을 옮긴 레비스트로스 ― 파리 대학 법학부에 입학하여 법학사 · 철학사 학위, 브라질 상파울로 대학 사회학 교수, 뉴욕 맨해튼 신사회연구원, 파리 대학 민족학 연구소장, 주미 프랑스 대사관 고문, 파리 대학 고등실업학교 사회인류학 학과장, 그리고 지금은 '콜레즈 드 프랑스' 사회인류학 교수와 프랑스학술원 회원으로 활동했던 그가 ― 아니 글쎄, 카두베오족 · 보로로족 · 남비콰라족 · 투피카와이브족들이 살고 있는 저 먼 나라 브라질의 아마존 강 원시림 지역으로 줄행랑을 치듯이 달려 들어가 버리는 것을 보고 있노라니. 그것도 발가벗은 채로, 실오라기 하나 걸치지 않은 채로 원주민 마을로 들어가 버리다니? 파리의 에펠탑 위를 오른 나는 한참 동안이나 눈알이 휘둥그레진다. 도무지 이해가 안 되는 것 같고, 무슨 생각을 먼저 해야 좋을지 모르다가 자동으로 오르내리는 에펠탑을 곧장 내려와 선다.

그리고 제정신을 가다듬는다. 이럴 때는 어쩐담? 나는 레비스트로스가 왜 파리를 버리고 아마존 강 밀림지대 원주민 마을로 도망쳐 들어가는가를 가까스로 점쳐본다. 톨스토이마저 감동시킨 보들레르의 《악의 꽃》현장인 프랑스의 파리. 레비스트로스에게는 시인 보들레르가 살던 19세기 시대나 정보화시대라고 떠들어대는 21세기의 지금이나 파리의 밤은 "죄인의 벗"이요, "발소리를 죽여가며 공범자들이 무리를 지어 다가오고" 있는 도시로 비춰지고 있는지 모른다.

보들레르에겐 "성급한 사람들은 성난 야수로 바뀌고" "매음이 빨간 등불을 켜고" "기습작전을 꾀하는 적군 병사들처럼 어떤 무리들이 사방곳곳에서 은밀하게 길바닥을 파헤치고" "사람한테서 먹을 것을 훔치는 구더기" 떼들이 득실거리고, "극장들이 개처럼 짖어대고, 오케스트라가 살찐 돼지처럼 코를 드르렁대는" "진흙탕의 도시" 파리다. 자연주의문학운동의 창시자인 에밀 졸라(1840~1902)에게는 파리가 《나나Nana》《목로주점》속의 고급창녀(주인공)로 등장한다. "몸을 팔아야 살아갈 수 있는" 도시가 파리의 또 다른 상징으로 부각된다.

바로 그런 것들이 하나도 바뀌지 않고 있다는 생각에서, 21세기의 인류학자이며 구조주의 철학자인 레비스트로스는 저 아마존 원시림 속으로 숨어들어 갔는지 모른다. 아니면 그곳이야말로 자기 삶의 패러다임, 즉 '유토피아'로 떠올랐기 때문일까.

그럼, 정말 왜, 우리 시대의 대학자 클로드 레비스트로스는 그의 철학의 모든 것 혹은 시적 영혼의 대부분을 그곳 아마존 강 원주민에게 바치려 하고 있을까? 아니 그 원주민들로부터 영감을 받거나 얻은 "삶의 유형"을 "오늘날의 진정한 세계철학"으로 생각하고 있는 것일까? 에펠탑을 내려와 파리 시내를 걷는 나는 우선 스스로에게 물어본다. 나 역시 어쩌면 그와 같은 생각으로 오늘을 살고, 또 내일을 전망하고, 그리하여 '인간의 미래'에 대하여 끝없이 낙관성을 부여하고 싶기 때문이리라.

문명과 자연? 자연과 문명? 서로 대칭을 이루는 이 엄청난 명제 앞에서 결국 나는 레비스트로스의 노작 《친족의 기본구조》(1946) 《신화의 구조 연구》(1955) 《구조인류학》(1958) 《오늘의 토테미즘》(1962) 《신화학-벌거벗은 인간》(1971) 그리고 꾸준히 인구에 회자되는 자전적 여행철학서인 《슬픈 열대》(1955)를 다시 들여다보기로 마음먹는다. 예컨대 그의 모든 철학과 사상과 미학이 녹아 들어간 책 《슬픈 열대》를 주요 텍스트로 삼은 다음에 오늘 나의 파리여행의 사색 공간을 메우려 한다.

사실 레비스트로스를 이해하는 것은 쉽지 않다. 그는 인류학자임은 물론이고 구조주의 철학자이며 나아가서는 포스트모더니즘을 내세운 J. 보드리야르, M. 푸코, J. 데리다와 같이 아주 난해한 철학의 궤도선상에 서 있는 사람들이기 때문이다. 그러나 나는 즐겁게 생각하고 즐겁게 웃는다. 어려울 것도 없이 그들을 쉽게 만날 수 있는 두 개의 코드를 찾은 것이다. 면밀하게 레비스트로스와 그들을 들여다본 결과 — 구조주의는 '관계(relationship)'의 문제이며 포스트모더니즘은 '소통(communication)'이라는 두 마디의 말(코드)로 이들의 철학세계를 이해하고, 감상하고, 압축할 수 있다는 것을 어느새 즐거

1827년 보로로족 스케치. 레비스트로스는 보로로족을 통해 주거 및 사회구조를 연구했다.

운 마음으로 알아낸다.

오늘날 세계를 지배하고 있는 포스트모더니즘이라는 것은 결국 너와 나, 나와 너의 '해체주의'가 아니라 서로를 통합시키는 사전작업으로서 '소통'의 문제이기 때문이다. 따라서 포스트모더니즘은 해체가 아닌 소통 혹은 통합이나 결합을 위한 몸부림으로 의미의 규정을 지어야 한다고 생각한다. 또 사실 그게 정답이다.

다음으로 레비스트로스가 방황한 끝에 내세운, 그러니까 그가 자신의 대작 《슬픈 열대》에서 끊임없이 찾아 나서고, 몸으로 부딪쳐보고, 이해하고, 사랑하고, 고뇌하고, 확대·재생산시켜 나가고, 줄기차게 부르짖는 — '구조적(구조주의적) 삶의 원형'은 바로 관계와 소통이란 문제의식 속에서만이 정답을 찾아낼 수 있다는 것 아닌가.

그렇다, 관계와 소통의 문제! 이것이 레비스트로스가 언제 어디에서나 가지고 다니는 코드, 즉 두 개의 열쇠(key)이다. 예컨대 우리들이 현실의 방으로 혹은 과거의 방으로 들어가 사랑을 속삭이려 할 때 꼭 두 개의 열쇠로 문을 따야 하는데 그것은 다름 아닌 '관계'와 '소통'이라는 것 아닌가. 아주 쉽게 말해서 춘향이와 이도령도 관계가 설정된 다음에 '사랑'이라는 소통의 세계로 진입할 수 있다는 뜻이다. 이것을 등식으로 풀면 '관계=소통=사랑'으로 정립된다. 그리고 이것을 무너뜨리려는 기재(機才)가 바로 비자연·반자연적인 문명세계·포스트모던사회라는 것이 레비스트로스가 부르짖는 주장이다. 이렇듯 주장하는 바가 그의 철학 모든 것을 지배한다.

레비스트로스가 히트한 책은 그래서 당연히 《슬픈 열대》이다. 대중적 철학여행서로 읽혀질 수도 있는 이 어려운 책은 한편으로는 그 자신의 브라질 아마존 강 여행과 맞물려 있기 때문에 사뭇 흥미진진하고 교훈적 대목들이 많다. 모든 사물과 사유를 그렇듯 따뜻한 감성으로 표현하고 있는 그의 이 책은 그래서 정겹다.

《슬픈 열대》는 레비스트로스가 1937년부터 1938년까지 브라질에 체류하면서 내륙지방 네 개의 원주민 부족들에 대한 조사결과를 바탕 삼아 제9부로 나뉘어서 저술한 일종의 '인류학 조사보고서'이다. 1부는 2차 세계대전으로 프랑스가 독일에 점령당하자 미국 뉴욕으로 밀항하면서 떠올리는 갖가지 기억과 회상을, 2부는 자신이 인류학자가 된 계기를, 3부는 지난 세계와 새로운 세계가 밀려오는데서 빚어지는 갈등과 희망을, 4부는 원주민들 현지조사에 따른 예비답사로 돼있다. 역시 독자들의 지적 호기심과 감성적 호기심을 가장 많이 반영하고 있는 대목은 5부에서 제8부까지의 원주민 이야기다. 카두베오족은 계층조직과 얼굴문양, 보로로족은 주거 및 사회구조, 남비콰라족과 투피 카와이브족은 그의 학문적 최고의 관심대상인 '혼인제도'와 친족구조의 텍스트로 등장한다.

아마존 강 원주민 사회에서는 '여성'의 역할기능은 매우 중요하다. 사회적 계층 또는 계급적 의미에서가 아니라 '교환'의 의미로서 중요하다는 것이다. 원주민 사회를 근원적으로 지탱케 하는 그들의 전통적인 혼인제도와 친족구조는 '여성'을 교환함으로서만이 이루어진다. 가정구성과 친족구성에 있어서 여성이야말로 관계와 소통을 이루게 하는 최고의 매개요소이기 때문이다.

생성하는 몸으로서 그리고 언어라는 메커니즘을 통하여서 남녀 간, 가족 간, 나아가서는 이웃사회를 잇는 다리로 거듭나주는 여성들. 바로 이 지점에서 레비스트로스의 구조주의 철학이 출발한다. 브라질 원주민사회가 암시해주는 여성, 이 여성성이야말로 구조주의 최고 중심고리인 '관계'와 오늘의 포스트모더니즘 사회를 구원할 수 있는 해체가 아닌 통합·결합의 의미로서 '소통'의 문화적 현존재(Da-Sein)다.

레비스트로스가 생각할 때 적어도 현대사회를 구원할 수 있는 길은 관계와 소통의 문화 이외엔 어떤 것도 가능성을 열어줄 것으로 기대되지 않는다. 《슬픈 열대》의 한 대목을 옮겨본다. 아마존에서 벌거숭이로 살아가는 남비콰라족에 대한 레비스트로스의 눈물겨운 시선과 시각, 시력이 돈보이는 장면이다. 이것은 물론 원시부족 안에서 관계를 발견하고 현대사회 속에서 '소통'을 갈망하는 우리들 모두의 본 모습이다.

어둠이 깃들인 초원에서 숙영지 모닥불이 불타오르고 있다. 엄습해올 추위를 막아줄 유일한 모닥불 주변, 그들 부부는 바람과 비가 두려워 급작스럽게 옆에다 야자수와 나뭇가지로 만들어 꽂아놓은 허술한 병풍을 둘러놓는다. 그들 부부에게 있어 지상의 모든 부(富)를 이루고 있는 빈약한 물건들로 가득 찬 등채롱을 곁에 둔 채, 서로를 껴안는다. 그들 부부와 마찬가지로 적대적이고 겁 많은 다른 무리들의 침략을 받곤 하는 그 맨땅바닥에 그대로 꼭 껴안고 잠들어 있는 부부. 이때 그들 원주민 부부는 나날의 고달픔과 때때로 남비콰라인들의 영혼을 뒤덮어오는 서글픔으로부터 구원해주고, 위로해주고 지주대가 될 유일한 사람은 '서로'라고 믿는다.

제2부

로키 산맥 넘어 보스턴의 찰스 강 언덕까지

글로벌 시대의
미국 문학을 찾아서

그 동안 미국은 어떤 나라였는가. 그리고 오늘은 과연 어떤 나라인가. 동구 공산권이 무너지고 소비에트 연방체제가 무너진 오늘날, 미국은 당당하게 글로벌 시대의 강자로서 군림하고 있다. 다시 말해 세계의 정치·경제권을 재편하는 데 단연 주도적 역할을 하고 있는 터이며 따라서 '화이트 하우스' 백악관은 하루 24시간 내내 불이 켜져 있다.

동양세계의 종주국이라고 자처해 온 거대한 대륙 중국과 그리스·로마 문화와 바이블로 오랜 세월을 버텨 온 유럽 지역을 여행한 바 있는 나는 그래서 오늘 긴장한다. 비행기가 한반도 상공을 벗어나는 순간부터, 그리고 그 어떤 원시시대의 전설처럼 뒤틀려 출렁대는 태평양 파도 위를 날아갈 때도, 나는 미국이라는 나라가 도무지 머릿속에 들어오지 않는다.

하긴 상식적으로 생각해도 미국이라는 나라는 미지의 엄청난 에너지를 간직한 나라임에는 틀림없다. 서부 로스앤젤레스에서 뉴욕 케네디 공항까지 날아가는데도 비행기로 무려 여섯 시간이고 보면 땅덩어리가 얼마만큼 넓은지 짐작이 간다. 대단한 '자이언트(거인)'의 나라다. 가령 서부 캘리포니아 주 하나만을 뚝 떼어놓고 보아도 이 한 개의 주가 가진 정치 경제 군사력은 세계 6대 강국 안에 충분히 끼어들 정도라니 처음 들으면 누구라도 입이 떡 벌어질 것 같다.

망망대해 건너 북아메리카 미국! 그렇다면 세계 각 나라의 모든 사람들이 이른바 '아메리칸 드림'을 찾아가는 이 나라에, 우리 한국인 동포들은 1세대, 1.5세대(출생은 한국, 어려서 미국시민권, 영주권을 획득), 2세대를 포함하여 과연 얼마나 살고 있을까. 최근 집계로 보면 서부 LA 지역에 100만, 샌프란시스코에 35만, 뉴욕에 30만 명을 비롯하여 200만 명 이상이 살고 있다고 한다.

확인되지 않은 불법이민과 임시 유동인구까지 합한다면 적어도 우리 코리언은 대략 2백50만여 명이 저 미대륙 안에서 움직이고 있는 것이다. 그러니까 광주광역시나 울산광역시 인구의 두 배에 버금가는 동포교민들이 광활한 북미주 하늘 아래에서, 세계 곳곳으로부터 상륙한 각양각색의 인종들과 섞여 실로 치열한 생존경쟁을 벌이며 살고 있다.

2006년 올해로 '한미수교 114주년'이라던가. 또 많은 말썽을 빚기도 하는 한미행정협정(SOFA)을 맺은 지 어느덧 40주년을 맞이한 해가 아닌가. 한미 SOFA는 한국전쟁 기간 중이던 1952년 양국 간에 맺은 행정협정이 모체다.

북쪽에 소련군이 들어올 때 같은 시점에서 남쪽에 '해방군(당시 한국 국민들은 그렇게 환영하며 불렀지만 미군은 자기들이 점령군임을 명백히 했다. 그것은 전쟁에 이긴 자로서의 국제법상 당연한 권리였다는 것이다.)'으로 들어왔다는 미국! 그럼 한국전쟁 56주년을 맞이한 오늘날은 또 어떤 모습인가. 8·15해방 이후 이 땅의 역사에 줄기차게 점철된 미국은 그러나 행동반경의 폭에는 변함이 없다. 오히려 더 동북아시아의 전체국면 속에서 한반도를 들여다보고 실제로 정치외교 군사적으로도 일사불란하게 대응하고 있는 것이 사실이다.

아 한반도! 인천의 영종도국제공항을 이륙하면 로스앤젤레스의 경우, 13시간이면 LAX공항에 착륙할 수 있다. 로스앤젤레스는 1781년 원래 미국에서 선교 활동을 하던 선교사가 칭한 명칭이 지금의 이름이 되었다지만 거주인들은 단순히 LA라고 부르고 있다.

캘리포니아의 LA에는 16개 정도의 크고 작은 비행장이 있는데 그중 대표적인 것은 LAX공항이다. 때문에 LA여행을 마치고 한국으로 돌아갈 경우 여행자들은 택시를 잡을 때 기사에게 꼭 "LAX공항으로 가자!"라고 말해야 한다. 그렇지 않으면 긴 시간을 도로에 공짜로 버릴 수 있기 때문이다.

WTO(세계무역기구) 체제가 출발한 이후부터 줄곧 내게 관심과 흥미의 대상이 되어 온 것은 미국의 농업이다. 전체인구가 3억 명을 넘어섬에도 불구하고 농업인구는 고작 210만 명뿐이라지 않은가. 그러나 여기에서 농산물 유통에 참여한 사람은 무려 2,200만 명이다. 이들 유통업자들은 미국 내는 물론 세계 각 나라의 농산물 수출시장을 공략한다. 그래서 한국의 가난한 농촌 출신으로 한때 신문사에 투신하기도 했던 내게는 전 세계를 겨냥하여 뻗어나가는 미국의 다국적 농업이 당연히 관심의 대상이다.

캘리포니아의 거대한 농장과 과수원 지대, LA, 샌프란시스코, 뉴욕항 등에 쌓여 있는 엄청난 농수축산물들과 공산품들을 들여다보면서 멀리서 찾아온 이방인들은 잠시 놀라기도 한다. 소련 수상이었던

201

로키 산맥 넘어 보스턴의 찰스 강 언덕까지

흐루시초프도 산더미처럼 쌓인 식품점의 쇠고기들을 보며 감탄했다고 하니 미국이 대량생산하는 농수축산물은 상상을 초월한다.

멀지만 우리 한국과는 너무나 가까운 나라 미국. 그리고 앞으로도 북한과 기나긴 신경전을 벌여야 할지 모르는 거대한 대륙 북아메리카 미국! 나는 그 미국의 내부로 발걸음을 들여 놓으면서 행여 코끼리 장님을 만지는 식일지는 모르나 미국의 실체를 더듬거려 본다. 한국에서 계획하고 왔던 대로 미국 속의 문학, 문학 속의 미국이라는 나라를 두 눈으로 직접 들여다보기로 한다.

독일 베를린과 미국 뉴욕에서 각각 확인한 바지만 이제 칼 마르크스의 책들은 덤핑이나 싸구려로 팔려나가고 있다. 아니 팔리기는커녕 먼지가 쌓이고 출판사들은 어느새 외면해버리고 있다. 하긴 예상은 했지만 미국 독서계는 다시금 프랭클린이나 에머슨, 롱펠로 등이 재조명을 받고 있는 모습들이다.

달나라로 쉬지 않고 인공위성을 쏘아 올리면서 캘리포니아 주에는 세계 최첨단의 반도체 기지인 실리콘벨리를 세우고 '21세기로! 21세기로!' 만을 향해 날아가야 할 슈퍼스타 미국이, 미국혁명 초기 혹은 건국 초기의 저서들을 다시 뒤적여 찾아 열심히 읽고들 있다니 한편으로는 머리가 갸우뚱거려진다.

흑백 갈등, SOS 문제(반이민법이라는 주장도 나오고 있다), 마약 인구의 폭발적 증가, 인명을 경시하는 크고 작은 총기 사고 등으로 몸살을 앓고 있는 미국, 또 그런 가운데 샌프란시스코의 경우 창녀의 몸을 파는 포주가 시의원이 되기도 하는 희한한(?) 나라 미국 속에서 과연 '미국의 꿈'을 찾는 사람들은 어떤 사람들인가.

나는 이들 미국인들의 삶과 그림자를 문학을 통하여 찾아가면서

세계문학의 거장을 만나다

앞으로 미국혁명기의 문학, 인디언 문학, 보스턴을 중심으로 퍼져나간 백인 문학, 서부개척 시대를 조명한 문학, 1930년대의 경제공황을 대변한 문학, 흑인문학, 베트남전쟁 개입과 이라크침공 여파로 탄생한 문학도 접근해보려 한다.

다음은 내가 미국의 이라크침공을 머리에 그려보면서 노래한 시다. 역시 내가 좋아했던 미국의 히피 시인 알렌 긴즈버그의 넉살이 담긴 시풍으로 쓴 시다. 아마 이 시는 나의 미국여행 길에 줄곧 따라다닐 그런 노래 중의 하나라는 생각이다. 시 제목은 〈America〉인데 미국보다 훨씬 약자인 '이라크'를 배경으로 노래한 시다. 고대국가였던 수메르와 바빌로니아는 모두 오늘의 이라크 땅에서 명멸한 나라의 이름이다.

긴즈버그 시인, 가만 있자
자네가 언제 지상을 떠났더라
뉴욕에서 자네의 시집을 읽은 지가
바로 며칠 전 같은데, 아니 글쎄 그렇게
벌써 세상을 버렸다니 믿어지지가 않군

맨해튼 쌍둥이빌딩을 배경으로 찍은
내 모습을 오늘 그래서 나는 찾아낸 것이야
자네를 만나러 갔던 날 자네가 하필이면
인도로 여행길에 나섰다는 사실을 알았지

한때 히피들이 우상으로 여긴 긴즈버그 시인,

자네가 인도의 화장터 연기와 아메리카의 자스민

향기를 뒤섞어서 노래한 시들이 녹슬어 가고 있어

9·11테러로 무너진 쌍둥이빌딩의 철근먼지보다도

더 큰 소리로 쏟아져 내리면서 자네 시를 뒤덮고 있어

(……)

이미 우리 안에 복합적 이데올로기로 들어와 꽉 차버린 미국, 그렇다고 해서 모든 것을 받아들일 수는 없고 또 그렇다고 해서 모든 것을 저버릴 수도 없는 오늘의 미국과 우리의 땅 한반도 코리아! 솔직히 말해서 나는 코리아의 안경으로 미국과 미국문학을 들여다볼 작정이다. 그 이상은 능력 밖이기 때문이고 사실은 또 그렇다.

프랭클린이나 에머슨, 휘트먼이나 존 듀이를 다시 읽으며 민주주의의 철학과 권위주의를 암암리에 혹은 공개적으로 전 세계를 향하여 퍼뜨려 나가는 미국식 국가주의(혹자는 그것을 서양 중세의 봉건주의와 흡사하다고 말한다)는 주목거리가 아닐 수 없다. 미국식 국가주의? 이것은 신자유주의와 글로벌리즘을 움직이는 중심핵이다.

자아, 이제 나의 미국문학 기행은 LA를 지나 로키 산맥을 넘어 한때 고래잡이 포경선이 드나들던 보스턴의 찰스 강 언덕까지 향한다. 그 옛날 인디언들의 소유였던, 그러나 콜럼버스(1492)의 상륙과 더불어 마침내는 켈트족, 앵글로색슨 계의 땅이 돼버린 아메리카 대륙에 나그네로 출발한 나의 발자국을 들여놓는다.

전 세계 사람들에게 '아메리카 드림'이란 환상을 심어주기도 하였지만 어느새 강력한 '국가주의의 화신'으로 떠올라버린 미국. 나는 지금부터 한 시인의 눈과 한 기자의 눈을 동시에 굴려가면서 미국인

세계문학의 거장을 만나다

들이 배출한 시인, 작가들을 만나러 간다. 모든 문학은 결국 진실과 사랑, 정의와 생명을 추구하면서 궁극적으로는 쇼비니스트가 아닌 몸짓으로 자신의 나라 흙에서 조금도 발을 떼어서는 안 된다는 생각으로!

월트 휘트먼 《풀잎》

아메리카 대륙에 울리는 인생예찬

_ 당신의 현재 생활은 책 속의 한 장에 지나지 않는다.
당신은 지나간 장들을 썼고, 뒤의 장들을 써나갈 것이다.
당신은 당신 자신의 저자이다.

위대한 시인은 시간과 공간 혹은 어떤 사상도 초월한다. 그는 저 먼 우주를 향해 날아가는 행성처럼 언제나 사람들의 머리 위에서 운행한다. 그러다가도 그는 불처럼 타오르는 열정과 사랑으로 대지를 걷는 사람들의 심장에 놓인다. 눈에 보이는(형이하학적) 것들은 물론 눈에 안 보이는(형이상학적) 것들까지 모두 자신의 앞가슴으로 끌어들이면서 아이에게 젖을 물리는 어머니처럼 고요하고 거룩한 빛을 발한다.

오늘 내가 태평양을 건너서 찾아가는 월트 휘트먼(1819~1892)이 바로 그런 시인이다. 그는 오늘의 미국문학을 세계적 정상으로까지 밀어 올리면서 이곳에 살고 있는 사람들 하나하나를 놓치지는 않는다. 하나는 전체요, 전체는 곧 하나가 아닌가. 휘트먼은 낙천주의자답게 자신과 이웃을 포함하여 그가 태어난 인디언의 땅 — 아메리카의 광활한 대지 속으로 시의 빛나는 광맥을 활기 있고 우렁차게 열어준다.

사람들 자신을 나는 노래한다, 독립된 사람 개개인을.
'민주적' 이란 말, '대중적' 이란 말을 나는 애써 말한다.

나는 노래한다. 머리에서 발끝까지 인체의 구조에 대해.
시신(詩神)의 눈에 값진 것은 사람들 모습만이 아니라
두뇌만이 아니라 그래서 사람 몸은 더 없이 값진 것.
하여 나는 '남자' 와 똑같이 '여자' 를 노래하는 것이다.

정열, 맥박, 활력을 주는 드넓고 끝없는 생명을 위하여.
성스런 법칙 아래 행해지는 가장 자유스러운 행동으로
나는 노래한다. 여기 상쾌한 모습의 '근대인(近代人)'을.
- 〈사람들 자신을 나는 노래한다〉

사람, 독립, 개개인, 민주, 인체, 남자, 여자, 정열, 맥박, 활력, 자유, 행동, 생명, 상쾌한 모습, 근대인 — 등 〈사람들 자신을 노래한다〉는 시에 나오는 어휘들은 고운 흙냄새 깊이 배인 배추포기처럼 풋풋하고 싱싱한 목소리다. 월트 휘트먼은 그만큼 어떤 것에도 굽힘과 꿇림이 없이 소박하고 진실한, 건강한 말로 사람들을 예찬한다.

뿐이랴, 그는 정신 못지않게 인간의 '육체' 를 사랑한다. 영국·프랑스·독일 시에서는 쉽게 대하기가 어려운 '사람 몸' 에 대한 찬탄

《풀잎》의 시인 월트 휘트먼.

의 시를 아주 건강한 음색(音色)으로 노래한다. "그대는 여자의 육체를 사랑해 본 적이 있는가? 그대는 남자의 육체를 사랑해 본 적이 있는가? 왜 그대는 이들이 지상에서 시대와 민족을 통틀어 정확히 같다는 것을 알지 못하는가?"라고 보다 구체적으로 인간을 노래한다. '여자'란 추상적 어휘 대신에 '여자의 육체'라는 구체화된 어휘로서 사랑을 이야기한다.

이 얼마나 자신만만하고 당당한 그리고 멋진 시인의 자세인가. 인간의 정신과 육체에 대한 한없는 열정의 밀착력, 신뢰감을 황홀할 정도로 노래한다. 단 한 줄기의 미움이나 증오 따위는 보이지 않고 오로지 확신에 가득 찬 인류애적 패러다임 속에서 '자연과 인간의 몸'을 동시에 접목시키는 월트 휘트먼 시인 .

그리하여 그를 감상하고 연구하는 후대의 사람들은 그가 민주주의의 시인, 무차별적인 평등주의자, 로맨티스트, 휴머니스트, 애니미스트(범신론자), 예언자, 광활한 우주에 대한 자연예찬의 시인, 미국의 세계적 국민시인으로 기억하며 떠받든다.

시의 형식에 얽매이지 않고 대범하게 언어를 구사하는 — 마치 미시시피 강이 깊게 멀리 멀리 흘러가듯이 자신의 사상을 융융하게 담아내고 있어 평자들은 그를 '미국 자유시의 개척자'라고 추앙한다. 역시 그의 대표시의 하나라고 말할 수 있는 〈나는 아메리카가 노래하는 것을 듣는다〉라는 시를 소리 내어 암송한다.

> 나는 아메리카가 노래하는 것을 듣는다, 다양한 그 노래를,
> 기계공들의 노래를, 저마다 쾌활하고 힘찬 자기의 노래를 부른다
> 목수들은 널판이며 들보의 치수를 재면서 자기의 노래를 부르고,
> 석수(石手)는 일을 준비하며, 일을 마치며 자기의 노래를 부른다,
> 선원은 배 안에서 자기 노래를 부르고, 갑판수부는 기선갑판에서,
> 구두공은 벤치에 앉아 노래 부르고, 모자공은 선 채로 노래 부른다,

위 시에서 엿볼 수 있듯이 휘트먼은 역시 민중적인 시인이다. 폭
과 그릇이 넓은 시인이다. 때문에 국경을 초월하여 프랑스와 영국,
아시아권과 남아메리카의 모든 나라, 심지어는 개방 이전의 중국, 붕
괴 이전의 소비에트 연방에서도 열렬하게 읽혀졌던 19세기의 위대
한 시인이다. 그는 "민중이야말로 항상 미국 최대의 대표자"라고 선
언한다. 영국과 프랑스의 유럽적인 시정신과 형식을 과감하게 탈피
한다. 그런 결과 미국 최초로 '가장 미국적인 시'를 쓰기 시작한 시
인으로 평가를 받는다.

먼저 나는 그가 그렇게도 사랑한 맨해튼(Mannahatta는 인디언 원주
민들의 용어에서 비롯된 이름으로 인디언 주신 'Manito 신의 거처지'란 뜻)
의 변화가를 지나 브루클린 다리를 건넌다. 다리 밑으로는 이스트 리
버라는 강이 흐르고 있다.

다섯 살의 휘트먼이 부모와 함께 롱아일랜드를 떠나올 때 흐르던
그 강이 이제는 거대한 빌딩 숲의 옆구리를 핥으며 흐르는 게 보인
다. 역시 인간들이 쏟아 내는 기계문명의 검은 찌꺼기들로 몸살을 앓

뉴저지 주에서 바라본 뉴욕 맨해튼. 맨해튼이란 말은 원래 이곳 원주민이었던 인디언들의 말로 '신들이 사는 숲'이란 뜻이다. 멀리 9·11테러로 무너진 쌍둥이빌딩(국제무역센터)의 옛 모습이 보인다.

세계문학의 거장을 만나다

고 있는 것 같다. 철제 공룡이나 다를 바 없는 시커먼 브루클린 다리를 건너 허드슨 강 저편 — 그가 소년시절부터 50대 초반까지를 보낸 뉴욕의 브루클린 지역을 두루 살펴보기 위해 일단 자동차에서 내린다.

"흘러라, 강이여! 석양녘의 화려한 구름들이여! 너희의 광채로 나와 내 다음에 오는 젊은 세대들의 남녀를 적셔라! 솟아오르라, 맨해튼의 높은 돛대들이여!"라고 노래한 브루클린 다리 밑은 이제 범죄의 소굴, 혹은 총기사고 다발지역으로 버려져 있다 한다. 밤이면 더욱 찾아들기가 두렵다는 브루클린 지역, 그 옛날 번화가였던 어느 지역은 대낮인데도 인적이 드물고 어떤 건물들에는 벽마다 온통 몸부림치는 낙서투성이다. 듣자 하니 도시의 룸펜들이나 부랑아들이 남긴 흔적이란다.

그러나 나는 확신한다. 19세기만이 아니라 오늘에 와서도 대자연의 풍부한 교훈을 불러들여 인간의 육체와 정신을 노래하는 휘트먼 시인을 가까이 느껴보려 한다.

"한 잎의 풀이라도 별들의 운행에 못지않음을 난 믿노라."

인생에 대한 열렬하고도 긍정적인 사랑, 자연에 대한 숭고한 외경의 자세, 직업과 신분의 높고 낮음을 떠나 누구의 얼굴에나 '인간의 찬란한 광휘로움'을 붙여주려고 노래한 월트 휘트먼이 그리워진다. 세계에서 가장 강력한 '경찰국가'로 부상한 나라 속에서 나는 휘트먼이 기계공, 목수, 석수, 선원, 갑판수부, 구두공, 모자공, 나무꾼, 목동, 아낙, 세탁소 아가씨, 그리고 특히 이들의 어머니와 젊은이들을 즐겨 노래하고 사랑한 사실에 대하여 감동을 받는다.

휘트먼은 열한 살 때 학교를 중퇴하고 병원 사환 노릇 따위의 일로 허구한 날 배고픔과 추위에 시달린다. 그러했음에도 불구하고 미국문학 최대의 모럴리스트로 성장해 나간다. 독학과 방랑생활 끝에 《데일리 이글》지를 시작으로 신문과 잡지사 기자생활을 두루 거친 그는 남북전쟁(1861~1865)이 일어나자 전장에 나선다. '노예해방령'을 발표한 미국의 16대 대통령 에이브러햄 링컨이 그래서 그의 시에 별처럼 등장한다. 링컨이 암살되자 그는 "라일락이 접때 앞뜰에 피었을 때, 서쪽 하늘에 커다란 별이 떨어졌을 때, 나는 슬퍼했다, 돌아오는 봄마다 또한 나는 슬퍼하리라"하는 구절로 시작되는 장시 〈라일락이 접때…〉를 발표한다.

휘트먼 자신뿐만이 아니라 미국시와 미국문학 전체를 가장 앞자

아메리카 대륙에 울리는 인생예찬

리에서 대표하는 시집 《풀잎(Leaves of Grass)》은 미국의 자존심이요, 지금까지 전개되어온 인류문학사가 내놓을 수 있는 영광스런 수확이다. 나이 36세(1855년) 때 자비로 찍어낸 이 시집은 불과 12편의 시 (모두 92쪽)에 지나지 않았으나 수정과 증보를 거쳐 그가 죽은 해인 1892년에는 방대한 분량의 완성판(혹은 임종판)으로 나온다. 무려 460쪽의 두께로 출판됐는데 시집 제목은 바뀌지 않고 그대로 《풀잎》으로 찍혀져 나왔으며 여기에는 그가 써서 노래한 거의 대부분의 작품들이 총 망라돼있다.

자, 그럼 멀리 달려가 보자. 휘트먼의 고향으로! 그의 주 활동 무대인 뉴욕을 벗어나 시속 80마일 속도로 3시간 거리에 있는 필라델피아 근교 뉴저지 주의 캠든 시를 향해 달린다. 이 도시에는 그를 기리는 '월트 휘트먼 하우스'가 언제나 문을 연다.

세계문학의 거장을 만나다

나는 내가 영원히 죽지 않는다는 것을 아오. 내 생애의 궤도는 목수들의 컴퍼스로도 휘두를 수 없다는 것을 또한 알고 있다오. 나는 어린이가 밤에 불덩이를 가지고 돌리는 불꽃 마냥 내가 쉽사리 사라지지 않는다는 것을 아오.

병들고 가난한 휘트먼이 주위 노동자들의 기도와 찬송가 속에서 숨을 거둔 뉴저지 주 캠든 시 마이클 가 328번지. 오늘날 이 집은 '월트 휘트먼협회' 사무실로 운영되고 있으며 러트거스 대학과 뉴저지 주 고등교육국, 뉴저지 주 문화재 및 환경보호국의 계속적인 지원을 받고 있다고 한다.

'월트 휘트먼 하우스' 유적지에서 1마일 떨어진 시내 중심부에는

미국의 국민시인으로 추앙받는 휘트먼의 묘지. 필라델피아로 가는 길목, 캠든 시 공동묘지에 있다.

'캠든 시 문화센터'가 자리잡고 있는데 여기에서는 '휘트먼과 세계' 등의 국제문학행사가 종종 열린다고 한다. 드디어 나는 휘트먼이 그의 가족들과 함께 잠든 하를라히 공동묘지로 달린다. 묘지 정문이 닫히는 시간은 미국시간으로 오후 4시 30분까지라 서두른다. 어두워질 무렵에서야 도착한 나는 그러나 휘트먼 묘지 방문을 포기하지 않는다.

함께 여행 중인 뉴욕 대학생 유철수 군과 은영준 군도 기어이 묘지 안으로 들어가 휘트먼을 만나야 한다고 내게 용기를 준다. 오늘 아니면 언제 우리가 태평양 건너 휘트먼을 보러오겠느냐는 것이다. 오후 6시 30분. 우리는 높게 올려쳐진 담과 철조망 사이의 '개구멍'을 뚫고서 휘트먼 유택을 찾아가기로 한다. 셀 수 없이 많은 무덤들 속에서 휘트먼을 어떻게 찾는담? 아아, 바로 그때다. 어린 아이들의 비명소리가 들리고 뒤이어 장총을 든 관리인이 뛰쳐나온다.

"빠삐, 빠삐! 누가 담을 뚫고 들어왔어요."

"어디로, 어떤 녀석들이? 무슨 짓을 하려고?"

멕시칸계로 보이는 묘지관리인과 그의 어린 아이들이 잔뜩 긴장한 듯 우리를 경계하며 다가온다. 아이들의 아버지는 물론 장총의 방아쇠를 잡은 채로 우리에게 두 눈을 고정시킨다. 잘못하다간 큰 일 나겠다 싶어 나는 신분을 재빨리 밝힌다. 나는 태평양 건너 코리아에서 온 시인이며 두 젊은이는 뉴욕 대학 학생이라고 말한다. 그러자 묘지 관리인도 한숨을 놓더니 요즘 들어와 무덤을 폭파하려는 놈들이 많다고 투덜거린다. 이 지역에선 종종 이런 사건이 일어나는데 이스라엘계는 이슬람 사람들 무덤을, 이슬람계는 이스라엘 사람들 무덤을 서로 도굴하듯 파헤쳐 버리는 사건이 터져 골칫거리라고 투덜거린다. 그러면서 50대 남자 묘지 관리인은 내 신분이 '시인'이라는 말에 감동을 받았는지 휘트먼 묘지 바로 앞까지 안내해 준다. 세상에! 시인은 가난한 영혼일 뿐인데…. 그러나 고마운 일이다.

휘트먼의 유택(幽宅)! 나는 그의 육체가 사그라지고 영혼만이 남아 있을 삼각형 무덤을 말없이 바라본다. "안녕하십니까, 월트 휘트먼 시인!" 인사를 한다. 아주 편안한 마음으로 그의 무덤 앞에서 잠깐 동안의 명상에 젖는다. 일찍이 괴테가 말했듯 "시와 시인은 국경을 초월한다. 독수리처럼 높이 날아오르는 그의 시심(詩心)에는 누가 뭐라 한들 경계가 없는 것이다."라는 생각으로 그의 영혼에 다가선다. 마지막으로 무덤 주위를 에워싸듯이 빼곡하게 서 있는 참나무들한테도 이별의 손을 내민다. 안녕! 캠든 시 공동묘지에서 자라는 늘푸른 나무들이여! 나는 그중 한 그루의 참나무가 '시인 월트 휘트먼'이 분명할 거라는 생각을 하면서 공동묘지 밖으로 나온다. 캠든 시 초저녁 하늘 저편으로 별똥 하나가 길게 날아가는 것이 보인다.

허

태평양 저편에서 솟아오른 운명의 화신

먼 멜빌 《모비 딕》

_ 오, 바다여, 바다여! 인간의 아들로 태어난 고래잡이 선장 에이허브를 불쌍히 여기소서! 그의 영혼이 더 이상 허무의 세계 속에서 허우적대지 않도록 도와주소서!

세계문학의 거장을 만나다

　　허먼 멜빌(1819~1891)의 《모비 딕(백경: 흰 고래)》은 "세계 10대 소설의 하나로 넣을 수 있을 만큼 내용과 사상, 그리고 스토리의 웅장함에 있어서 단연 우리를 압도"한다. 이 말은 영국 현대문학의 거장인 서머셋 모음이 한 말이다. 20세기 들어와서야 미국문학의 6대 작가로 평가를 받는 허먼 멜빌, 과연 그의 대서사적 해양소설 《모비 딕》은 서머셋 몸이 격찬할 정도로 위대한 영혼들이 뒤엉키어 출렁이는 작품인가.

　　아, 외로운 인생이 밀어닥친 외로운 죽음! 나의 지나간 생애의 대담한 큰 파도여, 가장 먼 바다 끝에서 밀려와 쏟아 부은 다음 나의 죽음의 파도를 더 높이 쌓아라! 그대를 향하여 나는 온몸으로 굴러가겠다. 그대 모든 것을 으깨어 부서뜨리기도 하지만 결코 정복하지는 못하는 고래여! 최후까지 나는 너 고래와 맞붙어 싸우겠다. 지옥의 한가운데서 너 고래를 찔러 죽이겠다. 증오 그 자체만을 위하여 나는 마지막 깊은숨을 그대에게 내뱉는다. 그리하여 나는 이 작살을 너에게 던지노라.

멜빌이 32세 때(1851년) 발표한 전편 135장으로 구성된 이 방대한 분량의 대작《모비 딕》. 그 마지막 장에 나오는 고래잡이 포경선 선장 에이허브의 울부짖음, 모비 딕을 악마의 화신인 양 끝끝내 뒤쫓아가며 작살을 내던지는 처절한 피의 몸부림은 마치 희랍의 운명적 비극을 보듯이 장관을 이룬다.

결국은 그 무시무시한 흰 고래 모비 딕에 삼켜버린 채로 저 '영원한 자연' 태평양 속으로 사라져 버리는 에이허브의 마지막 모습! 고래뼈로 엉덩이 한쪽에 의족을 붙이고 인간의 한계상황까지를 뛰어넘어, 산 덩어리처럼 거대한 모비 딕을 향하여 삶과 죽음, 선과 악의 한복판을 휘저어가는 이 가공할 만한 소설의 주인공 에이허브!

어쩌면 우리 사람들 모두는 저마다 에이허브와 같은 존재가 아닐까. 자연 혹은 신과 진리를 비웃으며 오직 현실적 무지함으로 앞으로만 정신없이 달려가는 인간들 ― 그리하여 우리는 저마다 세상 저 편으로 떠내려가다 영영 돌아오지 못하고 태평양과 같은 시간 속에 파묻혀 버리는 한낱 물거품에 지나지 않는 그런 존재일까.

1960년대 초 어느 날, 고등학교 2학년 여름방학 때 읽은 허먼 멜빌의《모비 딕》은 내 나이 50대 중반을 넘은 지금도 가슴 써늘하게 하는 해양소설 혹은 그로테스크한 악령소설이다. 참나무 노(櫓)로

해양문학의 거장 허먼 멜빌.

온몸을 두들겨 맞은 것처럼 《모비 딕》을 읽은 후 어쩔 줄 몰라 했던 열일곱 살 때의 감동과 충격이 지금도 나를 떠나지 않고 뒤흔든다.

자아, 그럼 달려가자. 고래 떼가 뛰논다는 '케이프코드' 라는 곳으로 자동차를 몰아가자. 케이프코드는 보스턴에서 남쪽으로 2시간 거리에 위치한다. 나는 멜빌이 오랫동안 살았다는 뉴욕을 떠나서 시속 80마일로 6시간가량 걸린다는 보스턴으로 달린다. 안내와 차량 제공은 뉴욕 대학에서 정치학을 전공하는 김웅기 씨가 맡는다. 보스턴으로 가는 길목에 브라운 대학도 둘러보고 밤늦게 이 근처에 여장을 푼다.

그러나 작품 취재여행에서는 곧장 잠들 수 없는 법. 나는 찰스 강을 건너가 다음날 새벽 3시까지 하버드 대학과 대학촌을 빠짐없이 두 눈에 담는다. 〈하버드 대학의 공부벌레〉라는 영화에서 너무도 유명하게 알려진 킹스필드 교수의 하버드 법대가 다가선다.

밤늦도록 새벽이 오는 줄 모르게 환하게 불 켜진 이 대학의 강의실과 도서관 여기저기를 돌아다녀 본다. 대단하다! 와그너 도서관을 비롯해 하버드 대학 구내에는 160여 개의 도서관이 있는데 학술서적만 1천만여 권을 넘는다. 보스턴 대학과 MIT 공대는 나중에 들러보기로 하고 젊음과 낭만과 학구열이 넘치는 대학촌을 거닌다.

다음 날 아침, 먼저 보스턴 항으로 향한다. 미국독립전쟁의 요람이며 예술과 학문의 도시로 해상업이 두루 발달한 보스턴 시. 청교도 혁명(1640~1649) 당시 영국을 탈출하여 떠나온 그 후예들이 옛 조상의 문화와 정신과 뜻을 기리는 미국 역사의 모태지가 보스턴이 아닌가.

작가 허먼 멜빌이 스무 살 때에는 상선 선원으로 영국의 리버풀행, 스물두 살 때에는 고래잡이 선박 포경선을 타고 남태평양행, 스물다섯 살 때엔 해군 수병으로 돌아온 보스턴 시 보스턴 항 부두를 거닌다.

멜빌이 스물일곱 살 때 다시 포경선을 타고 남태평양 마르케사스 군도로 떠나기 위해서 잠시 고독과 술과 예술을 즐긴 보스턴 항구를 이곳저곳 둘러본다. 확인할 수는 없지만 멜빌은 마르케사스 섬에서 한동안 식인종과 살았을 거라고 전한다. 그가 식인종과의 사이에 아이까지 두었다는 전설 같은 이야기도 전해온다.

세계 최고의 해양소설 《모비 딕》은 멜빌의 경험적 분신이나 다름없는 '이스마엘'의 목소리를 통해 전개된다. 오늘날 부둣가에는 그러나 포경선은 보이지 않고 '랍스터'라는 이름을 가진 바닷가재를 요리해서 파는 식당들이 즐비하다. 물론 랍스터를 잡아서 싣고 들어오는 배들이 이곳 보스턴 항에는 눈에 많이 띈다.

저 푸른 바다처럼 《모비 딕》의 주제와 내용은 다분히 종교적이고 철학적이다.

　부둣가에서 1마일 떨어진 곳에는 한번쯤은 방문해볼 만한 대학이 있다. 투프츠 대학이 그곳이다. 이 대학은 '제3세계의 정책개발'에 초점을 맞추기 위해 세워진 대학으로 유명한데 우리 한국 유학생들한테도 관심이 많을 수밖에 없는 곳이다.

　다시 허먼 멜빌에게로 이야기의 방향을 돌려보자. 19세기 아메리카 르네상스의 선두주자인 《주홍글씨》 저자 나다니엘 호돈은 《모비딕》을 발표한 작가 멜빌을 두고 "그는 우리에게 있어서 누구보다도 숭고하고 자연적인 그리고 불후의 명작을 남긴 위인이다"라고 극찬을 아끼지 않는다. 《채털리 부인의 사랑》으로 유명한 영국의 작가 로렌스는 이렇게 말한다.

　"멜빌은 가장 위대한 바다의 시인이요, 예언자다. 또한 《모비 딕》은 바다에 관해서 쓴 작품들 중에서 거의 유례를 찾아볼 수 없는 최대의 작품이다. 멜빌은 흡사 육상동물이 아닌, 바다짐승과 같은 영육(靈肉)의 소유자다."

아, 포경선 피쿼드 호를 타고 멀리 떠나가 마침내는 거대한 흰 고래한테 온몸을 삼켜버린 그리하여 태평양 저편으로 사라져버린 고래잡이 선장 에이허브!

자연에 대한 무모한 행동, 운명과의 그칠 새 없는 싸움, 피끓는 복수, 남성적인 허무주의와 파국의 구렁텅이, 섹스 중인 첫날밤의 남녀처럼 온 세계가 카오스(혼돈)의 화신인 양 뒤엉켜 어두워져버리는 광대무변한 저 바다! 그러면서도 '고래학(學) 백과사전'과도 같은 내용들이 담긴 소설《모비 딕》은 어쩌면 해양소설의 형식을 띤 문학작품으로서 또 하나의 구약성서(Old Testament)가 아닐까.

단테의《신곡》, 밀턴의《실락원》, 괴테의《파우스트》, 도스토예프스키의《카라마조프의 형제들》이 문학형식으로 쓰여진 바이블이라면 멜빌의《모비 딕》도 그런 작품이다. 작가인 멜빌 스스로도 말하고 있듯 이 소설은 "사악(邪惡)한 책"인지는 모르지만 한편으로는 악과 대비되는 '선(善)'에 대한 반대급부로서 쓰여진 책이다.

악마주의 기법을 도입한《모비 딕》을 놓고 평자들은 상징주의적 소설이요, 자연주의적 소설이라고 말한다. 상징주의적 소설이라고 예단을 내린 것은 작가가 처음부터 끝까지 '모비 딕'을 '운명 혹은 악마'로 상징성을 설정·부여했기 때문이리라.

자연주의적 소설로 보는 데는 우선 구성과 문체, 진행 기법이 마치 잡은 고래를 '해부하듯이' 스토리를 끌고 가기 때문이리라. 수백 종에 달하는 고래의 생태와 활동, 포경기술과 포획한 고래의 처리를 묘사하고 있는《모비 딕》은 분명 '고래학 텍스트'다. 고래의 종류를 낱낱이 설명해주는 내목들은 '고래 박물관'을 연상시킨다.

《모비 딕》의 주제와 내용은 다분히 종교적이고 철학적이다. 선장 에이허브가 운명의 신(고래)에게 터뜨리는 무수한 독백이 우선 그런 느낌이다. 평자들은 또한 저마다 이 소설을 사회학적으로, 정신분석학적으로 접근한다. 포경선 안과 밖에서 일어나는 '섹슈얼한 행동'과 자위적 행위 그리고 예측을 불허하는 스토리의 구조가 이 소설의 '갈등미학'을 조장하고 있음이 그렇다는 것이다.

쿠퍼 《모히칸족의 최후》
아메리카 인디언과 한 백인의 우정

_ 어떻게 감히 하늘의 푸르름과 땅의 따스함을 사고 팔 수 있습니까? 우리
의 소유가 아닌 신선한 공기와 햇빛에 반짝이는 냇물을 당신들이 어떻게
돈으로 살 수가 있다는 것입니까? 이 땅의 모든 부분은 우리 종족에게 있
어 소중한 것입니다.
시애틀 인디언 추장의 편지

　나의 글을 읽는 독자여. 그대는 아직도 옛날 헐리우드의 '서부극'
영화에서처럼 인디언들이 죄악과 야만 혹은 무지함과 폭력의 화신으
로만 생각되는지요. 아니면 총질로 인디언들을 사막으로 내쫓은 백
인이 '정의의 화신'으로만 기억되고 있는가요.

　오늘 나는 그것을 알고자 일찍이 인디언(1492년 10월 12일, 오늘의
미대륙에 첫발을 내딛은 콜럼버스가 이곳 원주민을 인도사람이라고 잘못
안 데서 '인디언'이라 부르기 시작한)의 땅이었던 아메리카 대륙으로
달려가기를 계속한다오. 제임스 페니모어 쿠퍼(1789~1851)가 미국
문학 사상 처음으로 인디언과 백인의 관계를 형상화한 저 《모히칸족
의 최후》의 땅을 둘러보려는 것이라오. 코끼리 다리 만지기 식이 될
지 모르겠지만 그들의 슬픈 역사에 대한 발자취를 편견 없이 들여다

보기 위해.

인디언의 발자취는 오늘날 미국의 어느 곳에서나 숨 쉬고 있을 것 같소. 정말이지 뉴욕의 맨해튼과 샌프란시스코의 한복판에 맨 처음 둥지를 튼 사람들은, 그러니까 그곳에 인간의 역사를 맨 처음 세운 종족은 인디언들이 아니었습니까. 아, 그렇군요. 오늘날 겨우 명맥을 유지하고 있는 '아메리카 인디언'은 사실은 지금으로부터 2만5천 년 전에 오늘의 미대륙으로 자리잡아 온 중앙아시아의 무리들이었지요.

빙하기가 끝날 무렵인 2만5천 년 전, 구석기와 중석기를 통해 베링 해협과 알류산 열도를 밟고 오늘의 미대륙으로 건너간 아시안계 황인종들. 이들의 무리는 콜럼버스가 상륙한 그 해만 하더라도 미대륙에서 2천만 명 내지 2천5백만 명이 평화스럽게 살고 있었지요.

19세기 초·중반만 해도 북아메리카 인디언 수는 모두 6천만 명을 넘어섰다는 기록이 있지요. 오늘날 지구상에는 1,264개 민족(부족 포함)이 살고 있다고 하는데 아메리카 인디언의 경우는 미국의 독립전쟁과 남북전쟁의 여파로 급격히 인구가 감소, 현재는 미국과 캐나다에서 각각 40만, 10만 명 정도만이 흩어져 살고 있으니….

콜럼버스의 미대륙 발견 이후 유럽인들은 멕시코의 아즈테카문명과 유카탄 반도의 마야문명을 폐허화시켰는데 마야문명은 1521년 스페인 장군 코르테스에 의해 소멸돼 버렸지요. 남아메리카에 소재한 안데스산맥 지대의 잉카문명은 1523년, 역시 백인의 무리인 피사로에 의해 철저히 파괴되어 멸살되고 말았다는 것이지요.

아시아에서와 같이 미대륙에서도 농경민처럼 집단을 이룬 인디언들. 이들의 역사는 3만 년 전 아메리카로 이주, 삶의 터전을 일구어 나가다 백인끼리의 전쟁인 미국독립전쟁과 남북전쟁이 이 땅 전체를 흔드는 사이 소멸의 길을 걸어온 것 같소.

1824년 백인들에 의해 인디언국(局)이 창설되고 1890년 매사추세츠 스톡브리지에 최초의 인디언학교 등이 설립되었다지만 1924년 미 정부의 '인디언 보호구역'으로 내몰린 북아메리카 인디언들. 과연 이들은 이곳에서 평화스럽게 살았을까요.

말이 인디언 보호구역이지 백인들이 인디언들에게 빼앗아 부여한 땅은 연평균 강우량이 40mm 안팎인 곳도 있었다는데 어디 그게 사람 사는 땅이라 말할 수 있어요. 뒤이어 이들에게 미국시민권을 부여하는 정책도 이뤄졌다고 하는데 그러나 요즘 미국 안에서 '인디언의 얼굴'을 보는 일이란 그렇게 흔하지 않는 것 같소이다.

오랜 옛날부터 농사일과 사냥을 주업으로 했던 인디언들, 이들에게는 인류의 조상이 여자와 개의 결합으로 탄생된 것이라는 '견조신화(犬祖神話)'도 가지고 있었다 하군요. 현재까지 가장 많이 알려진 북아메리카 인디언 종족으로는 나바호족, 샤이엔족, 아라파하족, 우드랜드족, 코반치족, 키오와족 등인데 이들은 모두 미국 전역에 걸쳐 있지만 바람 앞의 등불처럼 겨우 종족보전에만 머무른 수준이라오. 피가 끊긴 종족들이야 셀 수도 없겠지만 그 사라진 종족 가운데의 이야기 중 하나가 19세기 작가 페니모어 쿠퍼가 쓴 《모히칸족의 최후》가 아닐는지 모르겠군요.

쌀과 보리가 주식인 유럽과 아시아 대륙에 사실은 맨 처음 감자, 고구마, 토마토, 겨자, 담배, 땅콩을 찾아내 전파시킨 저 아메리카 인디언들. 아, 그들은 모두 모두 어디로 갔을까. 단단한 이마에, 작달막한 키에, 황색빛 피부를 번득이며 미대륙의 숲과 강, 광활한 평원을 자유롭고 평화스럽게 누비던 모습들이 두 눈에 그려지오.

아무튼 오늘날 그들의 모습을 찾기란 쉽지가 않는군요. 굳이 찾아가 보고 싶어 한다면 아무래도 인디언 보호구역이 있는 곳으로 발길을 옮기는 일이 현명한 방법이겠소이다. 기름진 평야와 무성한 숲들, 숭어 떼가 뛰노는 강가에서는 발견할 수 없고 주로 사막지대에 설치된 인디언 보호구역으로 가야 한다는 말이지요.

그래서 나는 캘리포니아 주 '랭카스터'라는 사막으로 달려가오. 군데군데 스프링클러를 돌려서 옥토화시키는 모습들이 보이지만 그러나 역시 사막은 사막임에 분명한 듯싶소. 아, 그런데 이 사막의 도처에는 그 어떤 환희의 음부(音符)처럼 '파피꽃'이 넘실넘실 피어있군요. 사람들이라고는 코빼기도 보이지 않는 사막 곳곳에서 저희들끼리 향기를 나누며 피고 지는, 또 그러다가 다시 피어나는 노란 파피꽃 무리들….

오늘날 이 파피꽃은 캘리포니아 주를 상징하는 꽃이 되었는데 너무도 아름답다오. 사막에 와서 보고 있는 꽃들이기 때문에 더욱 그런 느낌을 주는지는 모르지만. 그러나 이런 사막을 무방비 상태로 걸어 들어가다가는 그 유명한 '사막의 독사'에 물려 버릴 수도 있다는 것이에요. 이 독사한테 물리면 치사율이 거의 100%라 하오.

끝없는 사막, 척박한 광야의 한 가운데로 쫓겨온 인디언들은 어떻게 살아왔을까요. 기름진 평야와 푸른 강에서 쫓겨난 '웨스트 코스트 인디언' 경우는 그럼 그렇다지요. 일찍이 서부 개척시대 때부터 동부에서 쫓겨온 무리들이었을 거라고 추측이 드는군요. 이곳 현지에서 들으니 그렇다는 것이에요.

뉴욕의 허드슨 강 상류를 올라갈 때도 혹은 뉴저지 주의 델라웨어 강을 건널 때도 나는 페니모어 쿠퍼가 서른일곱 살 때 저술한 《모히칸족의 최후》를 떠올린다오. 소설 내용은 이렇지요.

영국과 프랑스가 영토분쟁을 벌일 당시의 이야기로, 모히칸족의 젊은 족장 창카즈쿠크와 백인 내티 범포우(호크아이) 사이의 우정이 이 소설 중심 가운데를 흐르고 있지요. 그러나 또 다른 인디언의 전사 마구아(망구족)에 대해서 19세기의 미국소설가 쿠퍼는 그를 죄악과 야만의 화신으로 내세워 놓았으니 — 이거야말로 백인 중심 사상에서 비롯된 상투적 권선징악 소설기법이지요.

동부 뉴저지 주에서 태어난 페니모어 쿠퍼가 예일 대학을 2학년에서 그만 둔 뒤 5년 동안의 해상생활 끝에 내놓은 《모히칸족의 최후》. 5부작으로 된 이 연작소설에는 〈가죽 양말의 이야기〉가 특히 흥미를 끌고 있는데 이 작품은 미국 개척시대를 대표하는 작품으로 평가를 받고 있지요. 일찍이 헐리우드가 보여준 서부영화 스타일의 그런 스토리가 아닌 잔잔한 휴머니즘과 대자연의 숨소리가 담겨있는 이 소설은 그래서 오늘날도 많은 사람들이 즐겨 읽곤 하지요.

"유럽문명에 대한 미국의 정신적 독립, 그것이 나의 목표다"라고 말한 작가 페니모어 쿠퍼. 그러나 그 또한 아메리카 인디언의 비극의 원인, 내면세계를 깊이 있게는 파헤치지 못했다는 게 평자들의 대답인 것 같소이다. 어쩌면 자신도 크게 깨닫지 못하고 있을 '백인 우월 콤플렉스' 로서의 한계가 그것 아니겠어요. 아마 이것은 오늘날 세계 최대의 다인종 국가가 된 미국문학의 또 다른 한계이자 숙제이 겠지요.

나와 함께 아메리카 인디언을 소재로 한 소설을 읽고 있는 독자여! 아메리카 인디언과 한 백인의 우정을 읽은 그대에게 또 다른 이야기가 담긴, 아니 한 편의 완전한 시라고 말할 수 있는 〈인디언 추

랭커스터 사막의 파피꽃들. 미국의 독립전쟁과 남북전쟁 그리고 서부개척시대의 열풍으로 인디언들은 사막으로 쫓겨난다.

세계문학의 거장을 만나다

장 시애틀의 편지〉를 또 하나의 선물로 드리오. 여기 노랗게 '파피꽃들'이 흐드러지게 핀 서부 캘리포니아 랭커스터 사막에서 이 편지를 보내는 띄우는 것이라오. 전문을 다 소개하지는 못하지만 그중 가장 감동을 주는 대목을 선보일까 하오.

미국독립 200주년을 기념한 '고문서(古文書)비밀해제'로 120년 만에 세상에 햇볕을 보게 된 '시애틀 인디언 추장'의 이 편지는 언제 읽어도 감동을 준다오. 편지 형식으로 된 이 문건은 1854년 미국 대통령 피어스에 의해 파견된 백인 대표자들이 이 땅(오늘의 시애틀 시 지역)을 팔 것을 강압적으로 요구하자 그에 대한 답글로 쓰여진 연설문이라오. 당시 이 글을 편지로 받은 피어스 대통령은 추장 시애틀의 편지에 감복한 나머지 이 지역을 '시애틀'이라고 명명한다오. 지금 이 도시는 태평양 연안에 위치한 캐나다의 접경도시로 오늘날의 시애틀 시로 성장해 나가고 있지요.

어떻게 감히 하늘의 푸르름과 땅의 따스함을 사고 팔 수 있습니까? 우리의 소유가 아닌 신선한 공기와 햇빛에 반짝이는 냇물을 당신들이 어떻게 돈으로 살 수가 있다는 것입니까? 이 땅의 모든 부분은 우리 종족에게 있어 소중한 것입니다.

아침 이슬에 반짝이는 솔잎 하나도, 냇물의 모래밭도, 빽빽한 숲의 이끼 더미도, 모든 언덕과 곤충들의 윙윙거리는 소리도 우리 종족의 경험에 따르면 성스러운 것입니다. 우리는 땅의 한 부분이고 땅은 우리의 한 부분입니다.

향기로운 꽃들은 우리의 형제이고 사슴, 말, 커다란 독수리까지 모두 우리의 형제입니다. 그리고 거친 바위산과 초원의 푸르름, 조랑말의 따스함, 그리고 사람은 모두 한 가족입니다.

산과 들판을 반짝이며 흐르는 물은 우리에게 있어 그저 물이 아닙니다. 물속에는 깊은 의미가 담겨 있습니다. 그것은 우리 조상들의 피입니다. 생명의 실타래는 사람이 만든 것이 아닙니다. 사람은 그 중 하나의 실 가닥에 지나지 않을 뿐입니다.

- 〈시애틀 추장의 편지〉 중에서

아, 그렇소이다. 인디언 추장 시애틀이 피어스 대통령에게 보낸 편지의 내용은 오늘날에도 더 없이 소중한 말이고 기막힌 경구(警句)에 다름 아닌 듯싶소. 자연은 인간의 본바탕이나 다름이 없기 때문이오. 그런데 인간은 자연을 망가뜨리고, 허물고, 할퀴며, 엄청난 상처를 입히는 일을 계속하고 있으니 한심스럽소. 문명의 이름으로 혹은 문화란 미명 아래 인간들은 자신들의 본바탕인 자연을 억압하고 있는 것이라오.

백인 대통령 피어스가 북미인디언 수와미족 추장 시애틀에게 이 땅을 백인 정부에 팔게 하고 인디언들을 '실낙원(Paradise Lost)'이나 다름없는 '보호지역'으로 강제이주를 시킨 것은 죄악이었다오. 시애틀 지역의 원주민인 인디언들에게 이 땅은 백인들의 사고방식과는 달리 돈과는 비교될 수 없는 소중한 그 무엇이라는 얘기죠.

피어스 대통령에게 보내진 이 편지는 한 세기 후 금방 불어닥칠 문명세계의 위기를 예고하는 간곡한 메시지가 아니고 그 무엇이겠소. 오늘날의 우리들한테도 커다란 교훈과 철학을 주고 경각심을 불러일으켜 주는 시애틀 추장의 이 편지는 저 궤멸될 수 없는 자연의 '신성한 목소리'처럼 역시 신선하고 충격적인 의미로 받아들여지는 것이라오.

하늘 저 멀리서 들려오는 어떤 영혼의 가르침처럼 아니면 메시아의 음성처럼. "어떻게 감히 하늘의 푸르름과 땅의 따스함을 사고 팔 수 있습니까? 우리의 소유가 아닌 신선한 공기와 햇빛에 반짝이는 냇물을 당신들이 어떻게 돈으로 살수가 있다는 것입니까?"라고 부르짖고 있는 시애틀 추장의 부르짖음은 나를 서늘하게 흔들어주고, 정신 번쩍 들게 한다오. 캘리포니아 주 랭커스터 사막에서, 이만 총총.

나 다니엘 호돈 《주홍글씨》

미국 르네상스 발원지에서 일어난 마녀사냥

_ 나를 거룩하다고 생각해 주셨던 여러분!
보십시오. 이 자리에 이 세상의 죄인이 여기 와 서 있습니다.
7년 전 이 여인과 함께 섰어야 마땅했을 이 처형대 위에 나는 섰습니다.

나다니엘 호돈(1804~1864)은 미국문학 최고의 걸작 중 하나인 《주홍글씨》를 남긴다. 이 소설은 목사와 간통한 죄로 언제나 오른쪽 가슴에 붉은 'A'자를 낙인처럼 붙이고 살아가야 하는 여인과 여타의 인간 군상, 그들의 내면에 젖은 갖가지 빛깔과 심리적 갈등을 당시 미국사회의 의식수준과 함께 들추어내어 성공한 작품이다.

"참된 예술에는 언제나 창조와 파괴의 이중적 리듬이 혼재돼 있다"라고 갈파한 영국 작가 D. H. 로렌스의 표현처럼, 그동안 거칠고 척박한 미국문학에 새로운 형식과 내용을 보여 준 호돈의 45세 때 (1849년) 작품 《주홍글씨》의 줄거리는 이렇다.

소설 속 주인공은 헤스터란 여자로 17세기 미국 동부 보스턴에서 발생한 실화가 우선 이 소설의 자료로 제공된다. 작가 호돈이 재창조한 그녀는 영국에서 이수해 온 청교도 후예들이 당시의 사회와 가치관 — 그 모든 것들을 규정짓는 뉴잉글랜드 지역 보스턴에서 어쩌다 젊은 목사 팀즈데일과 간음(간통)의 세계에 빠진다. 전시대의 남성적 권위자로 비춰지는 본남편 칠링워스를 팽개치더니 젊고 잘생기고 유망한 팀즈데일 목사를 욕망의 늪 속으로 끌어들여 마침내는 펄이라는 딸도 낳는다.

그러나 17세기 뉴잉글랜드 사회는 캘빈의 금욕주의에 토대를 둔 엄격한 통제 사회였는지라 여주인공 헤스터는 보스턴 감옥에 갇힌다. 그러나 이야기는 그것으로 끝난 것이 아니다. 집행유예로 석방되어 나온 지 7년이 지난 어느 날, 헤스터는 또다시 '이교도의 숲'이라고 이름이 붙은 숲 속에서 팀즈데일 목사와 육욕에 빠진다.

소설 《주홍글씨》의 절정은 바로 거기에서 멈춘다. 헤스터는 주홍글씨 A자를 가슴에서 떼어 내고 팀즈데일 목사는 스스로의 간통죄를 더 이상 숨길 수 없게 되자 읍내 장터(광장) 한복판에 세워진 처형대에 올라가 숨을 거두는 것으로 끝난다.

A자는 간통 · 간음을 나타내는 영어의 'adultery'에서 첫 글자를 뽑아 낸 어휘다. 여주인공 헤스터가 종교재판에서 "그대 간음한 여자여, 그대는 죽을 때까지 A자를 가슴에 붙이고 다녀라!"하는 명을 받았다면, 팀즈데일 목사는 하느님이 내리는 재판에서 가슴 속 저 깊은 곳에 찍힌 A자를 붙이고 살아가야 하는 것이 아닌가.

오, 그러나 19세기의 미국 작가 나다니엘 호돈은 소설의 주인공 헤스터를 가혹한 청교도주의의 인습적 도덕으로부터 구원하려고 발버둥친다. 죄 많은 인간을 미워하기는커녕 오히려 가여워하고 또한 모든 인간이 태어나면서부터 짊어진 '원죄(原罪)'를 자신의 독자들과 함께 괴로워한다. 때문에 작가 호돈은 여주인공 헤스터에게 적용되는 마녀사냥의 폐단을 소설 곳곳에서 지적하는 것을 잊지 않는다.

원래, 마녀사냥의 역사는 길다. 고대이집트나 인도, 그리스·로마에서 찾아지지만 우선 기독교에서 발견된다. 쫓기는 사마리아 여인(창녀)을 위해 예수가 군중에게 "누가 저 여인에게 돌을 던질 수 있겠는가"라고 물었을 때 이것의 폐단은 지적된다.

중세부터 일반화되고 심화된 마녀사냥. '마녀재판'이라고도 말하는 이 문화는 중세 십자군전쟁 이후 유럽사회 속에 더 깊숙하고 은밀하게, 그러나 악명 높은 이름을 가지고 자리잡는다. 가톨릭교회가 사회불안과 종교적 위기에 놓이면서 예의 마녀사냥의 문화는 더욱 힘을 받게 된 것이다.

14세기 초 교황 요하네스 22세가 이단적 신앙에 공격을 가하면서 시작되었다는 마녀사냥. 누군가를 '코너'로 몰아붙여 죽여야 하는 것이 바로 마녀사냥이다. 결국 이것은 14세기 중반에서 17세기에 걸쳐 칼바람을 몰고온다. 흑사병·종교개혁 등 사회적·종교적 혼란을 무마하기 위한 '희생양'을 만들어내면서 그 진가(?)가 발휘된다.

당시 유럽사회는 악마가 존재한다고 믿었고 또 악마를 위한 집회인 밀교(密敎)가 존재하여 사회적 불안이 뒤따른다고 판단한 시대다. 그리하여 마녀사냥은 초기에는 종교재판소가 전담했지만 세속법정이 주관하면서부터 '광기의 역사'가 휘몰아친다.

지배계급의 전유물로 악용된 것이 마녀사냥이다. 예일 대학의 르박 교수는, 민중이 마녀이야기를 만든 것이 아니라 고위 성직자·신학자·법률가가 만들어 사회적으로 물의를 조장한다고 지적한다.

모종의 특정인이나 집단을 '왕따' 시키는 마녀사냥 — 이 문화는

미국 르네상스 발원지에서 일어난 마녀사냥

오늘날의 경우 신문·TV 등의 '대중매체'를 통해 수혈을 받기도 한다. 그러나 다시 어떤 세력의 마다도어직진(흑색선전·비밀선전)에 의해 이 문화는 무너지고 또 다른 마녀사냥 문화를 탄생시킨다.《주홍글씨》의 여주인공 헤스터와 팀즈데일 목사가 그 희생물이다.

나다니엘 호돈은 미국문학사 속에서 '심리소설'의 선구적 거장으로 불린다. 영미문학을 전공한 서울대 백낙청 교수의 경우는 호돈의 이 작품을 가리켜 "미국문학 역사에서 가장 완벽한 예술품으로 손꼽을 수 있다"고 평가를 내린다. 이런 위대한 작품을 사람들에게 선사한 나다니엘 호돈은 그럼 어떤 과정을 거쳐 작가로 거듭났을까.

"여보, 당신은 글을 쓸 수 있어요!"(Papa, You can write it!)

아내 소피아가 에머슨의 할아버지 집에 얹혀사는 호돈에게 그렇게 용기를 불어넣어 주자, 매일 9시간의 글쓰기로 127일 만에 탈고한 것이《주홍글씨》다. 그런데 이곳을 찾은 나그네가 이 소설을 쓴 현장을 보았을 때 깜짝 놀란 사실이 있다.

호돈이 소설 작업한 방은 에머슨 할아버지 집 이층 다락방이었는데, 아니 글쎄, 이곳이 그의 아내 소피아와 신접살림한 곳이었다니! 더블 침대 하나 외에는 책상은커녕 테이블 하나도 놓을 수 없이 비좁은 다락방이다. 바로 여기에서 호돈은 가로 40cm, 세로 30cm가 될까 말까 한 손바닥만한 나무판대기를 벽에 꽂힌 앵글 위에 올려놓고 글을 썼다는 것이 아닌가. 호돈이 소설을 쓰게 된 것은 생계 때문이다. 그러나 이렇게 힘들게, 자신 있게 쓴 소설《주홍글씨》도 보스턴에서는 누구 하나 거들떠보지 않는다. 어디 시골뜨기가 심심풀이로 썼겠지, 하는 눈초리로 고개를 돌려버린다. 이때마다 호돈의 귓속에서 되살아나는 소리는 "Papa, You can write it!"이라는 그의 사랑하는 신부 소피아의 목소리가 아닌가.

그래, 나는 쓸 수 있어!(Realley, I can write it!) 보스턴의 출판사들이 콧방귀를 끼어버렸다고 주저앉을 수야 없지. 이렇게 생각한 호돈은 마침내 뉴욕행 열차에 오른다. 더 넓은 바다로 가자! 더 큰 눈과 더 큰 가슴을 가진 놈들이 산다는 세계의 도시 뉴욕으로 가자! 당시 미국 최고 출판사로 알려진 하퍼(Happer)사로 달려간 것이다. 도착하자마자, 배짱 좋게, 사장 방으로 직접 들어가 보여줬더니 단 며칠 후에 "됐어! 아주 좋은 소설이야!"라는 연락을 받는다. "아, 정말 나는 쓸 수 있는 놈이다." 이렇게 하여 호돈의 《주홍글씨》가 세상에 태어난 것이다. 세계의 명작으로.

자아, 그럼 오늘 나는 어디로 갈까. 호돈이 한때 세관원으로 일한 보스턴 시를 떠나 뉴잉글랜드 서북부에 위치한 내륙도시 콩코드로 달린다. 보스턴의 아름다운 찰스 강을 건너 자동차로 1시간을 달린 끝에 콩코드에 도착한다. 도시라고 보기에는 온통 숲이다. 울창한 나무숲으로 둘러싸여 낙원이 따로 없다는 느낌을 준다.

끊임없이 지저귀는 새들의 노랫소리가 멀리서 찾아온 나그네의 여독을 적셔 준다. 아, 저곳이다! 19세기 '아메리카 르네상스'를 꽃 피운 에머슨(1803~1882)과 도로우(1817~1862), 알코트(1832~1888), 그리고 호돈의 숨결과 영혼이 숨쉬는 콩코드 시! 나는 여기에 와서 또다시 자연의 위대함에 감사하고 미국 르네상스가 왜, 여기에서 싹이 텄는가를 새삼 느끼게 된다. 호돈과 에머슨이 함께 지낸 옛목사관(The Old Manse) 건물과 그들이 거닐던 역사적인 옛날의 다리에서! 이들은 죽은 후에도 모두 같이 고향에 돌아와, 같은 자리에, 같이 묻혀, 한없이 푸른 영혼으로 숨쉰다. 온통 나무숲으로 이루어진 콩코드

보스턴 시의 북쪽 콩코드 시를 찾아가면, 나다니엘 호돈의 유택이 방문객들을 맞이한다.

시의 '더 슬리피 할로우 공동묘지'가 예 아닌가.

먼저 옛목사관 건물을 찾아간다. 미국 최대의 사상가요, 시인이며 《자연론(自然論)》이란 수상집으로 당대를 휩쓸었던, 그리고 오늘도 꾸준히 읽히고 있는 에머슨의 집으로 가본다. 그의 할아버지가 1770년에 지었다는 '옛목사관'이 고스란히 남아서 방문객을 기쁘게 맞이한다. 목사관은 230년 이상의 세월을 견뎌낸 고택이다.

그동안 원형보전의 뜻에서 얼마나 잘 보살피고 있었는지 창문 하나 내려앉은 곳이 없다. 영국과의 독립전쟁, 남북전쟁까지를 모두 버텨 낸 옛목사관 건물이 드넓은 자연, 울창한 숲을 거느리고 마치 '미국 정신문화의 상징'처럼 나에게 다가온다.

역사와 정치, 피 흘리는 현실도 세월이 가면 '문화'로 남는다는 옛 사람들의 말이 떠오른다. 영국 식민지군대와 미국 독립군들이 총부리를 맞겨누며 싸운 콩코드 강의 옛 다리를 지나 옛목사관에 이르렀을 때 호돈이 마흔두 살 때(1846년) 저술한 소설 《옛목사관의 이끼》가 옛 그대로 살아 목사관의 이곳저곳을 뒤덮고 있다.

물론 콩코드 시를 중심으로 한 문화사업 후견인들과 문화유적 보호자들로 하여 목사관의 건물과 주변 환경 역시 옛날 그대로 완벽하게 보존되고 있어 부럽다. 미국 문화유적보존협회로 넘어가기 전까지(1939년) 에머슨 가의 후손들에 의해 180년 이상을 잘 가꾸어 보존돼온 옛목사관 건물. 에머슨은 호돈과 절친한 친구다.

작가 호돈이 3년 동안 얹혀살면서 행복한 신혼생활을 보냈을 에머슨 할아버지 집의 다락방. 가구와 집기, 서적들이 그야말로 손톱만한 흠집도 없이 그때 그 자리에서 먼 전설처럼 숨쉬고 있지 않은가. 객실의 빛깔, 프랑스 산 도벽지, 가족 식당의 창문, 벽난로와 부엌, 호돈 부부의 침대, 에머슨과 호돈의 초상화가 200년의 세월이 결코 나와 멀지만은 않다는 것을 보여 준다.

'슬리피 할로우 공동묘지'는 놀라울 정도로 잘 가꾸어져 있다. 이 묘지가 세계에서 가장 아름다운 공동묘지일 것 같다는 생각도 해본다. 호돈을 비롯하여 에머슨, 도로우, 알코트 등의 묘비명과 무덤이 쉽게 찾아진다. 이들은 19세기 미국 문학과 정신사에 이른바 '미국의 르네상스'를 일구어낸, 승화시킨, 후대에 물려준 문학인들이다.

보스턴의 북쪽 살렘 시에서 태어난 호돈은 다리에 중상을 입고 누운 아홉 살 때부터 벌써 밀턴, 셰익스피어, 존 버어난을 읽기 시작한다. 보드윈 대학시절에는 나중에 미국의 국민시인이 된 롱펠로우와도 교유를 함께 하더니 지금은 한줌의 흙으로 돌아와 영원으로 숨쉰다.

이제 나는 호돈이 남긴 위대한 소설 《주홍글씨》를 상기하며 콩코드 시를 떠나려고 일어선다. 목사 팀즈데일이 장터 광장 처형대에 올

미국 르네상스, 발원지에서 일어난 마녀사냥

라 거기에 만장한 수많은 시민들 앞에서 초연하게, 헤스티와의 간통을 처음으로 고백하는 것을 귓전으로 들으면서.

"나를 거룩하다고 생각해 주셨던 여러분! 보십시오. 이 자리에 이 세상의 죄인이 여기 와 서 있습니다. 7년 전 이 여인과 함께 섰어야 마땅했을 이 처형대 위에 나는 섰습니다."

말이 끝났을 때 나그네는 멀리서 불어오는 바람소리를 아련하게 즐긴다. 아마 바람소리는 하느님께서 작가 호돈과, 살았을 적에 '마녀사냥'에 끊임없이 시달린 — 날마다 주홍글씨 'A'를 가슴에 차고 다녀야했던 슬픈 여인 헤스티와 팀즈데일 목사가 죄악으로부터 영원히 벗어나도록 아름다운 힘을 실어주는 구원과 부활의 메시지이리라. 오오, 에머슨과 도로우와 알코트와 호돈이 잠든 푸르른 콩코드여. 안녕히!

랭 스턴 휴즈 《흑인 영혼의 시편》

'니그로 르네상스'를 꿈꾼 할렘의 가인

> 나는 니그로
> 밤이 검은 것처럼 검고
> 나의 아프리카 한복판처럼 검다
> 나는 줄곧 노예
> 시이저는 문지방을 닦으라 했고
> 워싱턴의 구두도 닦았다
> 나는 줄곧 노동자
> 내 손에서 피라미드가 서고
> 울워드 빌딩에 미장이질 했다

위의 시는 미국 흑인시인 랭스턴 휴즈(1902~1967)의 대표 작품인 〈니그로, 강에 대해 말하다〉의 앞 대목이다. 미국하면 백인문학만 위대한 것인 줄 아는 사람들에게 흑인인 그의 시는 우선 울림이 깊고 드넓어서, 미국문학 속에서 당당한 모습을 보여준다.

아프로 아메리칸(Afro-Americans)이라고 불리기도 하는데 심한 경우에는 '니그로'라고 불리는 아메리카 흑인들. 일찍이 남아프리카와 서아프리카 등지에서 개인들의 경쟁적인 삶보다는 서로의 협동이 원만하게 이루어지는 삶을 추구한 것이 흑인들이 아닌가.

강제로 노예선에 실려 미국에 이주해간 사람들이 미국사회 흑인이다. 1500년부터 1865년 사이에 자행된 노예제도가 폐지될 때까지 50만여 명의 흑인노예가 미국으로 끌려갔는데 이들로부터 태어난

'재즈시'로 흑인의 르네상스를 꽃
피운 랭스턴 휴즈.

세계문학의 거장을 만나다

후손이 이제는 3천만 명을 훨씬 넘어
선 것이다.

남북전쟁 이후, 특히 19세기부터 본
격적으로 시작된 산업발달로 인하여
미국 전역에 골고루 살게 된 아메리카
의 흑인 분포도는 실로 장대하다. 《세
계민족사전》을 참조해 들여다보면 흑
인 분포도는 넓다. 워싱턴과 뉴욕, 애
틀랜타 시의 경우는 50% 이상이, 볼티
모어와 뉴올리언스, 디트로이트와 세
인트루이스 시의 경우는 40% 이상이,
그리고 시카고와 필라델피아는 30%
이상을 넘어서는 추세이다.

그러나 1890년대 후반에 등장한 '짐크로우 법안'이란 일종의 인
종차별법은 오늘날까지도 미국사회의 밑바탕에 잠복되어 그 힘을 강
력하게 발휘한 듯싶다. 미국 건설 초반기부터 엄연한 미국인으로 참
여했으면서도 백인들에 의해 온갖 학대를 받아온 흑인들은 인종차별
의 대표적 모델로 존재한다는 것이 그 사실이다.

하지만 오늘날 흑인들은 레이건이 대통령으로 재직할 당시 '위대
한 미국'을 미국민에게 주장했던 것처럼, '검은 것은 아름답다'라는
슬로건 아래 흑인들의 자존심 찾기를 계속한다. 백인들에 대한 열등
의식에서가 아니라 평등주의에 입각, 그들의 권리를 찾으려 한다.

인간으로서의 평등, 나아가 미국민으로서의 평등을 흑인들은 주
장한다. 따라서 흑인들은 노예적 상태 아래서의 인간이 아니라 떳떳

한 인간 혹은 미국인으로서의 동등한 권리와 의무 그리고 정신세계를 들고 일어선다. 바로 여기에서 출발한 아메리칸 니그로, 랭스턴 휴즈라는 한 시인의 모습은 찬란하다 못해 거룩하고 성스럽다.

랭스턴 휴즈는 '소울(soul)'이라는 흑인들 특유의 영혼과 그 노래를 발견, 확대재생산해 나간 시인이다. "흑인의 영혼은 이미 강물처럼 깊게 자라왔다"고 노래함이 그 대목이다. 특히 그들의 나라인 미국에서 온갖 구박과 학대를 받아왔지만 오히려 그들 '영혼'은 고여있지 않고 '흐르고 자란다'고 노래한다. 먼 "태고적부터, 인간의 혈맥에 피가 흐르기 전부터" 흑인들의 피 또한 강으로 자라왔다고 노래한다.

1930년대 뉴욕의 할렘가에서 '할렘의 르네상스,' 이름하여 '니그로 르네상스'를 일으킨 랭스턴 휴즈! 나는 백인과 흑인 혹은 흑인과 아시아계인 한국 교민 사이에 벌어지는 일련의 갈등현상을 귀로 들으면서 뉴욕 맨해튼에 소재한 할렘가를 걷는다. '할렘(Harlem)'이란 맨해튼의 북부에 위치한 지역을 말한다. 할렘 강과 대공원 센트럴파크 사이에 있는 이 지역에는 100만 명을 넘는 흑인들이 집단으로 산다. 제2차 세계대전 후부터 가난한 남부 흑인들이 밀려와 살면서 '빈민가'의 대명사가 된 지역이다. 바로 이곳에서 그는 시인으로서뿐만이 아니라 극작가로서도 왕성한 활동을 펼쳐 생전에 '할렘의 셰익스피어'라는 찬사를 받는다.

이곳을 방문한 나는 흑인음악의 대명사나 다름없는 '라이브 재즈'를 듣는다. 재즈는 바로 랭스턴 휴즈의 시 전편에 흐르는 소울에서 비롯된 것이다. 조상들이 아프리카에서부터 가져와 물려준 '소울'이 '재즈'라는 음악의 형식 속에 담겨진 것처럼 그의 시도 소울에 허리

흑인들의 라이브 재즈는 그야말로 살아있는 음악이다.

세계문학의 거장을 만나다

를 댄다. 그리고 '나' 보다는 너를, 너보다는 '우리들 모두의 흑인'을 노래한다는 게 생전에 그의 시적 사명이었는지 모른다. 다음은 그의 시 〈꿈〉이다.

> 가슴이 꿈을 품으니 마음이 길을 구하네
> 개인의 꿈이 아니라 공동의 꿈이 되리니
> 나만의 꿈이 아니라 우리의 꿈이 되리니
> 어울려 이룰 꿈이니 이루는 자의 꿈이네.

랭스턴 휴즈는 눈으로 보는 시가 아니라 입으로 노래하는 시를 쓴다. 재즈의 리듬을 도입하여, 구어체의 일상언어로 다져진 시를 노래한다. 어떤 힘도 잠재울 수 없는 '검은 영혼'의 숨결이 그의 시의 밑바닥을 가득 채우게 하는 시인이다. 그래서 그의 시는 자신을 포함하여 지상을 걷는 흑인들의 가슴팍처럼 탄력성을 보인다.

흑인해방운동에 몸을 바친 가계에서 태어나 컬럼비아 대학과 링컨 대학에서 공부한 랭스턴 휴즈. 그러나 젊은 날의 거의 전부를 막벌이꾼으로 보낼 수밖에 없었던 그는 거기에 머무르지 않고 수많은 강연과 창작을 통해 '재즈 시'와 쇼울 정신으로 '흑인들의 할렘 르네상스'를 꽃피워 나간 것이다.

"우리는 높은 수준의 백인예술을 흑인의 얼굴 속에 담기를 원치 않는다. 우리는 흑인의 얼굴 속에 흑인의 영혼을 담는다."

뉴욕의 중심가에 위치한 MOMA(뉴욕 현대미술관) 1층 카페에서 루이 암스트롱, 찰리 파크 등의 재즈를 전수해 색소폰을 불어제치는 앤드류 램 씨. 랭스턴 휴즈에 대해 얘기하자 한국말로 "감사합니다"라고 말한 뒤 그의 사운드 그룹과 함께 루이 암스트롱이 히트시킨 〈내게 입맞춰줘요〉〈얼마나 놀라운 세계인가〉〈헬로 브라더〉를 흔쾌하게 연주해 준다. 나는 그 음악을 들으며 랭스턴 휴즈의 시집 《피곤한 블루스》를 펼친다. 그 중 〈흑인 영가(靈歌)〉란 시가 가슴에 깊숙이 들어온다.

"노래하라 검은 얼굴의 어머니를! 노래는 강한 것!"

존

경제대공황시대를 그린 대서사시

스타인벡 《분노의 포도》

> "이 젖을 먹어야 해요."
> 샤론의 장미라는 이름을 가진 그녀가 말했다. 그녀는 몸을 가까스로 움직여 굶어죽어 가는 낯선 사내의 머리를 바싹 끌어당겼다. 자신도 너무 굶주린 나머지 바로 이틀 전에 아이를 사산했으면서도 이내 자신의 젖으로 물 한 모금 먹지 못한 그 낯선 사내의 입술을 적셔 목숨을 구해주려는 것이다.

세계문학의 거장을 만나다

경제공황이 전 세계를 휩쓸던 1930년대 말엽, 그러니까 제2차 세계대전이 발발하던 바로 그 해(1939년)에 존 스타인벡(1902~1968)은 현대 미국문학의 최대 걸작으로 손꼽히는 《분노의 포도》를 발표한다. 퓰리처상을 받기도 한 이 소설은 광활한 미 대륙의 한복판, 가뭄과 모래바람으로 사는 집과 경작지를 거의 모조리 빼앗긴 중남부 오클라호마의 농민들이 떼를 지어 서부 캘리포니아로 대이동하는 모습을 담고 있다. 미국판 루럴 엑소더스(Rural Exodus) ― 농촌 혹은 고향으로부터의 대탈출이라고 할까.

서부로, 서부 캘리포니아로 가자. 조우드 네 일가와 윌슨 네 일가가 털털거리는 트럭으로 고향 오클라호마를 떠나 광막한 사막을 통과해서 캘리포니아를 향해 달려가는 모습은 실로 거대한 비극의 드라마를 방불케 한다. 아니 구약성서에 나오는 모세의 엑소더스에 비교해도 그 슬픔의 폭은 결코 작지는 않는 듯싶다.

인간 본연의 모습을 파괴시키는 기계문명과 산업생산을 우선시하는 사회의 대두, 노동자 농민들의 대규모 실업 사태, 자본에 의한 엄청난 계략, 노동에의 착취와 억압, 그리고 거기에서 비롯되는 가진 자와 못 가진 자와의 갈등과 분노와 증오, 그것을 비웃기라도 하는 듯이 미친 듯이 대지를 불태우거나 농작물을 삼켜버리는 가뭄과 모래바람이 스타인벡의 소설《분노와 포도》의 배경이다.

그러나 결코 꺾을 수 없는 것은 휴머니즘의 승리가 아니던가! 소설의 마지막 장면이 바로 그런 감동을 불러일으킨다. 하지만 미국사회의 일각에선 스타인벡의 소설이 사회주의에 가깝다는 따위의 비난을 퍼붓는다. 또 사실 스타인벡은 그의 일련의 리얼리티한 작품 때문에 신체상의 위협까지 받아 한동안 유럽에 머물기도 한다.

그러나 진정한 문학가라면 누구라도 영원히 추구할 수밖에 없는 휴머니즘을 저버릴 수가 있겠는가. 결국 '사론의 장미'라는 한 여성을 통해 찬연하게 드러나는 그의 눈물겨운 휴머니즘은 그로 하여금 노벨문학상을 수상하도록 힘을 실어준다. 그 어떤 정치 혹은 사회적 세력도 문학의 진정성을 꺾어 내리지는 못한다는 것을 스타인벡의 경우가 대변해준 셈이다. 모든 위대한 작품들이 그렇듯이 휴머니즘은 세상 모든 가치의 상위개념에 속한다는 것을 스타인벡은 자신의 작품 속에서 녹여낸 것이다.

또 한 가지 주목할 점은《분노의 포도》에서 '진선미(眞善美)의 화신'으로 '여성'을 내세우고 있다는 것이다. 괴테가 그의 작품《파우스트》마지막 장에서 여성이란 존재가 절망에 빠진 파우스트 박사를 하늘 높이 이끌어 올려 구원한 것처럼 20세기 미국 작가 스타인벡 또한 '사론의 장미'라는 여성이 목말라 죽어가는 한 남성(당시 미국의 환부를 상징한다 해도 좋을 것 같은)을 살려내는 것으로 소설《분노의 포도》의 거대한 파노라마를 종결짓고 있는 것이다.

그런 의미에서 나는 18세기 독일의 전인적 지성 괴테를 상기한다. 괴테에게 있어 '여성'이 '30년전쟁(1618~1648)' 이후 황폐해진 유럽정신을 인류의 문명과 역사, 종교적 세계관을 되살려내는데 커다란 몫을 하게 했다면 스타인벡의 '사론의 장미'는 1930년대 경제공황기의 인간들을 구원하려는 여성으로 되살아나고 있다는 사실이다.

그럼, 스타인벡은 '사론'이란 말을 어디에서 빌려와 '사론의 장미'라는 주인공을 만들었을까. '사론(Sharon)'이란 말은 이스라엘의 3대 도시 가운데 하나인 하이파(Haifa) 시 근교에 위치한 산으로 폭력의 상징 골리앗을 때려눕힌 어린 소년 다윗의 목장이 있었던 곳으로 기름지고 아름다운 평야의 이름이다. 기독교의 구약성서를 들여다보면 아가서 2장 1절과 역대상 27장 29절, 이사야 65장 10절에도 나오는 지명 이름인데 특히 아가서 2장 1절의 경우 "나는 사론의 수선화요, 백합화로구나"라는 기록이 나온다. 스타인벡의 소설 주인공도 바로 여기에서 빌려온 것 같다.

존 스타인벡의 소설은 당시 미국과 세계문학계를 주류인 리얼리즘과 표현주의의 정신과 기법을 뒤따르고 있다. 그리하여 이 문예사상을 문학적 무기로 삼아 어둡고 깊은, 상처 입은 사람들의 고통을 들추어내는데 스타인벡은 머뭇거리지 않는다. 바로 여기에서 흔히 말하는 그의 '작가정신'이 대두된다. 작가란 자기의 이야기보다는 대사회적 문제를 중시하는 사람이라는 정의를 규정짓는데 뒷짐을 지

《캔너리로우》의 무대인 몬테레이 시에 있는 옛 통조림공장 건물. 지금은 스타인벡의 기념관 구실을 하고 있다.

지 않는다.

자아, 그렇다면 달려가 보자. 존 스타인벡의 고향과 그의 작품의 무대가 된 곳을 찾아가자. 샌프란시스코 건너편 오클랜드 시 쪽으로 들어가 《강철군화》로 유명한 작가 잭 런던을 취재한 다음 태평양 연안 1번 도로를 달린다. 샌프란시스코에서 남쪽으로 3시간 거리에 있는 몬테레이 시와 살리나스 시로 향한다. 살리나스는 스타인벡의 고향이며 역시 그의 무덤이 1930년대 미국문학의 요람처럼 자리잡고 있다. '존 스타인벡 기념박물관'도 동상과 함께 들어서서 방문객들을 맞이한다.

고향 살리나스와 몬테레이 시는 거의 전부가 스타인벡 작품의 무대라 해도 틀린 말이 아닐 듯싶다. 노동자들의 우정을 담은 《생쥐와 인간》, 캘리포니아 남부 농민 생활을 묘사한 《천국의 농장》, 대자연 속의 사랑과 증오를 그린 《에덴의 동쪽》, 그리고 앞서 얘기해오고 있는 《분노의 포도》 등 거의 모든 작품의 무대는 바로 그의 고향 살리나스를 큰 축으로 삼고 있다.

살리나스 시에서 서쪽으로 1시간 거리에 위치한 몬테레이 시에 도착하니 이 아름다운 항구도시의 사람들은 한결같이 스타인벡을 자랑으로 여긴다. 멕시칸 거리를 지나 부두 쪽으로 다가서자 그 유명한 '몬테레이 통조림 공장'이 두 눈에 들어온다.

몬테레이 통조림 공장은 스타인벡이 1945년에 발표한 소설 《캐너리로우—통조림 공장의 소동》의 현장이다. 오늘날 이 공장건물은 통조림공장으로서의 생명을 끝내고 생필품 혹은 스타인벡의 발자취를 보여 주는 기념물들로 거의 채워져 있다. 예컨대 공장 하나가 스타인벡 소설기념관 전부로 쓰이고 있는 것이다. 1930년대의 모습을 거의 그대로 보여주고 있는 몬테레이 통조림공장 기념관이 감회에 젖게 한다. 주변의 술집이며 커피 집, 해양 수족관 등 스타인벡의 얼굴사진이 안 붙은 곳이 없다.

거리의 여느 가게마다 스타인벡의 소설 《캐너리로우》가 발표된 50주년을 기념하기 위해 타블로이드 판 신문 《CANNERY ROW-50th Anniversary Edition》을 무료로 나눠준다. 역시 몬테레이의 주요 거리에는 소설 《캐너리로우》 출간 50주년을 기념하는 플래카드가 걸려 있고 부둣가에 세워진 스타인벡의 동상을 찾는 사람들이 끊이지 않는다. 작가 스타인벡 덕분에 어느새 세계적인 관광명소로 탈바꿈한 그 옛날의 고기잡이 항구였던 몬테레이 시. 나는 스타인벡이 노벨문학상 수상작 《불만의 겨울》을 빼고 자신의 모든 작품의 주요무대를 고향 살리나스로 설정했다는 사실에 감격한다.

아, 그렇구나. 세계 어느 나라나 작가들의 대표작은 그들의 '고향과 체험' 속에서 얻어진 것이라는 사실에 스스로 깜짝 놀란다. 특히 스타인벡의 경우가 더 그렇다는 것을 깨닫고 은근히 그에게 친근함을 느낀다. 작가에게 있어서 육신의 고향이 결국은 영원한 창작의 고향으로 승화된다는 것을 엿볼 수 있기 때문이다.

서부 캘리포니아 주에 위치한 스탠포드 대학을 중퇴하고 어부, 벽돌공, 소 길러주기, 고속도로 길닦이, 측량기사 등의 막일꾼 노동자로 전전한 끝에 한때 뉴욕에 가서 신문기자 생활을 한 존 스타인벡. 그러나 끝끝내는 고향 살리나스로 돌아와 창작을 계속한 그를 머리에 떠올리면서 나는 참 그가 행복했다는 생각을 한다.

오직 고향에 파묻혀 '고향의 산과 강, 고향 사람들' 만을 작품 속에 투영시킨 그의 위대성 앞에서 나는 비로소 고개 숙이고 만다. 소설 《분노의 포도》 끝 대목을 다시 읽는다. 아이를 사산한 여인 '샤론의 장미' 가 자기보다 먼저 굶어죽어 가는 낯선 사내에게 하는 말을 나 또한 귓속으로 조용히 불러들인다. 그러면서 몬테레이 항구 저편 섬 하나 없이 펼쳐진 태평양을 하염없이 바라보기 시작한다. 다음과 같은 말이 저 넓고 끝없는 태평양처럼 온 세상을 아름답게 물결쳐 주기를 꿈꾸는 것이다.

"이보세요, 내 젖을 먹고 다시 힘을 내기를 바랍니다."

경제대공황시대를 그린 대서사시

에 미국의 지적 독립을 선언한 자연 예찬론자
머슨 《수상록》

인간은 파멸된 또 하나의 신이다. 인간들이 순결할 때 삶은 보다 길어질 것이고 우리가 꿈에서 깨어나듯이 서서히 불멸의 경지로 들어서게 되리라. 질서를 파괴하는 일들이 수백 년 간을 두고 계속된다면 이 세계는 미쳐 날뛰게 될 것이다.

세계문학의 거장들을 만나다

오늘날 사회에서 전인적 삶을 살며 전인적 사상과 영혼을 갖추고 살아가는 그런 사상가 혹은 예술가가 있을까. 가령 중국의 공자나 독일의 괴테, 그리고 한국의 만해 한용운 같은 사람이 오늘날과 같은 세상에서 다시 태어날 수는 없는 것일까.

전인적 사람이라? 당대의 현실을 보다 진정성 있는 세계로 이끌어 올리며 그것을 사상과 예술, 나아가서는 저 광활한 이상세계(유토피아)와 자신의 행동강령으로까지 승화시켜나가는 그러한 전인적 거인이 왜 오늘의 우리에게는 찾아오지 않는 것일까.

보스턴의 북쪽, 콩코드 시 근교에 위치한 슬리피 할로우 공동묘지. 나는 에머슨(1803~1882)의 무덤 앞에서 미국이 가장 자랑하는 사상가요, 예술가인 전인적 인간을 만난다. 모르긴 몰라도 아마 세계 어느 나라의 공동묘지보다도 잘 가꾸어져 있는 슬리피 할로우 공동 묘지. 숲과 언덕과 강물을 훼손하지 않고 자연 그대로의 모습을 갖추고 있다. 온갖 정성을 다하여 보살펴지고 있는 이 공동묘지 안에서 나는 19세기 '아메리카 르네상스'를 꽃피운 에머슨 선생을 만난다.

명쾌한 강연과 에세이, 그리고 수많은 시편으로 미국의 독자적인 정신문화를 구축한 에머슨. 그는 지금 콩코드 공동묘지에 고요히 묻혀 있으나 그가 펴낸 《수상록》과 《시집》은 오늘날도 꾸준히 읽힌다. 특히 동구공산권의 붕괴와 소비에트연방의 붕괴 이후 에머슨의 저서들은 다시 재조명을 받는다. 미국 민주주의의 자존심처럼 혹은 민주주의의 정신적 이데올로기처럼 새롭게 읽혀지고 있다는 소식이다.

뉴욕이나 시카고 등지의 서점에서 칼 마르크스의 책들은 싸구려로 팔려나가는 데 비해 에머슨의 《수상록》은 역시 제값을 받는다. 하버드 대학의 해부학 및 생리학 교수였던 올리버 웬델 홈스는 마치 이같은 세상을 예견한 듯 에머슨을 극찬한다.

"미국은 1776년에 대영제국으로부터 정치적인 독립을 쟁취했다. 그러나 사실 '미국의 지적인 독립선언'은 1837년 에머슨으로부터 얻게 되었다."라고 찬탄을 보낸다.

영국의 식민문화에 찌든 황량한 미국문화 속에다 자아독립—개인존중과 권위—책임감과 자신감 넘치는 낙관주의—도덕적 이상주의—인간 경험의 숭배—자연에 대한 경건주의 등을 부여한 에머슨의 개척자적인 사상과 저술활동. 그것은 에머슨이 살았던 19세기뿐만 아니라 오늘도 미국문화의 중심을 흐르는 사상적 장강이다.

에머슨의 《수상록》은 자연론, 아메리카의 학자, 역사론, 자기신뢰, 영혼론, 시인론, 경험론, 몽테뉴 혹은 회의주의자, 나폴레옹 혹은 속

에머슨의 집에서 가까운, 미국독립전쟁 당시에 전투를 치른 다리.

세의 인간 등으로 묶여져 있다. 더욱이 그의 나이 서른여섯 살 때 (1839년) 써낸 수필 '자연론(Nature)'은 미국 독서계를 강타한다. 상업적 요란함 속에서가 아니라, 아주 고요히, 깊고 융융한 흐름으로 미국의 지성계를 시원스럽게 흔들어댄다. 그 중 몇 구절을 읽어보자.

인간은 파멸된 또 하나의 신이다. 인간들이 순결할 때 삶은 보다 길어질 것이고 우리가 꿈에서 깨어나듯이 서서히 불멸의 경지로 들어서게 되리라. 질서를 파괴하는 일들이 수백 년 간을 두고 계속된다면 이 세계는 미쳐 날뛰게 될 것이다. 지금까지 세상은 죽음과 탄생에 의한 제어로 유지되어 왔다. 따라서 갓 태어난 유아는 영속적인 구세주이며 타락한 인간들의 팔에 안겨서 저 낙원으로 되돌아가려 한다.

에머슨과 《주홍글씨》의 저자 나다니엘 호돈이 살았던 옛 목사관 건물.

　에머슨의 자연사상은 흥미롭게도 동양사상에서 영감을 많이 받는다. 특히 인도의 힌두교 가르침이 그에게 깊은 영향을 준 듯싶다. 리그베다 → 우파니샤드 → 힌두교 → 불교로 이어지는 인도종교의 궤도선상에서 마침내 그는 자신의 문학과 사상의 맥을 찾은 사람이다. 그는 힌두교의 3대 신의 하나인 브라흐마(Brahma)에게서 성찰과 그 힘을 배운다. 브라흐마는 우주의 법을 관장하는 신이다.

　자연에 대한 그의 영적 혹은 초월적 통찰력은 후대의 시인, 사상가들에게도 일정 부문 영향을 끼친다. 영국 빅토리아 시대의 대표적인 시인이자 비평가인 매슈 아놀드(1822~1888)의 경우는 "19세기 영어로 쓴 글에서 가장 중요한 것은 워즈워드의 시와 에머슨의 수필"이라고 평가한다. 에머슨한테 '자연'을 배운 작가로는 휘트먼, 에밀리 디킨슨, 월리스 스티븐스, 하트 크레인, 로버트 프로스트, 존 듀이, 니체이다.

미국인들에게 혹은 전 세계인들에게 전인적 인생관, 진인적 자연관, 전인적 영혼을 말해 주고 있는 에머슨. 나는 그의 숨결과 발자취가 담긴 콩코드 시의 올드맨 하우스, 올드 브리지, 슬리피 할로우 공동묘지를 두루 들여다본 다음, 그가 태어난 고향 보스턴 시로 다시 돌아와 이곳저곳 돌아다닌다. 미국의 명문 하버드 대학과 MIT 공대, 보스턴 대학을 뛰는 듯한 걸음으로 방문한다. 에머슨이 '아메리카의 학자'라는 주제 아래 연속 강좌를 연 하버드 대학을 깊숙이 휘젓고 돌아다녀 본다.

1636년에 설립한 하버드 대학. 새벽 3시. 교문 바로 근처에 위치한 '와그너 기념 도서관'을 비롯하여 160여 개의 도서관이 '미네르바의 올빼미들'처럼 환히 불을 켜놓고 있다. 어떤 도서관은 새벽 3시인데도 빈 자리 하나 없이 초만원이다. 하버드 구내 도서관 중 동양학 서적으로 유명한 '옌칭(燕京) 도서관' 역시 불야성이다. 중국을 비롯해 동양 각 국의 중요 서적들을 가득히 소장하고 있는 옌칭 도서관은 질과 양에 있어서도 단연 세계 최대란다.

새벽 4시. 하버드 대학 화학강의실로 들어서니 안내를 맡은 유 양(교육학 전공)이 최 군을 소개한다. 서울대 화학과를 수석으로 졸업, 지금은 이곳 하버드에서 염색 분야를 전공한다는 최 군. 그는 역시 젊은 사람인지라 한국의 '김광석 노래'를 테이프로 들으며 실험실습에 열중이다. 1994년 하버드 대학 전체 수석자는 한국 학생이었다고 귀뜸해주는 최 군. 그는 이국 땅에서의 고독과 엄청난 학업량에도 불구하고 '하버드의 공부벌레'로 거듭나고 있는 모습을 보인다.

영화 〈러브스토리〉 무대가 되었던 레드 클리프 칼리지. 1879년에

세계문학의 거장을 만나다

설립, 그 유명한 '금남(禁男)학교'로 널리 알려진 이 여자 대학은 현재 하버드 대학에 합병되었단다. 나는 에머슨이 한때 영국의 낭만주의 시인들, 예컨대 워즈워드와 콜리지와 함께 대화를 나눈 19세기의 그 시절을 잠깐잠깐 떠올리며 하버드 대학 정문을 벗어난다.

새벽 4시 30분. 교문 앞 카페에는 각 나라에서 유학 온 수많은 젊은이들이 끊임없이 대화의 탑을 쌓고 있다. 나는 에머슨이 가장 큰 영향을 받았다는 이마누엘 칸트의 책 《순수이성비판》을 머릿속으로 펼치며 미국 속의 한국 학생들의 건투를 빈다. 다음은 내가 즐겨 읽는, 에머슨의 '자연론'에서 뽑아 올린 아포리즘(경구)이다.

자연이 곧 영혼이며, 이 영혼이 이 세상 모든 법칙을 만들어내고 지배한다는 것을 새삼 인식한다. 그대들이여, 자연으로부터 싹튼 인간에 대한 경건함도 놓치지 말아라!

팀

아무도 모르는 베트남전쟁

오브라이언 《그들이 가지고 다닌 것들》

베트남전쟁은 시민전쟁인가, 민족해방전쟁인가 혹은 단순한 침략인가? 누가, 언제, 왜, 시작했는가? 통킹 만에서 그 칠흑 같은 어둠이 내릴 때 매독스 호(미 해군함정)에서 정말로 무엇이 일어났는가? 호치민은 공산주의자였는가, 아니면 민족주의자들의 구세주인가? 혹은 둘 다인가, 아니면 둘 다 아닌가? 제네바협정은 어떤가? 동남아조약기구와 냉전은 또 어떤가? 도미노 놀이는 어떤가?

세계문학의 거장을 만나다

'인도차이나전쟁' 이라고 불리기도 하며 20세기 역사상 최대의 주목을 끈 베트남 전쟁. 프랑스와의 70년 세월에 걸쳐 식민전쟁을 치른 베트남민족은 2차 세계대전 중엔 일본군에 짓밟히더니 또다시 미국과 30년 동안이나 처절한 전쟁을 겪는다. 1974년 북부베트남이 '구정 대공세' 를 시작으로 한 전면전에서 승리한 결과, 1975년 4월 30일 남부 베트남의 수도 사이공이 함락된 1년 후 남북이 통일된 오늘의 베트남.

그렇다면 수많은 사람들의 목숨을 앗아간 그 전쟁의 상처가 이제는 완전히 아물었다고 말할 수 있을까. 미국의 수도 워싱턴의 한복판에 와서 나는 '베트남전쟁이 남긴 그것들' 을 다시 뒤돌아본다. 백악관과 가까운 공원에 대규모로 설치된 '베트남전쟁기념비' 와 각종 기

베트남전에 나간 미국병사들의 모습을 보여주는 워싱턴 시의 청동조각품.

넘물전시관을 둘러보면서 미국작가 팀 오브라이언이 자전적 서술로 써 내려간 연작소설《그들이 가지고 다닌 것들》을 여행가방에서 꺼낸다.

뉴욕 대학에서 공부하는 한국 유학생이 내게 선물로 건네준 이 책이 요즘 미국에서 꽤 많이 읽히고 있다는 것도 새삼스러운 느낌이다. 과연 이 책은 어떤 내용으로 씌어져 있을까.《그들이 가지고 다닌 것들》이란 책은〈내가 죽인 남자〉등 22편의 단편이 담겨져 있는데 체험소설의 형식을 취하고 있는 게 특징이다. 이 소설의 시대와 무대 그리고 배경은 거의 전부가 베트남이다. 시대는 미국과 베트남이 30년 동안 '아무도 모르는 전쟁'을 치른 20세기 한가운데며 배경은 베트남 전쟁터이거나 미국 안의 어디에서나 아무렇지 않게 보여지는, 겉으로는 평화스런 일상적 삶터다.

1858년 8월 프랑스의 드 제누이 해군 제독이 이끄는 1천500명의 군대와 850명의 스페인군대가 북부 '다낭 항구'에 군홧발을 내디딘 이후, 베트남의 비극은 시작된다(물론 그 전사(前史)까지를 올라가면 끝이 없다). 그리고 1975년 그 해 미국과의 오랜 전쟁을 끝낼 때까지 무려 117년간을 민족해방과 독립투쟁에 엄청난 목숨들을 바쳐온 베트남 인민들의 '역사와 통일'은 지금도 여전히 신화이며 수수께끼이다. 프랑스 식민지 시절의 경우, 자기들의 조국인 국내여행에서마저도 50리 밖으로는 나갈 수 없었던, 그렇게 통행제한을 받아온 저 먼 전란의 나라 베트남 인민들 ─.

민족해방과 독립을 위해서는 굽힐 줄 모르는 투쟁을 벌여 온 그들 베트남을 가리켜, 2차 세계대전 종전 무렵 중국의 국민당 당수 장개석은 미국 대통령 트루만, 영국 수상 처칠, 소련 수상 스탈린이 함께 한 회의에서 이렇게 실토한 적이 있다.

"베트남을 중국의 식민지로 주어도 나는 사양하겠다. 베트남은 민족주의가 보통 강한 게 아닌 나라다. 어떤 나라도 고슴도치 같은 베트남을 거저 삼킬 수가 없을 것이다."

수만 명의 젊은이들을 바치고도 결국은 저 정글의 나라인 베트남에서 두 손 들고 떠나간 세계 최대, 최강의 대국인 USA 아메리카. 오늘 나는 미국의 수도 워싱턴에 와서 한편으로 미국식 애국주의를 새삼 발견하고는 깜짝 놀란다. 어쩌면 미국인의 자존심을 꺾고 미국의 '패배와 수치'로 영원히 기록될 베트남전쟁의 결과와 상처의 흔적들을 없애지 않는 그들이 오히려 무섭게 느껴진다. 미국은 워싱턴 한복판, 그것도 백악관이 가까운 발치에 있는 공원 한복판에 대형 베트남전쟁기념비를 세워놓고 그 어떤 새롭고 엄숙한 결의(?)를 보여주려는 듯한 느낌을 제공한다.

'베트남전쟁참전기념공원'이라고 이름을 붙여도 손색이 없을 만큼 이 공원은 베트남전쟁 관련 기념물들이 많다. 5만 명 넘게 전사한 미군들의 이름이 300미터 가량 늘어선 검은 대리석유리기념비에 새겨져 있다. 앞뒤로는 미국식 전우애를 상징하는 거대한 동상들이 들어서서 방문객들 혹은 참배객들을 맞이한다. 그 주위에는 물론 베트남전쟁 관련 각종 기념품을 판매하는 기념품가게가 눈이 미치지 않는 곳까지 늘어서 있다.

아아, 내 자신도 한때 군인으로 갔던 저 살을 태우는 듯한 폭염과 도마뱀이 그렇게도 많이 울어대던 남쪽나라 베트남. 어느 때는 내 자신도 모르게 마냥 울고만 싶었던 — "아무도 알 수 없고 아무도 이길 수 없는 전쟁터"로 나를 불러들이던 베트남. 나는 베트남전쟁참전결사반대 데모가 가장 많이, 가장 치열하게 전개된 바 있는, 미국 서부 샌프란시스코 버클리 대학 학생회관과 대광장을 둘러볼 때도 그랬다. 그리고 지금도 작가 팀 오브라이언의 소설 한 대목을 떨쳐버리지는 못한다.

"정글 속에 흐르는 베트남 인민의 민족주의와 애국주의를 아무도 찾아 낼 수 없고, 설령 찾는다 해도 아무도 빼앗을 수 없다. 그것이 베트남의 전설이며 신화이다!"

그럼 오늘, 나에게 베트남전쟁은 무엇인가. 팀 오브라이언의 연작소설 《그들이 가지고 다닌 것들》을 들고 한국말로 옮기고 싶다는 생각을 한다. 미국에서 베스트셀러로 팔리고 있다고 해서 그런 것은 아니다. 그의 작품 속에는 '픽션(허구, 거짓말)'이라고만 볼 수 없는 — 지난 날 한국의 젊은이들도 밟은 정글과 늪과 깊은 터널, 밤마다 울어대년 노마뱀 울음소리와 아픔과 수많은 이야기들이 짙게 담겨있기 때문이다.

일찍이 나 역시 팀 오브라이언처럼 베트남 전쟁터를 다녀온 사람이 아닌가. 공교롭게도 팀 오브라이언은 나와 비슷한 나이로 태어나 1969년도에 나처럼 베트남 전쟁터에 파병되어 365일 동안 전투에 참가한 경험을 가지고 있다. 예컨대 그는 소설가로서, 나는 시인으로서 베트남전에 투입된 셈인데 결과적으로 그와 나는 전쟁과 사물을 보는 느낌이랄까 관점이 그런 점에서 비슷한 것이 많다.

물론 세계의 슈퍼스타 강대국인 '아메리카 군대' 소속의 그와 동북아시아의 작은 나라 코리아의 보병출신인 나와는 비교도 안 되지만 그렇다는 것이다. 베트남전쟁 당시 한국군들이 먹고, 입고, 쏘고(shooting), 짊어지고 다닌 것들은 모두 미국제품이다. 그래서 당연히 내가 소속된 '따이한 청룡부대'도 미군이 공급하는 전투식량 C레이션 깡통을 까먹고, 츄잉껌을 씹으며, M16자동소총을 들고 정글을 누빈 것이다.

작전 나갈 때는 언제나 방탄조끼를 입는다. 앞가슴에는 네 개 이상의 수류탄을 매달고, 왼쪽 어깨 위에는 M60유탄발사기를 묶어 두르고, 혁대를 매는 아랫배 쪽에는 수백 발의 총알이 들어있는 탄띠를 매고, 탄약수인 경우는 수백 발이 넘는 LMG기관단총 탄통을 들고 다니고, 배낭에는 수일간을 버텨낼 수 있는 수통 여덟 개와 5일분 깡통식량을 집어넣고, 오른손으로는 예의 M16을 움켜쥐고, 시계(視界) 2~3미터 앞도 판단할 수 없는 정글을 헤쳐나가야 하는 베트남 속의 따이한 — '파월한국군'이 가지고 다니는 것들은, 정말이지 미군들과 하등 다를 바가 없다. 다만 월급과 수당 면에서는 그들 미군과 한

세계문학의 거장을 만나다

워싱턴 한복판 공원에는, 베트남에서 전사한 5만여 명의 병사들 이름이 300미터 길이의 검은 대리석 추모기념비에 낱낱이 새겨져 있다.

국군의 차이는 비교도 되지 않지만 말이다.

팀 오브라이언의 소설 속에서 읽을 수 있듯이 '미군들이 가지고 다닌' 무기와 식량과 각종 소모품은 파월한국군이 지급을 받은 그것과 거의 같은 것들이다. 미군들에게만 지급되는 A급 스페셜 소모품을 제외한다면 따이한 군인들은 미군과 똑같은 자동소총과 기관단총, C레이션을 짊어지고 다니면서 미국 본토와 사이공(현 호치민 시)의 미사령부를 통하여 지급되는 윈스턴, 말보르, 카멜 등의 담배를 피우고 츄잉껌 따위를 질경질경 씹고, 내일을 예측할 수 없는 몸을 이끌고 작전에 임한다.

작가적 세계관 속으로 들어와 말한다면 출전한 나라는 서로 다를지언정 팀 오브라이언과 나는 전쟁이 가져다 준 숙제와 고뇌를 같이

하려 한다는 점이다. 긱종 부비드랩(지뢰)이 임청나게 깔려있는 죽음의 정글 속에서 궁극적으로는 '인간'을 놓치지 않으려 한다는 점이 그것이다. 무엇보다도 수백 년 동안 정글 속에 흐르고 있는 베트남 사람들의 피와 눈물과 민족주의 혹은 '민족혼'을 간과하지 않으면서 말이다. 아마도 그와 나는 '소설가'와 '시인'이라는 운명적 신분을 벗어날 수 없기 때문이리라.

아군이든 적군이든 간에 인간 존재의 가슴속에서 울렁거리는 사랑과 꿈, 그리고 베트남 사람들의 검은 두 눈동자에 맺혀 반짝이는 어떤 열망들을 팀 오브라이언은 소설로, 따이한의 나는 시를 통해 '불 밝혀' 보여주려 한다는 점이 그것일 터이다. 솔직히 말해 당시 베트콩과 월맹군 정규군은 우리들이 싸워야 할 진정한 적은 아니다는 생각도 그랬다. 베트남 인민은 프랑스와의 전쟁, 일본과의 전쟁, 아메리카와의 전쟁을 치르면서도 민족해방과 평화를 갈구한 사람들이다. 궁극적으로 그들은 할아버지와 할머니, 어머니와 아버지, 아들과 딸, 가족끼리의 사랑을 무엇보다 중시여기는 혈육애로 각별하게 뭉쳐있으며 죽음 앞에서도 미래를 '꿈꾸는 인간'이 아닌가.

20세기를 대표하는 철학자 장 폴 사르트르는 베트남전쟁 혹은 인도차이나전쟁을 가리켜 '더러운 전쟁'이라 말한다. 중국과의 오랜 전쟁, 프랑스 식민지 70년을 걸친 이후에 치러진 미국과의 27년 동안이나 계속된 베트남전쟁은 그야말로 제국주의자들의 더러움을 시험하는 전쟁이라는 것이다.

더러운 전쟁? 그러나 이 말만 가지고는 베트남전쟁에 대한 표현을 다 했다고 말할 수 없다. 아무리 전쟁논리로 풀어 생각한다해도 베트남 민중들이 겪은 저 참혹한 전쟁을 통하여 조금쯤은 드러난 그들의 민족혼과 영혼을 그렇게 쉽게 찾을 수 없다는 사실이 우선 그렇다. 전후 30년 — 통일베트남 현장에 가서 확인한 그들 베트남 인민들의 민족혼은 부럽기도 하고, 경이롭기도 하지만 무서울 정도라는 것이다.

그래서 아마도 미국작가 팀 오브라이언은 씨앗보다 더 강인하게 대지를 파고드는 베트남 인민들의 정신을 놓치지 않고 자신의 소설 속에 끌어들여 재조명하는지 모른다. 지난날 작가의 적이었던 베트콩(북부베트남 지원 하에 1960년 12월에 결성된 '베트남민족해방전선NLF' 소속, 정식명칭은 베트남공산주의전사Viet Nam Cong San 게릴라로 주요 활동무대는 남부 베트남 전지역)과 베트남 인민들은 이제 작가에게 더 많은 고민들을 부여한 것이다. 사르트르가 "베트남전쟁에 강대국이 개입한 것은 인류의 수치다. 아무도 모르고 아무도 이길 수 없는 전쟁이 베트남에서의 전쟁"이라고 말한 사실이 팀 오브라이언으로 하여금 작가적 고뇌를 요구한 것 같다.

당신이 누군가에게 이야기해줄 때, 당신이 바라는 것은 타인들이 당신과 함께 꿈꾸기를 바라는 것이다. 그리고 영혼이라는 것을 만들어내기 위해 머리 속에서 기억과 상상과 언어를 결합하는 것이다. 나는 죽은 사람이 여전히 살아있다는 환상을 가지고 있다. 베트남에서의 테드 라벤더는 아침마다 습관적으로 몇 개의 진정제를 복용했다. 그것은 현실을 이겨내기 위한 방법이었다. 나쁜 상황 속에서도 그는 부드럽고 꿈꾸는 듯한 표정을 띠고 있었다. 그런데 4월 어느 날, 그는 탄케 마을 외곽에서 머리에 총을 맞고 말았다.

-〈죽은 사람들의 몸〉 중에서

베트콩인 그의 딕은 목구멍 속에 처박혀 있었다. 입술과 이빨은 날아가 버렸고 눈 또한 어느새 애꾸눈이 돼버렸는데 다른 쪽 눈은 별 모양으로 구멍이 나 있었다. 한쪽 귓불에는 한 방울의 눈물이 얹혀 있었다. 그의 검은머리는 소가 핥은 자국처럼 깨끗하게 머리 위로 올려져 있었다. 왼쪽 뺨의 피부는 세 갈래로 찢어져 껍질이 벗겨져 있었다. 그의 목은 등뼈의 인대까지 벌어져 있었고 쏟아지는 피는 진하고 반짝였다. 이 상처들이 그를 죽게 했다.

- 〈내가 죽인 그 남자〉 중에서

이상 몇 대목 들추어서 보았듯이, 팀 오브라이언의 연작소설 《그들이 가지고 다닌 것들》은 사실과 진실을 동시에 담고 있다. 베트남 전쟁 자체를 냉철하게 꿰뚫어보는 날카로운 시각이랄지 어네스트 헤밍웨이의 단순하고 명확한 하드보일드 문체를 엿보이게 하는 그의 소설미학은 우선 속도감있게 읽혀진다. 그는 기자출신답게 캐어낸 사실적 정보를 작품 군데군데에 정직하게 깔아놓으면서도 결국 소설로서의 '훌륭한 형식'을 개발, 과거의 전쟁문학과는 다른 차원에서 미국소설문학을 한 단계 끌어올리고 있다는 평가를 받는다. 리얼리즘 기법과 동시에 등장인물들이 토하는 갖가지 고뇌와 갈등, 인간의 내면을 비추며 젖어 내리는 심리적 실루엣을 섬세하게 꿰어 올리는 묘사기법은 독자들의 가슴을 서늘하게 훑어 내려준다.

팀 오브라이언의 《그들이 가지고 다닌 것들》은 22편의 단편으로 이어지는 연작소설의 형태로 묶어져 있다. 작품들 대부분의 무대는 베트남 전쟁터 현장이기도 하지만 어떤 작품의 경우는 '미국 속의 베트남' 혹은 기억 속의 베트남으로 나타나기도 한다. 이를테면 과

거와 현재, 베트남 현장과 미국의 어느 도시, 그리고 시간과 공간이 서로 교차하는 형식으로 이 소설을 읽는 독자들을 처음부터 끝까지 긴장시킨다. 이렇게 감동을 주는 것은 그가 신문기자로서만이 아니라 '작가라는 사실'에 더 사명감을 두고 소설작업에 임했음을 말해주는 증좌일 것이다.

《그들이 가지고 다닌 것들》은 알파중대 대원인 소대장 지미 크로스, 헨리 도빈스, 랫 킬리, 미첼 샌더스, 노르만 보우커, 그리고 물론 베트남전쟁 종전 후 마흔세 살의 아버지가 된 이 소설의 화자인 팀 오브라이언의 잊혀질 수 없는 기억과 아픔이 버물어지면서 줄거리가 전개된다. 적과의 전투, 극한상황일수록 더욱 소통되지 않는 전우들 사이의 말과 갈등, 죽음, 소외와 고독, 멀리 떨어진 가족과 여자친구에 대한 그리움, 향수, 사랑의 굶주림, 베트남 인민에 대한 애증, 두려움과 공포, 각종 지뢰(부비트랩)밭, 유령과 환상, 미신(가령 여자들의 팬티나 젖가슴용 브래지어를 차고 있으면 적의 총탄으로부터 방어할 수 있다는)에 대한 유혹들이 끊임없이 찾아오는 가운데서도 작가적 시각과 양심과 인간애를 잃지 않으려는 모습들이 투영된다.

따라서 이 소설은 팀 오브라이언의 체험이 짙게 깔린 자전적 소설 미학에 입각하여 쓰여졌다는 게 또 하나의 특징이다. 미국 평론가들이 밝히고 있듯이 전장에서 목숨을 잃은 소설 속의 주인공 — 죽은 군인들의 유언장(testament)을 읽는 것과 같다는 것이 이 소설을 읽고 난 후의 또 다른 느낌이라 하겠다.

목숨을 잃은 커트 레몬, 카이오와, 테드 라벤더 등이 출현하는 단편 〈군인들의 유령〉이랄지 〈야간전쟁〉 〈똥통같은 벌판에서〉 〈트라봉강의 연인들〉 〈전쟁 이야기를 사실대로 말할 수 있을까〉 〈팬티스타

킹〉 등은 그럴듯 다양한 감동을 준다. 그런데 뭐니뭐니해도 베트남
전쟁에 참전한 경험을 가진 팀 오브라이언의 작가적 양심을 가장 잘
보여준 작품은 아무래도 〈내가 죽인 그 남자〉일 것 같다는 판단이 내
려진다.

팀 오브라이언을 가리켜 미국의 세계적인 작가의 한 사람인 존 업
다이크는 "베트남전쟁의 초상화가"라고 말한다. 《리치몬드 타임스》
는 "강력한 형식과 상상력을 발동시켜 삶과 죽음, 인간에 대한 순결
함을 밝혀낸 작가", 《마이애미 헤럴드》는 "기억을 회복시켜주는 작
가", 《밀와우키 저널》은 "진실과 리얼리티를 승화시키는 데 성공한
작품이라고 '북 리뷰'를 쓰고 있다. 《뉴욕타임스》는 북 리뷰를 통해
"팀 오브라이언이야말로 헤밍웨이처럼 말끔하고 서정적인, 감정에
치우치지 않는 리듬을 결합해낸 산문으로 '베트남전쟁의 고전'을 써
낸 작가"라고 극찬을 아끼지 않는다.

소설 속에서 작가 스스로도 밝히고 있듯이 팀 오브라이언은 미국
미네소타 주 웰씽턴 출생으로 그곳 성 바울 메커레스터 대학을 졸업
한 후, 1969년부터 1970년까지 일 년 동안 보병으로 베트남 전선에
징집된다. 귀국하여 학업을 계속한 그는 하버드 대학을 졸업, 곧《워
싱턴 포스트》지에 입사하여 일선 기자로 뛴다. 그는 현재 미국 동부
매사추세츠 주에 살면서 창작에 몰두하고 있는 것으로 알려져 있는
데 그의 소설의 주요무대와 소재, 주제는 지금까지도 베트남전쟁에
얽혀있는 것들이다.

그는 출세작 《카키아토를 찾아서》로 '해양문학의 바이블'로 일컬
어지는 허먼 멜빌의 대작 《백경》에 필적하고 있다는 평도 받아낸다.
그러더니 《호숫가에 서있는 나무들》을 발표, 저 유명한 '미라이촌락

(My Lai)의 양민학살'로 대변되는 베트남전쟁의 실체를 고발한다. 이 전쟁의 후유증을 앓다가 끝내는 선거에서 패배하고 아내마저 자살에 이르게 만든 한 미국 정치인(베트남전쟁 참전사령관)의 인생말로를 보여준다. 미라이촌락 학살경험을 가진 정치인의 내면에 깔린 '전쟁이 남긴 것들'을 가차없이 파헤친다. 그리하여 작가 팀 오브라이언은 가해자인 그 정치인으로 하여금 미국이 베트남전쟁에 뛰어든 것 자체가 모순이었고 도덕적 딜레마였다는 사실을 뒤늦게나마 자성의 일환으로 외치게 만든다. 고백하듯이, 아니 무릎을 꿇게 하고서 —.

이제, 그렇다. '평화'라는 말은 수천 번 외쳐도 결코 지나치지 않는다. 그것은 이 지구상에 살고 있는 모든 사람들의 열망이요, 내일을 세워주는 이정표이기 때문이다.

아무도 모르는 베트남전쟁

J. D. 샐린저 《호밀밭의 파수꾼》

센세이션을 일으킨 '호모문학'의 대표작

_나는 갑자기 눈을 떴다. 대체 몇 시인지도 모르고 아무것도 분간할 수 없는 시각이었는데 하여튼 눈을 떴던 거야. 머리에 무엇이, 사람의 손 같은 것이 닿는 것을 느꼈어. 정말이지 혼비백산을 했던 것이야. 아아, 그 손은 엔톨리니 선생의 손이었어.

샌프란시스코 번화가를 벗어나 해변 쪽으로 가고 있을 때다. 태평양 푸른 물결이 넘실넘실 밀려와 부딪는 부둣가 주변이다. 나는 문득 "샌프란시스코에 가면 머리에 꽃을 꽂으세요"(If you're going to San Francisco / Be sure to wear some flowers in your hair)라는 노래를 즐거운 마음으로 부른다. 거대한 대륙 미국을 여행하다보면 지치기도 많이 하는지라 아마도 저절로 콧노래가 흘러나온 모양이다. 이 노래는 존 필립스가 만든 것으로 1960, 1970년대 미국 전역에서 최고의 히트를 친 노래다.

샌프란시스코에 가면 / 머리에 꽃을 꽂으세요 / 샌프란시스코에 가면 / 친절한 사람들을 만나게 될 거예요 / 샌프란시스코를 찾는 이들에겐 /

여름 내내 사랑으로 출렁거리는 도시 / 샌프란시스코의 거리거리에는 / 머리에 꽃을 꽂은 친절한 사람들로 가득하죠 / 온 나라를 가로지르는 / 신기한 몸동작으로 들떠있는 멋진 사람들 / 샌프란시스코에는 새로운 견해를 가진 모든 세대가 다 있어요 / 활기로 가득 찬 젊은 사람들이.

물론 이 노래는 미국의 히피문화와 히피운동의 찬가로서의 역할도 톡톡히 해낸다. 당시 미국 안에서 샌프란시스코는 히피족들이 가장 많이 모여 사는 곳으로도 유명하다. 뿐만 아니라 1960년대는 미국이 깊숙이 개입한 베트남전쟁이 한창이어서 이른바 반전운동(No War!)이 격렬하게 일어난 곳으로도 널리 알려진 도시다. 특히 이 도시는 버클리 대학이 있는데 LA를 대표하는 스탠포드, UCLA 대학과 함께 서부 태평양 연안의 명문이다. 중국 노동자들이 건설했다는 '골든브리지'가 어디에서나 보이는 샌프란시스코. 한국 교민도 40만 가까이 살고 있는데 한때 버클리 대학 캠퍼스를 중심으로 전개된 흑인인권운동의 상징 '블랙팬더(검은 곰)'가 활동한 도시다.

"샌프란시스코에 가면 머리에 꽃을 꽂으세요"는 내가 대학을 다니던 1960년대 말엽, 한국의 대학가에서도 그야말로 공전의 히트를 친 노래다. 추억의 팝송. 여기 샌프란시스코 현지에 와서 다시 콧노래로 부르고 있을 때 나를 안내하던 P군이 갑자기 잠깐 멈추자 한다. 차창 밖에 '게이(gay)들의 행사'가 한창인 것이다.

"선생님, 저기 보세요!" P군이 가리킨 곳으로 머리를 돌리자 (아뿔싸!) 미처 생각지도 않았던 풍경이 눈에 들어온다. 한국에서 소문으로만 들었던 게이들이 서로를 확인하는 만남의 문화행사를 즐긴다. 아니 그중 몇몇은 서로의 젖가슴을 만지고 있지 않는가. 오히려 내가

센세이션을 일으킨 호모문학의 대표작

샌프란시스코 중심가로 뻗어 있는 골든브리지. 이 다리는 수많은 중국 노동자
들의 땀과 희생으로 이루어졌다.

쑥스럽고, 부끄럽고, 민망한 그런 몸짓으로 그들은 서로의 우정을 나누는 데에만 몰두하고 있는 것 같다. 번화가를 오고가는 사람들의 주위를 의식하지 않고, 자연스럽게, 그것도 인간이라면 누구나 그렇다는 듯이.

호모 즉 동성애는 일찍이 동서고금에 걸쳐 행해져 온 것으로 전해진다. 올림피아 12신들을 거느리고 있는 최고 최대의 신이요, '왕 중의 왕'인 바람둥이 제우스가 동성애를 즐겼다는 이야기는 그리스신화의 기록으로 전하고 있다. 제우스의 곁에는 늘 미소년 '강니메드'가 따라다니는데 녀석은 제우스가 잔을 비우게 되면 언제나 술을 가득 채워주는 역할을 한다. 뿐이라면 모르는데 사랑(?)도 나눈다는 것이다.

동성애 이야기라면 역시 고대 그리스의 최고의 시인 사포(Sappho, B.C. 617?~560?)를 빠뜨릴 수 없다. 에게해(海) 레스보스 섬 미텔레네란 도시국가(polis)에서 태어난 귀족가문의 출신이다. 그녀는 케르킬라스라는 부유한 남자와 결혼하여 딸을 하나 낳지만 정치적인 문제로 가족과 함께 2년 간 시칠리아 섬으로 망명을 간 여성이다.

다시 고향 레스보스 섬으로 돌아온 사포는 남편을 잃고 홀로 서기를 한다. 귀족집안의 아리따운 소녀들을 가르친다. 시만을 가르치는 것이 아니라 '여성의 존재와 위치'를 가르친다. 남성 중심의 엄격한 문화가 지배하는 고대 그리스 사회 속에서 그들이 여성으로서 당당하게, 스스로 깨어나게 하는 페미니스트(여성운동가)가 된다.

여성끼리의 동성애를 '레즈비언'이라고 하는데 이 말은 바로 사포의 고향 섬 '레스보스'에서 가져온 말이다. 남편이 먼저 죽어 혼자가 된 사포가 이 섬의 소녀들과 호모섹스를 즐겼다는 이야기도 그 때문에 생긴다. 그녀와 동시대의 인물인 플라톤이 극찬하고, 아리스토텔레스 역시 자신의 저서 《시학(詩學, Poetica)》(원제는 '시학에 관하여'라는 뜻으로 《peri poietikes》)에서도 추겨 올린 사포는 서양 최초의, 최고의 서정시인으로 평가되는데 시 〈아프로디테의 송가〉가 가장 유명하다.

아, 가련한 여인 사포! 그녀는 젊은 뱃사공 출신인 파온 청년을 열렬히 사랑하지만 그가 받아들여주지 않자 레스보스 섬 레우카디아 바위에 올라 바다에 몸을 던진다. 당시 서정시인들의 필수품인 리라(Lyra: 칠현금)를 켜며 사랑의 노래를 불러주지만 청년 파온이 거절하자 이 슬픔을 못이겨 투신자살한다. 다음은 그녀의 유언이다.

세계문학의 거장을 만나다

모든 사랑이 원한으로 번져가는 새벽에 단 하나의 얼굴을 가슴깊이 간직했다, 파온이여! 아름다운 젊은이여! 너의 찬탄과 공손과 정열은 나를 도취시켰다. 나를 다시 나에게로 높여 주었고 내 손에 리라악기를 들게 해주었다. 내가 부른 아폴로의 노래는 너를 위한 시였다. 너의 검은 속눈썹과 뜨거운 시선, 너의 건강한 젊음에 대한 대답이었다. 아프로디테의 높은 신전에서 내가 시녀들에게 교시한 것은 바로너에 대한 찬미였던 것이다. 죽음의 레우카디아 바위에서 나에게 손짓했을 때까지 내가 사랑한 것은 다만 한 사람의 젊은이, 그대 파온이었다.

– 사포의 마지막 독백, 〈유언〉

호모에 대한 이야기는 구약성서에도 나온다. 두 도시 '소돔과 고모라'가 악의 소굴이 되어 결국 하느님의 심판을 받아 멸망하는데 그 내부를 들여다보면 또한 호모섹스의 천국이었다는 것이다. 자아, 이렇게 그리스신화와 기독교의 바이블만을 읽어보아도 '호모의 역사'는 처음부터 '인류의 역사'와 함께 출발했는지 모른다.

가까운 시대로 내려와보자. 제2차 세계대전의 전범자 히틀러는 가히 상상을 초월할 정도의 집단학살을 자행한다. 그는 이스라엘 민족인 유대민족뿐만이 아니라 호모들도 무수히 죽인다. 호모들은 쓰레기라고 하면서. 학살현상으로 유명한 독일의 '작센하우센 나치수용소'에서 확인한 바인데, 아 내가 그때 얼마나 놀랐던가.

베를린에서 북쪽으로 12킬로미터 지점에 위치한 작센하우센 나치수용소. 지금은 평화교육장으로 바뀐 이곳은 영국, 프랑스, 네덜란드, 체코 사람들이 집단 학살된 곳이다. 히틀러는 여기에 호모들만 모아다놓고 집단총살, 집단가스처형을 시킨다. 그런 연유로 해마다 11월이 오면 학살된 호모들을 위한 대대적인 추모식이 열린다. 추모식에 참석하는 사람들은 독일은 물론 유럽 각지에서 몰려든 '호모후예들'이다.

일반적으로 호모는 두 가지로 분류한다. 게이와 레즈비언이 그것인데 게이는 남자들끼리의 동성애자를 말하며 레즈비언은 여자들끼리의 동성애자를 가리킨다. 따라서 게이가 레즈비언보다 더 노골적으로 활동하며 그들의 권익을 위해 전투적으로 나선다. 실제로 샌프란시스코에선 그네들을 두고 '호모들의 천국'이란 말도 한다.

그들은 자신의 주장을 관철하기 위해 때로는 경찰차에 불을 지르기도 한다. 기기다가 그들은 경제적 세력을 확장하기 위해 호모들만의 예·적금을 도맡아 취급하는 은행을 설립한다. 샌프란시스코에선 게이 출신의 하비 밀크란 사람이 당당히 시의원에 당선되었던 적이 있다. 그는 샌프란시스코 시장까지 꿈꾸고 있다는 사람이다.

유럽과 미국에서는 종종 호모(동성애)를 다룬 소설들이 베스트셀러가 된다. 한국 사람들한테는 무척 낯설고 놀라운 얘기이지만 그들 나라에서는 아주 자연스러운 사회적 현상으로 받아들여진다. 유럽 여행을 갔을 때 보고 느낀 것들이 미국에 와서도 마찬가지다. 호모에 대한 미국인들의 생각은 "사람 사는 데서는 당연한 것이 아니냐"고 받아들인다. 호모들이 차지하는 인구비중도 그래서 해마다 늘어나는 추세다. 프랑스와 독일의 젊은이들 경우, 6% 가량이 호모일 거라는 조사도 나왔을 정도다.

이제 나는 J. D. 샐린저의 호모가 출현하는 장편《호밀밭의 파수꾼》의 현장을 찾아간다. 미국의 '호모문학'이 어느 정도로 사회적 반응을 일으키고 있는가를 알기 위해서다. 1951년에 발표된 이 소설은 작가의 체험이 깃든 일종의 성장소설이다. 무려 네 번이나 퇴학당한 한 소년 — 이제 갓 열여섯 살뿐인 코올필드가 뉴욕의 거리를 헤매고 다니면서 허위와 위선으로 가득 찬 세상에 눈 떠가는 과정을 그린 소설이다.

집을 뛰쳐나온 부랑소년이 '몸'으로 만난 현실은 세상도 "문제가 많다"는 것이다. 그가 부딪친 현실의 뒷면에는 추악한 속물근성과 위선으로 뒤틀어진 섹스 — 가령 부랑아가 돼버린 코올필드를 구하기는커녕 오히려 신체적으로 괴롭히는 엔톨리니 선생 같은 변태성욕자들이 은근하게(?) 숨어서 우글거린다는 사실이다.

따라서 소설《호밀밭의 파수꾼》이 겨냥하는 계층은 기성세대이다. 주인공 코올필드 소년은 외치듯이 말한다. 자기가 바로 "넓고 푸른 호밀밭에서 뛰노는 철없고 순진한 아이들을 지켜주는 '파수꾼'이 되어야겠다"고. 20세기 영미 100대 소설로 선정된 바 있는 이 작품은 그러나 호모문제를 담은 '호모소설'이라고 말할 수 있다.

나는 갑자기 눈을 떴다. 대체 몇 시인지도 모르고 아무것도 분간할 수 없는 시각이었는데 하여튼 눈을 떴던 거야. 머리에 무엇이, 사람의 손 같은 것이 닿는 것을 느꼈어. 정말이지 혼비백산을 했던 것이야. 아아, 그 손은 엔톨리니 선생의 손이었어. 선생은 무슨 짓을 하고 있었느냐 하면 말야. 분간할 수 없는 캄캄한 어둠 속에서 내 머리를 어루만지고 있었단 말이야. 아니 내 몸을 만지작 만지작거리면서 그 짓을 즐기고 있었다는 거야. 야! 나는 너무 놀라 1천 피트나 뛰어올랐다 할까. 어둠 속에서 그놈의 팬티를 입기 시작했는데 얼른 잘 입을 수가 없었어.

－《호밀밭의 파수꾼》 중에서

정상적인 사회가 아닌 비정상적인 오늘의 현대사회. 작가 샐린저는 이들 호모를 통하여 오늘의 사회를 희화하고 풍자한다. 아마도 그래서 작가 샐린저는 엔톨리니 선생을 기성세대의 상징 혹은 그들 기성세대의 속물근성과 위선과 허위의식의 상징으로 내세운 것인지 모른다. 작가가 소설을 마무리하는 대목에서 코올필드 소년을 엔톨리니 선생으로부터 탈출시키는 것이 바로 그것일 터이다.

호모섹스의 나라라고 말해지기도 하는 아메리카. 그러나 어떤 면에서는 오늘의 미국이 건재한 것만은 분명하다. 할리우드에서 영화 〈스파르타카스〉를 찍었을 때 호모 장면 부분은 모조리 가위질해버렸다고 하지 않는가. 역시 아메리카 건국이념의 밑바탕과 중심에 흐르

스탠포드 대학 전경. 샐린저는 프린스턴 대학과 스탠포드 대학에서 공부를 했으나 모두 중퇴로 끝난다.

세계문학의 거장을 만나다

는 청교도주의적 보수주의가 오늘날도 여전히, 미국 행정부를 움직이고 있기 때문이다. J. D. 샐린저가 그렇게 많은 걱정을 안 해도 좋을 만큼은.

프린스턴 대학과 스탠포드 대학에서 공부를 했으나 모두 중퇴로 끝난 샐린저. 제2차 세계대전 당시 그 유명한 '노르망디 상륙작전'에 참전한 경험을 가지고 있다는 것이 그의 이력 중 하나이다.

프 잠들기 전에 가야 할 길
로스트 《보스턴의 북쪽》

_ 세상은 사랑하기 좋은 곳
  내가 사는 세상보다 더 좋은 곳이 어디 있는지 나는 모른다
  나는 그저 자작나무 타듯 살고 싶을 뿐이다

명상과 사색을 잃어버린 시대, 나는 로버트 프로스트(1874~1963)라는 시인을 만나러 간다. 샌프란시스코에서 태어나 89세의 오랜 세월을 살다가 뉴햄프셔 주의 자연으로 깊숙이 돌아간 로버트 프로스트. 지금도 그가 명상과 사색을 불러일으키며 걷고 있을지 모를 자작나무 숲을 찾아가 그의 흰 머리칼과 함께 나부끼는 낭랑한 시인의 음성을 듣고 싶은 것이다.

미국의 시인들 중에서 어쩌면 거의 유일할 정도로 가장 동양적인 시인인 프로스트, 흙과 나무 때로는 바람 소리까지를 자신의 가슴속으로 따스하게 끌어들인 그의 인생 혹은 자연에로의 친화력에 젖고 싶어서, 나는 보스턴 시의 한복판을 흐르는 찰스 강을 건너 만년에 그가 머물렀던 미국 동북부 뉴잉글랜드 지방을 찾아간다.

인생이 정말 길 없는 숲 같아서

얼굴이 거미줄에 걸려 얼얼하고 근지러울 때

그리고 나뭇가지가 눈을 때려

한쪽 눈에서 눈물이 날 때면

나는 더욱 그 시절로 돌아가고 싶어진다

이 세상을 잠시 떠났다가 다시 와서

새 출발을 하고 싶어진다

— 〈자작나무〉 중에서

숲은 깊고 어둡고 아름답다

그러나 나는 지켜야 할 약속이 있기에

잠들기 전에 몇 십 리를 가야 한다

잠들기 전에 몇 십 리를 가야 한다

— 〈눈 내리는 밤 숲가에 멈춰 서서〉 중에서

우선 몇 대목 뽑아낸 위 구절들을 읽어보아도 참으로 아름답고 참으로 오래도록 명상과 사색에 젖어들게 하는 시편들이다. 쉽지만 그러나 결코 쉽지만은 않은 프로스트의 인생과 자연에로의 시편들. 20세기 세계시단에서 거의 모든 나라 시인들과 미국 시인들이 흡사 유행병처럼 모더니즘과 초현실주의 그리고 전위적인 문학이론에 빠져들어갈 때, 프로스트는 그러나 거기에 유혹되지 않고, 그 따위 기교주의에 함몰되지 않고 한 사람의 깊고 폭넓은 시인으로 성장을 거듭한다.

동양적 관조주의의 빛깔을 띤 듯하나 사실은 그렇지 않고 오히려

뉴욕 메트로폴리탄 박물관. 소장미술품만도 단연 미국을 대표한다.

인생과 현실과 자연에 밀착된 그의 시편들은, 그에게 자연주의적 리얼리스트라는 평가를 받게 한다. 꽃이나 숲길, 겨울에 내리는 하얀 눈을 노래할 때도 인생과 현실 문제를 빠뜨리지 않는다. 말하자면 그는 인생과 현실을 고요하게 녹여서, 그것들을 낯설고 생경하게는 보여 주지 않고 아주 친절하게 자신의 시세계 속으로 안내해 준다.

따라서 그의 시편들은 잠깐 동안의 재능과 아름다움을 자랑하는, 예컨대 봄에만 피는 그런 꽃이 아니라 봄 여름 가을 겨울 사시사철을 쉼 없이 피어나는 그런 꽃들이다. 그런 뜻에서 그의 시들은 반짝반짝 살다 간 천재 시인들과는 다른 저 위대한 톨스토이나 괴테에 비견할 만큼 시적 보편성과 단순성을 간직한 시인이다.

영국 낭만주의 시인 워즈워드처럼 프로스트의 시는 때로는 독백체와 대화체의 형식을 불러들여 노래하는 무운시(無韻詩)로 전원시의 모범을 보여준다. 그가 남긴 시집은 베스트셀러가 된《보스턴의 북쪽》을 비롯하여 《소년의 의지》 《나무 위에서 보기》 《시선집》 등 다수다. 그는 미국 한림원 회원과 미국 국립예술원 회원을 역임했으며 권위를 자랑하는 풀리처상을 네 번이나 받는다.

영국 케임브리지 대학과 옥스퍼드 대학을 포함하여 미국 전역의 20개 대학에서 명예 문학박사 학위를 받기에 이른다. 뿐만 아니라 그는 하버드 대학, 다트머스 대학 등지에서 강의를 했으며 1961년 케네디 대통령의 취임식전에서는 축시 〈철저한 선물(The Gift Outright)〉을 낭송하여 그의 문학적 위상을 보여주기도 한다.

다음 소개하는 시가 바로 그 시다. 영국 청교도혁명 이후 옮겨간 이민자들의 피와 땀의 결집으로 하여 오늘날의 미국이 세워졌음을 노래한 시이다. "아직 역사가 없고 예술이 없고 부강치 못한 땅 / 우리는 우리대로 철저히 바쳤다" 하는 대목에서 영국과 싸웠던 200년 전 미국독립혁명기를 상기시켜준다. 하지만 프로스트는 물론 짧은 시였기 때문에도 그러했겠지만 개척시대 인디언들과의 전쟁과 미국이 세계적으로 개입한 각종 전쟁 등은 시 〈철저한 선물〉 속에서는 배제시킨 것으로 보여진다.

세계문학의 거장을 만나다

땅은 우리가 그 땅의 소유이기 전에 우리의 것이었다.
그 땅은 우리가 그것의 백성들이기 전에 백여 년 우리의
땅이었다. 그것은 매사추세츠에서, 그리고 버지니아에서
우리의 것이었다. 그러나 우리는 아직 식민지인 상태로
영국에 속하여 우리를 소유하지 않았던 것을 소유하고
인제는 우리를 소유하지 않는 것에 소유되었던 것이다.
우리가 갖고 내놓지 않는 것이 우리를 약하게 했었는데

뉴욕 센트럴파크 공원에서 놀이를 즐기는 시민들.

우리는 마침내 우리가 사는 땅에 내놓지 않는 것이 우리
자신임을 깨닫고 이것을 내줌으로써 곧 구원을 얻었다.
아직 역사란 것이 없고 예술이 없고 부강하지 못한 땅,
옛날에 있었던 그대로 미래까지 이어질 그대로의 땅에
우리는 우리대로 철저하게 바쳤다.
"우리가 감행한 여러 전쟁이 곧 우리의 선물이었다."

시인 프로스트에게 가장 기억할 만한 문화적 사건의 하나는 1962
년 9, 10월 소비에트 연방공화국을 방문, 당시의 수상 흐루시초프를
만나 대화를 나눈 일이다. 이를테면 문학을 통하여 평화적 대화를 나
눈다는 것은 아무리 생각해도 의미가 있다. 그때 소련의 대표적인 신
문《프라우다》지와 나눈 인터뷰를 다시 옮겨 본다.

"나는 흐루시초프와 즐거운 시간을 보냈습니다. 미국과 소련은 서로 문화적 협력이 필요합니다. 사람들이 두 가지의 길을 걸어간다는 것은 좋은 일입니다. 세계는 다양한 나라, 다양한 사람들로 이루어져 있기 때문입니다."

다음은 한국 고등학교 교과서에도 실린 프로스트의 시 한 편에서 첫 대목을 읽어보자. 제목은 〈두 갈래 길〉인데 그의 모든 시편들이 그러하듯이 산책을 하면서 얻은 시이다. 쉽게 말하면 달리는 자동차에서 붙잡은 시가 아니라 그가 아침저녁으로 목장과 농장으로 가는 길목에서 걷다가 얻은 시인 것 같다.

> 단풍 든 숲 속에 두 갈래 길이 있더군요
> 몸이 하나니 두 길을 다 가볼 수는 없어
> 나는 서운한 마음으로 한참 서서
> 잣나무 숲 속으로 접어든 한쪽 길을
> 끝간데까지 바라보았습니다

이리 갈까, 저리 갈까? 사람이라면 누구나 한번쯤 부딪치게 되는 삶의 갈림길에 대하여 담담하고 심도 있게 펼쳐 보이는 시다. "오랜 세월이 흐른 다음 / 나는 한숨지으며 이야기하겠지요 / 두 갈래 길이 숲 속으로 나 있었는데 / 나는 사람이 덜 밟은 길을 택했고 / 그것이 내 운명을 바꾸어 놓았다라고" 하는 시구에서 나는 가슴이 사르르 떨려오는 느낌을 받는다. 프로스트의 시에 대한 정의를 들어보자.

"시는 기쁨에서 시작해서 지혜로 끝난다. 사랑이 그런 것과 마찬가지다."

시를 지혜의 발견으로 보고 있는 시인 로버트 프로스트. 대시인의 낭랑한 목소리 앞에서 나는 그만 옷깃을 여미고 만다. 그리하여 그가 자주 거닐었을 버몬트 농장과 하버드 대학 옆 롱펠로우 거리를 찾아가면서 여기저기 지저귀는 새들의 노래 소리를 듣는다. 새들은 마치 프로스트가 살아있을 적에 날려 보낸 그런 새들과 다름없어 보인다. 나는 거대한 아메리카 대륙의 한복판에서 자연과 인생의 시인 프로스트가 뚜벅뚜벅 걸어 나오는 것을 고요히 바라본다.

잘 늙기 전에 가야 할 길

헤 멕시코 만에서 건져낸 미국문학의 백미
밍웨이 《노인과 바다》

> 그 노인은 멕시코 만에서 조각배를 띄우고 홀로 낚시질을 하면서 외롭게
> 살고 있었다. 고기를 한 마리도 낚지 못하고 허송한 날이 벌써 84일째 계
> 속되고 있다. 그래도 처음 40일 동안에는 소년이 함께 있어주어서 덜 외
> 로웠다….

어네스트 헤밍웨이(1899~1961)의 발자취를 모두 뒤좇는다는 것은
불가능하다. 그의 62년 연대기(생애)를 밟으며 그와 같이 돌아다녀
야 하기 때문이다. 유럽지역과 아프리카, 남아메리카, 중국, 미국 전
역을 '시간여행' 해야 한다. 헤밍웨이의 작품에 푸른 영감을 불어넣
은 것은 여행, 낚시, 투우, 스스로 뛰어든 전쟁과 죽음이 아닌가.

그는 앉아서 소설을 만든 사람이 아니라 신문기자처럼 발로 글을
쓰는 작가이다. 킬리만자로 산봉우리 빙벽에 올라 거기 만년설로 박
혀있는 '인간의 육신과 허무와 고독'의 영혼을 짧은 단문인 하드보
일드(hard boild) 문체로 찍어 내오는 현장작가이다. 그리하여 그는
제1차 세계대전(1914~1919)의 폐허가 남긴 '잃어버린 세대(Lost
Generation)'의 한복판 — 바로 그곳을 겨냥하며 20세기를 대표하는

명작소설《무기여 잘 있거라》《누구를 위하여 종을 울리나》《노인과 바다》《해는 여전히 떠오른다》《킬리만자로의 눈》 등의 속도감 있는 작품들을 생산해낸다.

그는 소설을 쓸 때는 옷을 입고서는 쓰지 않는다. 순수한 한국말로 말하면 '울퉁을 활딱 벗고' 타이프를 두들긴다. 팬티도 입지 않은 채 반바지만 걸치고, 땀방울을 뚝뚝 떨어뜨리며, 번쩍번쩍 활자들을 낚거나 찍어 올린다. 불타는 아프리카의 태양, 고래 등처럼 뒤집히는 멕시코 만 파도가 그의 타이핑으로 되살아나는 것이다.

헤밍웨이의 작품무대는 가히 전 세계적이다. 그것도 '현장'이다. 제1차 세계대전 때는 이탈리아 전선에 의용병으로 들어가 적십자 야전병원 앰뷸런스 운전병으로 복무하다가 중상을 입고 밀라노 병원에 입원, 스페인 내란(1937년) 때는 기자 신분으로, 그리스-터키 전쟁 때는 캐나다《토론토 스타》지 특파원으로 죽음의 현장을 누비며 기사를 전송한다. 그리고 전쟁이 없는 시절에는 세계 도처, 어디든지 날아간다. 낚시를 하기 위해 멕시코 만으로, 사냥을 하기 위해 아프리카로, 투우를 관전하기 위해 스페인의 마드리드나 바르셀로나 등지로 날아가 종횡무진으로 헤쳐 다닌다.

이제 나는 생전에 그가 즐겨 낚시를 가곤 했다는 멕시코 만을 향해 달린다.《노인과 바다》의 현장이 오늘 그대로 남아있을 것 같아서이다. 과연 국경을 넘을 수 있을까. 힘들지만 염려할 것 없다는 얘기를 듣고 한때 'OJ 심슨 살인사건'으로 떠들썩한 LA 카운티에서 1박을 한 뒤 그곳 재미동포의 안내로 남쪽으로, 남쪽으로 자동차를 달린다. 태평양을 겨드랑이에 끼기라도 한 듯이 그렇게 재빠른 속도로 달려갈 때 나의 가슴도 마치 퍼렇게, 퍼렇게 넘실거리는 파도처럼 쉴새

미국 서부의 미항인 샌드에이고의 보트 선착장. 헤밍웨이가 자주 찾곤 했던 항구이다.

세계문학의 거장들을 만나다

없이 출렁거린다.

　멕시코로 향하는 태평양 연안의 해안은 정말 그림처럼 아름답다. 녹청색의 저 끝없는 대양. 어디에선가 불쑥 바다의 신 포세이돈이 솟구쳐 나올 것 같은 저 끝없는 파도와 파도들의 요람인 바다. 그리고 노란 오렌지 빛보다 더 짙게 쏟아져 내리는 아폴론 신의 저 엄청난 물량의 태양. 그러나 나는 샌디에이고로 가는 길목에서 미태평양함대의 본부가 옆으로 스쳐가고 있음을 본다.

　1950년 한국전쟁 때 저 광대무변한 대양을 건너 출항했던 미태평양함대를 두 눈에 떠올린다. 그리고 또 달린다. 거리의 이름하며 주변 도시의 이름들이 한결같이 스페인어로 표기된 게 많다. 캘리포니아 일대가 그들 스페인의 식민지였기 때문에 그런 것 같다. 거기에다가 일찍이 이 땅이 인디언들의 땅이었음을 확인해주기라도 하는 듯 '인디언 말'로 된 지명 이름이 흔치 않게 눈에 들어온다.

　샌디에이고 가는 길에 미국에서도 제비가 가장 먼저 날아온다는 '산 후안'이라는 한 조그마한 읍내에 들른다. 스페인 식민지 시절에 설립했다가 식민지전쟁 중에 일부가 파괴가 된 '미션 산 후안 카피스트라노 성당'에서 자동차의 시동을 끈다. 30년 전에 천둥벼락을 맞아 부서져내린 성당은 지금도 여전히 미사가 계속된다고 한다. '산 후안 성당'은 이제 미국 '캘리포니아 주 주요유형문화재'로 관리되고 있단다.

나는 무너진 성당의 곳곳을 돌아다니며 작은 돌멩이 하나, 꽃 한 송이 하나라도 놓치지 않고 들여다본다. 먼 옛날로 돌아가버린 멕시코 혁명가들의 얼굴을 그려본다. 그들은 스페인으로부터 조국해방을 되찾고자 700년이나 독립투쟁을 벌인 사람들이 아닌가. 결정적으로 멕시코에게 독립을 가져다준 곤돌레스 마을의 '이달고 신부'가 눈시울에 젖어와 문득 목이 메인다. 한 손에는 바이블, 한 손에는 총을 들고 조국 멕시코의 해방을 위하여 하얀 옷자락으로 굽이굽이 산을 넘는 이달고 신부.

멕시코 만에서 건져낸 미국문학의 백미

여기를 떠나가는 제비는
아, 혹시 바람 속에서 은둔처를 찾다가
길을 잃었나 아니면 은둔처를 찾지 못하나?

내 침대 곁에 보금자리를 만들어주면
제비는 이곳에서 계절을 넘길 수 있으리
나 또한 이곳에서 갈 길을 잃어버렸으니
오, 하느님! 이제는 날을 수도 없겠구려

나 또한 사랑하는 조국을 떠나왔다네

내가 대이난 집을 멀리 멀리 떠나왔다네

오늘 나의 삶은 고뇌로 가득 차 방황하고

이제 나는 고향집으로 돌아갈 수도 없다네

사랑하는 제비, 길 잃고 떠도는 여인이여

-〈제비〉

허물어진 성당의 돌담 사이마다 곱게 피어있는 꽃들. 옛날엔 멕시코 땅이었으나 오늘날은 미국 영토가 된 이곳에서 세월 모르고 피어난다. 참 아름답다. 하지만 무심코 찾아오는 방문객들에게도 어쩐지 서글픔으로 밀려와 쓸쓸함을 더해준다. 한국에서는 가수 조영남이 번안·편곡하여 널리 유행시킨 노래 〈제비〉를 입술에 올린다. 캘리포니아 주 남쪽 멕시코 만으로 향하는 나그네는 피로 얼룩진 대륙 남아메리카 역사를 반추하면서 언젠가는 다시 날아올 것 같은 검은 '제비들'을 눈에 그려본다.

쿠바의 혁명지도자 체 게바라(1928~1967)의 젊은 친구들도 산악지대에서 게릴라전을 펼칠 때 두고 온 고향을 그리며 불렀다는 〈제비〉라는 노래! "다정한 제비야 / 조국을 생각하며 나는 눈물을 흘린다오"라는 대목에서 20세기의 페이지에 묻은 핏빛 시간들을 감지한다. 산 후안 성당에서 울려 퍼지는 종소리를 아련히 듣는다.

체 게바라는 아르헨티나 출생으로 국적을 쿠바로 옮긴 정치·혁명가이다. 《게릴라 전쟁》《혁명전쟁 여행》 등의 저서를 남겼는데 부에노스아이레스 의과대학을 졸업, 과테말라와 볼리비아를 거쳐 1955년 멕시코에 머무는 동안 피델 카스트로와 동지가 되어 쿠바혁명에 참가한다. 카스트로가 정권을 잡자 쿠바시민이 되어 라카바니아 요새 사령관·국립은행 총재·공업장관 등을 역임하여 '쿠바의 두뇌'로 움직인다. 그러나 혁명전사 체 게바라는 카스트로에게 작별 인사를 나누고 볼리비아 산악지대로 들어간다. 게릴라 부대를 조직, 이곳 산중에서 활동하다가 정부군에게 붙잡혀 총살을 당한다. 한국 에서도 번역 출간된 바 있는 《볼리비아의 어머니》란 책자가 당시의 볼리비아 상황을 잘 말해준다. 이것은 구술로 엮어진 다큐멘터리 책 자인데 러시아 작가 고리키의 《어머니》와 여러모로 비교가 된다. 주 제가 '어머니'라는 점에서 그렇다. 정말인지 모르나 악마도 자신의 어머니 앞에서는 '운다'고 하지 않던가.

아름다운 항구도시로 유명하기도 한 샌디에이고 시를 지나 미국 과 멕시코의 국경에 당도한다. 멕시코 해안에서는 흰 물보라를 일으 키며 파도가 부딪친다. 나는 문학청년 시절 감동을 받은 어네스트 헤 밍웨이의 소설들을 가슴속으로 불러들인다. 그중 멕시코 만에서 고 기잡이를 하는 산티아고 할아버지, 그 노인을 주인공으로 삼은 소설 《노인과 바다》를 기억으로 더듬어간다. 소설의 첫 대목은 이렇게 시 작된다.

그 노인은 멕시코 만에서 조각배를 띄우고 홀로 낚시질을 하면서 외롭게 살고 있었다. 고기를 한 마리도 낚지 못하고 허송한 날이 벌써 84일째 계속되고 있다. 그래도 처음 40일 동안에는 소년이 함께 있어 주어서 덜 외로웠다…. 노인의 조각배에 꽂힌 그 돛은 밀가루 포대로 여기저기 여러 군데 누덕누덕 기워져 있었다. 돛대에 둘둘 말린 모습 은 마치 영원히 승리를 모르는 패배의 깃발처럼 보였다.

85일째 되는 날, 이윽고 쿠바 출신의 산티아고 노인은 '마알린(Marlin)'이라는 엄청난 크기의 고기를 낚는데 성공한다. 하지만 자신의 힘이 너무 부족하고 배 또한 너무 작은지라 노인은 마알린이 끄는 대로 끌려 다닌다. 사흘 낮 사흘 밤을 낚싯줄에 매달려 온 바다를 마알린에게 끌려다니며 혈전을 벌인다. 어쩌면 허먼 멜빌의 《백경》에 나오는 고래잡이 선장 '에이허브'처럼.

이때 독자인 나도 머리가 뒤숭숭해진다. 멜빌의 주인공 '에이허브'와 헤밍웨이의 주인공 '산티아고' 노인이 얼핏 보면 같은 생각을 가진 사람이지만 그렇지 않다는 것이다. 에이허브의 싸우는 흰 고래(모비 딕)가 '운명'의 상징이라면 산티아고 노인이 마주친 마알린 고기는 '허무'를 상징한다. 멜빌의 에이허브가 운명에 붙들려 '삼켜져 버렸다면' 헤밍웨이의 산티아고 노인은 상어 떼에게 모든 것을 '빼앗겨버린 다음'이라는 사실이 다르다. 삼켜버림과 빼앗겨버림 사이에 놓인 저 한없이 넓고 두려운 바다 ─ 이곳엔 서로 빛깔을 달리하는 운명과 허무란 것이 공존하고 있는 것일까.

헤밍웨이의 《노인과 바다》 주인공 산티아고 노인은 고기 잡는 일이 혼자만의 도박이라고 생각한다. 심지어는 자신이 잡은 고기에 대하여 연민과 애정을 갖는다. 코끝에서 꼬리까지 18피트나 되는 엄청난 크기로 헤엄쳐 다니는 고기 마알린. 노인은 사흘 낮 사흘 밤을 꿈속에서도 그 녀석을 좇는다. 녀석을 놓치지 않기 위해서 '사자의 꿈'을 부지런히 꾼다. 아프리카의 바닷가에서 놀고 있는 용맹스런 사자 놈들의 꿈을 꾸면서 때로는 패배를 모르는 야구왕 디마지오를 꿈꾸는 것이다.

오, 그런데 결국 상어 떼를 만나 노인이 조각배를 끌고 소년이 사

세계문학의 거장을 만나다

는 마을 바닷가에 돌아왔을 때는 이미 앙상한 '뼈만 남은 마알린' 모습이 아닌가. 상어 떼가 살이란 살은 모조리 뜯어 먹어버린 마알린 고기의 죽은 시체. 결국 너무 지친 나머지 산티아고 노인은 숨을 거둔다. 멕시코 만 푸른 물결을 두 눈에 넣으며….

작가 헤밍웨이는 그러나 산티아고 노인을 죽음과 입맞추게 내버려두지 않는다. 오히려 영원히 꿈꾸며 살아가게 하고서 소설을 끝낸다. 다음은 산티아고 노인이 상어 떼('허무'를 만들어내는 가해자)와 싸우면서 줄기차게 혼잣말로 중얼거린 말이다.

노인은 여전히 엎드려 자고 있었다. 소년은 노인 곁에 앉아 노인을 지켜보고 있었다. 노인은 사자의 꿈을 꾸고 있었다.

인생을 지속하려면 최초의 의무를 견디는 거야. 인간은 패배하기 위해 만들어진 것은 아니다. 인간은 파멸 당할지언정 패배 당할 수는 없다.

헤밍웨이는 쉰세 살이 되던 해 《라이프》지에 발표한 《노인과 바다》로 퓰리처상을 받고 2년 후인 1954년에 노벨문학상을 수상한다. 특히 이 소설은 《킬리만자로의 눈》과 더불어 헤밍웨이 단편소설의 백미로 손꼽는다. 줄거리는 단순한 것 같지만 박진감 넘치는 짧은 단문 ─ '하드보일드 문체'로 헤밍웨이를 특징짓는 데 공헌한 작품이다.

1899년 시카고에서 태어나 나이 예순둘이 되는 1961년 7월 2일, 헤밍웨이는 아이다호 주 케첨에 있는 자택에서 두 발의 '엽총 총알'로 인생을 스스로 마감한다. 공교롭게도 아버지처럼 총(그의 아버지는 권총으로 자살)으로 일생을 마친다. '잃어버린 시대(Lost

멕시코 만에서 건져낸 미국문학의 백미

Generation)'의 대표적 작가라는 사실을 증명해주기라도 하는 듯, 그 것 때문인지 곧잘 평자들은 그를 가리켜 "허무주의적 색채를 띤 소설가"라고 말한다.

스페인내란과 양차 세계대전을 몸소 겪은 지성인이라면 누구나 가졌음직한 인간성의 상실, 혹은 인간 자아의 상실을 아니 느낄 수밖에 없기에 스스로 목숨을 끊은 것일까. 미국 내 어떤 신문은 '오발사고'가 아니었느냐 하는 추측도 내비쳤지만 사건 전후좌우를 미루어 보아 자살로 생을 마감한 것이 틀림없다는 얘기가 중론이다.

시카고에서 고등학교만을 마치고 캔사스시티 《스타》지 기자생활부터 인생을 시작한 헤밍웨이의 연대기를 다시 돌아다본다. 1차 대전 때 이탈리아 북부전선에서 중상, 몬태나 주에서 자동차 사고, 아프리카 우간다 상공에서 비행기 추락으로 큰 부상, 스페인내란 등 세 차례나 전쟁터에서 죽을 고비, 네 차례의 결혼생활을 거친다.

스키·사냥·낚시·투우 등 온갖 스포츠를 열정적으로 쫓아다니다가도 자유와 정의가 부르면 먼 나라 전선에까지 날아가 뛰어든 남성적 지성인의 기질과 성향은 그의 문학세계의 바탕을 이룬다. 그래서 오늘도 사람들은 그를 '잃어버린 작가'가 아니라 빛나는 그의 작품들과 함께 행동적인 문학가로 기억한다. 사후에 출판된 유고로 《이동축제일》《만류(灣流)의 섬들》이 있는데 수편의 산문들도 발견된다.

안녕! 이윽고 나는 20세기 산문문학의 별 헤밍웨이에게 "안녕!"이라는 말을 남긴다. 사랑하는 사람의 죽음 뒤에 추적추적 빗속을 걸어가는 《무기여 잘 있거라》의 주인공 ─ 그 말없는 얼굴을 떠올리며 저무는 멕시코 만 바다를 뒤로 한다.

마 크 트웨인 《톰 소여의 모험》
미시시피 강을 달구는 두 소년의 이야기

_ 한 개인의 기질은 불굴의 법이기 때문에 어느 누가 찬성하지 않더라도 존
중되어져야 한다는 것이 내 신념이다. 내게 있어서 기질은 명백하게 신의
법이고 지고의 법이기 때문에 모든 인간의 법보다 우선한다.
《마크 트웨인 자서전》 중에서

미국의 저명한 문인 H. D. 호웰즈는 그의 회고록 《나의 마크 트웨
인》에서 "클레멘스(마크 트웨인의 본명)는 우리 문학의 링컨이다"라고
쓰고 있다. 이 말은 에이브러햄 링컨이 미국 역사에서 길이 남을 대
통령이라면 마크 트웨인은 미국 문학사에서 링컨에 버금가는 사람이
라는 것이다. 남북전쟁과 흑인노예해방으로 유명한 링컨처럼 스케일
이 큰 업적을 남긴 작가라는 뜻에서 추켜 올려진 평가이다.

20세기의 가장 위대한 소설가인 헤밍웨이와 시인 T. S. 엘리어트
도 한결같이 "우리가 가지고 있는 최고의 책이다"라고 격찬한 바 있
는 《톰 소여의 모험》《미시시피 강의 생활》《허클베리 핀의 모험》 3
부작을 써낸 마크 트웨인(1835~1910).

《미국문학의 죽음과 사랑》에서 문학비평가 레슬리 피들러는 "만

마크 트웨인. 그는 미국 소설 문학의 아버
지나 다름없다.

일 우리 집에 불이 나서 한 권의 책만을 갖고 뛰쳐나가야 한다면 나는 먼저 《허클베리 핀의 모험》을 가지고 나가겠다"라고 할 정도로 최고의 찬사를 바친다.

《톰 소여의 모험》은 마크 트웨인이 네 살 되던 해에 이사 와서 어린 시절을 보낸 미시시피 강을 무대로 삼고 있다. 작가 자신 역시 한동안 뱃길 안내인으로 생계를 꾸려나간 곳이 미시시피 강이다. 미주리 주로 이주해간 개척자의 아들로 태어난 그가 미시시피 강변 마을 한니발에서 성장하기 시작한 체험을 밑바닥으로 해서 소설의 빈 그릇을 가득히 채워나간다.

잠깐 마크 트웨인의 가계를 들여다보면 이렇다. 아버지는 버지니아 주 출신이고 어머니는 캔터키 주 출신이다. 아버지인 존 마샬 클레멘스 조상은 엘리자베스 여왕 시대의 영국에서 해적이자 노예상인이었다 한다. 하지만 마크 트웨인은 자신의 자서전에서 그것은 "불명예가 아니다. 당시에 노예를 사고파는 행위는 정당한 거래였고 당시의 군주조차도 이에 동조했던 것"이라고 말하면서 한때 "나조차도 해적이 되고 싶은 욕망을 가졌다"고 털어놓고 있다. 여기에 한 술 더 떠서 그의 조상 중에 어떤 이는 찰스 황제에게 사형언도를 내리는 데 일조를 했다고 털어놓는다.

마크 트웨인의 실제체험이 물씬 풍기는 《톰 소여의 모험》은 허클베리 핀과 톰 소여라는 소년이 주인공이다. 톰 소여는 너무도 일찍이

세계문학의 거장을 만나다

부모를 잃은 나머지 항상 말썽을 부리는 개구쟁이로 자라지만 그것에 비해 성격은 언제나 활달하고 적극적이다. 그리고 허클베리 핀은 톰 소여만 만나면 짓궂을 정도로 맞장구를 잘 치는 소년으로 그 역시 술주정뱅이 아들로 태어난, 말하자면 불운한 소년에 속한다.

그렇지만 이들 두 소년은 밤낮 없이 흐르는 미시시피 강처럼 그칠 줄 모르는 투지를 보여준다. 싫든 좋든 여러 인물들을 마음껏 미시시피 강물 속으로 불러들여 그들과 함께 흥미진진한 이야기를 이끌어 나간다. 물론 줄거리는 미시시피 강처럼 두 소년의 모험담으로 가득히 넘쳐서 흐른다. 나일 강과 아마존 강에 이어 세계의 3대 긴 강으로 꼽히는 미시시피는 총 길이가 6,210km이다. 유역 면적 역시 아마존 강 콩고 강에 이어 세계 제3위를 자랑하고 저 끝없고 광활한 북미 대륙의 50개 중 31개 주를 관통하여 흐른다.

더러는 분노로 치달아 오르다가도 그 옛날 인디언들의 어머니처럼 한없이 고요한 자장가로 거대한 대륙의 한복판을 적신다. 해마다 허리케인을 만나 미친 듯이 뒤집히기도 한다. 바다의 신 포세이돈과 합세라도 한 듯이 허리케인은 카리브 해와 대서양 서쪽 지역에서 이동하는 열대저기압에서 발생한 태풍인데 그야말로 광풍이다.

미시시피가 흐르는 지역마다 시간차와 기온차는 각양각색으로 벌어진다. 강의 북쪽과 남쪽은 봄 여름 가을 겨울이 함께 찾아오지 않고 저마다 다른 모습으로 찾아온다. 그래서 캐나다와의 국경 북쪽에 눈이 내리면 남쪽 뉴올리언스 앞 바다에는 여름날의 뱃노래가 한창이다. 밤이 오면 이 도시 경우는 아프리카에서 노예로 끌려와 정착한 흑인노예들의 후예가 부르는 재즈가 열기를 더한다.

그 옛날 인디언들이 워이 워이 소리치며 말 달리던, 혹은 그들 나름대로의 뗏목을 타고 오르내리던 위대한 강 미시시피. 마크 트웨인은 바로 여기에서 보다 대륙적이고 우렁찬 자양분을 마음껏 부여받는다. 아직은 문명으로부터 오염될 수가 없는 저 19세기 중엽의 풋풋하고 싱싱한 대지의 원시림과 거대한 강물의 흐름 속에서.

마크 트웨인이 마흔한 살 때(1876년) 발표한 《톰 소여의 모험》은 그래서 당연히 미시시피 강 주변을 부풀어오르게 하는 대자연의 오케스트라를 동반한다. 떠돌이 소년 허클베리 핀과 톰의 보물찾기는 더욱 가슴을 두근거리게 한다. 두 소년이 미시시피 강 가운데에 위치한 유령의 섬에서 찾아낸 엄청난 금화, 인디언 조의 살인사건과 여기에 전설처럼 끼어드는 갖가지 무성한 소문들이 흥미진진하게 전개된다.

작품의 주제가 되고 있는 개인의 자유와 인습 타파, 거기에서 비롯되는 사회비판이 마크 트웨인 특유의 질펀질펀한 풍자와 해학의 기법으로 독자들을 끌어당긴다. 이 소설의 밑바닥에는 아메리카의 꿈과 서부개척시대의 프론티어 정신도 알게 모르게 깔려있음은 물론이다. 보다 새로운 세상을 향하여 "앞으로 나가자!"라는 개척시대의 문화유산이 소설 줄거리의 행간에 박혀서 그 어떤 불빛들을 내뿜는다.

위와 같은 주제는 마거릿 미첼의 장편소설 《바람과 함께 사라지다》(1936년)에 나오는 주인공 스칼렛 오하라의 울부짖음에서도 확인된다. 남북전쟁으로 폐허가 돼버린 고향 언덕 위에 올라서서 모든 것을 다 잃어버린 그녀가 "아무러면 어때. 내일은 다시 시작할 수 있어! 아 나는 다시 일어설 수 있어!"라고 외치는 대목은 바로 미국문학의 전통이요, '작가정신'의 의지를 대변한다고 말할 수 있다. 미국의 국민시인이라고 회자되는 휘트먼의 시는 물론 20세기 최고의 전

세계문학의 거장을 만나다

원시인 혹은 서정시인으로 읽혀지는 로버트 프로스트의 시작품에서도 종종 눈에 띄는 주제이다.

그러나 무모할 정도로 끊임없이 새로운 세계를 향하여 도전해나가는 허클베리 핀의 경우는 우리의 발을 잠시 멈추게 한다. 더 많은 부와 명예를 얻기 위해 이성까지 상실하는 '도금(鍍金)시대' 미국인들을 작가적 비판으로 꾸짖는다. 도금시대는 미국사회가 온통 금광 발굴에 두 눈마저 뒤집힌 시절을 말한다. 따라서 이 소설은 당대의 사회비평적 안목에서 쓰여진 작품이라고 보여진다.

미국의 셰익스피어요, 미국문학의 링컨으로 불리는 마크 트웨인에게도 《톰 소여의 모험》이 그냥 쓰여진 것은 아니다. 흔히들 '글 감옥'이라고 말하는 서재에 깊숙이 틀어박혀서 미친 듯이 작품을 끌고 가다가도 소설가의 창고인 '씽크탱크'가 바닥나면 한참동안 쉬는 것을 잊지 않은 작가가 마크 트웨인이다.

적어도 소설의 경우는 자료를 완벽하게 갖춘 상태에서 써야 작가의 의도대로 긴 줄거리를 야심만만하게 밀어붙일 수 있다고 말한 사람이 그가 아닌가. 다음은 앞으로 소설을 쓰려는 젊은 사람들에게도 참조가 될 만한 그의 솔직한 고백이다.

책이 저절로 술술 쓰이는 한 나는 흥미를 유지하면서 성실하게 집필했고 결코 중간에 그만 두는 일은 없었다. 하지만 머릿속으로 상황을 생각해내야 하고 모험을 고안해내야 하고 대화를 이끌어내야 하는 작업을 하는 순간에 이르면 나는 원고를 옆으로 미뤄두고 마음속에서 지워버렸다. 그러고는 한 2년 동안 빈둥거리며 휴식을 취하고 나서 다시 검토하여 작품에 대한 흥미가 다시 살아나 술술 써나갈 수 있는

1884년 영국 런던에서 출판한 《허클베리 핀의 모험》에 들어있는
삽화.

지 판단했다. 책을 써 내려가다 보면 중간 즈음에 이르러 곧 싫증이
나고 이럴 때는 휴식을 취해서 힘과 흥미를 다시 살아나게 하고 고갈
된 자료를 다시 강화해야 한다. 이 소중한 법칙을 발견하게 된 것은
《톰 소여의 모험》의 중간 부분에 도달한 때였다. 이야기는 자료 없이
진행될 수 없다. 무에서는 아무것도 쓸 수가 없다.

뉴욕 맨해튼 서부 10번가 14번지, 엠파이어스테이트 빌딩에서도 자동차로 5분 거리에 있는 마크 트웨인의 옛집. 그 유명한 뉴욕법원(현재는 공공도서관으로 바뀌었음)에서 50m 거리밖에 안 되는 바로 그곳에 마크 트웨인이 한때 살았던 아파트가 지나가는 방문객들을 바라본다. 현관문 오른쪽 벽 청동 표시판에는 다음과 같은 기록이 새겨져 있다. 우리말로 옮겨본다.

"마크 트웨인, 이 집에서 한동안 살았음. 대표작은 미국의 고전 《톰 소여의 모험》. 본명은 사무엘 랭호른 클레멘스."

나는 그가 살았던 5층 아파트 1층 현관 앞으로 바짝 다가서서 마음속으로 그의 얼굴을 그린다. 남북전쟁(1861년) 때 남군으로 참전한 그는 전쟁이 끝나자 광산기사로 일하다가 뉴욕에서 신문기자 생활을 한다. 그 뒤로도 몇 군데의 신문사에 들어가 기자로 일한다. 이때부터 자신이 취재한 모종의 사건과 팩트(fact: 사실)에서 뽑아낸 자료가 갖춰진 다음에야 소설을 출발시켜야 한다는 생각을 좌우명처럼 삼는다.

엄청난 부채를 갚기 위해 유럽으로 장기간 강연을 나가기도 한 마크 트웨인은 그의 나이 예순다섯이 되어서야 뉴욕 맨해튼을 남은 생의 정착지로 삼는다. 바로 이곳이구나. 허연 백발에다 애교를 머금은 두 눈동자, 검은 양복을 즐겨 입으며 늘 긴 시거를 입에 물었던 그를 머리에 그리다가, 문득 나는 맨해튼을 둘러싸고 흐르는 허드슨 강 물소리를 듣는다. 19세기의 위대한 작가인 그가 내게 다가와 말하는 후일담을 듣는다. "처음엔 아무도 내 작품을 받아주지 않았어요. 출세작이랄 수 있는 단편 〈뛰어오르는 개구리〉도 그래서 신문의 장례기사 틈바귀에 파묻혀 간신히 발표되었는데, 하하 글쎄, 그게 미국은 물론 영국신문에서 좋은 평판을 받은 거예요."

　마크 트웨인이여, 이 혼란의 시대에 흘러와다오, 흘러와다오. 인디언들의 성스러운 강 미시시피처럼! 나는 오늘도 마크 트웨인이 맨해튼을 떠나 고향 미주리의 미시시피 강변을 자주 오르내리고 있다는 생각을 한다. 그러다 무엇을 잃은 사람처럼 '쌍둥이빌딩(세계무역센터)' 그림자가 길게 내려와 꽂힌 브로드웨이에서 한참을 서성거린다. 그런 다음 "안녕! 안녕!" 나도 모르게 중얼거리면서 피카소의 〈울고 있는 여인〉을 소장·진열하고 있는 MOMA(뉴욕 현대미술관) 쪽으로 발길을 옮긴다.

알 ^{총탄에 쓰러진 흑인운동가의 참모습}
렉스 헤일리 《말콤 X》

> 나에게 노래 너에게도 노래
> 오, 하느님의 모든 자녀에게 노래가 있네
> 하늘나라에 가면 내 노래를 부르겠네
> 온 하늘을 다니며 노래 부르겠네
>
> 흑인영가 〈나에게 노래 너에게도 노래〉

"검은 것은 아름답다."

미국 흑인운동의 캐치프레이즈로 '블랙파워(흑인의 힘)' 그룹에서 나온 말이다. 1965년 6월에 만들어진 '블랙파워' 그룹은 주로 흑인학생으로 구성되어 반전 · 반차별운동을 펼친다. 학생비폭력조정위원회(SNCC)라는 이름을 가진 이 단체는 S. 카마이켈이 주도적으로 이끈다. 조직 속에는 이들과 생각을 같이하는 백인학생도 가담한다.

이 단체는 흑인에 대한 권익과 존엄을 위해 '블랙팬더(Black Panther)'란 흑인결사대를 만들어 사회적 관심을 불러일으킨다. 흑인사회는 물론 백인사회 안에까지 파고 들어가 흑인의 정체성을 강조한다. 흑인공동체사회의 자결권 · 완전고용 · 공정한 재판 · 병역면제 등의 요구를 내걸며 '검은 깃발'을 흔든다.

이때 흑인운동 단체가 부르는 노래 속에는 '백인의 노예'로 살다 간 조상의 한 맺힌 목소리가 깊숙이 담겨 출렁거린다. 마치 꺼지지 않는 등불처럼 그렇게 먼 곳을 비춘다. 그리하여 흑인사회뿐만이 아니라 세계의 모든 사람들 마음속에 '흑인영가'는 민중의 노래로 자리를 잡는다. 꽃을 피우고, 하늘에 새들을 날리는 흑인영가!

산에 올라 소리높이 외쳐라
산 너머 온 세상에
산에 올라 소리 높여 외쳐라
내 백성을 내보내라고

        – 흑인영가 〈산에 올라 높이 외쳐라〉

세계문학의 거장을 만나다

나는 죄인이 아니 되리
왜 그러느냐고?
하느님께서 부르실 때
죽을 수 없으면 곤란하지

        – 흑인영가 〈그러나 나는 죄인이 아니 되리〉

이제 '깨어난' 흑인들은 "산에 올라 소리 높이 외쳐라"고 노래한다. 머잖아 "자유가 곧 도래하리라"고 합창한다. 그러면서 1960년대의 흑인사회에 민권운동의 거센 바람을 불러일으킨다. 이 운동의 한가운데서 불려진 노래가 바로 흑인영가(Black Spiritual)이다. 이 노래는 물론 '검은 영혼'과 같은 뜻인 '소울(soul)'이 담겨있다. "나에게 노래, 너에게도 노래, 하느님의 모든 자녀에게 노래"가 그 대표적인 노래이다. 여기에서 '노래'는 '자유(freedom)'라는 이름에 다름 아니다.

흑인들의 노래, 흑인영가는 가사가 일정하지 않다. 곡은 같되 가사는 대부분 개작돼 불려진다. 1980년대 한국의 대학가에서 기존의 노래들이 '노가바(노래가사 바꾸기)'로 변형되어 불려진 것처럼 개작돼 불려진다. 누구라도 노래의 한 가운데에 자신의 목소리, 자신의 슬픔, 자신의 기쁨, 자신의 소망과 열망을 보태어 싣는다.

노래는 합창으로 모아진다. 혼자(solo)서 부르기 위해 만들어진 노래가 아닌, '모두 함께' 부르기 위한 합창으로 되살아난다. 너와 내가 따로 없이 "내게 하늘 같은 평화, 내게 바다 같은 사랑, 내게 강 같은 눈물"로 쏟아져 내리고 또 흘러서 넘친다.

1960년대는 흑인인권운동, 흑인민권운동이 가장 거세게 일어난 연대이다. 그중 대표적인 것이 1967년 7월 뉴욕에서의 '블랙파워 전국대회'이다. 그러나 다음 해 4월, 전 세계를 향하여 몇 발의 총성이 울려 퍼진다.

미국 남부 그리스도교 지도자회의가 주최가 된 '가난한 자들의 행진'을 하던 흑인지도자 마틴 루터 킹 목사가 암살된 것이다. 비폭력 흑인인권운동가의 핏방울이 전 세계 사람들 옷자락에 뚝뚝 떨어진 것이다. 사람들은 그리하여 피는 검은색도 흰색도 아닌 붉은 빛이란 사실을 깨닫는다.

아마 그런 기억 때문일까. 뉴욕의 브로드웨이를 찾은 나는 말콤 X가 알렉스 헤일리에게 2년 동안 구술하여 쓴 자서전《말콤 X》를 다시 상상으로 읽는다. 뉴욕 맨해튼에서 18마일 떨어진 '펀클리프 공동묘지'에 고요히 누워있는 말콤 X. 그가 묻힐 때 관 뚜껑 위에 놋쇠

말콤 X의 출생지인 네브래스카 주 오마하에 세워진 표식. 말콤 X는 1965년 2월 21일 뉴욕에서 열린 인종차별 철폐를 주장하는 집회에서 암살당하였다.

글씨로 새긴 내용은 이렇다.

"엘 하지 말리크 엘 샤바즈. 1925년 5월 19일 태어나서 1965년 2월 21일 숨지다."

'엘 하지 말리크 엘 샤바즈'는 흑인운동가 말콤 X의 회교도 이름이다. 40년 동안의 인생을 하느님한테서 잠시 빌려 살다간 말콤 X. 그보다 3년 뒤에 쓰러진 마틴 루터 킹 목사처럼 비운의 생애를 마친다. 지상의 생애가 끝나리라는 어떤 조짐이 서서히 다가오던 그 날 정오. 말콤 X는 허드슨 강 건너 롱아일랜드 집으로 전화를 건다. 불길한 예감 때문이었을까. 아내 베티가 흑인집회에 안 나오도록 부탁한다.

이날 집회가 열리는 곳은 맨해튼의 브로드웨이 극장에서 가까운 오듀번 볼룸 2층. 팡! 팡팡팡!!! 총성이 울리며 말콤 X는 연설 도중에 쓰러진다. 한 사람이 쥐고 나온 엽총과 두 사람이 연발로 쏘아대는 리벌버 권총에 의해 처참하게! 열여섯 발의 총탄 세례를 받고 숨을 거둔다. 그와 노선을 달리한 마틴 루터 킹 목사보다 3년 먼저 미국 흑인들과 백인사회 속에 붉은 피를 쏟아놓고 암살된 것이다.

총탄에 쓰러진 흑인운동가의 참모습

교회가 불타고 있습니다
굶주린 사람들이 있습니다 하느님…
총을 쏘는 사람이 있습니다 하느님…
정의를 원합니다 하느님…
자유를 원합니다 하느님…
쿰 바 야 오 나의 하느님!

- 흑인영가 〈쿰 바 야 오 나의 하느님〉

달아나세 달아나세
예수님께 달아나세
달아나세 고향으로 달아나세
여기는 더 있을 것 없네

나의 하느님 날 부르시네

천둥으로 부르시네

내 영혼 속에 울려 퍼지는 나팔소리

여기 더 있을 것 없네

- 흑인영가 〈달아나세〉

킹 목사와 더불어 한때 흑인운동에 있어서 두 개의 큰 봉우리를 이룬 말콤 X. 그는 그렇게 가버린 것이다. 그의 "영혼 속에 울려 퍼지는 나팔소리"가 있어 "달아나세 달아나세" 외치며, "여기 더 있을 것 없네" 노래를 부르며 먼 하늘로 돌아간다.

'말콤 X'에서 X라는 성(姓)은 그가 흑인회교단에 입교하면서 원래의 성을 버리고 대신 쓰기 시작한 것. 미국 흑인들의 성은 원래 아프리카에서 끌려온 조상의 것이 아니고 그들을 노예로 부리던 백인 주인이 마음대로 붙여준 것들이 대부분이다. 그래서 흑인 회교도들은 자신의 빼앗긴 성 대신에 X자를 써서 자신의 이름을 표현한다. 한마디로 자신의 이름을 나타내는 또 하나의 암호요, 상징이기 때문이리라.

이슬람 성지 '메카(Mecca)' 순례를 마친 말콤 X는 1964년 흑인회교단과 결별하고 '샤바즈(Shabass)'라는 아프리카 부족의 이름을 자기 성으로 삼는다. 메카는 사우디아라비아 서부에 위치한 도시로 이슬람교 제1의 성지다. 창시자인 마호메트가 태어난 곳으로 이슬람교도들은 매일 다섯 번씩 메카가 있는 쪽을 향해 기도하는데 이들은 일생에 한번은 꼭 여기를 찾는 게 꿈이요, 소원이다.

킹 목사가 남부의 흑인기독교조직을 중심으로 흑인운동에 몸을

포스터 안의 말콤 X. 하지만 그는 박제되지 않고 여전히 살아 움직이는 신화가 되었다.

바쳤다면 말콤 X는 흑인회교단의 목사로서, 그리고 아프리카계 아메리카인단결기구(OAAU)의 지도자로서 흑인들의 인간적·인류사적인 권리와 사회변혁에의 요구를 강력히 펼친다.

그의 인생은 파란만장하다. 흑인들이 걸어온 역정을 대변하듯 말콤 X가 살아온 길은 가히 드라마이다. 구두닦이, 양아치 강도, 술집 웨이터, 마약밀매꾼, 뚜쟁이 생활이 그의 목구멍에 풀칠을 해준 셈이다. 여기에다 그가 보낸 40년간의 짧은 인생살이 중에서 4분의 1 이상을 감옥의 시간으로 메웠으니 아픔과 슬픔이 오죽했으랴.

수많은 사람들에게 말콤 X의 자서전적 책이 읽히는 것은 알렉스 헤일리라는 한 젊은이의 재능과 필력(筆力)의 결과만은 아니다. 그렇다고 위에서 열거한 수십 가지 직업을 가지고 백방으로 팔방으로 뛰면서 "이 풍진 세상 — 그 험난한 미국사회"를 그동안 지독하게 잘도 견디며 살아왔다는 흥미 위주로 만든 줄거리 때문만은 아니다. 톨스토이가 자신의 비평집 《예술론》에서 "오늘날 책들 속엔 '창녀'처럼 '돈(상업주의)'에 완전히 몸을 빼앗긴 것들이 많다!"고 하는 뜻을 받아들인 가운데 그의 책이 돋보였기 때문도 아니다. 또 그렇다고 해서 유독 말콤 X의 자서전이 교훈적이고 도덕적인 책이라는 점에서 선뜻 골라잡은 것은 아니다.

작가 알렉스 헤일리가 기록하고 있듯이 말콤 X의 "언제나 공부한다!"는 말 한 마디는 이 책의 처음부터 마지막까지를 지배한 화두다. 예컨대 이야기는 바로 이것이다. 말콤 X는 감옥생활을 마치 '학교'처럼 활용하여 공부했다는 사실이다. 감옥을 도서관으로 알고 밖에서 차입되는 책들을 위대한 교사로 받아들였다는 것이다. 그가 읽은 책들은 주로 인종문제와 역사에 관한 것이었지만 철학·종교·인류학·문학, 심지어는 유전학에 이르기까지 광범위하다.

감옥에 들어가기 전에는 겨우 200단어밖에 쓸 줄 몰랐다는 말콤 X! 미국의 저명한 저널리스트인 M. S. 핸들러는 말콤 X가 출옥한 이후의 모습을 두고 말한다. "말콤 엑스는 대중들에게 해독을 끼치는 병폐, 범죄행위는 더 말할 것도 없고 마약, 술, 담배 이런 것들을 자신의 생활에서 깨끗이 떨쳐버렸다. 사생활도 결함이 없었다. 그는 대중으로서는 가 닿기 어려운 완전한 청교도주의자와 같았다."

오씨 데이비스란 흑인 극작가는 이렇게 회고한다. "백인들은 그들이 인간이라고 말해줄 사람이 필요하지 않다. 그러나 흑인들한테는 필요하다. 말콤이 우리에게 말한 것은 우리도 '인간'이라는 사실이었다."

이제 나는 알릭스 헤일리의 또 다른 작품 《뿌리》를 다시 읽어보아야 할 것 같다. 허먼 멜빌의 《백경》이나 톨스토이의 《전쟁과 평화》에 비견되기도 하는 알릭스 헤일리의 《뿌리》. 1750년 아프리카의 주푸레 마을에서 태어나 '쿤타킨테'란 이름으로 인생을 시작한 이 소설의 주인공은 아메리카 노예로 끌려가기 이전의 아프리카 흑인들의 건강하고 싱싱한 삶을 보여준다.

어딘지 분간할 수 없게 꽁꽁 묶여서 소 돼지처럼 대서양을 통해 아메리카로 끌려간 흑인들. 먼 항해 중에 살아남은 그들이 낯선 아메리카 땅에서 일하고, 살고, 싸우고, 죽고, 사랑하는 모습들이 이 소설을 대 파노라마로 펼쳐준다. 저 멀고 먼 아프리카의 평원처럼 그렇게 아프리카와 아메리카의 노예현장을 생생하게 되살린다.

알릭스 헤일리가 수차례에 걸쳐서 아프리카 현지답사는 물론 미국회의사당 도서관, 미국 내 수많은 대학들의 도서관 열람자료실을 뒤져서 12년 만에 완성시킨 이 방대한 분량의 대작소설 《뿌리》는 가히 숨막힐 정도로 스토리가 뒤엉키어 전개된다. 두껍지만 휘몰아치는 감동을 주어 결코 지루한 느낌을 주지 않는 책이다.

다시 《말콤 X》를 읽기 전에 《뿌리》를 먼저 읽는다면 아메리카 흑인들의 역사 그리고 '나 자신'을 돌이켜 보는데도 많은 이해와 도움을 줄 것 같다는 생각을 한다. 흑인이 전체인구에서 50%를 넘어선다는 뉴욕. 그 옛날 인디언의 아이들이 뛰놀던 맨해튼에서 나는 허드슨 강 한복판에 서 있는 '자유의 여신상'을 가까이 바라본다.

그녀 손에 쥐어진 '자유와 평화의 횃불'이 인종을 초월, 모든 사람들을 비추기를 기원한다. 그런 다음 휘트먼이 노래한 브루클린 다리를 건너 킹스필드 지역으로 향한다. 한국교민들이 더 많이 모여서 살고 있기 때문이다. 아, 나는 다시 노래 부른다. 다인종국가 미국, 한국 교민들이 30만 명을 넘어선다는 뉴욕 한복판을 달리며.

세계문학의 거장을 만나다

롱

삶을 아름답게 승화시킨 인생찬가

펠로우 시집 《인생찬가》《밤의 노래》

_ 인생은 현실이고 인생은 진지한 것
무덤이 우리 인생의 목표는 아니다

"요즘 미국 안에서는 '정치'라는 개념이 많이 달라지고 있습니다. 몇 년 전만 하더라도 문화가 정치에 예속됐는데 이제는 정치가 문화에 스며들어가는 세상이 된 것입니다. 용어마저도 '정치문화'에서 '문화정치'로 바뀌어가고 있는 추세입니다."

레이몬드 윌리암스(영국의 케임브리지 대학 교수) 같은 학자는 이를 대변하듯 정치와 사회, 경제, 문화적 현상을 이렇게 압축합니다.

"이제 삶의 축은 문화다. 따라서 오늘날은 문화가 정치를 만들어가고, 문화가 경제를 만들어가고, 문화가 사회를 이끌어가는 그런 세상이 돼야 하는 것이다라고 말하는 세상이 온 것 같습니다."

브라운 대학과 예일 대학을 차례차례로 안내해주고 보스턴까지 익숙한 장거리 운전으로 나의 여행을 도와준 김응기(뉴욕 대학 정치학

진공) 학생은 내가 물어보지도 않았는데 현대사회와 문화의 관계를 아주 진지한 표정으로 얘기한다.

그러면서 최근 미국사회 정치풍토랄까 사회적 담론이 무엇인가도 나름대로 짚는다. 아마 그는 내가 한국에서 '시인'으로 살아가고 있기 때문에 그걸 의식한 나머지 '문화'에 비중을 더 두어 말하는 것 같다. 기쁜 마음으로 자동차 운전을 해주면서 나의 여행을 도와주는 그에게 나 또한 즐겁고 편안한 생각을 가지고 대답해준다.

"어이, 김웅기 친구! 문화라는 게 본질적으로는 우리들 삶의 모든 것들이지. 그중 당대의 문화적 에스프리(정신)를 가장 긴장감있게 압축해주는 것이 시(詩)라고 생각하는데, 그러니까 당대의 정치·사회·경제·문화의 제반현상과 자연현상을 언어라는 기재(機材)를 이용하여 '압축파일'로 담아내는 것이 시라고 보는데, 아무튼 그런 관점에서 미국문학을 들여다보면 여러 가지 흥미로운 사실들이 발견되곤 하네. 오늘 내가 찾아가는 롱펠로우(1807~1882) 같은 시인도 여기에선 예외가 안 되겠지. 프랑스어·스페인어·이탈리아어를 자유자재로 구사하고 단테의 《신곡》을 번역, 오늘날까지도 최고의 번역작품으로 평가를 받고 있지만, 역시 그는 19세기 미국문학이 낳은 '미국의 국민시인'이라는 사실을 숨길 수 없는 것 아닌가."

곧 나는 이야기를 쉽게 풀어간다. 우선 나의 화두(話頭)를 일단 시 속으로 끌어당겨와 시를 중심으로 얘기한다. 어차피 오늘은 롱펠로우라는 시인을 찾아가는 날이기 때문이다. 그래 나는 자연스럽게 털어놓는다. 롱펠로우 식으로 말하면 시는 사람들의 모든 문화에 있어서 어떤 초월적 상위개념에 놓인다. 예컨대 시라는 문화행위는 정치 속으로, 경제 속으로, 사회 속으로 스며들어가는 것이 아니라 바로 그것들 위에 엄연하게 버티고 서서 '인간(humanbeing)' 혹은 '인생(humanliving)'의 존재를 안타까울 정도로 오래오래 붙잡고 있는 것이라고 정의한다.

인간은 현실적으로 정치적·사회적·경제적·문화적 동물이기도 하지만 결국은 초월적 동물이다. 초월적이라는 말은 '시적'이라는 말과 같은 뜻으로 모든 인간들은 삶과 죽음 ― 그것의 최고 최대의 발현점인 영혼을 가지고 있다는 것 아닌가.

바로 여기에 시인 롱펠로우의 '인생시'가 놓인다. 그는 "인생은 현실이고 인생은 진지한 것"이며 "무덤이 우리 인생의 목표가 아니"니 "마음속엔 용기, 머리 위에는 하느님을 두라"고 노래한다. "어떠한 운명도 감수할 마음으로 언제나 성취하며, 언제나 추구하며, 일하는 것과 기다리는 법을 배우"라고 그 자신 이외의 다른 사람들을 향하여 '보다 초월적이고 보다 이상적인 현실주의'를 부추긴다.

시인 롱펠로우는 아메리카 인디언의 북소리처럼 거침없이 인생에의 북을 둥둥 두드린다. 가장 낭만주의적인, 가장 낙관주의적인, 가장 현실주의적인, 그러면서 다분히 교훈적인 아포리즘(경구)을 동원하여 주저앉을 수 없는 인간의 위대한 '영혼'을 일으켜 세운다. 잠든 영혼은 죽은 영혼이나 마찬가지이니 오늘을 위하여, 뚜벅뚜벅 걸어오는 '내일'을 위하여 인생을 숭고하게 만들어주는 그 무엇을 찾아가라고 노래한다.

내게 말하지 말라, 슬픈 목소리로.
인생은 한낱 텅 빈 꿈이라는 말도!
왜냐하면 잠든 영혼은 죽은 영혼이고,

하버드 대학 근처에 있는 롱펠로우의 저택. 이 저택은 원래 미국 독립전쟁 당시 워싱턴 장군의 사령부가 들어섰던 곳이다.

사물은 겉보기와는 다른 것이기에

인생은 현실이고 인생은 진지한 것!
무덤이 우리 인생의 목표는 아니다.
너는 흙이니 흙으로 돌아가란 말은
영혼을 두고 한 말이 아니다.

- 〈인생찬가〉 중에서

롱펠로우는 대학에 들어갈 때 아버지가 법학 전공을 원했지만 끝내 문학의 길을 택한다. 보드윈 대학에서 19세기 '아메리카 르네상스'에 불을 당긴 나다니엘 호돈과 동급생이 되어 문학적 우정을 돈독히 쌓아나간다. 호돈은 졸업한 후 오늘날 역시 미국문학 최고의 심

하버드 대학 안에는 1백60여 개의 도서관이 있는데, 그 중 중앙도서관인 와그너 도서관은 학술서적만 1천만 권의 장서량을 자랑한다.

리주의 소설로 평가받고 있는 《주홍글씨》를 출간한다.

롱펠로우는 3년 동안 유럽을 다녀온 경력을 갖고 있다. 독일·스페인·이탈리아 등지에서 어학과 문학적 교양을 익히는 한편 많은 학자·시인들과 교류를 갖는다. 미국에 돌아가서는 단테의 《신곡(神曲)》과 보카치오의 《데카메론》을 영어로 옮긴다. 특히 《신곡》은 오늘날까지도 가장 충실한 영어 번역으로 손꼽힌다.

그의 첫 시집은 《밤의 목소리》로 발간 첫날 4만3천 부나 팔려나갈 정도로 폭발적인 대중적 인기를 누린다. 미국민요시집의 효시로 기록되는 《민요시와 기타 시편들》은 오늘날에도 많은 독자들을 확보하고 있다. 영국과의 독립전쟁을 소재로 한 소설 〈에반젤린〉, 인디언의 신화적인 이야기를 담은 산문시 〈하이어워더의 노래〉 또한 미국문학의 위대한 유산으로 떠받들어진다.

유럽문학을 미국문학에 접목시키면서 독자적으로 미국시의 문을 열어나간 시인 롱펠로우. 그러나 불행하게도 롱펠로우는 유럽여행 중에 첫 번째 아내 메리 스토러 포터를 죽음의 사자에게 빼앗기고 만다. 결혼한 지 4년도 채 안된 상태에서. 운명의 사자는 두 번째 부인 프란시스 아프레톤마저 빼앗아간다. 롱펠로우와의 사이에 네 명의 아이를 낳아준 아프레토는 집이 화마(火魔)로 휩싸인 가운데 타죽은 것이다.

손쉽게 나는 뉴욕 대학에 재학 중인 김웅기 학생과 함께 롱펠로우가 살다간 '크라지 하우스'를 찾아낸다. 하버드 대학 정문에서 고작 15분 거리에 있는 이 집은 오늘날 '롱펠로우 기념관'으로 가꾸고 있다. 그런데 이 집에서 또 놀란 사실이 있다. 현재 미국문화재로 지정된 2층짜리 이 건물은 미국독립전쟁 당시 '워싱턴 장군의 사령부'로 쓰인 곳이 아닌가. 가정적으로 큰 불행을 두 번이나 당했으면서도 85년의 인생을 오로지 '인생찬가'로 일관하며 살다간 롱펠로우. 나는 그의 사상과 시와 인간에 대한 외경이 감도는 이 유서 깊은 집에서 깊은 감회에 젖는다.

롱펠로우 시인의 집을 벗어나자 집 주변의 커다란 나무들이 손을 흔들어주듯이 가지를 쭉쭉 뻗는다. 이때 나는 조용히 읊조린다. 그의 시 〈시인들〉에서 첫 구절을 뽑아 입술에 올린다. 하버드 대학 교수로 봉직하면서 14년 동안 매일같이 걸었을 길을 나 또한 걸어가면서 그의 모습이 '큰 바위의 얼굴'처럼 다가오는 것을 감지한다. 시인 롱펠로우의 기념비는 영국 웨스트민스터 사원에 가면 볼 수 있다고 한다.

"하느님께서는 이 지상에, 시인들을 기쁨과 슬픔의 노래를 부르는 사람으로 보내셨다!"

하버드 대학 교문 앞으로 가자, 한국교포가 경영하는 레스토랑 '신라'가 기다린다. 동서양 사람들의 입맛을 고루 참조한 퓨전음식이어서 어느 나라의 학생들한테도 입맛이 맞을 것 같다. 뉴욕의 김웅기 학생이 보스턴 시와 미국 대학들에 대하여 알고 있는 대로 들려준다.

보스턴 하면 우선 대학도시다. 하버드, MIT, 예일 대학 등 미국의 명문이 모여 있다. 독립전쟁, 아메리카 르네상스, 고래잡이 포경선, 바다가재 랍스터, 아름다운 찰스 강 등의 어휘들이 떠오르는 도시이기도 하지만 보스턴은 대학도시인 것이다.

미국의 대학생들은 '3강-2중-3약'이라는 말을 종종 한다. 이 말은 미국의 대학들을 놓고 급수를 매길 때 쓰는 말인데 하버드, 예일, 프린스턴이 3강 대학이다. 다음으로 펜실베니아, 콜럼비아가 2중에 들고, 브라운, 다트모스, 코넬이 3약군에 속하는 대학이다. 학생들이야 그렇게 부르고 있는 것이지 사실상 이 대학들은 모두 미국이 세계적으로 자랑하는 명문대학이다. 존 에프 케네디 대통령의 모교로 알려진 하버드 대학의 경우 캠퍼스 안에 무려 1백60개 도서관이 문을 연다.

낯선 곳 보스턴에 밤이 서서히 밀려드는 시각이다. 하버드 대학은 그러나 도서관 창문마다 불빛들이 타오르기 시작한다. 미네르바의 올빼미가 날아오를 모양이다. 푸드득 푸드득 날개를 펴면서.

삶을 아름답게 승화시킨 인생찬가

T. S. 엘리어트 《황무지》

전후 현대문명의 불모성을 통렬하게 풍자

_ 4월은 가장 잔인한 달
죽은 땅에서 라일락을 키워내고
기억과 욕망을 뒤섞으며
_ 봄비로 잠든 뿌리를 뒤흔든다

맨해튼 서부 53번가와 54번가 사이에 자리잡은 뉴욕 현대미술관
(MOMA). 1층에는 흑인들이 연주하는 라이브 재즈를 즐기는 사람들
이 자유롭게 앉아있고 2층부터는 미술관이다. 천천히 그것들을 구경
하다가 4층으로 올라서자 나의 두 눈 속으로 충격적으로 다가서는
그림 하나가 있다. 물론 MOMA미술관은 피카소의 오리지널 그림만
41점을 소장하고 있을 정도로 유명한데 전시는 물론 열두 달이다.

루소의 작품 〈잠자는 집시 여인〉(1897년)이 왜 내게도 오싹한 전율
을 불러일으키는 것일까. 일찍이 세계명화집에서 수차례 보아왔지만
이 오리지널 작품이 던져주는 강력한 이미지와 메시지 속에서 나는
감전이나 돼버린 듯 우뚝 서버린다. 아마도 지금부터 내가 얘기하려
는 T. S. 엘리어트(1888~1965)의 장시 〈황무지〉의 주제와 내용이 가

습에 깊숙이 와닿는 듯하여 그런 느낌이 든 것 같다.

그림은 검고 차가운 녹청색 하늘을 배경으로 물기 한 점 없는 달이 유령의 흰 얼굴처럼 떠 있다. 그리고 풀 한 포기 없는 황량한 사막의 모래 구덩이. 그곳에는 만돌린 악기를 곁에 놔둔 채 한 사람의 집시가 지친 몸으로 쓰러져 누워 잠든 채 노출된 상태다. 이때 어디선가 달려온 굶주린 사자(獅子)가 먹이를 탐하며 눈알을 굴리고 있는 모습은 마치 황량한 벌판에 서 있는 듯한 우리들 자신에 다름 아니다.

구성은 단조로운 것 같지만 강력한 메시지로 관람객들을 압도하는 앙리 루소의 〈잠자는 집시 여인〉. 나는 이 그림을 보면서 T. S. 엘리어트의 장시 〈황무지〉의 전편에 깔려있는 풍경들을 본다. 예컨대 앙리 루소의 그림 속에 엘리어트가 드나들고 엘리어트의 시 속에 역시 앙리 루소가 드나드는 것을 동시에 느껴 보기도 한다. 20세기 정신문화사에서도 커다란 센세이션을 일으킨 작품 〈황무지〉는 이렇게 시작된다.

4월은 가장 잔인한 달
죽은 땅에서 라일락을 키워내고
기억과 욕망을 뒤섞으며
봄비로 잠든 뿌리를 뒤흔든다.
차라리 겨울은 우리를 따뜻하게 했었다.
망각의 눈으로 대지를 싸 감고
마른 둥근 뿌리로 가냘픈 생명을 키웠으니.

휘트먼의 시 〈풀잎〉과 〈내 자신의 노래〉가 그러했듯이 엘리어트의 시 〈황무지〉는 미국문학사의 과정 속에 일대 커다란 변화를 가져다 준다. 뿐만 아니라 영국을 비롯한 유럽의 모든 나라 그리고 세계의 모든 문학인들에게 엄청난 영향을 던져준다. 휘트먼의 시가 미국 민 주주의 정신과 자연에의 사상을 건강하고 폭넓게 담아 영향을 끼쳤 다면 엘리어트는 20세기의 대표적인 문예사조인 모더니즘을 자신의 시작품과 해박한 이론으로 여실하게 밑바탕을 다져놓은 시인이다.

1922년에 발표된 이 장시는 제1차 세계대전 직후 유럽 전역을 강 타한 죽음과 절망의 황폐함, 그리고 전 세계문화의 붕괴를 새로운 시 의 형식으로 보여준다. 따라서 곳곳에 널려있는 문명의 파편들을 잘 못된 역사의 쓰레기더미인 양 보여주고 있는 것이다. 그러면서도 이 시는 절묘한 음악성, 순간적인 기억에로의 환기장치, 문학적인 상상 력을 실로 풍부하게 펼쳐 놓는다.

원래 이 시는 엘리어트가 미국에서 영국으로 귀화한 직후 썼는데, 초고를 다듬은 장소로 알려진 곳은 그가 과로와 신경질환으로 요양 중인 스위스의 로잔이란 도시다. 자동차 사고의 후유증으로 로잔의 한 요양소에서 정신의학 치료를 받으면서 시상을 잡았던 것이다. 한때 거의 절망상태에까지 치달았던 자신의 신경장애 현상을 통해 서 시인은 전후 유럽문명의 황폐함을 처절하게 깨달은 나머지 방대 한 주석(註釋)과 시적 사건들이 담긴 〈황무지〉를 노래하기에 이른 것이다.

그런데 왜 시인 엘리어트는 〈황무지〉의 첫 구절에서 "4월은 가장 잔인한 달"이라고 했을까? 1월부터 12월까지 일 년이 열두 달인데 하필이면 어째서 '4월'을 '가장 잔인한 달'이라고 상징적으로 못박

뉴욕 현대미술관이 소장하고 있는 앙리 루소의 작품 〈잠자는 집시 여인〉. 엘리어트처럼
현대 문명사회를 상징적으로 드러내는 작품으로 유명하다.

아버린 것일까? 어째서 4월만이 가장 잔인하다고 은유(메타포어)화해버린 것일까? 우리가 알기로 미국이나 유럽 또한 4월은 '봄의 시작'을 알리는 희망의 계절임이 분명한데 엘리어트는 왜 잔인하다고 했을까?

"4월은 가장 잔인한 달"이라는 시구의 비밀을 알고 나면 사실상 〈황무지〉 전편의 비밀도 서서히 풀린다. 이 시를 쓸 당시 스위스 요양소에서 치료를 받고 있었던 엘리어트는 어느 날 산책을 나선다. 아, 그런데 이게 무엇인가? 눈 쌓인 알프스 봉우리들을 바라보면서 걸음을 옮기던 시인은 예상치 못한 장면을 목격한다.

때는 4월인지라 겨울 동안 쌓인 눈들이 녹고 있었는데 시인은 자신의 바로 앞에서 제1차 세계대전, 그러니까 지난 전쟁의 잔해를 발견한다. 녹슨 철모와 총칼, 죽은 시체들의 뼈가 눈더미 속에서 드러나는 것을 목격한다. 실로 잔인한, 차라리 봄이 오지 않았으면 망각 속에 영원히 파묻혀 있어도 좋을 그것들이 두 눈에 들어온 것이 아닌가. 그래 시인은 자신도 모르게 한숨을 쏟아냈던 것 같다.

"아아, 봄이 오는 4월은 잔인하구나! 차라리 봄비가 내리지 않는다면 전쟁과 잔인한 기억의 잔해들이 모두 파묻혀 있었다면 몰랐을 것인데…." 엘리어트는 그런 괴로운 생각을 하면서 자신과 독자들에게 묻는다. "차라리 겨울은 우리들을 따뜻하게 했었다"라는 역설 혹은 역발상(알레고리)적인 표현으로 길게 한숨을 짓는다.

이 엉겨붙는 뿌리들은 무엇인가? 돌더미 쓰레기 속에서
무슨 가지가 자란단 말인가? 인간의 아들이여… 죽은 나무
밑엔 그늘이 없고 귀뚜라미의 위안도 없고, 메마른 돌 틈엔

세계문학의 거장을 만나다

물소리 하나 없다…그러면 내 너에게 보여주마… 저녁때 네 앞에
솟아서 너를 맞이하는 그 그림자와도 다른 그것을.
한 줌 흙 속에서 공포를 보여 주마.

오늘날 인류의 문명을 "기억과 욕망"이 분별할 수 없을 정도로 뒤
섞여서 뿌리채 흔들리는 그것으로 파악한 엘리어트. 그는 전쟁과 문
명으로 상징되는 인간들의 삶의 현장을 '돌더미 쓰레기'로 비유하다
가 자욱한 안개 속의 런던교(런던브리지)를 다음처럼 묘사한다. 전쟁
후 그곳을 지나는 사람들마저 '죽은 사람'으로 바라본다.

공허의 도시,
겨울 새벽 갈색 안개 속으로
수많은 사람들이 런던브리지 위로 흘러간다. 저렇게 많이,
죽음이 저렇게 많은 사람들을 멸망시켰다고는 생각하지 못했다.

엘리어트 시는 1920년대 영미시의 모더니즘을 대표한다. 그리고
한국의 경우엔 1930년대에 들어와 모더니즘을 본격적으로 수입하게
되는데 김기림, 김광균, 정지용에 이어 1940년대 중반기《새로운 도
시와 시민들의 합창》이란 동인지를 펴낸 김수영과 박인환 등이 모더
니즘의 깃발을 내건다. 모더니즘은 과거의 전통과 형식을 부정하고
새로운 미학을 내세운 문예운동의 하나인데 물론 주지주의 성향이
강하다. 주지주의(Intellectualism)는 모더니즘과 같은 의미로 쓰이기
도 하며 사실은 모더니즘의 하위개념이다. '주지주의'란 말을 맨 처
음 사용한 사람은 '귀납법'을 창시한 것으로 유명한 F. 베이컨인데

독일 철학자 이마누엘 칸트는 주지주의 그 자체를 감각주의와 대립되는 개념으로 생각했다. 감각주의는 칸트에겐 오성(悟性)에 반하는 비이성적인 산물이기 때문이다.

따라서 그 전통을 이어받은 20세기의 시인 엘리어트는 '지적 정보'가 대거 출현하는 주지주의적 모더니즘을 크게 옹호하거나 강조한 시인으로 나선다. 특히 그의 시의 경우 언어적 기법에선 감정억제와 시각적 이미지를 중시한 이미지즘을 선호한다. 이미지(image)란 '심상(心象)'이란 것인데 인간의 눈에 보이지 않는 수많은 감정을 '눈에 보이듯이 그린다'는 뜻에서 '마음의 그림'으로 번역할 수 있는 어휘다.

T. S. 엘리어트의 조상들은 영국에서 미국으로 이주한 사람들로서 주로 뉴잉글랜드의 동부지역인 매사추세츠 주에서 터를 닦는다. 그의 할아버지는 1853년도에 워싱턴 대학을 설립한 사람이며 아버지는 미시시피 강을 거점으로 벽돌회사를 차린 사람이다. 엘리어트는 아버지보다는 여성적 아름다운 시집을 펴낸 어머니로부터 문학적 영향을 받았으며 하버드 대학에 들어가서는 철학박사 학위를 받는다.

영국으로 귀화한 엘리어트는 런던 은행에 취직, 거기에서 남은 돈으로 '크라이티어리언'이란 출판사를 차려 저 유명한《황무지》를 간행하기에 이른다. 당시 전 세계적으로 알려진 시인 에즈라 파운드의 감수 아래에서 출간을 하게 되는데 엘리어트가 원래 썼던 원고의 반절이 바로 파운드의 붉은 색연필로 지워져 나간다. 역시 엘리어트의 스승은 시카코에서《詩Poetry》를 창간한 에즈라 파운드다. 장시〈황무지〉의 제목에 밑에 "보다 훌륭한 예술가 에즈라 파운드를 위하여"라는 헌사를 붙여놓고 있음이 그것을 예증한다. 파운드 또한 모더니스트를 개척한 한 시인인데 이탈리아에서 파시즘을 옹호했다가 미국

세계미술의 거장들을 만나다

으로부터 추방명령을 받은 미국시인이다.

그러면 우리 갑시다, 그대와 나. 지금 저녁은 마치
수술대 위에 에테르로 마취된 환자처럼 하늘을 배경으로
펼쳐져 있습니다. 굴 껍질과 톱밥이 흩어진 음식점 사이로
빠져서, 우리 갑시다. 유리창에 등을 비벼대는 노란 안개,
유리창에 입술을 비비는 노란 연기,… 시간은 있으리라,
시간은 있으리라. 살해와 창조에도 시간은 있으리라…
나는 내가 살아가는 인생을 커피 스푼으로 되질해왔다.

동방의 코리아에서 하버드를 찾은 나는 엘리어트의 또 다른 대표
시 〈J. A. 프루프록의 연가〉에서 가장 인구에 회자되는 시 구절을 떠
올린다. "커피 스푼으로 인생을 되질하"지 않고 술과 음식을 파는 레
스토랑 '신라'에서 한 잔의 소주로 나그네의 여독과 으스스한 고독
을 달랜다. 고독은 세계여행을 하는 사람들한테는 흔히 전염병처럼
달라붙는 거라 하지 않던가. 대학정문 쪽에 위치한 중앙도서관에서
쏟아져 나오는, 수천만 권의 장서에서 발하는 파란 불빛들을 고대 상
형문자처럼 바라본다.
　　T. S. 엘리어트는 앞서 얘기한 〈황무지〉〈J. A. 프루프록의 연가〉를
비롯하여 야심찬 노작 〈성회(聖灰) 수요일〉〈네 4중주〉뿐만 아니라
일련의 길고 짧은 시편들, 그리고 시극·평론 등에서도 세계문학사
적인 커다란 업적을 남겼다. 시극은 〈대성당의 살인〉이 가장 유명하
며 평론 〈전통과 개인의 재능〉〈고전이란 무엇인가〉는 20세기 문학
평론 분야에서는 빼놓을 수 없는 기념비적인 작품이다.

"고전(古典)이란 말을 최대한 고정시켜 정의를 내린다면 그것은 '원숙(圓熟)'이라는 말에 다름 아니다. 고전은 문명이 원숙하고 언어와 문학이 원숙할 때만 나타날 수 있는 것이고 원숙한 정신의 소산이다"라는 담론을 엘리어트는 시종일관 강조한다. 모더니스트 시인임에도 불구하고 그가 주지주의의 선두주자라는 데는 바로 그와 같이 모든 예술작품의 형식과 내용에서 '전통'을 중시하고 또 실재로 그의 시작품 속에 녹여 넣기 때문이다. 예컨대 그의 창작물은 위대한 고전작품들을 기반으로 한 박학다식한 지적 정보 속에서 결실을 맺은 것이다. T. S. 엘리어트는 20세기 최고의 시로 평가를 받은 〈황무지〉로 1948년도에 노벨문학상의 영예를 안았는데 이 작품의 감동은 오늘날도 줄어들지 않고 있다. 왜? 아마도 그가 1920년대에 목격한 '가장 잔인한 4월'이 오늘날도 전 지구적으로 되풀이되고 있기 때문이리라.

세계문학의 거장을 만나다

시
튼 《동물기》

나이를 타지 않고 읽히는 동물 사랑 이야기

_ 동물도 인간과 똑같이 감정이 있다. 그들도 우리와 똑같이 자연 속에서 자유롭게 살아갈 권리가 있다.

_ 누가 내게 어떤 종족이 가장 아름답고 사랑스러우냐 물으면 그야, 자연을 진실로 대하는 인디언들이라고 말하고 싶습니다.

뉴욕의 맨해튼. 브로드웨이에서 가까운 메트로폴리탄 미술관을 관람한 뒤 곧바로 세계에서 가장 아름다운 공원 중의 하나라는 센트럴파크 공원으로 간다. '버팔로(buffalo)'라는 들소를 보기 위해서이다. 미국은 버팔로의 나라라고 하는데 그러나 한 번도 그것들을 보지 못해 결국 몇 마리를 데려다 키운다는 센트럴파크 공원으로 간다. 그곳에 가면 내가 지금도 어린애처럼 좋아하는 동물소설가 어네스트 에반 톰슨 시튼(1860~1946)의 동물들도 몇 종류는 볼 수 있을 것 같아서이다.

100만 평을 족히 넘어선다는 도시공원 센트럴파크. 숲과 연못과 갖가지 정원, 그리고 무엇보다도 동물원이 자리 잡고 있다 해서 총총히 그곳으로 걸어간다. 아마도 세계 최대의 '어린이야외공연장'일지도 모르는 곳에서 재미있는 행사가 계속 진행되고 있는 것 같은데, 하지만 나는 버팔로를 보기 위해 숲 속 평지로 들어간다.

이때다. 나는 녀석들 서너 마리가 풀을 뜯고 있는 것을 발견한다. 그러나 이들 아메리카 들소는 내가 베트남에서 본 들소와 비교할 때 우선 활기부터 없어 보인다. 한때는 인디언들의 주요 식량이었다는 버팔로. 19세기 말엽만 하더라도 6백만 마리를 넘어섰다는데 지금은 고작 서너 마리가 모여 지나가는 나를 보는 둥 마는 둥 한다. 미국 현지에서 듣자하니 이제는 '버팔로 보호구역' 안에서나 구경할 수 있다하니 왠지 씁쓸한 생각마저 든다. 미국 전역에 기껏해야 몇 천 마리만 남았다는 버팔로. 머잖아 녀석들도 '종족의 씨'마저 사라질 판국이라니 남의 일 같지 않다.

아무리 아메리카 대륙이 광활하고 또 광활해도 이제는 더 이상 도망가서 살 수 없게 된 그 옛날의 초식동물들. 그들은 어느새 멸종되었거나 혹은 몇 마리 살아남았다 손치더라도 앞날을 예측하기조차 힘들다. 거센 바람 앞에 가물거리는 등불처럼 이들은 '멸종'될 그 날을 기다린다. 버팔로뿐만이 아니다. 뱀들도 위기에 놓여있다.

캘리포니아 주 랭카스터 지대의 사막. 그곳에 자생하는 노란 파피꽃과 '인디언 풀', 사막의 식물들 사이로 기어다니는 '황색무늬 뱀들'도 거의 사라져가고 있단다. 캘리포니아 주 정부는 그래서 인디언 풀과 황색무늬의 뱀을 정책적으로 보호한다.

아, 결국 인류의 오랜 벗이었던 그 많은 동물들과 꽃들이 이렇듯 마지막 벼랑으로 내몰리고 있구나. 더 이상 앞으로 나아갈 수 없는 벼랑의 끄트머리에까지 밀려가 멸종의 순간들을 기다리는구나. 내게도 그들 헉헉대는 숨소리가 들려오는 것 같다.

뉴욕의 센트럴파크 공원에서는 종종 흑, 백, 황의 인종차별을 떠나 열린 무대 공간이 열린다.

LA의 자연사박물관에서 목격한 각종 동물들의 최후를 다시 영상 미디어로 떠올린다. 특히 '타르'라는 액체의 기름구덩이에 파묻혀 죽어 가는 공룡들의 비명소리가 들리는 것 같아 앞가슴에 닭살이 돋는 느낌이다. 웨에이, 웨에이, 웨에이, 우우욱….

그래, 나는 산업문명의 최첨단을 걷는 오늘의 미국사회를 사뭇 걱정도 해보면서 시튼의 동물소설 《동물기》를 누구에게나 권하는지 모른다. 내가 보기에 적어도 그의 《동물기》는 단연 독보적인 동물소설이다. 흥미진진함은 이미 다 알려진 사실이고 작자의 동물에 대한 끝없는 사랑과 우정이 우선 가슴 뭉클하게 만든다. 각종 동물들에 대한 집요한 추적과 생태심리학, 삶의 각양각색 모습을 담고 있음이 그렇다.

물론 시튼의 《동물기》 말고도 비슷한 책들은 이미 있다. 가령 기원전 6세기 경에 그리스인 이솝이 펴낸《우화집》, 두 프랑스인 라퐁텐 (1621~1695)과 박물학자 파브르(1823~1915)가 각각 남긴《우화산문 시집》《곤충기》는 불후의 노작들로 평가된다. 그 가운데서도 시튼의 《동물기》는 어떤 동물우화나 가공소설로도 시늉할 수 없을 만큼 섬 세하고 과학적인 생태연구를 통해 이루어진 '동물박물학지'라 할 수 있겠다.

주요 내용을 들여다보면 이렇다. 커람포의 이리왕 로보, 스프링필 드의 여우, 회색곰 워브의 일생, 붉은 머플러를 두른 메추리, 샌드힐 의 수사슴, 어느 까마귀의 이야기 등은 실로 흥미진진하다 못해 너무 도 눈물겹다. 이 모든 동물의 이야기는 시튼이 책상에 가만히 앉아서 쓴 것이 아니다. 일 년 열두 달, 봄 여름 가을 겨울 내내, 미국 전역을 여행하면서 동물들의 삶을 뒤좇아가서 얻어낸 사랑의 결과물이다. 시튼은 앞으로 이 지구상에서 영원히 사라져버릴지 모를 그런 조그 마한 동물까지 좇아다니면서 그들 삶의 하나하나를 마치 우리 '인간 의 삶'처럼 체온을 실어서 보여준다. 그들과 다른 생태계와의 관계 도 아주 절묘한 필치로 그려낸다.

그중 〈기러기〉 편을 요약해 소개한다. 가을이 되면 한국의 하늘에 도 북쪽에서 철새 무리인 기러기 떼가 날아온다. 어릴 적 우리들의 동심을 한껏 키워준 기러기 떼. 동요에도 자주 등장하는 기러기 떼를 보게 된다. 그럼 우리가 가장 마음속으로 궁금하게 생각하는 것은 무 엇일까. 그것을 시튼이 얘기하는 식으로 옮겨본다.

"아빠, 저기 가을 하늘에 ㅅ자로 날아오는 기러기 떼를 보세요. 맨 앞에 날아가는 기러기는 과연 누구일까요? 엄마 기러기일까요, 아빠 기러기일까요, 아니면 오빠 기러기일까요?"

"맨 앞에 날고 있는 기러기는 엄마 기러기란다. 그리고 맨 뒤끝에 나는 기러기는 아빠 기러기일거고. 기러기 사회에서는 엄마가 온 가족들을 이끌고 있는 거지. 그래서 기러기 사회는 모계사회라고 말할 수 있단다. 만약 어느 날 호숫가에서 엄마 기러기와 함께 먹이를 찾으러 간 아빠 기러기가 사냥꾼에게 총을 맞아 죽게 되면, 엄마 기러기는 눈이 내리고 또다시 봄이 와도, 그 호수를 떠나지 않는단다. 울면서 울면서 호수를 맴돌 뿐. 기러기 엄마는 아빠가 없으면 절대로, 두 번 다시 시집을 가지 않고 홀로 살아가는 것이지. 그래서 자식 사랑 지아비 사랑밖에 모르는 어머니를 두고 '기러기 엄마'라고 하지 않더냐. 그런데 말이야, 또 달라. 엄마 기러기가 어쩌다 죽게 되면 아빠 기러기는 다른 여자 기러기한테 날아가 다시 결혼을 해버리거든, 쯧쯧쯧!"

이렇듯 시튼의 《동물기》는 허구가 아닌, 그리고 지금까지 거의 알려지지 않은 동물의 세계를 사람들 가까이 보여준다. 그것도 두 눈으로 볼 수 있게만 보여주는 것이 아니라 사람들의 가슴 저 밑바닥 속에 흐르는 '마음'이라는 것도 볼 수 있도록 그렇게 절절하게. 이것이 《동물기》를 세계 최고의 동물소설로 이끌어올린 요인이 아닌가. 생전에 그가 남긴 말처럼 "동물도 인간과 똑같이 감정이 있다. 그들도 우리와 똑같이 자연 속에서 자유롭게 살아갈 권리가 있다."고 하는 말이 그렇다.

시튼의 이력을 간단히 알아본다. 그는 영국 더럼 사우스실즈에서 태어나 소년시절 캐나다로 이민을 간다. 그때부터 캐나다 삼림지대

나이를 타지 않고 읽히는 동물사랑 이야기

를 누비며 동물들의 세계를 관찰하고 때로는 그들과 생활을 같이하면서 글을 쓰기 시작한다. 서른네 살 되던 해 미국으로 국적을 옮긴 후《커람포의 이리왕 로보》등 일련의 동물소설에 매달려 마침내 세계동물학사, 세계문학사에 길이 빛나는 방대한 분량의《동물기》를 펴낸다.

86세의 생애를 동물들과 함께 소설가로, 화가로, 박물학자로 바지런히 일하다 떠난 시튼. 어쩌면 그는 우리의 사람들이 서로 싸우지 않고 서로 사랑하면서 살도록 하기 위해 그와 같은 동물이야기를 소설(픽션이 아닌)로 옮겼는지 모른다. 학력은 캐나다 토론토 대학과 런던 로열 아카데미가 전부이다.

시튼은 환경보호사회운동가로도 크게 활동한 사람이다. 자연친화 단체 '우드크래프트 인디언 연맹'의 단장을 맡아 일하는 가운데, 북미 뉴멕시코 주 산타페란 곳에 '시튼 빌리지'를 세운다. 86세를 일기로 세상을 떠난 그는 세계의 어린이들이 가장 좋아하고 사랑하는 사람, 동물소설가로 영원히 남을 것이다.

디 배금주의에 넋을 뺏긴 젊은이의 종말
어도어 드라이저 《아메리카의 비극》

_ 사람 살려요, 사람 살려요! 아, 내가 물에 빠져 죽고 있어요. 살려줘요. 아
아! 크라이드, 크라이드!

미국영화의 총본산지, 할리우드를 간다. LA 중심부에서 13킬로미
터쯤 북서쪽에 위치한 할리우드. 해발 400미터 높이의 비벌리힐스
산등성이에 영자로 하얗게 새긴 대형간판 'Hollywood'가 LA 어디
에서나 보이면서 이곳을 찾는 관광객을 부른다. 세계영화의 총본산
지로 엄청난 영상물을 쏟아낸 할리우드. 한때 세계 영화산업의 90%
를 잠식한 바 있는 할리우드의 위력을 머리속에 굴리면서 미국문학
과 세계문학에 커다란 화제를 불러일으킨 작가 디어도어 드라이저
(1871~1945)를 찾아간다.

예컨대 프랑스의 두 작가 — 리얼리즘 문학을 개화시킨 발자크와
자연주의 문학의 대부로 알려진 에밀 졸라로부터 영향을 크게 받아
1920, 1930년대의 미국사회를 극명하고도 처절하게 드러내보인 작

가가 드라이저이다. 사회고발적 차원에서 미국문학에 '폭로주의'의 문학기법을 도입,《시스터 캐리》《아메리카의 비극》등 일련의 대작을 터뜨린 드라이저의 창작의 고향, 그 산실 속으로 뚜벅뚜벅 발걸음을 옮겨간다.

드라이저가 살았던 19세기말과 20세기 초·중반기는 미국사회 안에 자본주의의 증후군인 반사회적·비인간적·비도덕적 사회풍조가 출몰한다. 가령 돈과 섹스와 권력, 각종 사회범죄와 냉혹한 기계산업의 폭발적 증가가 그렇다. 인간의 아름다운 모습을 추구하기보다는 황금만을 오직 유일신처럼 숭배하는 배금주의. 먼 옛날부터 우리 인간들이 고이고이 간직하며 살려왔던 '사람됨됨이'와 영혼을 물질문명에 저당시켜버리는 물신주의의 실루엣, 그리고 거기에서 파생되는 반인륜적 비극의 극치가 1930년대 미국문화와 미국문학의 특징을 규정짓는다.

드라이저는 그런 사회적 현상을 놓치지 않고 폭로주의 문학의 예리하고도 엄정한 시각과 기법으로 쓰여진《아메리카의 비극》을 미국사회 안에 던져 넣는다. 할리우드 영화제작사에서 〈젊은이의 양지〉란 제목으로 만들어져 한국의 영화 팬들에게까지 섬뜩함과 비애를 안겨준《아메리카의 비극》. 드라이저는 이 방대한 분량의 소설을 1919년부터 할리우드에서 집필하기 시작, 7년 후인 1925년 가을 뉴욕에서 끝마친다. 드라이저의 자전적인 얘기도 상당 부문 깔려있는 이 소설의 줄거리는 이렇다.

사람 살려요, 사람 살려요! 아, 내가 물에 빠져 죽고 있어요. 살려줘요. 아아! 크라이드, 크라이드! 빅 빅턴이란 이름을 가지고 있는 깊고 싸늘한 감청색 호수 한복판. 남자 주인공 크라이드는 그의 애인, 사실은 약혼녀인 로버타를 호수 한복판에 빠뜨려 죽인다. 이를테면 치밀하고 악랄한 계획 속에서 고의적 살인을 자행한 것이다.

"뉴욕에 가면 돈을 많이 벌 수 있을 거야, 그때까지 좀 참아 줘. 앞으로 우리는 행복하게 살 수 있어."

고향을 떠나며 언약한 것은 모두 거짓말이 아닌가. 로버타를 죽일 생각만을 가지고 소식도 없이 불쑥 고향에 내려온 크라이드는 어느새 '딴 사람'이 되어 나타난 것이 아닌가. 도시자본주의가 끊임없이 배출하는 사회적 병리현상에 오염돼 크라이드는 이미 회복할 수 없는 '동물적 욕망의 화신'이 돼버린 것이다. 그러지 않고서야 어찌 미래의 희망이요, 영원한 동반자로 살아갈 로버타를 죽일 수 있으랴.

임신하여 잔뜩 배가 부른 약혼녀 로버타를! '악령의 잔인한 연출'을 축복이라도 하는 양 검은 까마귀들이 떼지어 울부짖는 호수 주변, 온갖 새떼들도 미친 듯이 울부짖을 때, 빅 빅턴 호수에 잠겨 버리는 아름다운 인간의 딸 로버타! 이 장면을 그럼, 누가 목격했을까? 그러나 누군가는 보고 있었던 것이다. 가련한 로버타와 그녀의 뱃속에서 함께 죽어간 아이의 마지막을 놓치지 않고 '지켜보는 눈'이 있었다.

아마 그 눈은 인간의 오랜 역사와 함께 한 '하느님의 눈'이 아니었을까. 사건을 저지르고 호수 한복판으로부터 도망치듯이 헤엄쳐 나온 크라이드는 마침내 사형대 전기의자에 앉는다. 끔찍하고도 잔혹한 살인행위가 벌어지고 있는 그 순간, 호숫가 숲 속 저편에서는 이미 신(하느님)께서 보낼 수밖에 없는 당신의 사자(使者)가 이 고의적 익사살인의 전말(顚末)을 기록하고 있었던 것이다. "세상에 그 어떤 완전한 알리바이도 성립할 수 없다!"는 것을 낱낱이 증명해 보이기 위해서라는 듯.

　미모와 부를 겸비한 뉴욕 공장주의 외동딸 손드라와 결혼하기 위해 철저한 음모와 계략 속에서 너무도 순결한 약혼녀 로버타를 죽이고도 뻔뻔스럽게 자신의 죄악을 깨닫지 못한 크라이드. "나는 죽이지 않았어요. 보트가 뒤집혀서 죽었어요."라고 반복된 거짓말을 되풀이하는 대목에서, 드라이저의 소설《아메리카의 비극》을 읽는 독자들은 '고의적 익사장면'을 보는 것 못지않게 몸서리를 칠 것 같다는 생각이다.

　미국문학에 자연주의와 폭로주의의 깃발을 높이 들어올린 스테폰 크레인, 프랭크 노리스, 잭 런던, 그리고 지금 얘기하고 있는 디어도어 드라이저. 이들 작가들은 배금주의와 물신주의, 자본주의 메커니즘에 의해서 조장되는 끝없는 상승욕구, 혹은 동물적 욕구(프로이드가 말한 ID), 허위의식에 매몰된 반사회적 비인간주의를 철저하게 추적하는 것을 게을리 하지 않는다. 그리하여 이윽고는 그들 창작행위를 사회개혁운동으로까지 연결시켜나간다. 문학을 통한 정신문화 운동사적인 새로운 몸짓이랄까.

　이를 뒷받침하듯 루스벨트 대통령(재임기간 1901~1909) 또한 자본주의의 병폐를 고치기 위한 폭로운동(Muckraking Movement)을 지원하기에 이른다. 사실 '폭로'라는 말은 루스벨트 대통령이 어떤 연설문에서 쓰기 시작한 뒤 자연스럽게 문학용어로 자리잡는다.《아메리카의 비극》은 그와 같은 사회적 분위기를 감안할 때 폭로소설 혹은 사회개혁소설로서 더욱 진가를 발휘한 작품이다.

　디어도어가 활발한 작품 활동을 벌일 무렵, 미국의 저널리즘도 이

미국영화의 총본산지인 할리우드. 한때 할리우드는 미국 3대산업의 하나였다.

와 같은 폭로주의의 정신에 동조한다. 정경유착의 치유책으로 감행한 루스벨트의 악덕 재벌들에 대한 소탕령, 모건(Morgan) 등의 강철업을 대표로 하는 부정적이고 폭압적인 각종 트러스트(독점기업)에 대한 비판과 저항이 일어난다. 사회도덕과 사람다운 세상을 만들어내기 위해서 미국사회가 그 어떤 변혁의 몸짓으로 태어나려고 한 때이다.

이에 따라 당시 작가적 양심을 중요시한 미국작가들은 "문학은 삶의 표현이다. 삶은 역사성과 사회성의 양면을 갖춘 것이다."라는 딜타이식 문학정신을 옹호하고 그것을 확장시키려고 한다. 예컨대 자신의 우물만을 깊게 파는 비현실적인 창작태도를 지양, 문학의 사회성과 역사성을 중시하는 앙가주망(현실참여)의 정신에 입각하여 본뜻과는 다른 '아메리카 드림'의 허상을 벗겨버린다.

'아메리카 드림'을 다룬 작품으로, 역시 드라이저와 같은 시대에 똑같이, 할리우드에 살면서 창작활동을 전개한 F. 스콧 피츠제럴드의《위대한 개츠비》가 유명하다. 이 소설 역시 '아메리카 꿈의 허상'을 벗긴다. 줄거리와 소설적 팩트(사실과 혹은 진실)는 다르지만 주제는 같다고 볼 수 있다. 두 소설 다 해피엔딩이 아닌 비극으로 끝난 점이 그렇다. 1차 세계대전 특수효과로 잠시 호황을 누린 미국사회의 한 쪽에서 재즈 바람이 불고 있을 때 또 한 쪽에서는 다른 바람이 분다. 그리고 비극은 시작된다. "돈이면 최고다!"라는 속물근성과 상승욕구가 충돌하면서 그보다 더 엄청난 비극을 초래한 아메리카 드림 뒤에 사나운 공룡의 그림자가 다가선 것이다.

1925년 발표된 피츠제럴드의 소설 주인공 역시 드라이저의 주인공과 똑 같은 유형의 인물이다. 가난한 농부의 아들로 태어나 술 밀매업으로 벼락부자가 된 주인공 개츠비는 이미 결혼하여 살고 있는 옛날의 애인 데이지를 독차지하려는 야심으로 뉴욕의 롱아일랜드에 호화주택을 지어놓고 접근을 시도한다. 서서히, 치밀하게, 끈질긴 유혹으로. "돈이 있으면 모든 것을 성취할 수 있다, 사랑도, 명예도!" 개츠비는 그러나 그 꿈을 이루지 못하고 애정사건의 결과, 사살된다. 소설의 화자(話者)로 등장한 고향 친구 니크의 입을 통해서 '아메리카 드림'은 그렇게 처절하게 무너진다.

드디어 나는 작가 드라이저가 창작활동지로 삼은 할리우드를 두루 돌아다닌다. 영화제작소와 '유니버설 시티'를 부지런히 드나들거나 이곳에 세워진 각종 볼거리들 속을 휘적휘적거리며 걸어 들어간다. 관광객들이 쉬지 않고 찾아오는 할리우드. 20세기폭스, 메트로골드윈메이어, 파라마운트, 콜럼비아, 워너브러더스사 등 한때 전 세

세계문학의 거장을 만나다

계적으로 기세당당함을 보여준 할리우드. "모든 길은 로마로 통한 다"는 말이 있듯이 전성기엔 "미국문화·미국영화의 모든 것들이 할리우드로!"로 통한 이곳에서 나는 시대의 변화를 목격한다. 그 누구도 오래오래 거머질 수는 없는 '시간의 흐름'을.

옛날의 호황과는 다르지만 지금도 대규모의 영화사에서 쏟아져 나오는 수많은 영화들이 그러나 대부분 〈백 투더퓨처〉〈스타워즈〉〈ET〉류의 우주공상영화인 것임을 알고 실망한다. 아, 그렇듯 정서적이고 로맨틱한 영화들은 어디로 갔을까. 관객들의 심금을 울려준 시네마 극장은 모두 어디로 사라져 버렸을까. 프랑스가 국가 차원에서 자존심을 내걸고 만든 에밀 졸라의 원작 〈제르미날〉을 할리우드가 생산한 〈쥬라기 공원〉이 흥행으로 'KO 펀치'를 날렸으니 말이다.

그래서 나는 얼떨떨해진다. 탄광 노동자들의 스트라이크(파업)와 고뇌를 담은 심각한(?) 영화 〈제르미날〉보다는 생전 보지도 듣지도 못한 공룡들을 스크린 안으로 끌어들여 엄청난 돈을 벌어들인 저 어마어마한 상상력의 공장 할리우드!

아메리카의 '흥행전략'과 비교한다면 프랑스 또한 '유럽촌놈국가'라는 말을 들어도 무방한 것일까. 세계 최초로 컴퓨터혁명을 일으켜 지구상에 '제3의 산업혁명'을 가져와 가공할 만한 첨단문화를 선보인 아메리카의 위력을 바라볼 때 더욱 그런 느낌이다. 캘리포니아에 전자·컴퓨터산업도시의 대명사인 '실리콘밸리'를 만들어 18세기 영국산업혁명 이래 지구 위에 최고·최대의 산업혁명을 불러일으키고 있는 아메리카.

그렇지만 나는 한 발 물러서서 생각한다. 1920, 1930년대의 드라이저라는 한 작가가 아직도 건재함을 느낀다. 아니 그의 작가적 양심과 영혼이 오늘도 건재함을 발견한다. 저 무소불위(無所不爲)의 컴퓨터혁명 뒤에 또 다른 비극의 씨앗이 움트고 있음을, 아니 이미 거대한 나무로 자라고 있음을 감지한다. 그렇다면 '하늘과 태양'을 가리는 이 거목을 향하여 과연 누가 앞서서 말할 수 있을까, 꾸짖을 수 있을까.

나는 그것을 우리 모두의 숙제라고 생각하면서 한편으로 문학인들의 몫 또한 중요하다는 사실에 번쩍 눈과 귀가 트인다. 시인들이 식량(食糧)처럼 쓰는 말 ─ "태초에 말씀(언어)이 있었다!" 하는 대목에서 인간의 앞날에 "문학이 가져오는 어떤 희망"을 예감한다. 《아메리카의 비극》을 쓴 디어도어 드라이저 시대가 그랬듯이 흐트러진 사회가 절망을 만든다면 작가는 희망을 만들 수밖에 없다는 사실이 그렇다.

작가의 주무기인 언어는 누가 뭐라 해도 그 희망을 전해주는 '노아의 비둘기'로 거듭난다. 언어=메시지=희망의 실체화! 이 '사랑의 화학방정식'을 현실과 패러다임 속에 대입시키고자 작가들은 미네르바의 올빼미처럼 저 캄캄한 어둠 속으로 날아가는 것이리라. 사람과 사람, 사회와 사회, 한 나라와 한 나라를 소통시켜주고 열어주는 인간의 언어 ─ 말씀이여, 그대 이름 영원하라! 찬연히 빛나라!

인간의 몸과 정신을 지탱시켜주는 ─ 바이블·코란·불경 그리고 세상의 모든 사물과 행동 속에 움직이는 그 어떤 절대적 진리를 미래로, 미래로 전달·전수시켜 나가는 말과 언어! 나는 작가 디어도어 드라이저의 문학과 사회적 고뇌가 오래 오래 우리들 인간에게 있어서 '관계와 소통'의 따뜻한 미학으로 거듭나기를 조용히 빈다.

옥 타비오 파스 《태양의 돌》
'나는 너다 그리고 너는 나다'의 세계

삶은 아무의 것도 아니다. 우리 모두가 삶이고 —
남을 위해 빚은 빵, 우리 모두 남인 우리라는
존재 — 내가 존재할 때 나는 남이다.
나의 행동은 나의 것만이 아니라 우리 모두의 것이다.

20세기 멕시코가 낳은 최고의 시인 옥타비오 파스(1914~1998)는 장시 〈태양의 돌〉로 동양사상의 영향을 깊이 드러낸다. 1990년 노벨 문학상을 받은 이 시는 조국 멕시코 중앙고원에 발달한 '아즈테카 (azteca)문명'을 토대로 하여 쓴 작품이다. 그러나 사실을 알고 들어가면 한동안 그가 인도에 외교관으로 가 있을 때 우파니샤드 철학으로부터 영감을 받아 쓴 것임은 틀림없다는 것이 지배적 이론이다.

옥타비오 파스는 그의 조국 멕시코의 아즈테카문명과 인도의 우파니샤드 철학 즉 범신론에 크게 의존하여 "나는 너다 그리고 너는 나다"라는 명제 아래 〈태양의 돌〉이란 시를 노래한다. 사실상 이 이 작품의 주제라고 말할 수 있는 시구에서 "내가 존재하기 위해서는 나 아닌 남이 되어야 한다 / 내게서 뛰쳐나와 남들 사이에서 나를 찾아야 한다"고 독자들을 광장으로 데리고 나온 시인은 "내가 없으면 남들도 없는 — 남들은 나에게 완전한 실존감을 준다"라고 선언한다. 그러더니 이윽고는 좀더 구체적으로 "홀로서는 나는 존재 않고, 나는 없다"는 것이며 결국 이 세상에는, 그리고 이 세상의 모든 존재물 속에는 "항상 우리가 있을 뿐이다"라고 노래한다.

먼저 아즈테카문명을 알아본다. 아즈테카문명은 너와 나를 따로 가르지 않는 '공동체문화'로 이것의 최고 절정은 도시축제 때 나타난다. 도시는 하늘에서 떨어진 돌로 거대한 성(城)을 만들었다고 생각한 이들은 '태양의 신'을 믿는, 예컨대 '태양의 나라' 사람들로 자신들을 내세우다가 사라져간 민족이다.

'아즈테카문명'은 1520년 스페인의 페르난도 코르테스가 거느린 600명의 군대에 의해 멸망한 아즈테카, 즉 인디오족의 문명이다. 이들의 문명은 세계의 본질을 허무와 암흑으로 보고 그것과 싸우는 태양에게 펄펄 살아있는 인간의 피와 심장을 바친 제사의식 — 인신공희(人身供犧)로도 유명하다. 이 문명은 기원전 3세기 무렵부터 13세기 무렵까지 멕시코 동남부로부터 과테말라 및 온두라스에 걸친 대밀림 지대에 일어난 마야문명에 대신하여 일어난다. 이 문명은 오늘날의 멕시코시티를 중심으로 13세기 무렵부터 번영을 누리다가 멸망한 나라가 아즈테카 대제국 — 아즈테카문명인 것이다.

인생이라는 것이 언제 정말 우리들의 것인 일이
있는가 언제 우리는 정말 우리인가? 잘 생각해
보면 우리는 아무 것도 아니다, 아무 것도 되어본
일 없다. 우리 혼자는 현기증이나 공허, 거울에 비친

찌그러진 얼굴과 공포, 구토만이 따랐을 뿐 인생은
우리의 것이 되어 본 일이 없다. 인생은 남의 것,
삶은 아무의 것도 아니다. 우리 모두가 삶이고 ─
남을 위해 빚은 빵, 우리 모두 남인 우리라는
존재 ─, 내가 존재할 때 나는 남이다. 나의 행동은
나의 것만이 아니라 우리 모두의 것이다.

내가 존재하기 위해서는 나 아닌 남이 되어야 한다.
내게서 뛰쳐나와 남들 사이에서 나를 찾아야 한다.
내가 없으면은 남들도 없는 ─ 남들은 나에게 완전한
실존감을 준다. 홀로서는 나는 존재 않고, 나는 없다.
항상 우리가 있을 뿐이다. 나와 너 사이에서 우리가.
삶이란 어떤 남의 것, 항상 저 멀리, 아주 멀리 너를
떠나서, 나를 떠나서, 항상 지평선처럼 펼쳐지는 것!
우리에게 또 다른 인생을 찾아주면서 우리를 남들이
되도록 만드는 ─ 우리에게 하나의 얼굴을 만들어 주고
또 그것을 낡아가게 만들고 닳아지게 하는 그런 것들.
뭔가 되고 싶은 갈증, 오 우리 모두의 양식(樣式)이여.
　　　　　　　　　　　　 ─ 장시 〈태양의 돌〉 중에서

　　장시 〈태양의 돌〉에서 옥타비오 파스는 "인생이라는 것이 언제 정
말 우리들의 것인 일이 있는가 / 언제 우리는 정말 우리인가?"라고
회의를 던진 후에 그러나 곧 "내가 존재할 때 나는 남이다 나의 행동
은 / 나의 것만이 아니라 우리 모두의 것"이라는 사실을 새삼 깨닫는

멕시코시티의 거리. 멕시코는 옥타비오 파스 등 위대한 문학가들을 많이 배출했다.

세계문학의 거장을 만나다

다. 그리하여 시인은 드디어 너와 내가 각자의 '나'를 떠날 때 '우리'
라는 복수의 세계, 함께 하는 세상을 만난다는 게 이 시의 핵심이다.

정말이지, 우리가 세상을 살아간다는 것은 어쩌면 너와 내가 존재
하는 우주 한복판에서 자아를 추구·실현하기 위해 이렇듯 저렇듯
쩔쩔매고 있는 것인지 모른다. 자아란 사전적인 의미로 나, 자기, 또
는 각 개인의 존재론적 의식이나 관념에 의해 규정된다. 하지만 '자
아'라는 '나'의 존재는 멀리 갈라져있는 게 아니다.

프랑스의 실존철학자 사르트르는 우리 인간 각 개인의 자아란 절
대적 혹은 즉자적 개념이기보다는 상대적 혹은 대자적 존재로 파악
한다. 우리 인간은 모두 '너와 나의 관계' 속에서만이 의미가 살아나
고 얼굴을 내밀 수 있는 존재이기 때문이다.

19세기 프랑스의 시인 G. 네르발(1808~1855)이 처음으로 자기 문학영역 속에 "나는 너다"란 철학적 명제(命題)와 그 개념을 도입하면서 같은 계보인 초현실주의 시인 랭보나 브르통에게 일정 정도 영향을 끼친다. 네르발은 프랑스 최초의 상징주의자로서 초현실주의자 그룹에 속하며 '꿈'을 현실세계와 초자연적 세계 사이의 전달수단으로 이해한다.

실제의 체험과 꿈, 몽상과 환상을 작품에 반영시킨 그는 어느 해 동양으로 여행을 떠난다. 이후 다시 돌아와 고대신화 · 상징 · 종교 등을 다룬《동방기행》을 펴낸 그는 이 책을 통해 "나는 너다"라는 명제를 굳힌다. 그러나 심한 가난과 정신적 고통을 이겨내지 못하고 파리의 비에유랑테른 거리에서 목을 매단다. 너와 나는 개별적 존재가 아닌 "너는 나다"의 숙제를 더 이상 풀지 못하고 죽은 것이다.

네르발이 풀지 못한 숙제, 그러나 그의 사상과 미학은 동양의 인도철학 혹은 인도의 우파니샤드와 불교에서 많은 영향을 받은 것만은 사실이다. 물론 그의 죽음(자살)은 순전히 유럽식 허무주의와 몽상주의 그리고 초현실주의의 병적 사유에서 기인한 것이지만 그가 결국 뛰어넘지 못한 인도철학과 종교세계는 생명존중이 핵심이 아닌가. 우파니샤드는 한말로 범신론(汎神論)적 사유에서 태어난 것이다. 우주만물 일체는 너와 내가 따로 없고 "내가 꽃이면 꽃도 나다"라는 것이 우파니샤드의 세계이다. 이를 전수하여 불교의 저 위대한 범아일여(梵我一如) 사상이 태어난다.

"우주와 나는 하나다"라는 말이 바로 그것인데 하늘의 별, 바람, 구름, 새 그리고 지상의 피고 지는, 지고 또 피어나는 수많은 꽃과 푸른 나무들도 나와 다를 바 없다는 것 — 이것이 바로 범아일여 사상이다. 그러니까 네르발의 "나는 너다"에 이어 "그리고 너는 나다"의 세계는 그가 인도에서 패러디(모방)해서 가져간 것에 다름 아니라는 뜻이다. 아무튼 이 사상은 우파니샤드의 범신론 그 자체이다. 옥타비오 파스의 작품 중에서 몇 편 더 아름다운 시를 감상하고 저 광활한 우주의 범신론 속으로 들어가보면 더욱더 즐거운 일이 벌어질지 모른다는 생각이 든다.

> 피의 조국,
> 유일하게 내가 알고 나를 아는
> 내가 믿는 유일한 조국,
> 영원으로 향해 열려진 유일한 문(門) 하나.
>
> — 〈육체를 보며〉 중에서

> 지평선에 누운 채
> 너의 머리칼은 숲으로 사라진다
> 너의 발이 나의 발을 만지작거린다
> 자고 있으면 너는 밤보다 더 크고
> 그러나 너의 꿈은 이 방에 넘쳐난다.
> 그렇게 작으면서 그렇게도 큰 우리!
>
> — 〈마지막 여명〉 중에서

> 나의 몸에서 너는 산을 찾는다
> 숲 속에 묻혀 있는 산의 태양,
> 너의 몸에서 나는 배(船)를 찾는다

갈 곳을 잃은 밤의 한중간에서.

〈상호보조〉 중에서

　역시 옥타비오 파스는 하나가 아닌 둘을 만난다. 그러나 둘이 아
닌 '하나'를 만난다. 그러나 결국 하나가 아닌 '우리(we)'를 만나 비
로소 '존재의 집(시詩)' 속으로 들어간다. 그리하여 그 우리라는 하
나된 복수(複數)를 통하여 화자인 시인은 사랑을 주고, 느끼고 또 준
다. "내가 알고 나를 아는", "그렇게 작으면서 그렇게도 큰 우리"를
발견한 뒤, "갈 곳을 잃"지 않고 드디어 나 아닌 "너의 몸에서 나는
배(船)를 찾는다"며 환희의 노래를 부른다. 때로는 이 환희의 노래
때문에 그의 시는 두 사람의 뒤엉킨 '인간의 육체'에서 시의 소재와
주제를 많이 찾아내는 것이 아닌가 한다. 옥타비오 파스의 시가 간혹
가다가는 섹슈얼한 것은 바로 그런 연유에서 기인한 것이라고 생각
되어진다.

　끝으로 옥타비오 파스의 시가 우파니샤드(범신론)와 불교(범아일
여)에서 비롯됐다는 것을 다시 한번 더 상기시키고 싶다. 그가 시적
사유 속에 즐겨 끌어들이는 '범신론'은 신과 전 우주를 동일시하는
종교적·철학적 혹은 예술적인 사상과 맞닿아있다. 18세기 영국 사
상가 J. 톨런드에 의해 이론적인 틀을 가진 범신론은 그리스어의 '전
체'를 의미하는 pan과 '신(神)'을 의미하는 theos를 결합한 어휘 즉
pantheism이다. 그런데 범신론은 동양과 서양의 개념이 다르다. 신
에 대한 세계의 상대적 독립을 인정하는 것이 중국의 도가사상이나
서양의 스토아학파 철학에서 범신론이라면, 인도의 우파니샤드와 네
덜란드 출신의 대표적인 범신론학자 스피노자(Spinoza, 1632~1677)

나는 너다 그리고 너는 나다의 세계

의 경우는 우주 전체와 신을 독립된 두 쪽으로 나누지 않는다.

　스피노자는 "모든 것이 신이다" 라고 자신의 철학명제를 고집하고 역설한 사람이다. 그러나 그는 죽은 후에까지도 유물론자·무신론자로서 두려움의 대상이 된다. 왜? 스피노자에게는 신이 그리스도교적인 인격의 신이 아니고 '신은 곧 자연이다' 라는 자기고유 사상으로 범신론의 개념을 정립했기 때문이다. 따라서 그에게는 '자연' 이야말로 범신론을 규정짓는 이 세상 모든 것을 (너=나, 나=너)로 풀어내는 '중심언어' 로 기능한다.

　인도 우파니샤드의 범신론, 즉 범아일여(梵我一如)에서 비롯된 게 틀림없는 네르발의 "나는 너다 그리고 너는 나다" 의 명제는 그 이후의 철학과 현대문학에도 엄청난 영향을 미친다. 시적 '은유(metaphor)' 만 하더라도 그렇다. 가령 파스칼의 저 유명한 말 "인간은 생각하는 갈대다" 를 비롯해 김동명 시인의 "내 마음은 호수요 / 내 마음은 낙엽이요 / 내 마음은 나그네요" 가 다 은유이고 "꽃은 사람이다" "사람은 꽃이다" "그는 학(鶴)이다" "학이야말로 그의 모습에 다름 아니다" "인간은 또 하나의 신이다" 라는 구절들이 모두 은유가 탄생시킨 생명체이다.

　옥타비오 파스가 남긴 그의 유명한 시론집 《활과 리라》에서 첫 대목을 옮기며 멕시코의 '아즈테카 제국' 문학여행을 끝낸다. 활(무기)과 리라(사랑) 사이에서 몸부림치며 살다 가는 것이 우리들 모두의 인생이 아닐까 하는 생각을 하면서 《활과 리라》 첫 페이지를 활짝 열어본다. 이 글 속에서 역시 옥타비오 파스는 너와 나를 위한 '결합' 이라는 어휘를 놓치지 않고 '보석(寶石)처럼 내밀어 사용하고 있다.

시의 기능은 세상을 변화시키는 것이며 시적 행위는 본래 혁명적인 것이지만 정신의 수련으로서 내면적 해방의 방법이기도 하다. 시는 이 세계를 드러내면서 다른 세계를 창조한다. 시는 격리시키면서 그러나 **결합**(필자 강조)시킨다.

제3부

아시아, 그리고 러시아
문학을 찾아서

호

베트남통일 신화를 일군 민족주의자;
유언은 서로 가슴 열어주는 '똘레랑스'

치민 《시편·옥중일기》

_ 아득하게 긴 밤중에
잠을 못 이루고
나는 백여 편의 옥중시를 썼다
한 편을 쓸 때마다
항상 붓을 놓고
감방 문으로
자유의 하늘을 우러러보았다

호치민, 〈잠 못 이루는 밤〉

하노이의 노이바이 공항을 벗어나 베트남 제1의 다리 탕론교를 지나자 인구 400만을 자랑하는 하노이가 서서히 다가온다. 오랜 동안의 전쟁도 치르지 않은 것처럼 수도 하노이는 여기 저기 '신도시개발'에 박차를 가하고 있는 모습이 뚜렷하다. '노이바이'라면 그 옛날 미국과의 전쟁 때 통킹 만(灣)에서 쏘아올린, 혹은 초음속 F5전투기가 그야말로 '융단폭격'을 감행, 황소 몸뚱이보다도 더 큰 폭탄들을 하늘에서 주루룩 주루룩 쏟아내린 바로 그 공항이 아닌가. 그러나 지금 이 공항의 주변은 열대의 대표적인 식물들인 야자수·망고·파인애플이 방금 평화스런 잠에서 깨어나 기지개를 켜는 듯, 그 푸르고 싱싱한 가지들을 쑥 쑤욱 — 뻗어 올리느라 한창이다.

하노이란 이름은 베트남의 옛말 '하네'에서 유래가 되었다고 한

바딘 광장에 세워진 호치민 묘지. 베트남 사람들은 이곳을 참배하는 것이 평생 소원 중의 하나라고 한다.

다. 그렇다면? 한국 표준말에서 할아버지란 말이 전라도에선 '하네' 라고 부르지를 않는가 — 라는 생각을 하자, 불현듯 아시아권의 언어 학적 유사성을 찾아낸 듯 내게도 흥이 돋는다.

우기철인 하노이의 기온은 섭씨 33도. 거리마다 치렁치렁 가로수로 서 있는 야자수 나무가 1960년대 말, 내가 365일을 병사로 보낸 베트남에로의 기억들을 소나기처럼 퍼부어 준다. 그동안 잘 있었는가, 신 차오(안녕) 베트남! 한국 교민이 경영하는 서라벌식당에서 점심을 마친 다음 나 또한 하노이 시내관광에 나선다.

주요 교통수단은 일본 혼다 제품인 오토바이인데 하노이 시는 70만 대 가량이고 며칠 후 방문할 남부 호치민 시는 170만 대가 굴러다닌다고 한다. 시내를 달리며 베트남 사람들이 우리 한국 사람들을 부르는 호칭들을 분별해본다. '따이한' 이란 호칭은 1960, 1970년대 월남전에 참전한 '한국군' 을 두고 쓰는 말이다. '남주띤' 이란 말은 한반도 남쪽 한국인을 가리키는 말이고, '박주띤' 은 북한 사람들을 가리키는 말이다. 그런데 통일 이후 한국과 수교를 맺은 후부터는 한국인들을 '한꾸어' 라고 부른다. 참으로 묘한 생각, 격세지감을 느끼게 한다. 사실 '따이한' 이라는 말은 좋은 말이 아니고 또 헐뜯거나 비하해서 부를 때 쓰는 말이 아닌가.

하노이 한복판, '바딘 광장' 으로 간다. 하노이 시의 최대 광장인 이곳은 일찍이 베트남 통일의 지도자 호치민(1890~1969)이 감격스럽게 사자후를 터뜨린 곳으로 유명하다. 그러니까 1945년 제2차 세계대전이 끝나고 일본 천황 히로히또가 연합군에 항복한 며칠 후인 8월 19일, 호치민이 구름같이 모여든 수많은 군중들을 향하여 외친 곳이 여기 바딘 광장이 아닌가. "모든 사람은 평등하게 태어났다. 창조주는 우리에게 불가침의 권리와 생명·자유·행복을 주었다."

나는 바딘 광장을 걸어 그가 누워있는 — 지하에 묻히지 않고 연일 구름 떼처럼 모여드는 참배객들 앞에 생시처럼 누워서 잠든 그를 본다. 소련의 레닌, 중국의 마오쩌둥, 북한의 김일성 시신도 저렇게 방부처리 되어 누워있다는 사실을 알고는 있지만, 왠지 호치민은 서늘한 느낌을 준다. 어쩌면 곱게 방부처리된 그의 얼굴과 옷이 입혀진 시신 앞에서, 문득 베트남역사가 무덤(15m 높이 정사각형 건물) 주위를 에워싸는 듯 우기철 대바람 소리처럼 휘몰아쳐 오는 것을 느낀다. 그리고 다시 고요히 잦아지는 대바람 소리처럼 말로는 표현할 수 없는 그 어떤 적막이 나를 휘감는다.

그럼 호치민은 어떤 사람인가? 그는 평생을 통해 베트남을 식민지

지배자들로부터 해방시키려고 피와 땀과 운명을 바친 사람이다. 1백 년 간 계속된 프랑스 식민지 시절에 그랬고, 일본과의 싸움에서 그랬고, 미국과의 전쟁을 하면서도 그의 불타는 애국심은 그치지를 않는다. 그래서 베트남 사람들은 이렇게 말한다. "호 아저씨(호치민 애칭)는 사회주의자, 공산주의라기보다는 민족주의자였습니다. 베트남 민족주의자!"라고 나 같은 낯선 외국인이 물어도 쉽게, 선뜻 대답해주는 것을 잊지 않는다.

뿐이랴. 호치민은 평생을 독신으로 산 사람이다. 살아생전 그가 남긴 말은 너무도 유명하다. "나는 조국과 결혼했다!"라고 스스럼없이 말하곤 했다. 제2차 세계대전을 치를 때는 아시아 반식민지운동의 기수, 20세기 한복판에서는 베트남공산주의운동의 지도자로 전 세계에 널리 알려진 베트남민족의 영웅이요, 대통령인 호치민은 이제 '베트남민족운동'의 지도자, 나아가 남북베트남 통일의 깃발로 휘날린다.

호치민은 그가 공산주의자·사회주의자였기 때문에 그의 조국 인민들로부터 오늘날까지 추앙을 받고 흠모를 받은 것은 아니다. 그는 이데올로기라는 개념 이전에, 이데올로기라는 개념 이후 역시, '민족'을 상위개념에 둔, 그가 추구하는 모든 일에 우선을 둔 — 민족주의자라는 사실이 그에게 걸맞는 호칭일 것이다. 물론 정확하게 말한다면 그는 민족주의적 사회주의자가 아니라 '사회주의적 민족주의자'이다.

북부 베트남의 킴리엔이라는 지역의 한 가난한 선비 집안에서 태어난 호치민의 본명은 '응엔신꿍'이다. 그는 식민지 전쟁 기간 동안 전략전술 때문에 많은 가명을 가졌는데 그중 잘 알려진 가명이 쿠윅

베트남 최대의 자연관광지인 하롱베이에서 만난 여인. 보트를 운전하는 이 여인은 전형적인 베트남 여인상이다.

(애국자 구엔)이다. 다음으로 그의 정식 이름이 돼버린 '호치민' 이라는 이름이 그것인데 이 말은 '깨우치는 자' 란 뜻을 담고 있다.

중학교 교사, 기술훈련원 견습생, 프랑스 증기선의 요리사, 정원사, 청소부, 카바레의 웨이터, 사진 수정사, 보일러를 관리하는 화부(火夫) 등을 거치면서도 공부를 게을리 하지 않은 대통령 호치민. 그리고 그가 살아있을 때도 그렇지만 지금도 그는 '이웃집 아저씨' 의 이름처럼 '호 아저씨' 로 불린다. 베트남 민중에게 그가 얼마나 친숙하게, 순결하게, 다정하게, 그러나 단호하게, 다가가 있는가를 보여주는 대목이다.

조국 베트남의 민족해방을 위해, 상대국과의 회담, 논리적 싸움을 위해서 그는 여러 나라의 말들을 터득했는데, 영어·프랑스어·중국어 · 러시아어 · 포르투갈어 등에도 능통했다. 여기에다 중국에서의 감옥생활 기간 중에 써낸 옥중시 · 옥중일기는 우리의 심금을 울린다. 때문에 어떤 이는 호치민한테서 '시인'을 발견한다. 우리가 지금도 아끼고 사랑하는 김남주 시인의 번역으로 그의 '옥중시'를 읽어보자. 김남주의 호치민 시 우리말 번역은 거의 모두가 '옥중번역'으로 이루어진 것이다.

이 몸은 비록 / 옥중에 갇혀 있지만
정신은 결코 / 감옥에 구속되지 않네
큰일을 하려면 / 정신을 더욱 크게 가져야지

- 〈서시〉

세계문학의 거장을 만나다

너는 그저 / 평범한 닭에 지나지 않지만
아침이 올 때마다 / 큰 소리로 새벽을 알린다
그 한 소리로 / 많은 사람들의 꿈을 깨우니
너의 공로도 / 이만저만이 아니다

- 〈닭 울음소리를 듣고〉

쌀은 찧어질 때 / 몹시 아프겠지만
다 찧어진 뒤엔 / 솜처럼 새하얗다
사람의 세상살이도 / 이와 같은 것
고난은 너를 연마하여 / 보석이 되게 한다

- 〈쌀 찧는 소리를 들으며〉

호치민은 인류역사상 '3대전투'로 손꼽히는 '디엔 비에프 전투'에서 4만5천 명의 프랑스 식민지군대를 격파시킨 영웅 보구엔 지압과 충실한 친구 팜 반동을 양어깨로 삼은 행운의 지도자이기도 하다. 비록 '통일베트남'을 눈앞에 두고 숨을 거둔 그이지만 베트남이 지구상에 존재하는 한, 인류의 역사가 계속되는 한, 통일베트남 민족주의의 영원한 지도자로 살아 숨쉬고 있을 것이라 생각된다.

그것을 증명이나 한 듯이 오늘도 자신이 미라(완전 방부처리되어 있는지라 마치 살아있는 모습 같다)로 잠들어 있는 바딘 광장 '호치민 묘지'에는 아침부터 저녁까지 수많은 참배객들의 발길이 그치질 않는다. 그가 유언으로 남긴 말은 분단국가에 사는 내게 커다란 충격을 준다.

내가 죽거들랑 화장시켜 내 유골 가루를 남부, 중부, 북부 베트남에 골고루 뿌려다오. 통일되면 남부 베트남 사람이든 북부 베트남 사람이든 모두 '관용'으로 대하라. 왜냐? 이들은 모두 우리 베트남민족이니까 그렇다.

그러나 호치민이 사용한 '관용'은 다분히 동양적(혹은 인도의 불교에서 쓰이는 것과 같은 의미의)인 사상에 토대를 둔 것임을 기억해야 하지 않을까. 서구적 개념에 따르면 관용 즉 똘레랑스(tolerance)는 수직적 개념이 아닌 수평적 개념이다. '똘레랑스' 정신은 18세기 프랑스 계몽주의자들인 볼테르, 몽테스키외, 루소가 발전시킨 것이다. 이 말은 칼라스라는 사람이 신교도라는 이유 하나만으로 살인누명을 뒤집어쓰고 죽게 되자 이에 격분한 볼테르가 1763년《똘레랑스 조약》이라는 소책자를 내놓으면서 의미부여가 시작된다. 프랑스대혁명 과정을 겪으면서 출발한 이 정신은 그 후 인류문화의 보편적 진리로 거듭나면서 자리를 잡는다.

호치민은 프랑스 유학시절(베트남민족해방을 위한 비밀결사운동 준비기)에 습득한 볼테르 사상에 일정 부문 영향을 받았을 것으로 추측이 된다. 하지만 호치민은 수직적 똘레랑스 혹은 수평적 똘레랑스를 둘로 나누는 개념으로 받아들이지 않고 그 모든 것을 포용하는 정신에 입각, 동양인의 보편적인 종교관인 자비(慈悲)의 개념에서 '관용'이라는 말을 사용한 듯싶다. '자비'야말로 수직과 수평을 따로 구분하지 않는 '하나됨'의 뜻으로 압축시킬 수 있는 어휘가 아닌가. 그런 뜻에서 호치민의 파란만장한 일대기는 '베트남통일의 역사'이며 바로 다음과 같은 공식이 성립된다. 사실 말이지 공산주의자임에도 호치민은 종교에 있어서는 '관용'을 표방한다. "종교의 자유는 그 누구도 억압해서는 안 되고 또 억압한다 손치더라도 그 누구인들 빼앗을 수 없다"고, "종교야말로 누구나 누릴 수 있는 신성불가침한 것"이라고 말한 그다.

"식민지해방투쟁 → 전선 구축 → 통일전쟁 → 반(半)통일 → 통일 → (관용＝자비)＝완전 통일!"

참 그렇다. 내가 30년 만에 다시 찾아간 베트남은 나에게 많은 것을 가르쳐준다. 1969년 그때는 '따이한(한국군)'으로 갔던 나였는데, 한동안 사람들이 들뜬 채 떠든 '밀레니엄 2000년'을 뛰어넘어서 '한꾸어(한국) 관광객'으로 찾아간 나는, 그동안 너무도 커다란 변화를 보이고 있는 베트남을 둘러보면서 많은 느낌을 받는다.

21세기, 이제 오늘의 베트남 사람들은 말한다. 베트남 통일정신은

'호치민 사상'에서 나왔고 또 지금도 나오고 있다며 자부심을 갖는다. 호치민은 절대적인 도덕성과 미래를 내다보는 국가철학을 겸비한 국부이며, 학생들(인민 혹은 국민)을 실천적으로 잘 가르치는 선생님이며, 엄하지만 자애로운 아버지이며, 이웃집 다정한 '호 아저씨'이며 손자들을 지극히 사랑하는 할아버지라는 것이 베트남 인민들의 한결같은 마음이다.

"조국과 결혼한" 호치민은 그래서 베트남 인민들이 낳은 어린아이들을 생전에 너무도 사랑하고 사랑했다는 것을 기록과 동상으로 남긴다. 호치민 시(옛 사이공) 중앙광장에 가면 '귀여운 아이에게 책을 읽어주는 한 할아버지의 모습'으로 호치민은 앉아 있다. 그 모습은 물론 대리석 위에, 청동으로 만들어올린 동상이지만 말이다.

그래서 오늘도 이 나라 사람들은 호치민의 삶과 말을 일상 생활철학의 푯대 혹은 지렛대로 삼는다. 국민들 모두가 한결같이 우러러보는 지도자를 오래오래 기억하고, 마음 속 깊숙이 간직하면서 산다는 것은 얼마나 행복한 일인가! 베트남 현지를 다녀온 사람들은 거의 똑같은 목소리로 말한다. — 베트남을 진실로 이해하고 친구나라로 삼으려면 "먼저 호치민을 읽고 이해하라!'고 아주 솔직한 목소리로 일러준다.

반 레 《그대 아직 살아있다면》

문학은 더 나은 세상을 꿈꾸는 것

_ 적들이 감옥 문을 잠시 연 날
두 살배기 다섯 살배기 수인들이
햇빛 속으로 엉금엉금 나왔다

"반레 시인, 참 반갑습니다. 전쟁 때는 우리가 서로 적이었는
데…."

"저도 기쁩니다. 전쟁 끝내고 서로 '시인'이 되어 만나고 있으
니…."

주간지 《시사저널》이 마련한 특집대담에서 베트남 시인 반레(1948
~)와 한국 시인 나의 첫 만남이 이루어진다. 아담한 편집국 회의실.
'베트남을 이해하려는 젊은 작가들의 모임' 초청으로 한국에 오게
된 베트남 최고의 시인 반레와 처음으로 손을 잡는다. 그는 나와 한
동갑의 나이인지라 옛 친구처럼 반가워한다. 그래 둘은 과거의 전투
경력은 금방 잊어버렸다는 듯 웃으면서 서로의 잡은 손을 한참동안

흔들어댄다.

본명이 '레지투이'인 그는 전쟁통에 죽은 친구 이름이 '반레'였는데 지금은 아예 자신의 이름을 버리고 반레라고 내세운다. 물론 필명도 반레라고 쓰고 있다. 자신의 아버지 혹은 할아버지가 지어준 본래의 이름을 아예 지워버리고 '죽은 전우(戰友)의 이름'으로 남은 인생을 살아가고 있는 그가 왠지 존경스럽다는 생각이 부쩍 든다.

그는 북부 베트남 하노이 근교에서 태어나 고등학교 1학년 되던 해 자퇴하고 월맹군 정규군으로 전선에 투입돼 10여 년의 세월을 전투에 투신한다. 같은 날 입대한 동기가 300명이었는데 살아남은 사람은 단 5명뿐이다. 하지만 베트남 현대사가 그러하듯이 여기에서 전쟁은 끝나는 것이 아니다. 1970년대 말에 일어난 중국과 국경분쟁 때도 싸우러 나가고 계속해서 터진 캄보디아와의 전쟁 때도 몸을 던진다.

그는 10대 시절부터 40대까지 젊은 날을 거의 전쟁터에서 보낸 사람이다. 1976년 이후엔 '통일베트남'에서 시인·소설가·영화감독으로 활동한다. 그러나 다른 무엇보다도 '시인'으로 이름 불려지기를 좋아하는 반레. 그래서 그런지 그는 소설을 쓰거나 영화를 만들 때도 꼭 시적 아름다움과 인간의 영혼을 중시한다. 한국에서 번역·출간된 그의 장편소설《그대 아직 살아있다면》을 읽으면 이 소설 역시 시적 표현과 에스프리를 그가 얼마나 애써 사랑하고 있는가를 엿보이게 한다.

베트남의 대표적인 시인 반레는 일찍이 장편《그대 아직 살아 있다면》외에도 시집《사랑에 빠지다》《불 아래 들판》등 창작집을 20권이나 내놓는다. 영화도 20여 편을 만들었는데 특히 다큐멘터리

〈영혼의 유언장〉으로 2000년 베트남영화제에서 최우수 감독상을 받을 만큼 영화예술 분야에서도 경력이 풍성하다.

그의 문학작품의 중심코드, 중심고리는 '독립전쟁과 통일전쟁'을 헤쳐 나온 '베트남 민중'에게 초점을 맞춘다. 먼 옛날부터 중국과의 오랜 전쟁, 70년 동안의 프랑스 식민주의자들과의 전쟁, 2차대전 기간 중 일본과의 전쟁, 미국과의 27년 간의 전쟁을 치르면서 베트남 민족이 외세의 개입으로 인한 수많은 고난과 역경을 어떻게 이겨왔는가를 보여준다. 여기에다 인간의 내면에 출렁이는 꽃 같은 향기도 빠뜨리지 않는다.

일찍이 한국이 미국의 요구에 따라 1964~1975년까지 참전한 베트남전쟁. 나 또한 베트남전선에 투입돼, 북부월맹 정규군 반례 시인과 총구를 마주 겨누지를 않았는가. 그런데 두 나라가 정식적으로 '수교국가'된 오늘, 베트남종전 40년을 기리며 서로의 가슴을 열어 놓고 민족과 역사와 세계, 시를 말하고 있으니 감회가 그지없다.

세계문학의 거장을 만나다

"베트남 사람들은 전통적으로 '화해와 관용'을 제일로 삼습니다. 호치민 대통령의 가르침이지요. 앞으로의 시대를 위하여 그것보다 더 큰 것이 어디 있겠습니까. 한국과 베트남, 이제야말로 우리 두 나라 시인들이 그 일에 앞장서야 한다고 생각합니다."

"삶을 좋은 방향으로 이끄는 것이 문학이 아닐까요. 저는 전쟁의 모든 참상을 보여주고, 사람들이 제 글을 읽고 나서 보다 나은 세상을 꿈꿀 수 있기를 바랍니다."

《시사저널》에서 나눈 그의 말이다. 기록은 안철홍 기자가 해주었는데 대담 내용 중 몇 군데만 빼고 옮긴다. 둥근 얼굴에 눈이 반짝반짝 빛나는 반레 시인. 젊은 날을 송두리째 전쟁에 바친 그는 이제 베트콩 전사(戰士)가 아니라 마음씨 좋은 시골농부처럼 눈동자가 참 맑다. 소박한 옷도 그렇지만 얼굴 표정 또한 꾸밈이 없다.

— 한국에 처음 오셨죠? 서울의 가을 날씨가 어떻습니까?

"서울이나 하노이나 가을하늘은 비슷하게 쌀쌀합니다. 서울은 옷을 예쁘게 입은 아가씨들이 많이 보여 인상적입니다. 그런데 처음에는 입술이 너무 붉어 모두 포도를 먹은 줄 알았어요." (웃음)

— 나는 35년 전 약 1년 동안 베트남에서 군인으로 참전했습니다. 다낭(베트남 제2의 도시)에서 가까운 호이안 지역 고노이 섬에 있었습니다. 최전선이었죠. 내가 있던 부대는 주월한국군 산하 해병3여단 3중대였지요. 지난 2001년 6월에 베트남 관광객으로 방문했는데 하노이에서 주로 소설을 쓰는 바우닌 시인을 만났죠. 그도 반레 시인과 같은 베트콩 해방전사 출신이었죠. 그는 〈전쟁의 슬픔〉이란 소설을 발표했는데 반레 시인과 대조적으로 술을 굉장히 좋아하더군요. 바우닌은 강렬한 빛을 내뿜는 검은 눈동자에 곱슬머리가 인상적이었습니다. 아, 그러나 그의 얘기 속에서 놀라운 사실을 발견했습니다. 10년 동안 전쟁터에 나가 싸웠다는 바우닌은 내가 베트남전쟁에 참전했을 당시, 아니 글쎄, 나와 강 하나를 두고 대적한 월맹군 정규군이었더군요. 내가 소속된 군대는 '고노이 중대'라는 닉네임으로 더 알려져 있었는데 그것은 고노이 섬에 자리잡고 있기 때문이었지요. 고노이 섬을 에워싸고 흐르는 실 강의 삼각지, 그 건너에 케 산이라는 해발 4백여 미터의 산봉우리가 솟아있습니다. 작가 바우닌은 바로

문학은 더 나은 세상을 꿈꾸는 것

김남주 시인의 시비 앞에 서 있는 베트남 시인 반레.

그곳에서 활동한 월맹군 정규군 병사였습니다.

　"이제 베트콩이니 따이한이니 하는 것은 중요하지 않습니다. 같은 인간이 아닙니까. 한국 해병대 이야기는 당시에 많이 들었습니다. 확실한 숫자는 모릅니다만 당시에 내가 듣기론 베트남에 주둔한 한국군은 연병력 5만 명을 넘어선 것으로 압니다."

　— 전쟁 이야기를 하자니 벌써 머리가 무거워지는군요. 내 뜻과 상관없이 베트남에 갔지만 반레 시인께 미안하게 생각합니다. 한국의 김대중 전 대통령도 정식으로 베트남에 한국군이 가서 상처를 남긴 것에 대해 "유감스러운 발자취를 남겼다"고 말했습니다. 베트남 정부와 인민들에게 사죄와 용서를 구하는 말로 풀이됩니다.

　"어렸을 때 할아버지가 주신 책들을 많이 읽었습니다. 그 중에는 한국에 대한 이야기도 있었습니다. 한국과 베트남은 12세기부터 교류했습니다. 한국의 옛 시인들이 쓴 시도 보았습니다. 어린 나이에도 인상적이었죠. 그런데 학교를 다니던 어느 날 한국군이 미군을 돕기 위해 베트남에 왔다고 신문에 났더군요. 너무 안타까웠습니다. 얼마 안가 나는 학교를 그만두고 전쟁터로 입대했습니다."

— 그때가 몇 살이었죠?

"네, 열일곱 살이었습니다. 두 달 후면 고등학교를 졸업할 수 있었는데 학교를 그만두고 군에 들어갔습니다. 그래서 여태까지 고등학교 졸업장이 없습니다. 전쟁터가 바로 나의 학교였다 할까요."

— 그렇지만 반레 시인은 '시(詩)대학'과 '소설대학'을 나오고 '영화대학'까지 나오지 않으셨습니까.(웃음) 전쟁 때 체험을 듣고 싶군요. 군대생활은 주로 어디에서 하셨습니까?

"하노이 근처에 있는 화빙에서 6개월 정도 훈련받은 뒤, 대부분은 남부 베트남의 빙롱-떠이닝 지역에서 복무했습니다."

— 월맹정규군이 아니라 베트남민족해방전선에 속한 베트콩으로 활동을 했군요.

"프랑스와 싸운 군대를 베트남독립동맹(월맹, 베트민)이라고 합니다. 그 다음에 베트민 소속이었던 사람들 가운데 일부가 사이공으로 가서 베트남민족해방전선(NLF)을 만들었습니다. 여기 속해서 싸운 전사들을 '베트콩(Viet Nam Cong San)'이라고 합니다. 베트남공산주의자라는 뜻이지요."

— 상당히 오랫동안 전쟁터에 계셨던 것으로 아는데요. 같이 입대했던 동기 가운데 5명만이 살아 남았다고 들었습니다.

"처음엔 300명이 모여 입대했어요. 그런데 해방(베트남통일) 후에 이곳저곳 알아보니 5명만이 살아남았더군요. 3년 전에 한 친구를 만나 회포를 푼 적이 있습니다."

— 동료들은 어떻게 전사했나요?

"싸우다 죽은 사람이 물론 많았지요. 먹을 것을 찾아다니는 도중, 폭격을 당하거나 부비트랩으로 죽은 사람도 많았고요. 굶거나 병 걸려 죽은 사람도 상당수였습니다."

— 2차 세계대전 때보다 4배나 더 많은 양의 폭탄이 베트남 전쟁 터로 쏟아졌다고 들었습니다. 마이클 매클리어라는 미국 종군작가가 저술한 책 《베트남, 10000일의 전쟁》을 펼쳐보니 호치민 주석의 말이 실려 있더군요. "그래 폭격을 해라. 그러면 웅덩이가 패여 연못이 생길 것이다. 우리는 그 연못에서 자란 메기를 잡아먹고 베트남의 통일을 위해 목숨 바쳐 투쟁할 것이다." 흔히 베트남 통일을 20세기 신화라고 합니다. 반레 시인은 베트남이 통일을 이룬 가장 큰 힘이 무엇이라고 봅니까?

"베트남은 예로부터 중국, 프랑스, 일본, 미국 등 여러 나라로부터 침략을 받았습니다. 그런데 모두 다 물리쳤지요. 외세의 침략을 절대로 수용하지 않는 민족성, 민족적 자존심이 강해서 그런 것이 아닌가 생각합니다. 그런 반면에 베트남 사람들은 화해를 잘 하는 성격도 가지고 있습니다. 주변국과 계속 적대시하면서 어떻게 국가를 유지할 수 있었습니까. 전쟁이 끝난 다음에는 곧 화해하곤 했지요, 지금처럼."

— 전후, 베트남에 가보니 역시 호치민에 대한 사랑이 아직도 여전하더군요.

"모든 베트남 사람들은 호치민을 존경하고 신비로운 인물로 여기고 있습니다. 저는 군대에 있을 때 호치민이 사망한 소식을 들었습니다. 당시 들었던, 호치민 주석이 돌아가시던 날 밤의 이야기가 너무 인상적이어서 지금껏 잊혀지지 않습니다.

호 주석은 숙소에서 홀로 지내는 날이 대부분이었는데, 그 날 밤 따라 경비가 들어가 보니 당신께서는 주무시는데도 라디오를 켜둔 채였더랍니다. 그래 들어가 라디오를 껐더니 호 주석이 눈을 뜨고 이렇게 말하시더래요. '그냥 켜놓게. 그래야 외롭지가 않아.' 호 주석은 평생을 국가를 위해 헌신했지만, 당신 말씀처럼 '베트남과 결혼한 사람'이지만, 한편으로는 고독한 인간이었습니다. 나는 그 이야기를 들으며 울었습니다."

— 이미 알고 있습니다만, 반레 시인은 시·소설·영화 등 여러 예술 장르를 드나들고 있습니다. 그럼, 개인적으로 가장 애착이 가는 분야는 어떤 것입니까?

"저는 원래 시인입니다. 그리고 시로 전달할 수 없는 것을 소설로 쓰고 있습니다."

— 반레 시인이 노래한 〈꼬마 수인들이 다투는 소리를 듣다〉라는 시를 보았습니다. 직접 낭송해 주신다면? 베트남 말로 쓰여진 시이지만 그 '울림'을 듣고 싶습니다. 내가 듣기로는 베트남 중고등학교 국어교과서에 실린 것으로 알고 있습니다.

"베트남 시인들은 시 낭송을 좋아합니다. 제가 한 번 외워 들이겠습니다.

적들이 감옥 문을 잠시 연 날
두 살배기 다섯 살배기 수인들이

햇빛 속으로 엉금엉금 기어나왔다

담장 밖 풀을 뜯는 물소 한 마리
아이들이 서로 다툰다
저건 코끼리야 아니야

담장에 기대앉은 여자 수인들,
저마다 웃음이 터지는데
볼에는 눈물이 가득 흐르네

감옥에서 태어나 엄마와 함께 지낸 아이들이라서 베트남에서는 너무도 흔한 물소를 구별할 줄 모른 거지요. 물소를 코끼리라고 하니, 그들 어머니(여자 베트콩 출신으로 수인)로서는 두 뺨에 눈물이 흘러내릴 수밖에 없는 거죠. 이 시는 1973년에 쓴 것으로 미국과 베트콩의 평화협정이 진행되면서 정치범들이 잠시 옥사(獄舍) 밖으로 나와 햇빛구경을 할 수 있었는데 마침 그곳을 지나다 본 게 시가 된 겁니다.”

― 반레 시인의 가계를 보니 할아버지 때부터 학문과 예술에 밝았던 것 같습니다.

“아닙니다. 할아버지는 한문을 많이 아셨지만 시를 쓰지는 않았습니다. 베트남 전통극을 하는 단체에서 활동했습니다. 무대에서 여자로 분장하고 노래하는 역을 했죠. 아버지는 공부를 많이 했습니다. 또한 프랑스와 벌인 독립전쟁에 참전했고 공산당원이었습니다. 조그만 현의 공산당 지도자로 생을 보냈습니다.”

— 결혼은 어떻게 하셨는지 물어봐도 좋겠습니까?

"좀 복잡합니다. 젊었을 때 어머니의 주선으로 고향마을 아가씨와 결혼했으나 성격이 맞지 않아 헤어졌습니다. 그러다가 베트남통일이 이루어진 다음, 사이공(지금은 '호치민 시'로 개칭)에서 대학을 다니는 한 여학생을 만나 재혼을 했습니다."

— 이번에는 국내에서도 출간된 바 있는 반레 시인의 장편《그대 아직 살아 있다면》에 대해서 얘기를 나누고 싶습니다. 이 소설은 어떤 내용을 담고 있는지요?

"우선 말씀드리고 싶은 것은 문학은 사람들의 삶을 '좋은 쪽'으로 이끌 수 있어야 한다고 봅니다. 제가 전쟁의 참상을 보여주면 사람들이 제 글을 읽은 뒤 더 나은 세상을 꿈꿀 수 있기를 바랐습니다."

— 반레 시인의 소설《그대 아직 살아있다면》을 들여다보면 '귀신들'이 많이 나옵니다. 화자 자신도 귀신으로 나와 소설의 줄거리와 형식을 처음부터 이끌어가고 있는데, 이런 형식이 베트남 소설의 전통적인 양식인가요? 아니면 실험적인 시도인지?

"내 나름으로 사람들이 말하고 싶은 바를 귀신을 통해서 묘사하고 싶었을 따름입니다. 베트남 사람들은 죽은 사람의 영혼이 자기가 사는 주변에 있다고 믿습니다. 자기 행동을 영혼들이 본다고 여기며 조심하며 또 여러 가지로 의식한다는 거죠."

(이 대목에서 잠깐 반레 시인의 소설《그대 아직 살아있다면》을 생각해본다. 반레 시인의 자전적인 경험이 바닥에 깔린 이 작품의 주인공은 역시 베트콩 남자이다. 아니 시인 반레 자신이다. 그는 어느 날 전투를 하다가 죽는다. 그래 저승을 가게 되는데 이름하여 '저승 강'을 건너면서 '한 노인'을 만난다. 그리하여 죽어서 귀신이 된 '소

문학은 더 나은 세상을 꿈꾸는 것

통일 이후에 만난 베트남의 어린이들. 이들의 웃음 속에는 베트남의 미래가 담겨있다.

설 화자' 나와 '노인 귀신' 사이에 대화가 이뤄진다. 소설의 정공법인 '갈등구축'을 조장하면서 각종 스토리가 개입한다. 안개가 자욱한 강물을 헤쳐가면서 이야기가 진행되는 것이 이 작품의 특이한 구성기법인데 다분히 환상적인 메타포어(은유)가 끼어들어 복합적 감동을 불러일으킨다. 서양문학과 비교한다면 중세 때 태동한 '신비주의의 소설기법'이 가동된다. 과거 · 현실 · 미래가 서로 '시공(時空)'을 넘나들면서 경계도 무너져 내린다. 따라서 이 소설은 동양사상에 준거한, 혹은 동양의 전통적인 내세관(來世觀)에 닿아있는 소설인 것으로 비춰진다. 베트콩 출신으로 전사한 화자인 나는 현자(賢者)로 등장한 저승사자나 다름없는 '하얀 노인'의 말을 통해 지금까지 자기가 살아온 인생을 되돌아본다. 단순한 생로병사의 이야기가 아닌 베트남의 역사와 민족해방전쟁의 숨결이 내재된 그런 소설로서, 결국 이 소설은 전쟁을 겪은 뒤 동시대를 살고 있는 바우닌의 소설 《전쟁의 슬픔》과 궤를 달리한다. 바우닌의 소설이 감상적이고 허무주의적인 인생(전부는 그렇지 않다 하더라도)의 실루엣이 짙다면 반레의 소설《그대 아직 살아있다면》은 그보다 한 단계 나아간 작품으로 읽힌다. 지나친 허무주의는 '역사발전'에 있어서 장애요인임을 그는 터득한 것 같다. 그러나 '반레 소설'의 우수한 점은 역시 '문학정신'의 승리인 것 같다.)

— 반레 시인, 그렇다면 영화감독은 어떤 경로로 된 것입니까?

"사실 다큐멘터리 영화는 시에 아주 가깝습니다. 진실을 바로 보여줄 수 있어서 매력이 있어요. 그래서 군에서 제대한 후 곧바로 '국립해방영화사'에 들어갔습니다."

— 베트남에 요즘 한류 열풍이 불고 있다고 들었습니다. 영화를 비롯하여 한국의 대중문화가 많이 소개되고 있다는 소식이 들려오는데 이걸 어떻게 보고 있습니까?

"베트남 사람들도 한국인처럼 '휴먼드라마'를 좋아합니다. 한국 드라마가 인기를 누리는 것도 그 때문이라고 봅니다. 또 한국의 가족이나 사회, 기업 문화도 흥미롭습니다. 그런데 한국 드라마는 대개 삼각관계만을 다루거나 주인공이 암에 걸려 죽는 등 비슷한 소재와 주제를 되풀이하는 것 같습니다."

— 요즘 세계적으로 이목이 집중되는 이라크 문제는?

"이라크인들에게 맡겨야죠. 엄청난 전쟁을 치른 베트남 민중의 한 사람인 나는 언제나 말합니다. (평화를!) 한국의 여러분들도 그럴 수 있으면 좋겠습니다. 미국이 베트남을 침략했지만 결국은 물러갔습니다. 나는 어떤 나라에서도 외세가 들어가 오래 버틸 수는 없다고 봅니다. 이라크 문제는 이라크인 스스로 해결하도록 놔둬야 한다고 생각합니다. 하지만 그것은 내 생각인 것 같고, 솔직히 한국의 파병문제는 한국의 문제이기 때문에 이 시점에서 내가 나서서 말할 처지는 아닌 듯싶습니다."

— 한국의 이라크 파병문제는 한국인 스스로 풀어가라는 말씀으로 듣겠습니다. 마지막으로 한국과 베트남 작가들에게 바라고 싶은 것이 있다면 무엇입니까?

"모든 잘못은 항상 이해하지 못하거나 오해하는 데서 비롯합니다. 베트남에 한국의 대중문화는 많이 소개되고 있지만 문학을 비롯한 고급문화(귀족문화를 지칭한 것은 아니다)는 거의 알려진 것이 없습니다. 앞으로는 베트남과 한국의 문학작품이 서로간에 많이 번역되어 읽혀졌으면 좋겠습니다. 문학을 통해 서로 이해하는 데서 서로간 좀 더 가까이 사랑할 수 있게 되리라고 봅니다."

세계문학의 거장을 만나다

대담이 끝난 며칠 후, 반레 시인은 광주 망월동 김남주 묘에 와서 말없이 울어준다. 그 옛날 오랜 친구의 무덤 앞에 서기라도 하는 것처럼, 아니 그가 베트남 민족시인인 것처럼 한국의 김남주도 민족시인이라는 사실을 같이하는 마음이다. 1980년 5월 베트남에서 라디오로 김남주의 시 〈학살〉과 〈조국은 하나다〉를 들었다면서 세 번 절하고 또 세 번 무릎 꿇어 절을 올린다. 한때는 베트콩 전사, 입대동기 300명 중에서 살아남은 사람은 그를 포함해 5명뿐이었다는데, 한반도 남녘땅에 와서 무슨 생각이 저절로 났는지 향불을 피우며 마냥 운다. 자기 나라도 아닌 옛 따이한 적국(敵國)에 와서 한 송이도 아닌

다섯 송이 꽃을 묘 앞에 놓고서, 향도 다섯 개 피워놓으며 눈물 젖는
다. 이때, 월맹군 정규군이었던 시인 반레! 한국 청룡부대 병사였던
시인 김준태 — 1960년대 그 시절 나와 총칼을 마주 겨눈 반레는 한
국의 먼 하늘을 바라본다. 그의 눈동자는 여전히 맑다. 그가 잠시 멀
리 두고 온 베트남의 하늘이 마치 한국의 하늘과 겹쳐지는 느낌이다.
그와 나는 마침내 김남주 무덤 앞에서 서로를 부둥켜안는다. 아! 정
말로 먼 고향 친구인 듯 심장의 맥박을 같이한다.

　반레 시인과 헤어진 후 내 머리 속으로 다시, 얼마 전 다녀온 베트
남의 전국토가 떠오른다. 그리고 베트남전쟁과 베트남 민중들의 얼
굴, 얼굴들. 오늘날 이들의 조국은 '통일베트남'의 깃발을 세계만방
에 당당하게 휘날린다. 또한 세계경제지표가 확인·발표하고 있듯이
통일베트남은 이제 중국과 서로 앞다투어 국민총생산 GNP가 매년
상승곡선을 이루고 있어 이웃나라들을 놀라게 한다. 한국과의 대외
무역 관계도 그렇다. 베트남은 현재 중국, 미국, 일본에 이어 한국의
네 번째 교역국가이다.
　지나친 국토개발로 환경이 훼손되는 등 많은 시행착오를 보이고
는 있지만 베트남은 지금 '약속의 땅'처럼 무한한 가능성을 열어 가
고 있는 나라이다. 특히 도이모이(개방개혁정책)를 발표한 이후 미국
도 결국은 베트남에 대한 엠바고(통상금지조치)를 해제했고 전 국토
의 80% 이상이 사유화가 되는 추세이다. 사회주의 특유의 집단농장
은 없어지고 개인이 영구히 소유(토지 소유권자는 국가)할 수는 없으
나 50년 기한으로 토지매매 등이 가능하게 이루어지는 나라가 오늘
의 베트남이다.

돌이켜보면 미국과의 전쟁으로 250만여 명의 희생자를 낳은 베트남 인민들. 바로 이 전쟁에 한국은 미국의 강력한 요청으로 참전한다. 미국은 한국이 베트남전쟁에 참전해야 하는 이유를, 한국전쟁 당시 받았던 군사원조를 보상해야 한다는 의무감, 미국과 동맹관계를 강화시키는데 의미가 있다는 점, 장래의 경제적 이익을 고려한다는 점, 국제적 권익을 획득하는데 한국군 참전이 요구된다는 점, 베트남 안보가 한국의 안보와 연계되어 있다는 점을 들었던 것이다.

예컨대 베트남 참전은 '한미동맹 관계'의 산물로 이루어진다. 당시 미국은 만약 한국이 전투부대 파병을 하지 않으면 주한미군의 베트남 파병까지를 고려할 수밖에 없다고 한국 정부에게 압력을 가한다. 그리하여 결국 1963년 9월 의무부대 130명 파견 이후 1964년 존슨 미대통령의 친서를 통한 요청으로 한국은 1965년 2월 2천여 명 규모의 비둘기부대를 파견한다. 비둘기부대는 건설공병단 임무를 띤 부대다.

그렇지만 미국의 요구는 여기에서 그친 것은 아니다. 미행정부는 한국의 전투부대 파병을 재차 요청하여 한국은 1965년 8월 청룡부대 5천 명과 육군 맹호부대 1만500명을 파병한 것을 비롯하여 10년 동안 연병력 45만여 명을 베트남에 파병한다. 이어 한국은 맹호·백마 등 육군 2개 사단과 건설공병단인 비둘기부대, 해병여단인 청룡부대로 구성된 총 4만7872명이 베트남전쟁에 투입된다. 한국은 파병 기간 중 1만1,070여 회의 대규모 작전과 55만6천 회의 소규모 군사활동을 수행하면서 월맹군 정규군을 포함한 베트콩 4만1천여 명을 사살한 것으로 기록은 남기고 있다.

한국군 희생자는 약 5천여 명의 사망자를 낸 것으로 알려졌는데

세계문화의 거장을 만나다

부상자 경우는 1만5천여 명으로 밝혀진다. 물론 전쟁터에서 부상한 군인의 경우는 평생 동안 불구로 살 수밖에 없다는 것은 자명한 일이고 또 고엽제 피해자 경우도 1만5천여 명을 넘어서 그 피해는 엄청난 결과이다. 미국은 약 5만여 명의 전투사망자를 기록한다.

베트남전쟁 당시 한국군은 주로 사이공과 가까운 남부베트남 지역에 주둔한다. 그 지역을 열거하면 십자성부대는 나짱, 비둘기부대는 붕타우, 백마부대는 닌호아, 맹호부대는 퀴논, 청룡부대는 다낭 근교 호이안 전선이다. 한국군 사령부는 사이공에 세우고 야전사령부는 나짱에 자리잡는다.

베트남 참전으로 하여 국내경제에 날개가 돋친 것은 사실이다. '월남전특수'가 그것인데 미화 25억 달러가 들어와 1960, 1970년대의 한국 근대화를 도모한다. 1965년에 맺은 한일회담으로 3억 달러 일본 '엔화 차관'이 들어온 것도 그 무렵이다.

그러나 무엇보다도 월남전 참전 결과로 한국은 여기에서 얻은 부가가치의 효과를 더욱 축적, 총 250억 달러에 상당하는 외화를 이끌어들인 셈이 된 것이다. 우리가 기억하고 있듯이 1960, 1970년대의 한국경제개발은 베트남전쟁 참전, 도시근대화 바람이 부추긴 농촌붕괴와 저임금인구의 도시집중, 그리고 무엇보다도 전후 복구열망에 온몸을 던지고자 했던 국민들의 노력 덕분이라고 관련 연구가들은 풀이한다.

베트남전쟁에 참전한 한국군은 1인당 연 5천 달러, 미국군은 연 1만3000 달러이라고 당시 존슨 미행정부는 밝혔지만 실제로 꼭 그렇지 않는다. 내가 1969년 청룡부대 2여단 3대대에서 인사행정병을 하면서 파악한 바로는 한국군 병장의 1개월 봉급이 53달러였는데 반해 같은 계급의 미군 병장은 530달러(생명수당 빼고)이다.

지금도 나는 경부고속도로를 달릴 때 1964부터 1973년 사이에 베트남 전장에서 숨겨간 '젊은 영혼들'이 떠올라 가슴이 저려온다. 화랑담배가 아니라 미국담배의 연기 속에 사라져간 전우들이 생각나서 왠지 모르게 내 자신이 부끄럽고 '월남전의 선물'인 경부고속도로를 달리며 눈시울이 뜨거워짐을 어찌하지 못한다. 수많은 부상자들과 고엽제 환자들이 오늘도 보훈병원이나 기타 병원에서 오직 죽는 날만을 기다리고 있는 모습들을 볼 때 더 그러한 느낌이 든다. 이들의 건강과 건투를 빈다.

세계문학의 거장을 만나다

C. 라자지 《라마야나》

사랑과 진리 밝힌 인도의 대서사시

_ 힌두교 경전 《라마야나》를 읽거나 그 이야기를 들은 사람들은 죄와 슬픔으로부터 구제된다고 한다. 지성의 대가인 상카는 만일 어떤 사람이 다사라타 왕의 아들 '라마'를 마음속에 간직하고 그에 대해 명상을 하게 되면 그 사람의 죄는 곧 사라질 거라고 말한다.

C. 라자지, 《라마야나》 중에서

_ 경전을 이해하려면 잘 성숙된 도덕적 감수성과 경전이 말하는 진리를 좇아서 살아보는 경험이 있어야 한다. 경전을 해설하고자 하는 사람은 먼저 그 경전의 명령에 따라서 살아야 한다. 경전은 그것을 읽는 사람이 저마다 스승(guru)을 모셔야 한다고 생각한다. 진리를 실현코자 한다면 '타파스 차리아'(고행의 과정)가 반드시 필요하다.

마하트마 간디, 《바가바드 기타》 중에서

님이 그리운 시대다. 님이 그리운 시절이다. 나뭇잎들이 멀리 떨어져나가면서 나를 부른다. 아, 나도 어쩌면 그들의 님이 될 수 있을까. 나도 그들 나뭇잎들이 그리워하는 님으로 다시 태어날 수 있을까. 그러나 내가 못난 탓인지 '님'은 쉬이 보이지 않고 나 또한 그들 나뭇잎들에게 님이 될 수 없을 것 같아서인지 겨울바람이 내 주위를 휘감는다. 이때다. 10억의 나라 인도가 불후의 명작으로 내세우고 있는 대서사시 《라마야나》(라마가 걸어간 길)가 수많은 책들 속에서 걸어 나와 나를 부른다.

나더러 연기법(아함경: '이것이 있음으로 저것이 있고 이것이 없으면

379

사랑과 진리 밝힌 인도의 대서사시

저것도 없다'는 뜻으로 모든 존재는 절대적인 것이 아니며 상대적인 존재라
고 풀이한다)으로 세상만물, 우주의 진리를 가르쳐 주려는 양 우선
'만남의 장'을 마련해준다. 그래 나는 드디어 《라마야나》를 열고 숨
을 즐겁게 몰아쉰다. 아리따운 신부를 앞에 둔 첫날밤의 신랑과도 같
이 가슴속이 환희로 맥박친다. 하얀 눈이 내린다 한들 이제 내 가슴
은 더욱 뜨거워지리라.

　여기 인류도덕이 무너지기 시작하는 거친 삶의 풍경이여. 젊은 연
인들을 보다 아름답게 바라보고, 살아 계신 부모님을 고이 섬기고,
형제 간 우애를 중시 여기고, 친구 간의 우정과 이웃 간에 서로 돕는
세상을 나날이 작은 일에서부터 찾고 싶음이여. 이제 나는 라마처럼,
그의 부인 시이타처럼 '고행(타파스, tapas)'을 경외의 대상으로 삼으
리라. 고행이라면 누구나 거쳐야 할 '삶의 책무'이기에 스스로 아름
답게 받아들이리라.

　인류의 위대한 문화유산 혹은 문학작품으로 손꼽히는 라마야나
를 현대문학작품으로 새롭게 창작·재생산한 사람은 C. 라자지(본명
은 차크라바르티 라자고파라차리)다. 그는 1878년 벵골 주에서 태어나
1972년 94세의 나이로 세상을 떠난 독립운동가, 정치가, 사상가이며
인도정신과 인도문학을 최고의 수준으로 이끌어올린 문학가이다. 그
이름처럼 오늘날도 '위대한 영혼'으로 추앙받고 있는 마하트마 간디
의 절친한 친구요, 인도독립운동의 동지였던 라자지는 영국의 식민
시절에는 열렬한 자유투사이며 정신적 지도자다. 마드라스 수상, 서
벵골 주 통치자, 인도 내무장관, 인도인 최초의 총독으로서 조국에
충성을 다한 그는 인도현대사에 지울 수 없는 인상을 남긴 위인이다.

　그가 당대의 젊은이들과 미래의 젊은이들을 위하여 과거의 작품

인도의 독립운동가, 정치가, 사상가로 인도정신과 인도문학을 최고의 수준으로 이끌어 올린 C.라자지. 그는 마하트마 간디의 절친한 동지였다.

들을 토대로 재창작한 저술 작품은 《바가바드 기타》《우파니샤드》《마하바라타》《라마야나》 등이다. 그 중 마술적인 정염과 상상력, 시적 긴장미, 소박한 문체로 폭포수처럼 숨막히게 이야기를 쏟아내고 있는 C. 라자지의 《라마야나》는 영혼을 다스리는 책이다. 이 작품은 16세기의 위대한 인도의 사상가이며 종교시인으로 알려진 툴시다스의 《람 차리트 마나스》(라마행적의 호수)와 인도 동남부 지역 타밀족의 언어인 타밀어의 대표적 시인인 캄반의 시작품에서 커다란 은혜와 영향을 입고서 쓰여졌다고 지은이는 말한다.

"인간의 사랑과 진리의 법(다르마)"을 주제로 삼고 있는 이 작품은 역시 《마하바라타》와 함께 오늘날 인도인들의 역사와 정치, 사회와 문화, 힌두교·불교·자이나교 등 무려 12가지를 넘는 종교와 사상을 이해하는데도 더할 나이 없는 가이드북이다. 인도를 이해하는데 있어서 빠뜨릴 수 없는 필수코스의 서적이라는 것이다.

'라마' 는 인도인 사회에서 계급과 신분 여하를 막론하고 이상적인 남성으로 끊임없이 추앙을 받고 있다. 코살라 국의 왕자로 태어난 그는 학덕이 뛰어나고 특히 궁술에 능하며 힌두교의 3대 신 중의 하나인 비슈누 신의 화신으로 섬김을 받는다. 주인공 라마 외에 정숙한 아내 시이타 왕비, 용감한 원숭이족 장군 하누마트, 포악한 마왕 라바나가 등장한 대서사시《라마야나》는 후세의 인도의 문학에 줄기차게 영향을 끼치고 있으며 세계 곳곳에서 인도문화의 보급로를 열어주고 있다.

시와 소설 등 문학 분야는 물론 연극과 미술 등 각종 예술 장르에서도 '라마'에 대한 줄거리와 주제는 그 작품들의 내적공간과 외적공간을 채우는데 도움을 주고 있다고 한다.《마하바라타》에 비해《라마야나》는 작품의 통일성이 잘 보존되고 있을 뿐만이 아니라 시구와 운율의 미학도 특출하여 인도 '최초의 시(di-kvya)'라는 평가를 받고 있다. "과거는 현재다"라는 말이 있듯이 몇 천 년 전의 '라마 이야기'는 오늘은 물론 먼 훗날에도 사람들 영혼 속에 나무처럼 우뚝 솟아 빛을 내뿜을 것이다.

《마하바라타》는 기원전 4백 년 경부터 기원후 2백 년 사이에 그 얼개가 갖춰진 이야기형태의 경전으로 고대 인도의 왕위계승전쟁을 생생하게 그려낸 일종의 전쟁서사시다. 10만행에 이르는 세계에서 가장 긴 서사시로 저자는 '비아사'라고 전해지고 있는데 내용인즉 다섯 명의 판다바 형제와 100명을 넘는 사촌들 간의 골육상쟁이 그것이다. 이 전쟁에는 수많은 신들과 브라만들이 개입하여 호머의《일리아드》보다 더 장대한 세계최대의 전쟁서사시를 기록한다. '마하바라타'라는 말은 '위대한 바라타민족'이라는 의미를 갖는다. '바라타'는 인도인들이 자신들의 나라를 지칭하는 말이다.

《라마야나》는《마하바라타》와 더불어 아리아인 민족과 그곳 여러 민족들도 자랑하는 인도의 2대 서사시다. 다르마(진리의 법)와 사랑의 대립 혹은 갈등관계를 그린 인도문학의 정수로 애정소설로도 읽혀지는 흥미진진한 서사시임에는 틀림없다. 라자지가 말하고 있듯이 《라마야나》의 두 주제는 사랑과 다르마이다. 24,000송에 달하는 7권의 책으로 만들어진 힌두교의 경전의 하나인 이 책은 베다 시대의 대표시다.

그러면서도 베다 신화와 고대인도의 다사라타 왕이 통치하는 코살라 국의 역사적 사실 속에다 고결하고 숭고한 브라만의 영웅인 남인도의 라바나에 대한 일련의 전설적 인물과 신들을 등장시키고 있어 흥미진진하다. 한때 인도에 성행했던 '원숭이숭배'와 관련된 신화와 전설의 집단적 이야기 결합체로 볼 수 있는 대목이다.

그리고 물론 《라마야나》를 읽을 때 간과해서는 안 될 대목들은 인도 특유의 신분제도인 '카스트'이다. 4성(姓)으로 구분하는 이 제도는 계급·등급·족보 등에 기초하고 있다. '카스트'란 말은 포르투갈어로 카스트(casta: 혈액의 순수성 보존을 위한 사회적 설법)가 인도유럽계 언어로 전화한 것으로 바르나 즉 피부의 색깔을 나타내는 말에 해당된다.

카스트의 성립은 아리아인이 인도에 침입한 기원전 1,300년 전후 무렵인데 이 침략으로 먼저 인도에 들어온 문다족과 드라비다족은 아리아인의 지배를 받으면서 노예가 된다. 이런 역사 속에서 아리아인들은 브라만교(바라문교)를 완성하고 예의 카스트제도를 정착시킨다. 브라만(성직자), 크샤트리아(무사), 바이샤(농민과 상인), 그리고 피정복민으로 이루어진 수드라(노예) 계급이 그들이다.

여기에서 브라만 계급은 후에 인도의 토착신앙, 예컨대 민간신앙을 받아들여 오늘날 인도 전체 국민들의 65%를 웃도는 인구를 힌두교로 발전시켜나간다. 마하트마 간디와 지은이 C. 라자지도 말하고 있듯《라마야나》의 주인공 '라마'는 그야말로 '위대한 크샤트리아' 계급에 속하는 인간이요, 신이다. 그런 뜻에서 흥미진진한 연애소설이요, 전쟁서사시이기도 하는《라마야나》는 비약적인 표현인지는 모르나 한편으론 계급투쟁문학의 한 전형이다.

이 대서사시에 나오는 수많은 군상들과 신들은 저마다 계급(die Klasse)의 창조자들이요, 희생자들이며 또한 이 세계를 움직이는 힘의 실체라고 진단할 수 있겠다. 깊이 읽다보면 이야기의 군데군데서 눈치를 챌 수 있는데 주인공 라마 왕이 다르마(진리의 법)를 지키기 위해 이 작품의 절정에서 아내인 시이타 왕비와 헤어지는 것은 모종의 '계급의식'에서 비롯된 것이 아닐까 하는 그런 현대적인 의미의 해석을 내릴 수 있겠다. 절대적인 법으로 표현되는 '다르마'야말로 계급을 가르는 저울추요, 잣대라는 생각이 바로 그것이겠다.

《라마야나》는 인도인들의 사회관과 자연관, 철학을 동시에 들여다볼 수 있는 이야기다. 그러나 어찌 저 방대한 이야기를 담고 있는《라마야나》를 단 몇 장으로 압축하여 말할 수 있으랴. 이 작품 속에는 수많은 왕들과 신들, 그리고 악마들이 저마다의 모습과 생각을 갖고서 종횡무진하게 행동반경을 펼쳐 나간다. 상상을 초월하는 비유법으로 묘사되고 있는 각종 인물과 짐승들과의 비유, 신들에 대한 묘사는 현대 시인들마저도 입을 딱 벌리게 만든다.

가공할 만한 상상력, 가령 치료할 약초를 찾아내기 위하여 히말라야 산을 두 손으로 가볍게 통째로 옮기기도 하는 장면 등의 묘사는 가히 경탄을 금치 못하게 한다. 또한 '고행'을 줄기차게 강조하는 대목들은 무척 교훈적이다. 《라마야나》를 읽을 때 처음부터 끝까지 "고행을 통해서만이 죄를 면할 수 있다" "어떠한 신도 고행을 거치지 않으면 자신의 능력을 죄다 발휘할 수 없다"는 생각을 떨쳐버리지 못하게 만든다. 이것이 바로 인도사상이다. '고행'이란 필수코스를 거쳐야만 비로소 신도 되고 악마도 될 수 있다는 얘기다.

　이런 흥미진진한 줄거리 속에서도 일관되게 지켜지고 부각되는 것은 라마의 정신이다. 신애사상(브하크티)이 바로 그것인데 남녀 간의 연정(마드후리우), 부정(父情)과 형제애(바트살야), 친구 간의 우정(사로크야), 참됨을 위해 몸을 바치는 헌신(다스야) 등이 중심 테제이다.

　이와 같은 테제는 신애와 용모를 충실하게 갖춘 라마에 대한 경배사상을 유발시킨다. 그래서 그럴까. 오늘날도 인도 국민들 사이에서는 라마처럼 동일한 세계로 가는 것, 라마에 가까이 가는 것, 라마와 동일한 모습을 갖는 것, 라마와 하나가 되는 것과 같은 네 가지 목표 대상을 설정하게끔 유도한다. 후대의 인도 정치가들도 그래서 라마 시대의 통치철학을 인도인의 대사회적 혹은 개인적인 삶의 생활모델로도 삼고 있는 것이리라.

　《라마야나》는 세계의 다른 위대한 경전들과 문학작품에서는 볼 수 없을 정도로 '교훈적 메시지'를 중시 여긴다. 이 작품을 두고 신성한 경전(다르마 사트라)이라고 숭배하는 것이 바로 그 증좌이다. 참 그런 것 같다. 라마는 멀고 먼 고대사회 속에 존재하는 신이 아니라 바로 오늘의 인도인들 속에 숨쉬고 있는 현실적 의미의 또 다른 다르마이다. 거리 어디에서나 보고 부딪치는 그런 다르마로서도 존재하는 것이다.

　대우주를 창조한 최고의 신 브라흐마는 인도 최초의 시인이며 현

인도의 민화에 나오는 라마 왕과 그의 왕비 시타의 모습.

자인 발미키에게 라마 왕의 행적을 시로 찬양할 것을 요청한 뒤 영감을 주면서 다음과 같이 약속한다. "대지에 산이 솟아있고 강이 흐르는 한, 발미키 그대의 시는 이 세상에 길이길이 남을 것이다"라고 전한다. 이 말은《라마야나》에 나온 시구로 인구에 회자한다. 충심으로 우러르며 신으로 섬기고 있는 라마, 인도인들은 라마를 바로 그렇게 신앙처럼 모시고 있기에 앵무새에게 말을 가르쳐 줄 때도 "라무, 라무"라고 부른다.

하지만《라마야나》는 장구한 세월을 걸쳐 만들어진 작품이기 때문에 판본마다 분량이 일정치 않고 내용도 각양각색이다. 후대 인도의 왕이나 주변국의 왕들이 자신을 라마의 화신으로 우상화하고자 각각 그들한테 어울리는 새로운 '라마야나'를 편찬토록 한 것이다. 판본도 가지가지다. 자바, 말레이, 타이, 베트남 등 동남아시아 지역은 물론 티베트나 중국으로 건너가 윤색된 작품들이 우선 그렇고 특히 중국에서는 불경을 통해 라마의 이야기가 전해진다.

C. 라자지의《라마야나》를 우리말로 옮긴 허정 교수는 "리얼리즘 문학과 낭만주의 문학의 양면성"을 갖고 있는 위대한 작품이라고 평가를 내린다. 신화적 표현 때문에 사실성이 없다고 하지만 분명히 고대 라마시대의 역사성 혹은 사실성이 담겨있어서 리얼리즘 문학의 특성이 적용된다고 진단한다. 고대 인도인들의 엄청난 상상력에 근거한 자연묘사와 자유분방한 시적 표현을 자랑하는 이 작품은 낭만주의 문학의 덕목을 유감없이 발휘하고 있다는 것이다.

낭만주의적 요소와 특징은《라마야나》의 어느 페이지에서나 발견된다. 우선 엄청난 숫자로 종횡무진 출몰하는 신들이 그렇다. 주인공인 라마와 그의 아버지 다사라타 그리고 아내 시이타, 열 개의 머리

를 가진 란카 국의 왕 라바나, 라마를 위해 맹활약을 보여주는 하누
마트, 고타마 신의 아내를 유혹하다가 그것이 발각되어 저주를 받아
거세된 신들의 왕 인드라, 천상의 건축가 비스와카르마, 복락의 여신
라크슈미, 현재와 과거 미래까지를 정복할 수 있는 힘을 가진 푸루쇼
타마가 그들이다.

　힌두교의 영웅으로 아바라타(절대신의 상징)로 숭배되는 크리슈나
신의 경우는 또 어떤가. 세상의 악을 몰아내고 정의를 회복하기 위해
지상에 여러 가지 형태의 권화(신이나 부처가 인간 세상에 어떤 권세의
상징으로 나타나는 것)로 부활한다. 또 현인 비스와미트라, 음악의 신
간다르바, 투쟁의 신 아수라, 바다의 신 바루나, 히말라야를 관장하
는 신 히마반, 강의 신 마노라바, 불의 신 아그니, 사랑의 신 만마타,
불사신으로 활동하는 마하발리, 6만 명의 아이들로 나누어지는 알을
낳은 사가라 왕의 두 번째 아내 수마티, 한 달에 한 번씩만 식사를 하
는 바기라타 왕의 이야기는 이미 상상을 초월하여 하늘의 저편을 날
아가고 있는 신들을 보여준다.

　고행자들의 신 자누, 황금사슴으로 변해 라마와 시이타의 눈을 멀
게 한 뒤 라바나가 시이타를 빼앗아가게 만든 마리차, 저승의 신 야
마, 하늘의 혈통을 이어받은 착한 새 자타유, 부의 신 쿠베라, 하느님
의 어머니 아디티, 라마 왕자를 도와서 싸우는 수그리바, 바람의 신
바유, 수그리바의 우두머리 대장 하누만, 4대양의 물을 손바닥으로
떠올릴 수 있는 힘을 가진 발리, 란카 왕의 아들 인드라지트, 라바나
의 동생으로 충언을 마다하지 않는 충신 비브헤샤나 등 숫제 이루 헤
아릴 수 없다.

라마 영웅이 마주치는 신들 중에서 뭐니뭐니 해도 가장 주목을 요하는 신은 힌두교의 3대 신이다. 창조의 신으로 알려진 브라흐마, 세계질서를 유지하는 자비의 신 비슈누, 인더스문명의 유적지 모헨조다로에서 그 모습이 흥미롭게 밝혀진 파괴의 신 시바가 그들이다. 브라흐마와 비슈누, 시바를 인도인들은 '3신 일체설' 속에서 이해한다.

브라흐마는 네 개의 머리와 네 개 손에 물 항아리와 활, 작은 막대기, 베다 경전을 들고 있으며 백조를 타고 다닌다. 그의 아내 사라스바띠는 지혜·언어·음악의 신으로 피부색이 희고 우아하며 공작을 타고 다니며 손에는 악기를 든다.

비슈누는 네 개의 팔, 두 손에는 당당한 힘을 상징하는 철퇴와 원반을 들고 나머지 두 손에는 주술의 힘과 청정미를 상징하는 나팔과 연꽃을 들고 있다. 그는 가루다라는 새를 타고 다니며 물고기를 자신의 상징으로 삼는다. "세계의 악을 몰아내고 정의를 회복하기 위하여 지상에 부활한다"고 하는 권화사상이 그에게서 비롯된 것이다.

'위대한 신(마하데바)'이란 별명을 가진 시바는 '고행'을 통해 절대적인 힘을 얻는다. 이 신은 수행자와 고행자를 도와주는 신인데 스스로가 위대한 고행자이며 자신의 명상을 통해서 세계가 유지된다고 말한다. 양 눈 사이에 지혜와 전지전능한 자의 직관력을 의미하는 수직형 세 개의 눈이 달려있고 호랑이 가죽에 앉아 요기의 형상으로 좌도하고 있는데 목과 팔에는 코브라 뱀과 염주를 휘감고 있다.

시바 신의 헝클어진 머리 꼭대기에는 초승달이 걸려있다. 머리 정수리에서 성스러운 갠지스 강이 솟구쳐 흐르고 있으며 군지(승려들이 가지고 다니는 물병)와 삼지창을 들고 있는데 그는 언제나 신성한 소 난디를 타고 다닌다. 그는 우주를 지배하는 힘이란 생성과 파괴라고 생각한다. 생성과 파괴는 어떤 변화의 두 측면일 뿐이어서 창조자는 곧 파괴자일 뿐이라는 것이다. 결국 시바는 우주를 파괴하는 신일 뿐만이 아니라 동시에 '갱생의 신'이어서 죽음이란 바로 탄생과 시작을 의미한다.

결국 인도의 대서사시 《라마야나》는 수많은 신들이 누비는 현장이라고 말해도 좋을 것 같다. 이 신들 속에는 분명 우리 인간들의 저마다의 모습도 그대로 투영되고 있다고 보면 된다. 무궁무진한 상상력과 진리의 세계 나아가 천칙(天則)을 담고 있는 《라마야나》는 말 그대로 광대무변한 불화(佛畵)일 것 같다는 생각이 든다.

잠시 인도문학의 전통을 살펴보면 이렇다. 기원전 3000년에서 비롯된 브라만 바라문교의 경전에 뿌리를 두고 있는 인도문학은 기원전 5세기 경에 형성된 힌두교의 가장 오래된 문자기록인 《리그 베다》로부터 시작한다. 그리하여 베다문학(B.C. 1500~B.C. 400)으로부터 범신론의 세계가 담겨진 《우파니샤드》(B.C. 800~B.C. 700), 기원전 400년과 기원후 1000년 사이에 꽃을 피운 서사시·교훈문학의 두 산봉우리인 《마하바라타》와 《라마야나》로 우뚝 솟아난다. 물론 이 작품들은 우리나라 사람들한테는 '범어'로 알려진 산스크리트어로 기록되어 있다.

불교경전어인 팔리어로 쓰여져 대중성을 획득한 《법구경(다르마파다)》《톨카피얌(고문전)》《10대 장시》 등의 작품집으로 대표되는 기원전 100년에서 기원후 200년 사이에 발달한 드라비어족에 속하는 인도 동남부지역의 팔리어 문학, 그리고 19세기부터 서양과의 접촉속에서 본격화된 인도의 근대문학은 작가 반킴 찬드라 채터지(1838

~1894)와 라빈드라나트 타고르(1861~1941)를 탄생시킨다. 1913년에 노벨문학상을 받은 타고르의 시집 《기탄잘리(신에게 바치는 송가)》는 본래 타고르 스스로가 쓴 영문시집(1910년)으로 157편의 시가 수록되어 있다. 이 시집은 한국 근대문학을 개척한 많은 시인들에게도 영향을 끼쳤는데 대표적으로 만해 한용운 시인이다.

세계적으로 '종교의 모태 자궁'이기도 한 인도. 인류의 가장 문학적이고 교훈적인 작품 《라마야나》는 너와 나 그리고 우리들이 함께 걸어가게 될 '마이 웨이(My Way)'를 발견하게끔 도와준다. 《라마야나》가 주는 이런 느낌은 호머의 《일리어드》와 《오디세이》, 중국의 《산해경》, 아프리카와 라틴 아메리카의 신화, 인디언의 전설, 그리고 우리나라의 《삼국유사》 속의 일련의 이야기들과 같은 반열에서 위대한 값어치를 발견하게 만든다. 그래서 사이버문명이 풍미하는 현대의 시인·작가들에게도 유혹의 대상이 되게끔 만들어준다.

20세기 실존주의 철학자 사르트르가 "유럽 문학은 끝났다. 이제는 아프리카나 라틴 아메리카의 문학 속에서 그 혼과 형태를 찾아내야 한다!"고 말한 것이 우리에게는 교훈적이다. 유럽 문학은 이제 '신화와 전설'을 더 이상 간직하지 못할 정도로 모더니즘 혹은 포스트모더니즘(해체주의)의 극단 선상 위에 놓여있다는 위기의식을 사르트르는 이미 간파했기 때문이다. 신화와 전설을 우둔할 정도로 끝끝내 간직하려는 민족은 행복하다. 하늘의 축복을 영원히 받을 민족으로서 자격을 갖추고 있기 때문이다.

지은이 C. 라자지는 '신화'의 귀중함과 위대성에 대하여 말한다.

"마치 과일을 즙이 많도록 맛있게 보존시켜주는 껍질과 줄기처럼 신화는 종교의 필수적인 부분이다. 또한 신화는 국가와 문화에 없어서는 안 되는 절대적인 요소이다. 오늘날의 우리는 종교를 즙처럼 짜낼 수 없으며 병에 담아 그 정수만을 따로 보관할 수도 없다. 신화와 신화에 나타나는 성스러운 표상들은 우리 생활에 활력을 주는 영감의 길잡이로서 견고한 정신의 원천이며 삶을 추동시켜 주는 그 기능에 기저한 위대한 문화이다. 따라서 외관상 우리나라 국민들을 분열하는 것처럼 보이는 카스트제도, 지역 간의 격차, 각양각색인 언어들의 차이 등에도 불구하고 수많은 우리 국민들을 하나의 민족으로 결속시키는 것은 저 위대한 문화유산 《바하바라타》와 《라마야나》라는 사실을 영원히 우리 마음속에 새겨두어야 할 것이다.”

그런 점에서 이해할 때 C. 라자지가 써낸 이 책은 비록 시대가 다르고 그가 태어난 나라와는 다르지만 인생의 지침서요, 영혼의 가이드북이다. 라마의 신화는 허구가 아니라 우리들 모두가 저마다 간직하고 있는 일렁거리는 그런 본모습, 그런 본바탕, 제정신을 차리고 살아갈 수 있게 만들어주는 그런 근원적인 것들 혹은 숨길 수 없는 영원한 밑바탕(Natur) 그 자체라는 것을 행복하게 깨닫게 된다.

삶의 수많은 문제와 주제를 풀어놓고 있는 위대한 문학작품인 《라마야나》는 또 한편으로는 바다 위에서 부침을 거듭하는 우리들에게 빛을 터뜨리고 있는 ‘등대’라는 생각이 든다. 예컨대 이 책 속에서 들려오는 소리들은 어쩌면 안개 속을 방황하는 뱃사람들(모든 인간들)에게 암초와 좌초를 조심하라고 신호를 보내주는 먼바다에서의 무적(霧笛)의 효과 그 이상일 수 있다는 생각이다.

이제 C. 라자지가 그의 전시대의 위대한 시인들인 발미키와 툴시다스, 캄반의 영적인 결과물에 바탕을 둔 《라마야나》에 대한 글을 끝내야 할 지점에 도달한 듯싶다. 이 책을 읽었다는 사실은 마치 광대

세계문학의 거장을 만나다

한 대륙 인도의 여행을 하는 일과 마찬가지였으리라는 생각이 든다. C.라자지가 라마의 입을 통해 말한 것을 두 대목 옮긴다.

인도에 있는 수많은 남녀노소들에게 《라마야나》는 단순한 이야기가 아니다. 자기 자신들의 생활 속에서 일어나는 사건들 이상의 진실과 의미를 담고 있다. 햇빛을 받아야만 식물들이 자라듯 인도사람들은 《라마야나》의 타오르는 영감을 받음으로써 정신적인 힘과 문화를 성장시킨다.

고대의 풍속을 따르는 사람들은 적어도 일년에 한번쯤은 기도하기 마련인데 가슴에 두 손을 얹어 고요히, 고요히 눈감고 말한다. 자신과 먼 우주를 향하여 머리 숙인다. '욕망이 나를 죄악으로 인도하고 분노가 나를 죄악으로 인도한다(카모카르쉬이트Kaamokaarsheet 마니우라카르시이트 manyurakaarsheet)'라는 말을 수없이 되풀이함으로써 경건한 정화를 위해 우선 자기 마음의 정화를 꾀한다. 이것은 신에 대한 순종이며 참회요, 마음의 정화로써 우리 모두가 따라야 할 실천 덕목이다.

사랑과 진리 밝힌 인도의 대서사시

마 오쩌둥 시집 《정강산》

중국의 대장정이 낳은 장쾌한 시편들

황학(黃鶴)은 어디로 갔는가
옛사람 노닐던 곳만 남았구나
술잔 들어 도도한 강물에 부으니
내 마음도 파도 따라 넘실거린다

마오쩌둥, 〈황학루에서〉

중국을 한두 번 다녀와서 중국을 말한다는 것은 "장님이 코끼리 다리 한 쪽 만져놓고 코끼리 몸통 전체를 다 만진 것처럼 말하는 그것"이 아니겠는가. 좌우지당간에 나는 생전에 중국 천지를 다는 돌아보지 못할 것 같으니 마음은 구만 리 장천도 훨훨 날아가는 봉황(鳳凰)새라도 되어 중국 땅 전체를 들여다보기는 들여다보아야 할 것 같다. 우선 그 첫걸음으로 베이징에 가서 천안문 광장 한복판에서 보는 것이고 다음은 자금성과 마오기념관을 둘러보다가 저 동쪽의 산해관에서 서쪽의 내몽고 쪽으로 뻗은 6천여km 길이를 가진 왈리창청(만리장성)을 오르면 어떠랴 싶다.

드디어 나는 천안문 광장에 선다. 천안문 한 가운데에 걸려있는 대형사진 '마오의 얼굴'을 바라본다. 천 년이고 만 년이고 그렇게 걸

마오쩌둥. 그는 진시황 이후 중국을 세 번째로 통일한 중국 인민의 영웅이다.

려있을 것만 같은 마오의 사실주의적 얼굴사진 한 장! 문득 나는 베이징 하늘 꼭대기에서 그 무슨 바람이라도 불어와 마오의 얼굴을 마냥 휘감아 도는 것 같은 착각을 동반한 상상력에 붙들려 잠깐 동안의 침묵을 즐긴다.

　30일을 돌아도 다 구경하지 못한다는 자금성의 큰 대문이 훤히 눈에 들어오는 천안문 광장 동서남북 곳곳을 걸어다닌다. 명나라를 세 번이나 다녀온 이수광 정도는 아니라 하더라도 나 그렇게 중국대륙의 수도 한복판을 여유있게 즐겨보는 것은 태어나 처음인 것 같다. 이수광은 조선 중기 명종 · 인조 때 사람으로 백과전서나 다름없는 방대한 분량의 《지봉유설》을 저술하여 중국과 동서양 여러 나라 문화를 소개한 뒤 조선 땅에 양명학과 실학의 기초정보를 제공한 사람이다.

마오(毛)라! 나는 마오쩌둥(毛澤東, 1893~1976)이 어쩌면 천년만
년 묻히지 않고 땅 위(지상)에 누워있을 '모주석기념관'으로 향한다.
백두산 '단군할아버지'의 자손답게 품위와 예의범절을 다 하는 몸자
세로 아직도 15억 중국인민대중의 지도자로 군림하는 그의 영체(靈
體)를 보기 위하여 꼬리에 꼬리를 물고 끝없이 이어지는 참배행렬을
따라 기념관 안으로 찾아 들어간다.

　베트남의 바딘 광장 호치민처럼 단지 눈은 감았을 뿐 영원히 생전의
모습으로 잠들어있는 마오의 얼굴을 엄숙하고 경건한 분위기 속에서
들여다본다. 인간이란 한 개인과 국가지도자란 어떤 전체적(全體的)
상징이 함께 겹쳐서 누워있는 것은 아닌가 하는 생각으로 마오쩌둥의
'열린 무덤'을 고요히 바라본다. 그가 오늘도 중국의 역사 그리고 세계
역사 속에서 황하(黃河)나 양자강처럼 장강으로 흐르고 있는 것은 아
닐까 하는 갖가지 상상도 하여보면서 아라비안나이트보다도 더 기다
랗게 인구에 회자되어오는 '마오 83년의 생애'가 담긴 하늘의 별보다
더 많은 이야기들 속에서 몇 대목을 주마간산 격이나마 되돌아본다.

　지금까지도 베이징 지도자들과 중국인민대중 속에 자리잡고 있는
마오는 1893년 12월 26일 호남성 상담 소산충의 한 농가에서 태어나
서 고등소학교를 마친 후 농민혁명계몽운동을 펼친다. 1943년부터
1936까지 10만 명의 홍군(紅軍)을 이끌고 무려 2만5천 리 길을 행
군·전투하며 중국 국민당 장제스(蔣介石, 1887~1975)의 수백만 군
대와 수백 차례의 대접전을 벌인다. 이때 이 대장정에서 살아남아 목
적지까지 다달은 사람들이 6천여 명밖에 안 되었다 하던가.

　마오는 "중국에서 가장 높고 험준한 산들을 넘고, 흉악한 원주민
의 거주지와 아무것도 없는 대초원지대를 뚫고, 혹한과 혹서, 폭설과

세계문학의 거장을 만나다

폭우를 이겨내며, 또 등 뒤로는 전체 국민당군의 절반에 달하는 병력의 추격을 받으면서, 동시에 장정의 경로를 따라 광동성, 호남성, 광서성, 귀주성, 운남성, 서강, 사천성, 감숙성, 섬서성 등의 지방군대와 싸워(《모택동자서전》)" 저 유명한 '마오의 대장정'을 승리로 이끌어내고 그들 말로 청사에 빛나는 중화인민공화국을 세운다.

마오에 대한 칭호를 대략 나열하면, 중국 인민의 지도자, 마르크스주의자, 무산계급혁명가, 전략가, 중국공산당·중국인민해방군·중화인민공화국의 창설자, 중국공산당중앙군사위원회 주석(1936~1976), 중국공산당중앙정치국 주석(1943~1945), 중국공산당중앙위원회 주석(1945~1976), 중화인민공화국중앙인민정부 주석(1949~1954), 중화인민공화국 주석(1954~1959)을 지냈고 자는 윤지(潤之), 필명은 자임(子任)으로 시인·서예가로도 활동한다.

가족관계를 들여다본다. 첫 번째 부인은 고향에서 결혼한 리바오산이고 두 번째 부인은 베이징 대학 교수의 딸로 1930년 창사에서 장제스 군대의 기습공격을 받아 사로잡힌 끝에 처형당한 양카이후(楊開慧)이다. 셋째 부인은 징강산(井岡山) 시절에 인연을 맺은 허쯔전이다. 네 번째 부인은 4인방(四人幇)을 업고 권력승계를 노리며 쿠데타를 기도한 장칭(江靑)인데 그녀는 마오가 죽은 후에 4인방과 함께 숙청을 당한다. 당시 급진적 핵심엘리트집단인 4인방은 정치국위원인 장칭, 중국공산당중앙위원회 부주석 왕홍원(王洪文), 국무원 부총리 장춘차오(張春橋), 정치국위원 야오원위안(姚文元)을 가리킨다.

마오의 자식들을 알아본다. 세 명의 아들이 있었는데 모안영·모안청·모안용 순이다. 소련유학을 다녀온 첫째는 한국전쟁이 발발하자 중국인민해방군 총사령관비서 겸 통역으로 전선에 나섰다가 폭

격으로 사망, 현재 북한 회창 지원군 열사능에 안장돼 있다. 둘째는
정신병자가 되고 셋째는 중국 국내 전쟁 중에 실종된다. 마오는 국가
적으로 혹은 역사적으로 치국평천하(治國平天下)하여 천하통일을
달성하지만 개인적으로는 수신제가(修身齊家)와 거리가 먼 불운한
사람인 것이다.

혁명도 늘 학습하는 자세에서 이루어진다고 말한 마오의 저서로
는《모순론》《실천론》《중국혁명전쟁의 전략적문제》《지구전론》과
시집《마오쩌둥시사집》등 다수가 있다. 그는 1976년 9월 9일 베이
징에서 세상을 떠나 오늘날 천안문 광장 마오기념관 추모실 수정관
에 고요히 누운 채 영면한다.

마오의 기념관을 벗어나 이제 나는 그의 시를 읽으며 시적 사상도
엿보는 단계에 들어선 것 같다. 그의 작품은 시(詩)라는 의미보다는
시사(詩詞)적 개념이 강하다. 부(賦) 즉 산문적 형태의 시가 아닌 노
래형태의 시라는 점에서 중국의 전통적 가락과 형식미를 고집한 것
이라고 볼 수 있으리라.

세계문학의 거장을 만나다

일찍이 벗들과 손잡고 여기 와 놀던
옛적 그 험난했던 세월이 새삼스럽구나
동문수학하던 어린 시절
빛나는 재주 만발했었고
선비의 의기는 하늘을 찔렀다네
강산을 가리키며
문장을 펼쳐도
세상에는 잡놈들만 횡행했었지

세계 3대 불가사의 문화의 하나인 중국의 만리장성. 이 장성을 넘어야 중국의 역사와 문화와 문학
이 제대로 보인다고 한다.

기억하는가

일찍이 우리 물 한가운데로 나아가

파도를 헤치며 배 저어가기로 한 것을

- 〈심원춘-장사에서〉 중에서

〈심원춘-장사에서〉는 마오에게 있어서 최초의 시로 알려져 있다. 1921년 중국공산당에 호남성 대표로 참여한 마오는 1926년 제1차 국공합작의 중앙위원 후보 및 농민운동강습소장으로 취임하기 전에 쓰여진다. 이 시에서 마오는 그 어떤 각오와 결의를 암시한다. 세상에는 "잡놈들만" 날뛰었다고 생각한 그는 스스로에게 "기억하는가" 하고 되묻더니 이윽고 "일찍이 우리 물 한가운데로 나아가 / 파도를 헤치며 배 저어가기로 한 것을" 다짐한다. 이 시는 역시 앞으로 마오가 어떻게 행동하고 시를 쓰더라도 어떻게 쓸 것인가를 예고한 작품이다. 모종의 선언적 의미의 시다.

망망한 아홉 강물 중국에 흘러들고 / 철길은 아득히 남북으로 뻗었는데

자욱한 안개비 속에 / 구산(龜山)과 사산(蛇山)이

양자강을 가두어 막았네

- 〈황학루에서〉 중에서

〈1959년 6월25일 소산에 당도했는데

이곳을 떠난 지도 어언 25년이 흘렀다〉

(……)

헤어지던 꿈 아련하고

지나간 세월 저주스럽기만 하네

32년 전 이곳에서 붉은 깃발 드날리고

농민들의 창 하늘을 찔렀지

검은 손 패왕(覇王)의 채찍 높이 들자

희생당한 장한 뜻 그 얼마이던고

감히 하늘과 달에게 가르쳐 하늘을

바꾸라 했다네

벼와 서숙 물결치는데

들판마다 저녁 연기 속으로 돌아오는 모습 보이다

－〈칠률(七律); 소산에 당도하여〉

마오의 시편들은 사나이 대장부의 기개가 드러난 것이 많다. 중국 근대문학의 선구자 루쉰(魯迅)과도 교분이 많았던 마오는 혁명의 대장정 속에서도 늘 시를 가까이 해온 인물로 평가되는데 특히 그는 이백의 호방한 시풍을 좋아했다고 전해진다.

〈황학루(黃鶴樓)에서〉는 호북성 무창의 사산에 있던 고적으로 오(吳)나라 황무가 지은 것으로 전해지는데 마오쩌둥은 호남성, 호북성, 강서성 등 3개성을 흐르는 아홉 줄기 큰 강물을 바라보다 같은 제목의 시를 남긴다. 구산과 사산 사이로 흐르는 도도한 양자강 강물 위에, 술잔을 부어 가슴에 응어리진 그 무엇을 달래는 마오의 모습이 눈에 선하게 보인다. 형식은 중국 전통시를 벗어나지 않지만 내용에 있어서는 그러나 벌써 시대를 넘나드는 장쾌한 느낌을 준다.

특히 혁명열기로 가득 찬 당시의 중국사회에 "망망한 아홉 강물 중국에 흘러들고 / 철길은 아득히 남북으로 뻗었"다고 노래한 다음에 "술잔 들어 도도한 강물에 부으니 / 내 마음도 파도 따라 넘실거린다!" 종장 시구를 내밀어 시적 남성성을 유감없이 보여준다. 남성성과 호쾌함 그리고 장쾌한 묘사는 마오 시의 특징이다.

〈칠률(七律); 소산에 당도하여〉는 1927년 5월 반혁명세력들이 호남성의 노동조합과 농민협회를 습격하여 1백여 명 살해한 사건을 보고 쓴 시다. 당시 기록에선 '마일(馬日)사건'으로 적고 있는데 마오는 이 시에서 반혁명세력을 '검은 손'으로 그리면서 "농민들의 창 하늘을 찔렀지 / 감히 하늘과 달에게 가르쳐 하늘을 / 바꾸라 했다"고 했다며 농민들을 "벼와 서숙 물결"로 비유하고 마침내 이들 농민들이 "들판마다 저녁 연기 속으로 돌아오"고 있음을 보여준다. 역시 비장미가 감도는 시다.

402

세계문학의 거장을 만나다

나라는 깨져도 / 산하(山河)는 남고
옛성에 봄이 오니 / 초목도 우거져

시세(時勢)를 설워하여 / 꽃에도 눈물짓고
이별이 한스러워 / 새소리에도 놀라는 것.

봉화(烽火) 석 달이나 / 끊이지 않아
만금 같이 어려운 / 가족의 글월.

긁자니 또다시 / 짧아진 머리
이제는 비녀조차 / 못 꽂을레라.

― 두보, 〈춘망(春望)〉

사조루(謝眺樓)에서 벗을 보내며

날 버리고 간 어제의 그 날은 붙들 길 없고

내 마음 휘젓는 오늘의 이 날은 시름도 많아라.

만리의 가을바람 기러기도 예거니

높은 다락 이를 보며 취하려 보라.

봉래(蓬萊)의 문장과 건안(建安)의 기골(氣骨)

그 더욱 청신한 중간의 사조(謝眺)!

그 모두 장한 뜻 가슴에 안아

달이라도 잡은 듯함, 언제이던가.

칼을 뽑아 물을 쳐도 물은 흐르고

잔 들어도 시름은 엉겨오는 것.

이 세상 무엇이 뜻 같다 하랴.

내일 아침 산발(散髮)하고 배를 저어 떠나리.

　　　　　　　　　　　－ 이백, 〈사조루에 벗을 보내며〉

　마오의 시는 그의 선대(先代) 시인들로부터 시적 전통을 유장하게
영향 받았음을 부인할 수 없을 것 같다. 두보와 이백이 바로 그 사람
들이 아닌가. 두보 시의 특징은 '비애(悲哀)' 다. 그러나 이백 시의 특
징은 '비장미(悲壯美)' 다.

따라서 두보와 이백은 똑같이 현실을 다룸에 있어서도 다르다. 두보가 여성성(女性性)에 어울리는 '슬픔과 아픔'으로 시적 처리를 이루는 반면에, 이백에게는 남성성(男性性)에 기저한 그 어떤 우직하고 '장쾌한 역동성'이랄까 능동적 행위의 이미지가 뒤따라준다. 그래서 이백의 시는 두보보다는 시적 선명성이 더 강하다.

두보가 봄을 기다린다는 〈춘망〉에서 "이별이 한스러워 / 새소리에도 놀라는 것 / (…) 긁자니 또다시 / 짧아진 머리 // 이제는 비녀조차 / 못 꽂을레라"하고 노래함을 보더라도 여성적 이미지랄까 표현이 그런 점이다. 반면에 이백은 사조루라는 곳에서 멀리 친구를 보내면서도 "만리의 가을바람 기러기도 예거니 / 높은 다락 이를 보며 취하려 보라"고 그의 시에 자신이 좋아하는 '술'을 붓고 나서는 "칼을 뽑아 물을 쳐도 물은 흐르고 / 잔 들어도 시름은 엉겨오는 것"이라고 노래한다. 그러니까 여성적 이미지인 물에다 이백은 굳이 '칼'이란 남성성을 대입하는 것이다.

뿐이랴, 이백은 종결부에 가서는 "이 세상 무엇이 뜻 같다 하랴 / 내일 아침 산발(散髮)하고 배를 저어 떠나리"라고 마오와 같은 남성성의 오기와 뚝심의 미학으로 앞(현실)을 밀어붙인다. 이런 점들이 두보와 이백의 차이점이 다르다고 말할 수 있는데 아마 그래서 마오는 살아생전에 꼭 두 사람을 비교하지는 않았지만 이백의 시를 좋아한다는 말을 내비쳤으리라.

천안문 광장 '마오쩌둥기념관'에 고요히 누워있는 마오를 뒤로 하고 베이징 공항으로 향하면서 또 나는 생각한다. 오늘날 베이징 정부 당국자들이 15억 중국인민대중을 먹여 살리기 위하여 마르크스레닌주의, 마오쩌둥 사상, 덩샤오핑 이론 등 이른바 3개 대표론을 '지도

이념'으로 내세우고 있다는 사실에 ― 그러나 나는 별로 놀라워하지 않는다. 역사가 굴러감에 따라 일정 부문 아니면 전부를 궤도 수정할 그 날들이 또 밀려오기는 밀려오겠지만 그들이 언제 어디에서나 '중화(중심)사상'을 저버리지 않는다는 것에는 의심할 수 없을 것 같다는 생각도 문득문득 해보는 것이다. 어느 나라에서나 그렇듯이 지금 중국은 어쩌면 어느 날 갑자기 밀어닥칠지 모르는 예측불허의 시대 상황과 그에 대한 대처방안 및 책무를 다하기 위해서라도 아마 제3의 길을 부지런히 모색하고 있을 것임은 충분히 짐작이 가는 것이다. 그러면서 나는 마오의 다음과 같은 말을 상기하지 않을 수 없다는 데서 15억 중국인민대중의 혁명적 낙관주의(이 대목에서 꼭 '마오'를 의식할 필요는 없겠지만)와 역사적 혹은 인류문화사적 낙천주의도 잠깐잠깐 들여다볼 필요가 있다고 고개를 끄덕거려본다. 자아, 이제 살아생전에 했던 마오의 다음 말을 재미있게 생각해보자.

나는 나의 통치시절에 단 한번도 해외로 나가 본 적이 없다. 그런 시간을 허비하지 않았기 때문에 나는 중국 안을 더 샅샅이 들여다볼 수 있었고 사랑할 수가 있었다.

아, 그러니까 마오는 자신이 '우물 안의 개구리'가 아니었다는 것을 분명히 말한 지도자였구나. 광활하고 광막한 중국대륙이 "어찌 작은 우물일 소냐"라고 생각한 그는 중화(中華) 즉 자신의 나라가 하늘의 한복판 혹은 하늘 전체일 것이라고 생각하며 살다가 간 사람이었구나 하는 느낌을 지금도 나는 잊지 않는다. 좌우지당간에 마오가 생각한 중국은 '무서운 나라(흥미 차원에서라도)'인 것만은 사실과 현실인 것 같다. 마오는 베이징 시간과 저 먼 서역 우르무치 지역도 같게 만들었으니 말이다. 베이징 시간이 아침 8시라면 우르무치도 아침 8시로 만들었으니 그렇다. 중국 여행할 때에는 베이징에서만 한 번 손목시계의 시간을 맞추면 되리라.

세계문학의 거장을 만나다

도

스토예프스키 《카라마조프가의 형제들》

모래알 하나하나를 사랑하듯이 하느님이 새로 이룩하신 창조물이나 전 우주를 모두 사랑하고 나무 잎사귀와 하느님이 내려주시는 모든 빛을 또한 사랑하라. 동물들을 사랑하며 모든 자라나는 식물들 그리고 모든 사물을 다 사랑하라. 네가 모든 사물을 사랑한다면 그것 속에 깃들여있는 하느님의 비밀이 너에게 계시될 것이다.

하늘의 신 '우라노스Uranos'와 대지의 신 '가이아Gaea' 사이엔 티탄족 12남매, 외눈박이 퀴클롭스족 3형제, 헤카톤케이레스족 3형제가 태어난다. 그런데 모두가 거인들인 자식들은 날마다 형제끼리 싸움하는 일을 그치지 않는다. 이를 보다 못한 아버지 우라노스는 행패가 잦고 말썽꾸러기인 이 자식들 모두가 보기 싫어서 빛이 조금도 들지 않는 가이아의 몸 속 가장 깊은 곳에 있는 '무한지옥' 타르타소로스란 곳에 가둬버린다.

어머니 가이아는 거인 자식들이 자신의 몸 안에서 요동치는 것을 견디지를 못한다. 자신도 원하지 않은 자식들을 낳게 한 남편 우라노스가 바로 원인제공자라고 생각한 가이아는 몸속에 있는 아다마스라는 금속으로 큰 낫(반월도)을 만들어 막내아들 '크로노스Cronos'에게 우라노스 성기를 잘라버리라고 부탁한다.

밤이 되어 우라노스가 가이아의 옆에 누웠을 때 미리서 침실에 숨어있던 아들 크로노스는 준비한 낫으로 아버지 우라노스의 성기를 잘라 바다에 던져버린다. 이에 분노한 우라노스는 크로노스도 자신의 아들에 의해 쫓겨날 것이라고 저주를 내린다. 크로노스는 누이 레아를 배우자로 삼아 헤스티아·데메테르·헤라·하데스·포세이돈을 낳아 모두를 잡아먹어버린다. 아버지 우라노스의 예언과 저주대로 나중에 태어난 아들 제우스와의 전쟁에서 패한 뒤 캄캄한 감옥 속으로 떨어지고 만다.

한편 우라노스의 잘린 성기에서 떨어진 핏방울은 가이아의 몸 위에 떨어지더니 그녀를 감싸고 있는 바다에 떨어진다. 또 가이아의 몸 위에 떨어진 우라노스의 핏방울에서 복수의 여신 에리뉘에스 자매와 거인족 기간테스 형제가 태어난다. 바다 위로 떨어진 성기는 바다를 떠돌아다니며 흰 거품을 만들어내더니 그 거품에서 사랑과 미의 여신인 아프로디테가 태어난다. 아프로디테란 말은 '거품에서 태어난 신'을 의미한다.

궁극적으로 가이아는 남편 우라노스를 권좌에서 내쫓고 한동안 아들 크로노스가 천상의 최고의 신이 되도록 한 것이다. 그리하여 우라노스는 가이아로부터 영원히 갈라서게 되고 하늘과 땅은 다시는 '몸'을 합하지 못하게 된 것이다.

– 고대 희랍 시인 헤시오도스, 《신통기(神統記, Theogony)》

도스토예프스키(1821~1881) 소설을 대할 때마다 늘 어떤 오싹한 전율을 느낀다. 특히 그와 동시대의 작가인 톨스토이가 "악마도 울리게 하는 소설"이라고 극찬한 《카라마조프가의 형제들》을 읽을 때 더 그러한 느낌을 받는다. 신비주의·자연주의·낭만주의 세계가 뒤엉켜 들어와 극적 줄거리가 긴장과 충격을 주는 이 소설은 러시아 리얼리즘문학을 대표하면서 끊임없이 독자들의 마음 깊은 곳을 흔들어 댄다.

모스크바 출생으로 상트페테르부르크에서 60년의 생애를 마친 도스토예프스키. 첫 작품인 《가난한 사람들》을 시작으로 《죄와 벌》《악령》《죽음의 집의 기록》《이중인격》《백치》《학대받은 사람들》에 이어 《카라마조프가의 형제》들을 발표, 그는 지금도 러시아뿐만 아니라 세계문학사에 꺼지지 않는 불꽃으로 활활 타오르고 있다.

한 번 데이면 누구나 자신이 죽을 때까지 영원히 잊을 수 없는 것이 그의 소설 문학의 불꽃이 아닌가. 지워지지 않는 지문(指紋)처럼 독자들의 마음속에 감동과 아픔과 전율로 남아있을 수밖에 없는 《죄와 벌》 그리고 《카라마조프가의 형제들》.

잠시 도스토예프스키의 이력을 들여다본다. 그의 나이 열여섯, 열여덟에 각각 어머니와 아버지를 사별한 그는 형 미하일과 함께 공병사관학교에 입학한다. 이곳에서 그는 프랑스의 리얼리즘 작가 발자크와 낭만주의 작가 빅토르 위고, 독일 작가 호프만에 심취한다. 공병사관학교를 졸업한 그는 페테스부르크의 공병국 제도과에서 일하다가 공병 중위로 제대한다. 이 무렵에 프랑스 리얼리즘문학 최고의 작품으로 평가를 받는 발자크의 대표작 〈으제니 그랑데〉를 번역하여 큰 호평을 받는다.

그러나 스물여덟 살 되던 해, 그는 인생에 있어서 엄청난 변화를 가져다준 '죽음' 앞에 선다. 러시아 사회를 개혁하고자 하는 진보적

이성(理性)보다는 신(神)을 택한 친부살해 문학

인 정치그룹에 가담한 결과 사형선고를 받는다. 형이 집행될 직전에 황제특사로 감면, 가까스로 집행유예를 받지만 시베리아 옴스크 감옥에서 중노동으로 5년 동안의 유형생활을 보낸다.

때는 억압적 통치로 유명한 니콜라이 1세 시절, '페트라셰프스키 사건'이 터진 것이다. 매주 금요일마다 프랑스 혁명사상에 영향을 받은 '공상적 사회주의자들'이 미하일 페트라셰프스키 집에서 토론 회를 가지는데 바로 이 자리에 도스토예프스키도 참여한 것이다. 그는 불온유인물을 출판하기 위해서 소규모의 비밀결사에도 참석하여 죄가 더 부가된다. 이 일로 체포당한 청년들은 모두 218명이고 도스토예프스키를 포함하여 21명이 총살형을 선고받는다. 바로 이 순간 이루어진 니콜라이 1세의 특사이다. 도스토예프스키는 당시의 상황을 형 미하일에게 이렇게 편지로 쓴다.

오늘은 12월 22일, 우리는 모두 세묘노프 광장으로 끌려갔습니다. 거기서 우리는 십자가에 입을 맞추고 사형수가 입는 옷으로 갈아입었습니다. 그런 다음 일행 중 3명이 처형장으로 끌려가 기둥에 묶였습니다. 나는 앞에서 6번째였고 3명씩 끌려갔으므로 나는 2번째 그룹에 속해 있었습니다. 이제는 정말이지 1분의 여유도 없었습니다. 그렇지만 옆에서 나팔소리가 울려 퍼지더니 모든 것이 끝났습니다. 기둥에 묶여있던 사람들이 풀리고 황제 폐하의 사면을 알리는 칙령이 낭독된 것입니다.

그 후 그는 중앙아시아 국경수비대에 병졸로 편입된다. 죄과로 5년을 복무하다가 황제에게 탄원서를 제출한 결과 옛 신분으로 복귀

칙명을 받는다. 그리하여 도스토예프스키는 시베리아 유형생활 체험을 바탕으로 당시 러시아 사회의 최하위 밑바닥 계급인 — 가난한 사람들과 고통받고 상처받은 사람들에게 자신의 작품혼을 바친다.

사실 시베리아의 유형지에서 도스토예프스키에게 허락된 것은 《신약성서》한 권 뿐이다. 이 책은 "그리스도의 가르침과 러시아 정교회의 영성주의가 더욱 깊은 의미를 갖도록 해주었고 감옥은 굴욕당하고 상처입은 사람들을 더 깊이 연구하는 데 필요한 자료를 풍부하게 제공해준" 더할 나이 없는 스승이요, 도서관이 된 셈이다.

첫 부인 이사예바를 사별하고 둘째 부인 안나와 재혼한 그는 1남 2녀를 둔다. 《시대》를 계승한 《예포하》를 창간, 언론인으로서 크게 활동을 보이다가 다시 창작에의 혼을 불태운다. 지병인 간질병에 시달리고 돈이 없어 빚 독촉에 시달린 때가 한두 번이 아니었지만 부인 안나의 보살핌과 격려의 덕분으로 소설창작에 전력을 쏟는다. 그 결과가 저 위대한 작품 《카라마조프가의 형제들》을 낳은 것이 아닌가.

《카라마조프가의 형제들》은 한말로 악마주의·모험주의·공포소설·범죄소설·심리소설의 색채가 강하며 사건의 알리바이와 극적 구성이 치밀해 시종일관 긴장감이 달라붙는 작품이다. 나오는 주요 인물들은 거의 모두가 카라마조프네 가족들이다. 아버지 표도르, 장남 드미트리, 차남 이반, 3남 알료사, 그리고 표도르와 백치 사이에서 태어난 서자(庶子) 스메르자코프가 바로 그들이다.

아버지 표도르는 음란과 탐욕의 화신으로 자식들에 대한 애정은 손톱만큼도 없어 보인다. 자식들로부터 그치지 않는 증오의 대상이 된다. 말하자면 이 때문에 그에게 잔인한 죽음의 그림자가 찾아든 것이다. 장남 드미트리는 스스로 이성을 통제하지 못하는 다혈질이다.

이성(理性)보다는 신(神)을 택한 친부살해 문학

삶과 인생을 사랑하는 것 같지만 현실 앞에서는 끝없이 고뇌하면서 절뚝거리는 인간형이다. 어쩌면 당시 러시아사회를 가장 대표하는 인물이랄까.

둘째 이반은 철저한 무신론자이며 폭력을 오히려 정당하게 생각하는 테러리즘의 긍정론자이다. 그는 자기분열증이 심하다. 도끼로 전당포 할멈을 죽인 《죄와 벌》의 주인공 대학생 라스콜리니코프와 흡사하다. 셋째 알료사는 온순한 성품에 기독교적 사랑의 승리를 믿는 인물이다. 넷째 스메르자코프야말로 아버지 표도르를 죽인 장본인이다. 그러나 정신분열증을 앓고 있기 때문에 사람들(그의 형들을 포함)은 그가 아버지를 죽였다고는 생각하지 않는다. 이반이 죽였다고 믿는다. 아니 이반 스스로도 자신이야말로 "아버지를 죽인 아들"이라고 말하며 그에 대한 형벌을 기다린다.

소설은 '악령의 집' 같은 사건현장 속으로 주인공들을 미친 듯이 끌고 다닌다. 물론 알료사 같은 인물이 자주 나와서 인간의 승리를 계속 추구하는 대목이 많은 페이지를 차지하고는 있지만 숨 고를 틈도 주지 않는다. 바로 그런 이유 때문에 항가리 태생의 문학예술비평가 A. 하우저는, 가족구성원 내부에 끝없이 출몰하는 — 에고(ego)와 욕망과 광기로 얼룩진 소설 《카라마조프가의 형제들》이 어쩌면 '괴물'과 같은 것이라고 말하는 것을 서슴지 않는다.

"도스토예프스키의 주인공들은 마치 기사소설(騎士小說)의 주인공들이 거인이나 괴물들과 씨름을 했듯이 그들의 사상 및 환상과 씨름을 하고 있는, 정열에 차고 두려움을 모르며 편집광적인 사색가들이다. 그들은 사상을 위해 괴로움을 당하고 사람을 죽이고 목숨을 바친다. 그들에게 삶은 하나의 철학적 과제이고 사상은 그들 생활의 유일한 내용이요, 생략할 수 없는 단 하나의 활동이다. 그들은 진짜 괴물이다."

그런데 도스토예프스키의 《카라마조프가의 형제들》을 읽으며 내가 또 한 가지 흥미롭게 떠올린 것은 '오이디푸스 콤플렉스Oedipus Complex'이다. 소설의 주인공들 중에서 알료사만 빼놓고 나머지 세 아들 드미트리, 이반, 스메르자코프는 결론적으로 모두 오이디푸스처럼 아버지를 죽인 자들이며 오이디푸스 콤플렉스의 환자이다.

오스트리아 출신의 신경학자요, 정신분석학의 창시자인 S. 프로이트(1895~1982)가 개발한 이 심리학적 논거는 고대 희랍의 신화에서 빌려온 것인데 프랑스 문명비평가인 에드가 모랭이 제시한 '우라노스 콤플렉스Uranos Complex'와 비슷한 내용이다. 에드가 모랭은 오늘날 우리 인류가 지구적 철기시대 예컨대 우라노스기(L'ere Ouranienne)에 살고 있다고 진단한다.

우라노스기(紀)란 고대 그리스 신화의 첫 단계를 말하는데 그것은 혼돈과 격량의 시대를 뜻한다. 많은 거인과 신을 낳은 하늘의 신 우라노스는 자식들을 대지의 신이며 자기 부인인 가이아의 몸 가장 깊은 곳 암흑 속에 집어넣다가 결국 그의 막내아들에게 생식기마저 잘려버리는 비극을 당한 것이 아닌가. 그러니까 어떤 면에서는 우라노스와 오이디푸스는 둘 다 운명이 비슷하다는 것이다. 우라노스가 존속살해를 당한 자라면 오이디푸스는 존속살해(친부살해)를 행한 당사자다.

근친상간 나아가 친부살해로 이어지는 이 비극은 여성에게도 나타나는데 그것을 가리켜 '엘렉트라 콤플렉스Electra Complex'라 부른다. 엘렉트라는 역시 그리스 신화의 인물로 동생 오레스테스와 함께 어머니 클리템네스트라와 그녀의 정부 아이기스토스를 살해한다. 이 콤플렉스는 아버지에게 애정을 품으면서 어머니를 경쟁자로 인식하고 질투하거나 적대시하는 경향이다. S. 프로이트가 알아낸 이런 심리학 이론은 스위스의 분석심리학자인 칼 구스타프 융(1875~1961)이 정리하면서 발전한다.

오이디푸스 콤플렉스에 준거한 '친부살해 신화와 전설'은 20세기 이후로도 고개가 수그러들 줄 모른다. 가까운 세기의 시인이며 소설가로 아르헨티나 출신인 보르헤스(1899~1986)도 '친부살해문학'을 주창한다. 그는 현대문명사회를 우라노스시대로 파악, 자신의 독특한 '친부살해((Parricidio)' 문학이론을 펼친다. 그는 이제 과거로부터 상존해온 세계의 모든 문학의 형식과 내용이 뒤에 태어난 '자식들 문학'한테 살해되었고 또 지금도 살해되어 가는 중이라고 오늘의 문학을 한탄한다. 그러면서 대안으로 포스트모더니즘, 예컨대 "새로운 문학을 위하여 과거의 모든 문학이론을 '해체'할 때가 지금"이라고 설파한다.

오이디푸스 콤플렉스 이론을 정립한 S. 프로이드의 '리비도(Libido)설'을 알아본다. 그는 인간의 무의식 속에 잠재된 자료를 의식 속으로 끌어올린 후에 통찰력을 얻어 문제의 원인을 발견하고 그에 대한 처방을 내린다. 심리치료도구는 개인의 무의식 · 꿈 · 최면 · 해석 · 전이감정 등이며 인간의 주요본능을 성(Sex), 삶의 본능, 죽음의 본능, 공격의 본능을 제시한다. 인간의 모든 행동과 사고는 섹스에 의해서 이루어진다고 생각한 것이 리비도설인데 그것의 '성격구조 3단계' 특징은 이렇다.

첫째, 원본능(ID)은 가장 원시적인 본능욕구로서 성욕과 공격욕구로 신생아 때부터 존재하는 인간 에너지가 저장된 창고이며 아기가 자람에 따라 원본능에서 자아와 초자아가 분화되어 나간다. 쾌락을 추구하며 고통을 회피하는 경향으로 반사작용을 통해서 욕구를 충족한다.

둘째, 자아(ego)는 본능의 욕구를 현실적으로 처리하는 과정에서 나타난다. 의식적 양심과 정신상태를 말하는데 자아는 인간의 경험과 생활 속에 질서체계를 심어주며 주체적 의식을 발휘한다. '자아의 실현'이 곧 여기에 해당하는 말이며 성격구조 3단계를 조정하는 '조정자' 역할을 한다.

마지막으로 초자아(Superego)는 인간의 의식을 도덕적 · 윤리적 가치로 이끌어가며 인격의 사회적 가치가 여기에 해당된다.

지금까지 나는 도스토예프스키 《카라마조프가의 형제들》을 프로이드 심리학에 의존하여 들여다본 것 같다. 욕망과 분노, 혼돈과 극단적 생각들이 난무하는 러시아 혹은 인류의 오랜 '친부살해' 문화 속에서 그러나 알료사 같은 인물이 '신의 사랑과 인간의 승리'를 끝끝내 믿는 것을 보고 경탄한다.

모래알 하나하나를 사랑하듯이 하느님이 새로 이룩하신 창조물이나 전 우주를 모두 사랑하고 나무 잎사귀와 하느님이 내려주시는 모든 빛을 또한 사랑하라. 동물들을 사랑하며 모든 자라나는 식물들 그리고 모든 사물을 다 사랑하라. 네가 모든 사물을 사랑한다면 그것 속에 깃들여있는 하느님의 비밀이 너에게 계시될 것이다.

톨스토이 《부활》

인생과 세계에 대한 진지한 물음

_ 주여, 저를 구하소서. 저를 가르쳐주소서.
제 가슴속에 들어오셔서 저의 모든 더러움을 씻어주소서.

아, 레프 니콜라예비치 톨스토이(1828~1910)!

나는 지금 창밖에 내리는 흰눈을 보듯이 멀리 러시아 쪽으로 머리를 돌린다. 그리고 다시 내가 사는 17층 아파트 현관 벽 오른쪽에 걸어둔 톨스토이를 바라본다. 러시아 리얼리즘의 대표적 화가인 일리아 레핀(1844~1930)이 그린 톨스토이의 모습을 보며 내 마음의 물레방아를 돌린다. 〈장밋빛 의자에 앉은 톨스토이〉보다도 늘 푸르고 거대한 자작나무 밑에 누워서 책을 읽고 있는 〈독서하는 톨스토이〉가 내게는 더 친근하고 따스한 감동을 안겨준다. 그것도 고요히.

이 그림은 레핀이 톨스토이의 고향을 직접 찾아가서 그린 작품이다. 남러시아 툴라 근처에 위치한 아름다운 고장 '야스나야 폴랴나'에서의 어느 날. 톨스토이는 찾아온 레핀에게 글을 쓰는 일 외에는

19세기 러시아 리얼리즘을 대표하는 일리아 레핀이 그린 〈독서하는 톨스토이〉.

만년의 톨스토이와 막심 고리
키.

세계문학의 거장을 만나다

산책을 하거나 언제나 책을 읽고 있다는 듯이 집 앞 한 그루의 아름
드리 자작나무 밑에 가서 눕는다. 소설 《부활》을 다 끝내고 난 다음
처럼 그의 전신에 홀가분함이랄까 적막이 파릇파릇하게 몰려와 반짝
거리는 때다. 나뭇잎 사이로 쏟아져 내리는 햇살처럼 그렇게.

　그림을 찬찬히 들여다보면 그는 왼손으로는 책을 쥐고 머리는 자
작나무 그루터기에 괴고 누워 있다. 거의 가슴까지 내려오는 흰 수염
에 그러나 둥그런 두 눈으로 책 페이지에 눈을 보내는 모습이다. 위
아래가 구분되지 않는 옷은 여자들의 드레스를 연상시키는데 빛깔은

노랗지만 하얀색이 더 인상적으로 드러난다. 누워 있는 곳은 물론 자리가 따로 깔려있는 것은 아니고 다만 마른 풀덤불이 깔려있는 것 같다. 오른손은 아주 편안하게 오른쪽 허벅지 위에까지 내려와 있다. 이 그림은 〈볼가강에서 뱃줄을 끄는 인부들〉을 그린 레핀의 그림과는 뭔가 다르게 평화롭다.

아, 나도 몇 달 있으면 톨스토이의 고향으로 갈 것이라는 사실에 벌써부터 가슴이 뭉클뭉클 벅차오른다. 중앙아시아에 위치한 카자흐스탄에서 《까레인(고려)신문》 편집장으로 일한 K형이 초청장을 보내왔기 때문이다. K형은 현재 그곳에서 13년 가까이 살고 있는데 그곳 말을 자유롭게 구사한다. 그가 나를 초청하면서 이번에는 카자흐스탄 → 우즈베키스탄 → 모스크바 → 톨스토이 생가박물관 → 상트페테르부르크 → 도스토예프스키 기념관을 둘러보게 될 것이라고 전자메일을 보내왔다.

하지만 여기에 한 술 더 떠서 나는 기왕 갈 바에는 '시베리아 횡단철도'를 여행하고 싶다는 전갈을 보낸 터이다. 옛날 같으면 10여일 가까이 걸렸다는 모스크바 횡단철도. "가다가 다리 아프면 아무 간이역에나 내려서 쉬었다 가지" 하는 생각을 얹혀 답신을 보낸 것이다. 그러자 K형은 무슨 생각을 했는지 자신의 시 〈시베리아여! 시베리아여!〉를 역시 전자메일로 답하면서 자신도 머잖아 시집을 낸다고 밝힌다.

K형은 "님이여! 나 여기에 섰습니다. 태양 아래 빛나는 눈의 거처, / 나 여기에 신발을 벗고 거룩한 당신의 발 아래 섰습니다 / 바람은 알 수 없는 곳에서 와서 얼굴을 스치고 이름 모를 곳으로 사라져 갑니다 / 나는 흰눈보다 더 아름다운 정적으로 깊어 가는 마음의 심연

을 적시었습니다"로 시작하여 "태초로부터 지금까지 당신 나타나심이 어찌 그리 아름다운 것인지요 / 나는 떨리는 기쁨을 바람에 실어 끝없이 열리는 하늘로 날려 보냅니다 / 언젠가 휘몰아쳤던 폭풍구름은 이제 영원히 잠들어버릴 것입니다 / 그건 당신이 내 영혼 속에서 깨어나 이 산과 바다와 온 우주를 감싸며 돌고 있는 까닭입니다"라는 구절로 끝내는 시 〈천산에 올라〉와 함께 예의 〈시베리아여! 시베리아여!〉를 내게 선보인다.

〈천산에 올라〉에서 '천산(天山)'은 키르기스스탄에서 중국의 신장 위구르 자치구에 걸쳐지는, 서에서 동으로 뻗어가며 솟은 산이다. 높이는 3,600미터에서 4,000미터. 키르기스스탄의 이시쿨 호수를 중심으로 북천산, 중앙천산, 동천산으로 구분되어 있다. 그리고 역시 다음 시는 설원으로 펼쳐진 광활하고 광막한 시베리아를 마치 정령처럼 달려가고 있는 그를 신성한 목소리로 들려줘 감동이 큰 작품이다.

> 어머니, 시베리아가 나를 부릅니다.
> 시베리아의 자작나무 숲이 나를 부르고
> 그 너머 북극을 둘러싼
> 눈 덮인 산맥이 나를 부릅니다.
>
> 자작나무 수풀 지나 눈 산맥을 넘으면
> 깊고 푸른 바다가 나를 맞이하겠지요.
> 그리고 내 방랑의 세월을 부드럽게 나무라며
> 또한 쉼 없이 걸어온 길을 위로해주겠지요.
>
> ― 김병학, 〈시베리아여! 시베리아여!〉

그렇구나. 나는 K형의 시를 읽다가 시베리아로 떠나는 《부활》의 주인공 카츄사를 당연히 떠올린다. 동시에 지난날의 죄를 참회하며 그녀를 따라가는 네플류도프 백작을 눈에 선명하게 그린다. 아, 시베리아로 끌려가는 여죄수 카츄샤! 나는 재빨리 서가에서 《부활》을 꺼낸 뒤 나의 마음 깊숙이 담아넣는다.

소설 속의 여주인공 '마슬로바'는 카츄샤가 생계를 유지하기 위해 몸을 팔던 시절에 사용한 이름이다.

> 마슬로바를 포함한 죄수이동부대는 오후 3시에 정거장에서 떠날 예정이었다. 네플류도프는 죄수 대열이 감옥에서 나오는 것을 보고 정거장까지 같이 따라가기 위해 12시 전에 감옥으로 가야겠다고 생각했다.
>
> 짐이며 서류를 가방에 넣고 있는 동안에 네플류도프는 일기장에 눈이 멎어 여기저기 훑어보다가 최근에 쓴 몇 부분만을 읽어보았다. 페테르부르크를 떠나기 바로 전에 쓴 것이었는데 거기에는 이런 것이 있었다.
>
> "카츄샤는 나의 희생을 바라지 않고 그녀 자신이 희생이 되려고 한다. 그녀도 이겼고 나도 이겼다. 그녀의 마음속에 변화가 일어나고 있다는 것이 나를 기쁘게 하였다. 믿어도 좋을지 두려운 생각이 들기는 하지만 그녀는 다시 태어나고 있다."
>
> - 《부활》 34장에서

1899년. 그러니까 소설 《부활》은 톨스토이 나이 71세 때 쓴 작품이 아닌가. 어느 나라에서나 '고령'으로 통하는 이 노령의 나이에 톨스토이는 《전쟁과 평화》《안나 카레리나》와 함께 자신의 3대 걸작으로 손꼽히는 대로망 《부활》을 탄생시킨다. '소설의 성서(聖書)'라고 부르기도 하는 이 작품은 러시아문학에서뿐만이 아니라 세계문학이 도달할 수 있는 최고의 경지에서 이룬 영혼불멸의 금자탑으로 평가된다.

처음에는 《코니의 수기》라는 제목이 붙여진 소설 《부활》의 주인공은 창녀생활을 하다가 살인을 저지른 카추샤(마슬로바)와 그것의 원인제공을 한 배심원 네플류도프 백작이다. 세상에! 죄인이 죄인을 재판하기 위해 배심원으로 재판정에 나왔다니?! 돌이켜보면 네플류도프는 학창시절에 그의 집 하녀로 사는 카추샤를 범한 뻔뻔스런 남자가 아닌가. 한꺼번에 몸과 순결을 다 빼앗겨버린 그녀가 몸 파는 여자 '창녀'가 되게 한 것이 바로 그 때문이 아닌가. 창녀촌에서 너무나 귀찮게 구는 돈 많은 상인 스멜코프를 죽인 카추샤. 그녀는 그를 죽이기 위해서 수면제를 먹인 것은 아니었는데 어쨌든 그런 일로 스멜코프가 죽고 그녀는 법정에 선다.

한말로 네플류도프에게 당하여 임신까지 한 그녀가 주인집에서 쫓겨났다는 사실은 '살인죄'와는 비교도 안 되는 것! 그리하여 저 눈 내리는 혹한의 광막한 시베리아로 유형수(流刑囚)가 되어 떠날 수밖에 없는 몸이 된다. 여기에 양심의 가책을 느낀 네플류도프는 어느 날 밤 여관방에서 '바이블'을 펴놓는 순간, '인간 영혼의 눈'을 뜬다. 그리고 하느님의 말씀이 들려오는 것을 깨닫는다. 마태오의 복음서 제5장을 읽는 순간 어둔 가슴이 마치 새벽하늘처럼 열리며 쿵쿵거리는 소리를 듣는다.

예수께서 무리를 보시고 산에 올라 가 앉으시자 제자들이 곁으로 다가왔다. 예수께서는 비로소 입을 열어 이렇게 가르치셨다.

"마음이 가난한 사람은 행복하다. 하늘나라가 그들의 것이다. 슬퍼하는 사람은 행복하다. 그들은 위로를 받을 것이다. 온유한 사람은 행복하다. 그들은 땅을 차지할 것이다. 옳은 일에 주리고 목마른 사람은 행복하다. 그들은 만족할 것이다. 자비를 베푸는 사람은 행복하다. 그들은 자비를 입을 것이다. 마음이 깨끗한 사람은 행복하다. 그들은 하느님을 뵙게 될 것이다. 평화를 위하여 일하는 사람은 행복하다. 그들은 하느님의 아들이 될 것이다. 옳은 일을 하다가 박해를 받은 사람은 행복하다. 하늘나라가 그들의 것이다."

특히 마태오의 복음서 5장에서 네플류도프는 자기가 진실로 죄인이라는 것을 영육(靈肉)이 같이 발동하는 스스로의 몸부림으로 깊이 깨닫기 시작하는 것이다. "너희는 세상의 소금과 세상의 빛이 되라"는 그 가르침에 무릎을 꿇는다. "성내지 말라. 살인하지 말라. 간음하지 말라. 이혼하지 말라. 거짓 맹세를 하지 말라. 보복하지 말라. 원수를 사랑하라. 너희는 남들이 보는 앞에서는 선행을 하는 일이 없도록 하라." 등의 내용이 담긴 복음서를 통하여 새롭게 태어난다. 어둠 밝히는 사랑으로.

아, 레프 니콜라예비치 톨스토이!

드디어 그 자신은 네플류도프, 카추샤의 영혼과 함께 "전혀 새로운 삶을 시작"하기 위하여 먼 길을 떠난다. '비판적 리얼리즘'을 실현한 위대한 작가로서뿐만이 아니라 역시 세계적인 문예비평가·사상가로서 생을 다하기 위해 노구를 이끌고 '아스타포보'란 낯선 시

인생과 세계에 대한 진지한 물음

끝 간이역에 들른다. 그러나 거기서 그의 인생은 끝나고 하늘에의 삶이 시작된다. 아마 그가 마지막으로 숨을 거두기 직전에 한 말은 이미 《부활》에서 네플르도프가 무릎 꿇고서 빌고 빈 그 말이었는지 모른다.

주여, 저를 구하소서, 저를 가르쳐 주소서.
제 가슴 속에 들어오셔서 저의 모든 더러움을 씻어주소서!

세계문학의 거장을 만나다